連歌注釈書刊行会 編

百韻連歌撰注釈

第一巻

新典社

はじめに

廣木一人

五十有余年、連歌注釈の難しさを感じ続けてきた。『古今和歌集』も『源氏物語』も難しいに相違ないが、それらとは別種の難しさがある。

連歌は百韻であっても基本的には前句と付句の対話である。その対話が次々と受け渡され、「前念後念をつがず」に、「盛衰憂喜、境を並べて移りもて行」き、「浮世のありさまにことなら」（二条良基『筑波問答』）ない世界を作り上げる。

連衆は前句の意味内容を読み取り、ある時はそれに添うよう、ある時はそれを意識的に曲げて解し、あらぬ方向へ転じて自句を付ける。その付句作者は近しい仲間か、張り合う者か、普段、口をききたくない者か。幅広い教養を持っている者か、詩心深い者か。それらによっても、どう前句が理解され、どう付けようとしたかは変わってくるであろう。その付句に前句作者は勿論のこと、当座にいる者は聞き耳を立てる。

供された酒に「面、紅に酔ひなし」、食べ物を「噛み鳴らし」（岩松尚純『連歌会席式』）ている者もいたかも知れず、虚に遊ぶといっても、突然の雷鳴に引きずられることもあったに違いない。思いもしなかった展開に連衆は頰を緩め、顔をゆがめる。

そもそも、前句と付句の二人の対話は当人同士であっても真意が共有されたかどうか。自句の説明などなされない場での対話には、あたかも男女の会話のような機微が潜んでいる。

四百年、七百年後の我々は、そのような場に姿を消して立ち合い、種々に展開する付合の意図を読み取ることが強いられる。多人数での当座の文芸の解釈の難しさ、だからこその面白みがそこにある。

前句の解釈が一通り済み、付句の解釈に手を付け始めた時に、両者の対話の底に流れる意図にようやく気づかされれば、前句の解釈をもう一度考え直す必要が出てくる。前句の解釈を改めれば、さらにその前も考え直す必要も生ずる。

連歌の場において、前句が披露され、それを受けて付句が告げられる時間は、三分程度であったであろう。我々はその一句の解釈にどれほどの時間を要したことか。下案の執筆、注釈の会の人々の検討、決定稿に至るまで、数時間かそれ以上か。考えようによっては、当座の人々の数千倍も楽しんだことになる。

それでも、解釈に自信があるかと問われれば、読み取り切れないところがあると正直に告白するしかない。しかし、臆していては先に進まない。現段階での最善を尽くした結果という自負はある。

本書の執筆に携わった者は、七十代半ばから二十代前半まで、各世代に渡る。馬齢を重ねたとしか言えない私のような者から、学会の中核として活躍する者、俊英として学会に登場した者、今、飛び立とうとする者、アメリカから来日した研究者もいる。本書はその智恵、文学に寄せる思いの結晶である。若き人々は老獪な解釈に頭を垂れ、歳闌けた者は若き研究者の緻密で先鋭な解釈にこびりついた頭を洗われ、そのようにして本書は完成した。

解釈の間違いの指摘は甘受し、次へと進める糧としたい。そのためにも本書が広く読まれることを願っている。

目 次

はじめに …… 3
凡 例 …… 7

解 題

Ⅰ、正慶元年九月十三夜「称名寺阿弥陀堂百韻」 …… 17
Ⅱ、『紫野千句』第一「何路百韻」 …… 21
Ⅲ、延徳四年四月八日「何船百韻」 …… 24
Ⅳ、永禄三年十一月十一日「何路百韻」 …… 28
Ⅴ、文禄三年三月四日「何衣百韻」 …… 34

本文

Ⅰ、正慶元年九月十三夜「称名寺阿弥陀堂百韻」…… 43
Ⅱ、『紫野千句』第一「何路百韻」…… 85
Ⅲ、延徳四年四月八日「何船百韻」…… 127
Ⅳ、永禄三年十一月十一日「何路百韻」…… 169
Ⅴ、文禄三年三月四日「何衣百韻」…… 211

おわりに …… 255
索　引 …… 268
句頭索引 …… 267
作者名索引 …… 259
執筆者紹介 …… 270

凡　例

本書は、連歌百韻（千句連歌中の百韻を含む）の中から、重要と思われる未注釈の作品を選出し、信頼できる本文の作成、注釈・現代語訳・付合の解説等を施したものである。冒頭には各作品に関する「解題」を、巻末には「句頭索引」「作者名索引」を付した。

本書の基本的な体裁は中段に〈本文〉を配置し、各句の左傍に〈現代語訳〉を付し、上段に語釈を中心とする〈頭注〉を、下段に句の内容と付合の解説を中心とする〈脚注〉を配置した。各部分の方針は次の通りである。

〈本文〉

・各百韻には私に整理番号Ⅰ～Ⅴを冠した。

・各百韻の諸本について、私にアルファベットで略号を付した。底本はA本を用いた。諸本の略号は以下の通りである。諸本間の重要な本文異同や、諸本によって底本を改めた場合はその旨を〈頭注〉に示した。

Ⅰ、正慶元年九月十三夜「称名寺阿弥陀堂百韻」

A本、神奈川県立金沢文庫蔵本「称名寺連歌懐紙」…底本　※詳細は解題参照。

Ⅱ、『紫野千句』第一「何路百韻」

A本、静嘉堂文庫蔵本、天保七年（一八三六）山田通孝写、静嘉堂文庫蔵「連歌集書」所収…底本

B本、東北大学附属図書館狩野文庫蔵本、安政二年（一八五五）梅之房教覚写

C本、宮内庁書陵部蔵本（四五三・二）

D本、大阪天満宮蔵本（れ四―一―一）、文化十四年（一八一七）滋岡長松写

E本、大阪天満宮蔵本（れ乙―一）、弘化二年（一八四五）南曲洞延宗写

Ⅲ、延徳四年四月八日「何船百韻」

A本、大阪天満宮蔵本「時代連歌」（れ五―三四―一）、文化十四年（一八一七）写…底本

B本、大阪天満宮蔵本「古連歌千四百句」（甲六—一）、文化六年（一八〇九）写
C本、早稲田大学図書館伊地知鐵男文庫蔵本「集連」（文庫二〇—三八）
D本、広島大学図書館福井久蔵旧蔵本「宗祇連歌五種」（D一六五九）
E本、国立国会図書館蔵本『連歌叢書』（五一一—二）

Ⅳ、永禄三年十一月十一日「何路百韻」

A本、大阪天満宮蔵本「玄仍七百韻・源氏竟宴集」（乙四六—一）…底本
B本、宮内庁書陵部蔵本（一五四—一四二）
C本、内閣文庫蔵本『墨海山筆』（四九）

Ⅴ、文禄三年三月四日「何衣百韻」

A本、大阪天満宮蔵本「宗祇名所百韻・光秀愛宕百韻・高野山百韻」（れ五—三七—一）…底本
B本、大阪天満宮蔵本「連歌千五百句」（甲一九—一）
C本、大阪天満宮蔵本「古連歌二千巻《二十巻》　十二番」（れ五—一一—一）
D本、松宇文庫蔵本（歌集・句集二三四八）
E本、東京大学附属図書館竹冷文庫蔵本
F本、天理大学附属天理図書館蔵本（れ四・二一—一八—一八）

〈本文〉は以下の方針で作成した。
・百韻ごとの句番号を句頭に算用数字で付した。
・底本に懐紙の折に関する記載がある場合（例、「初オ」「三ウ」など）にはそれをそのまま記した。記載がない場合も参考のため（ ）に入れて示した。
・私に清濁を定め、句読点を付した。
・旧字体は現行の字体に改めた。

・送り仮名を私に付した。その際には該当部分に傍点を付した。
・適宜、漢字を平仮名に、平仮名を漢字に直した。その場合は、元の表記が平仮名であったところはその平仮名をルビに残し、漢字であった所は元の漢字をルビに残した。
・踊り字はすべて開き、原型はルビに残した。その際にはルビにも適宜濁点を付した。
・底本の仮名遣いが、いわゆる歴史的仮名遣いと異なる際には、それを改めて右傍にルビで底本表記を付した。当該部分を漢字に宛て換えた場合は、ルビにおいてそれを改めて、底本の表記は［　］内に記した。
・本文が欠損などにより判読不能な箇所は□で示した。諸本により欠損部分を補った場合は〈頭注〉にその旨を記した。
・校注者が読解の便宜のために私に付したルビは（　）に入れて示した。

〈現代語訳〉

〈本文〉の各句の左傍に現代語訳を記した。付合との関わりで前句の訳も記す必要がある場合は（　）に入れて示した。

〈頭注〉

〈本文〉の見開きごとに注番号を付し、頭注を記した。〈頭注〉では、各句内の語句の意味の解説を中心に記した。また、諸本間に重要な本文校異がある場合や、諸本により本文を校訂した場合もここに記した。紙幅の都合上、諸本名・連歌書名は適宜略号を用いた（諸本略号は前掲〈本文〉を参照、連歌書名は次の〈脚注〉を参照）。

〈脚注〉

句の概要と付合についての解説を脚注に記した。特に、前句と付句がどのようについているのかといった付け筋や、和歌や古典などを典拠とした前句と付句との詞の関係性を重視した解説を行った。

さらに「寄合」「季」「題材」「賦物」等の小項目を設けた。

・「寄合」は、前句と付句の間で用いられた詞と詞について、寄合書が寄合として挙げている場合に、これを示した。寄合書の挙げる詞を「　」で示し、寄合書の書名を略号で（　）に入れて記した。付合での詞と寄合書の挙げる詞が完全には一致しない場合でも参考のために記した場合がある。寄合書とその略号は左記の通りである。

壁…『連珠合璧集』
竹…『竹馬集』
随…『随葉集』
拾…『拾花集』
合…『連歌寄合』
付…『連歌付合の事』
闇…『闇夜一燈』
法…『連歌作法』
光…『光源氏一部連歌寄合之事』

・「季」は、その句が四季のいずれかに該当する場合にそれを示した。該当しない場合は「雑」とした。判断に際しては『僻連抄』等の連歌論書や『連珠合璧集』等の寄合書を参考とし、基準となる詞を（　）に入れて示した。
・「題材」は、その句に詠み込まれた詞の中で、特に式目上の規定に関わるものを示した。判断に際しては『連歌新式』『連珠合璧集』『無言抄』『産衣』に拠った。
・発句に限り、「賦物」「切字」を示した。判断には『野坂本賦物集』等を用いた。

○引用文献について

〈頭注〉〈脚注〉においての引用本文は読解に不便な漢字・仮名は適宜宛て換え、送り仮名を送り、漢文は書き下して、できるだけ読み易い表記とした。特に注記のない限り、和歌の本文は『新編国歌大観』に、連歌の本文は『連歌大観』に拠った。ただし、『連歌大観』および後掲の引用文献一覧の連歌集等に記載のない連歌は、基本的に国際日本文化研究センター「連歌データベース」に拠り、可能な限りで原本または公開されている画像データ等を参照して本文を確認した。また、『万葉集』は『新編日本古典文学全集』に拠った。その他の引用本文は以下の通りである。

・引用文献一覧

〈歌論・歌学〉

和歌色葉…『日本歌学大系　第三巻』（佐佐木信綱編、風間書房）
八雲御抄…『八雲御抄の研究』（片桐洋一編、和泉書院）
俊頼髄脳…『新編日本古典文学全集　歌論集』（小学館）

〈連歌集・句集・連歌論（式目・寄合書）〉

文和千句・紫野千句・初瀬千句…『千句連歌集　一』（古典文庫）
文安月千句・文安雪千句・顕証院会千句…『千句連歌集　二』（古典文庫）
宝徳四年千句・享徳千句…『千句連歌集　三』（古典文庫）
美濃千句・表佐千句…『千句連歌集　四』（古典文庫）
熊野千句・河越千句…『千句連歌集　五』（古典文庫）
葉守千句…『千句連歌集　六』（古典文庫）
伊庭千句・永原千句…『千句連歌集　七』（古典文庫）
飯盛千句…『千句連歌集　八』（古典文庫）
住吉千句…『京都大学蔵貴重連歌資料集　三』（京都大学文学部国語学国文学研究室編、臨川書店）。ただし京都大学附属図書館蔵平松文庫本も参照した。
伊勢千句…『京都大学蔵貴重連歌資料集　四下』（京都大学文学部国語学国文学研究室編、臨川書店）
称名院追善千句…『京都大学蔵貴重連歌資料集　六』（京都大学文学部国語学国文学研究室編、臨川書店）
伊予千句・石山千句・出陣千句…『続群書類従　十七上』
毛利千句…『連歌古注釈の研究』（金子金治郎著、角川書店）

文明十五年千句…『大山祇神社連歌』（和田茂樹編、大山祇神社社務所）
応永十五年七月二十三日何船百韻・応永十九年一月十四日山何百韻・応永二十四年十一月二十三日唐何百韻・応永二十五年十月二十五日何船百韻…『図書寮叢刊　看聞日記紙背文書・別記』（宮内庁書陵部編、養徳社）
明応八年十二月十四日初何百韻…『宮内庁書陵部蔵『賦物連歌』上』（後土御門内裏における和歌と連歌の総合的研究
文禄三年二月二十二日何船百韻…『連歌合集第三六冊』（国立国会図書館）
年次未詳「そめおきし」両吟百韻…『宗養連歌百韻撰』（斎藤義光）
永仁五年正月十日賦何木百韻…『島津忠夫著作集　第十四巻』（和泉書院）
芝草句内発句…『心敬作品集』（貴重古典籍叢刊、角川書店）
下草…『宗祇句集』（貴重古典籍叢刊、角川書店）
流木…『和歌連歌用語辞書　流木集廣注』（浜千代清編、臨川書店）
春夢草…『桂宮本叢書　十九』（養徳社）
春夢草注…『連歌古注釈集』（角川書店）
僻連抄…『日本古典文学全集　連歌論集・能楽論集・俳論集』（小学館）
連歌新式…『良基連歌論集』（古典文庫）
光源氏一部連歌寄合之事…『良基連歌論集　三』（古典文庫）
連歌至宝抄…『連歌論集　下』（岩波文庫）
連歌新式追加並新式今案等…『連歌新式の研究』（木藤才蔵著、三弥井書店）
連歌寄合・連歌作法・宗長歌話…『連歌寄合集と研究』（未刊国文資料刊行会）
連珠合璧集・連歌付合の事…『連歌論集　一』（三弥井書店）
長六文…『連歌論集　二』（三弥井書店）
初心求詠集…『連歌論集　三』（三弥井書店）
闇夜一燈…『続群書類従　十七下』

古今要覧稿…『古今要覧稿』（原書房）
随葉集・拾花集・竹馬集…『近世初期刊行　連歌寄合書三種集成』（深沢眞二編著、清文堂出版）
産衣…『連歌法式綱要』（山田孝雄・星加宗一編、岩波書店）

〈古辞書類・散文作品・漢籍等〉

和名類聚抄…『和名類聚抄』（風間書房）
日葡辞書…『邦訳　日葡辞書』（土井忠生編訳、岩波書店）
今昔物語集…『新日本古典文学大系』（岩波書店）
日本書紀・伊勢物語・枕草子・源氏物語・太平記・東路のつと・奥のほそ道…『新編日本古典文学全集』（小学館）
中右記…『大日本古記録　中右記』（東京大學史料編纂所編、岩波書店）
法華経…『大正新脩大蔵経』
改邪鈔…『真宗仮名聖教』（四時染香書院）
山家要略記…『神道大系　論説編　四』
紫毫筆…『白楽天全詩集　第一巻』（復刻愛蔵版、日本図書センター）
礼記・文選・古文真宝…『新釈漢文大系』（明治書院）
和漢朗詠集…『和歌文学大系　和漢朗詠集・新撰朗詠集』（明治書院）
百官和秘抄…『続群書類従　十五』

〇分担執筆箇所について

校注者の執筆担当箇所は次の通りである。
※百韻の種別（Ⅰ～Ⅴ）と担当した句番号を示した。例えばⅠ（1～5）とある場合は、Ⅰ正慶元年九月十三夜「称名寺阿弥陀堂百韻」の第一句（発句）から第五句までを担当したことを示す。
※ただし、成稿に際しては廣木一人がⅠ、山本啓介がⅡ、岡﨑真紀子がⅢ、松本麻子がⅣ、永田英理がⅤを担当して加筆・修正

を行い、さらに廣木が全体の再訂正を行った。文責は全て以上五名の編集担当者にあることを記しておく。

浅井美峰…Ⅰ（61〜65）、Ⅱ（46〜50）、Ⅲ（6〜10、76〜80）、Ⅳ（16〜20、91〜95）、Ⅴ（31〜35）
生田慶穂…Ⅰ（56〜60）、Ⅱ（31〜35、96〜100）、Ⅲ（1〜5、81〜85）、Ⅳ（66〜70）、Ⅴ（41〜45）
石井悠加…Ⅰ（11〜15）、Ⅱ（66〜70）、Ⅲ（51〜55）、Ⅳ（21〜25）、Ⅴ（36〜40）
遠藤優海帆…Ⅱ（76〜80）、Ⅲ（96〜100）
岡﨑真紀子…Ⅰ（31〜35、96〜100）、Ⅱ（56〜60）、Ⅲ（46〜50、71〜75）、Ⅳ（6〜10）、Ⅴ（21〜25、86〜90）
嘉村雅江…Ⅰ（36〜40）、Ⅳ（1〜5）、Ⅴ（16〜20）
川﨑美穏…Ⅰ（21〜25、91〜95）、Ⅱ（51〜55）、Ⅲ（66〜70）、Ⅳ（31〜35）、Ⅴ（6〜10、81〜85）
雲岡梓…Ⅰ（46〜50）、Ⅱ（26〜30、71〜75）、Ⅲ（36〜40）、Ⅳ（11〜15、86〜90）、Ⅴ（56〜60）
新藤宣和…Ⅰ（86〜90）、Ⅳ（51〜55）、Ⅴ（66〜70）
髙岡祐太…Ⅱ（86〜90）、Ⅳ（71〜75）、Ⅴ（51〜55）
髙橋優美穂…Ⅰ（26〜30、51〜55）、Ⅱ（36〜40）、Ⅲ（11〜15、86〜90）、Ⅳ（61〜65）、Ⅴ（76〜80）
寺尾麻里…Ⅱ（6〜10）
永田英理…Ⅰ（71〜75）、Ⅱ（61〜65）、Ⅲ（26〜30）、Ⅳ（36〜40）、Ⅴ（11〜15、46〜50、91〜95）
ノット・ジェフリー…Ⅰ（76〜80）、Ⅱ（11〜15）、Ⅲ（41〜45、91〜95）、Ⅳ（26〜30）、Ⅴ（61〜65）
廣木一人…Ⅰ（1〜5、66〜70）、Ⅱ（16〜20、81〜85）、Ⅲ（21〜25、56〜60）、Ⅳ（41〜45）、Ⅴ（96〜100）
ボニー・マックルーア…Ⅰ（6〜10）、Ⅱ（21〜25）
松本麻子…Ⅰ（16〜20、81〜85）、Ⅱ（41〜45）、Ⅲ（31〜35）、Ⅳ（56〜60、96〜100）、Ⅴ（1〜5、71〜75）
山本啓介…Ⅰ（41〜45）、Ⅱ（1〜5、91〜95）、Ⅲ（16〜20、61〜65）、Ⅳ（46〜50、76〜80）、Ⅴ（26〜30）
吉田健一…Ⅳ（81〜85）

（山本）

解題

Ⅰ、正慶元年九月十三夜「称名寺阿弥陀堂百韻」

正慶元年（一三三二）九月十三日成立。端作に「正慶元九十三夜阿弥陀堂」「冷泉殿御点七句」とあり、鎌倉の称名寺阿弥陀堂で張行され、「冷泉殿」が合点したものである。

伝本は金沢文庫蔵「称名寺連歌懐紙」に所収。本資料は三種類の百韻を所収するもので、早くから鎌倉末に鎌倉称名寺で行われた百韻連歌の「原懐紙」として注目されてきた。同資料の全体の書誌の詳細は拙稿(1)を参照されたい。以下は、本百韻に関わる概要を述べる。この百韻は合点を得た後に清書されたと見られるもので、連歌の懐紙書式が定着した後代の書式と同様に一句二行書で、初折表と名残裏のみ八句、他は一四句とするものである。頴原退蔵(2)による紹介と翻刻があり、「連歌釋文并解説」を付す複製版も出版された(3)。本書の底本はこの複製版に基づいている。ただし、現在の同文庫の原本を確認したところ、懐紙四紙の本百韻の完本を端綴した一帖（以下、現A）と、それとは別に本百韻の二ノ折と名残の二紙（以下、現B）を他の連歌資料と合綴した形のものが保存されていた。しかし、複製版は現Aの初折から三ノ折に現Bの名残を加えた四枚の構成であった。つまり現Aの名残と現Bの名残が入れ代わった状態となっている。筆跡・合点の状態などから現装丁が本来の状態に近いものであったと見て間違いないが、現Aの名残には書入・訂正などが多いことを加味して、本書では複製版所収の名残（現Bの名残）を用い、現Aの名残及び現Bの二ノ折は対校本として用いることとした。

発句作者は「一丶」。以下、連衆は「印丶」「十丶」「本丶」「如丶」「理丶」「真」「全」「道」「宗」らの計十名（ただし「宗」はAの名残のみ）。「丶」は何らかの省略であろうが、未詳。連衆については、ほとんどが不明だが、頴原は「十」は称名寺の十林（本名虚一）、池田重(4)は「如」は称名寺の「俊如といふ僧」、「連歌釋文并解説」も「十」は十林房虚一とし、「一丶」は「一乗と云ふ僧侶」であろうと推測している。以上の指摘に拠るならば、称名寺の僧が参加していたと見てよいだろう。いずれにしても、この百韻の翌年に鎌倉幕府は滅亡する。そうした時期に鎌倉の称名寺において、おそらくは寺僧らを中心に催された百韻連歌であった。

懐紙には「＼」の合点と「冷泉殿」による「○」合点の二種類が付されており、「＼」が合点された後に冷泉殿が「○」点を付したと見られる。「＼」の点者は不明。「冷泉殿」については潁原が為秀の可能性を指摘し、現在もこの説が有力視されている。為秀は正慶元年当時は三十代前半で冷泉家の当主として活動しており、点者であったとしても不審はない。ただし、井上宗雄[5]は元亨三年（一三二三）に鎌倉の仏事に参加し当地で「冷泉殿」と呼ばれていた二条家傍流（為氏四男か）の五条為嗣（一二九一～一三五五）あるいはその父為実であった可能性も示唆している。鎌倉連歌壇においては為秀の父為相の影響が大であったことは知られており、「冷泉殿」を為秀と見る説は穏当であろうが、なお為実・為嗣説の可能性も捨てがたい。

本百韻は発見当時から注目されてきた。池田は、式目の面で、本百韻中に花の句が五句も詠まれている点から「応安新式」との相違点を指摘し、「なり留まり」が多いことから「言い切った力強い響き」「こはき詞」を多用する鎌倉連歌の性質を指摘している。伊地知鐵男[6]も「京連歌に対立したひとつの風体」としての鎌倉連歌を知りうるものと位置づけている。また、金子金治郎[7]は「称名寺連歌懐紙」の百韻には賦物を明記していない点に注目し、この時代の鎌倉連歌における「賦物の軽視、賦物意識の退化」を指摘している。以上のように、懐紙書式、式目の変化、風体の変遷史など様々な点で本資料の分析は進んできた。

その重要性は今も変わりない。試みに本百韻を再分析しておこう。特に句末表現に注目してみると、確かに生硬な印象の仕立てが多い。具体的には、係助詞「ぞ」を用いた係り結びとして、「里ならで野を宿にする旅ぞ憂き」（五）、

「去年に変はらで虫ぞ鳴きける」（六八）などが計八句見える。また「こそ」を用いた「人こそ我にうとくなりつれ」（一二）の係り結びも五例ある。「や」を用いた係り結びも七例あるので、これも含めると約二割が係り結びを用いた句となる。また体言止めも計二〇句を占めている。中でも「ひとり寝すごき秋風の声」（三六）、「憂きながら枕に慣るるきりぎりす」（三七）、「草の庵の秋の夜な夜な」（三八）などは三句続けての体言止めとなっている。もちろんこれらの表現は百韻連歌には少なからず見られるものではあるが、いささか過度である。これらを見ると、一句としての独立性が強いとも言えるが、繋がりとしては句ごとにぶつ切りとなっている部分が多くを占めており、なだらかな連続性は希薄と言ってよいだろう。その他、切れ字の「かな」の使用も五例ある。同時代の比較対照が乏しいため一概には言い難いところが残るが、以上の偏りは本百韻の特徴と見なしうる。また「春はさて夢かやつひに留まらず」（三三）や、「よしやげに人こそ我につらからめ」（八五）など、口語的な表現も特徴と言える。

ただし、際立って卑俗な表現や発想が用いられているわけではない。むしろ、

78　霞に通ふ風の音かな　　真

79　朧なる月も更け行く夜もすがら　　如

80　定かにも見ず古里の夢　　全

などは、78句は霞によって遮られた視界の中を風が通う音を聞く様を詠んだものであるが、79句はその霞で朧な月と応じながら、朧な月光まで更けて行く春の夜にずっと風の音を聞く情趣としている。さらに80句では朧な月に、定かに見えない故郷の夢で応じることで旅の句へと転じて、古里を思いながら夜もすがら月を見る旅愁へと転じているものので、一句ごとの独立性の強さが付合における適度な距離感となり、余情を生み出すことに寄与しているとも評しうる。また、

87　見るままにただこの花の慕はれて　　如
88　帰さ忘るる春の山道　　宗
89　雪深く訪ね入りぬるみ吉野に　　十

などは、87句の花を慕う心に、88句では帰り路を忘れると応じて、89句ではその山道を雪深い吉野であったと見定めて付けるなど、和歌の発想に基づいた穏当な展開も見せている。

以上に見たように、本作がいわゆる「鎌倉連歌」の一つであったことは確かであるが、一概に粗雑で無骨な作であったと見るのは早計であろう。本百韻は称名寺の寺僧を中心にしたと見られるものであり、都の堂上や地下の連歌とも異なる特徴を持っていたことは言うまでもないが、さらには鎌倉武士達の連歌ともまた異なった性質も含んでいた可能性も念頭に読み解くべきであろう。

（1）山本啓介「『称名寺連歌懐紙』再考」（「金澤文庫研究」三四九、二〇二二年十月）。
（2）「現存最古の長連歌」（「国語国文」二―三、一九三二年三月／『俳諧史の研究』（星野書店、一九三三年）、『潁原退蔵著作集　第二巻』（中央公論社、一九七九年）に再録）。
（3）〈複製〉・解説ともに刊記・奥書・編者等の記載はなし。昭和二十二年（一九四七）に金沢文庫が刊行したものか。
（4）「金沢文庫　現存最古百韻連歌の研究」（「跡見学園国語科紀要」一、一九五二年八月）。
（5）『中世歌壇史の研究　南北朝期〔改訂新版〕』第一編第四章（明治書院、一九八七年）。
（6）「鎌倉時代の連歌」（「金澤文庫研究」七二、一九六一年十一月）。
（7）『菟玖波集の研究』（風間書房、一九六五年）

（山本）

Ⅱ、『紫野千句』第一「何路百韻」

『紫野千句』の第一百韻。成立年月日未詳。『菟玖波集』（延文二年（一三五七）成）に採択された句がないこと、主催者と見なされる六角崇永（佐々木氏頼、第九百韻・第十百韻・平野に参加）が応安三年（一三七〇）六月七日没であることから、一三五七年から一三七〇年の間の成立と推測される。崇永は応安元年（一三六八）に禅律方・引付頭人に任官しており、それ以後の可能性も考えられるか。

月日は第一百韻に五月五日の景物とされた「樗」が詠み込まれていることから、第一百韻は五月五日興行としてよいであろう。千句は後代には三日間の興行とされたが、本千句の時代はまだそのような習いはなかったと思われ、千句全体の完成月日は不明である。ただし、各百韻発句が当季を詠み込んでおり（後代には四季を順に詠むことが多くなる）、第九百韻発句に「常夏」、第十百韻発句に「涼風（風…涼し）」、平野発句に「蟬」と、『僻連抄』中「十二月題」において六月の景物とされたものを季としていることからは、六月に入ってからの完成と見てよいかも知れない。

千句連歌というものには北野天満宮法楽が多いこと、発句に「紫野」、脇に「雲林院」、さらに追加として北野天満宮に縁のある「平野」（平野神社奉納連歌）があることから、本千句も北野天満宮法楽と考えられる。連衆に北野天満宮松梅院禅厳が参加していること、松梅院の稚児かと思われる春松丸の名があることもこの裏付けとなる。なお、追加として「平野」を付属させる形は本千句が嚆矢の可能性がある。

連衆は各百韻により異なるが、第一百韻では、救済（侍）一七句、周阿一五句、成阿九句、重貞（高イ）七句、道明七句（句上《くあげ》には八）、全誉一〇句、春（青イ）松丸三句、有長一句（句上には二）、定阿二句、禅厳三句、円恵四句（句上には三）、純阿（継イ）四句、相阿一一句、真泊（伯イ）三句、盛経（盛理）一句（句上には三）。枝二句（句上ナシ）、市一句（句上ナシ）。素性の分からない者も多いが、中核となったのは救済、周阿、相阿、成阿などの当時の名だたる地下連歌師である。それに、主催側の崇永、その被官伊庭常智（両者は第一百韻には名が見えない）などと、北野天満宮関係者が加わっている。

救済は弘安七年（一二八四）～永和四年（一三七八）、北野天満宮で毎年千句連歌を興行、当時の連歌界の第一人者として、二条良基を助け、『菟玖波集』編纂、『連歌新式』制定に関わった。『菟玖波集』に一二七句入集。周阿は生年未詳～永和二、三年（一三七六、七）、救済門下として一時、連歌界を席巻した。『菟玖波集』に二二句入集。成阿は救済門、今川了俊『落書露顕』に「北野千句奉行」とあり、後の北野天満宮連歌会所奉行の先駆となった。『菟玖波集』に三句入集。先述したように春松丸は北野天満宮の稚児か。禅厳は『北野天満宮史料　古記録』所収、永徳元年十二月三日付「神輿造替記録」以下に名の見える北野天満宮大預であろう。相阿は生没年未詳であるが、救済門下と思われ、良基邸連歌に名が見える。なお、円恵は『菟玖波集』に六句入集している大僧都（権律師）円恵とも考え得るが、身分上から疑問がある。他は未詳。

千句連歌は『菟玖波集』の詞書等によって十三世紀半ば頃には花下連歌などで行われていたことが判明するが、本作品は、現存千句としては、本作品より早い文和四年（一三五五）五月興行の『文和千句』の五百韻があるものの、全体像を示すものとして最古のものである。二条良基『筑波問答』や同時期成立の可能性がある『和歌集心躰抄抽肝要』などに触れられている千句の実作、その形態を示すものとして極めて貴重である。

また、先述したように地下連歌師が中心をなしていることも重要で、二条良基家千句である『文和千句』と相違し、南北朝期の連歌流行の実相を見せている。この点では、当時の連歌の至り着いた形を示している。その一端を言えば、本作品には俳諧性を持つ句が散見することは既に指摘のあることであるが、第一百韻には卑俗と言えるような句はな

いものの、秀句を用いて前句と関わらせることなどが多く見られ、軽口の言い合いの面を多分に持っていることである。例えば、

38　百年までの人の世もなし　　周（周阿）
39　憂きことの心はなほも九十九髪《つくも》　　高
40　言はずとも良し色に知るらん　　相（相阿）
41　主や誰くちなし染の唐衣　　侍（救済）
42　きつつ訪へとは友ぞ待たるる　　明

など、「九十九髪」に心付くの「付く」を掛け、その縁で髪を「結《ゆ》ふ」を掛けつつ、白髪の色は言わずとも分かるとし、そこから「口なし」と付け、それによって染められた「唐衣」を導き、さらに『伊勢物語』で著名な和歌「唐衣きつつなれにしつましあればはるばる来ぬる旅をしぞ思ふ」を踏まえて、「着（来）つつ」とする所など、花下での興行ならば、聴衆の喝采を浴びるような展開がなされている。

連歌史ではこの後、文学化を目指すことになると記述されるのが一般であるが、『明月記』に記録された連歌なども含め、このような言語遊戯のような面は、『守武千句』などで時折、顔を覗かせつつ、連歌史の伏流として脈々と続いていったのであろう。それこそが連歌流行の底を支え、近世俳諧を準備したと言える。本作品は、連歌の庶民化、連歌から近世俳諧への展開などを考える上でも貴重な作品である。

（廣木）

Ⅲ、延徳四年四月八日「何船百韻」

延徳四年（一四九二）四月八日成立。底本およびB本の端作に、「延徳四年卯月八日　何船」とある。発句「春過ぎぬ初音とや鳴く時鳥」は、本百韻が興行された四月八日の当季にふさわしい初夏の句である。

発句作者は宗祇。このころ宗祇は、三条西実隆邸をしばしば訪れるなど公家との交流も活発であったが、同時に、門弟等との連歌も旺盛に行っていた。前年の延徳三年（一四九一）は、五月から十月に北国へ下向（実隆公記）、その後湯治のため摂津へ下向し、十月二十一日に有馬湯にて、本百韻にも出詠した高弟肖柏・宗長とともに「湯山三吟百韻」を行った。延徳四年には、正月二十二日に京都七条道場金光寺の「何路百韻」、同二十三日に「何路百韻」、二月八日に「何人百韻」、三月三日に摂津の千句連歌会、三月十九日に京都七条道場金光寺の「山何百韻」が行われており、これらの出詠者に、本百韻作者のうち盛次を除く八名が確認できる。(1)そして、四月三日に定例の近衛政家邸月次和漢聯句会(2)で公家等と一座したのち、四月八日に行われたのが本百韻である。おそらく宗祇が主催し、京の宗祇の草庵である種玉庵（現在の上京区新町通今出川上ル上立売町あたりにあったか）にて行われたのであろう。

以下連衆の略歴を、本百韻の興行時の推定年齢と句数とともに記す。

宗祇は、応永二十八年（一四二一）〜文亀二年（一五〇二）。室町時代を代表する連歌師。連歌を宗砌・専順・心敬らに学び、和歌を飛鳥井雅親、古典有職を一条兼良に学び、東常縁から古今伝授を中心とした歌学を受けた。明応四年（一四九五）に『新撰菟玖波集』を撰進。時に七十二歳。句数は一六句。

兼載は、享徳元年（一四五二）〜永正七年（一五一〇）。猪苗代氏。連歌を心敬、宗祇に学ぶ。延徳元年（一四八九）に宗祇が北野天満宮連歌会所奉行および宗匠職を辞職したのに伴い同職に就く。『新撰菟玖波集』の撰進にあたっては、撰者宗祇との確執もあったが完成に助力した。時に四十歳。脇句作者。句数は一五句。

肖柏は、嘉吉三年（一四四三）～大永七年（一五二七）。中院通淳の子。早くに出家し、宗祇に師事。摂津池田や堺で活動。宗長とともに「水無瀬三吟百韻」や「湯山三吟百韻」に出座し、『新撰菟玖波集』の撰進も助けた。時に四十九歳。第三作者。句数は一五句。

宗長は、文安五年（一四四八）～享禄五年（一五三二）。駿河国の人。東国下向時の宗祇に面会し、以後、旅に同行したり、『新撰菟玖波集』の撰進を助けるなど、終生親しく師事した。時に四十四歳。句数は一五句。

玄清は、嘉吉三年（一四四三）～大永元年（一五二一）。もと細川家家臣か。宗祇の門弟で、宗祇旅中の留守役を務めた。時に四十九歳。句数は一三句。

恵俊は、生没年未詳。宗祇の門弟で、長享元年（一四八七）十月に宗祇が門弟十三人と行った『葉守千句』に出座。句数は一一句。

宗益は、宗哲の初名。生年未詳～大永三年（一五二三）。宗祇の門弟で、延徳二年（一四九〇）九月二十日「山何百韻」以後、宗祇一門の連歌会にたびたび出座。句数は八句。

盛次は、生没年未詳。経歴未詳。句数は六句。

眼阿は、生没年未詳。経歴の詳細は知られないが、前掲の延徳四年正月二十三日「何路百韻」に、宗長・兼載・玄清・宗祇等とともに出座。句数は一句。挙句のみに出詠。あるいは執筆を務めたか。

このように、句数は宗祇が最も多く、ついで門弟のなかで主要な存在であった兼載・肖柏・宗長が同数。この四名が、百韻のうち四句ある花の句を各一句ずつ詠んでおり（初裏14宗長、二裏49兼載、三裏65宗祇、名表86肖柏）、本百韻においても中心的な役割を果たしていたことがうかがえる。

本百韻の表現についてはさまざまな興味深い点が見てとれるが、ここでは宗祇を中心とする連歌師四人が詠み継いだ部分における句の展開に着目する観点から、その一端を示してみたい。

62　あとまで憂き世心尽くさじ　柏（肖柏）
63　思ひ入る吉野の奥を尋ねばや　長（宗長）
64　苔の底なる岩の懸け道　載（兼載）
65　流れ寄る汀の木陰花朽ちて　祇（宗祇）
66　春暮れわたる川づらの里　長（宗長）

肖柏の62句は、先々まで憂き世に心を尽くすまいと詠む述懐の句。それを受けとめた宗長の63句は、遁世の地である「吉野の奥」を訪れたいと付け、述懐の心持ちを続ける。次の兼載の64句は、「世にふれば憂さこそまされみ吉野の岩の懸け道踏みならしてん」（古今集・雑下・読人不知）を本歌とする寄合を介して「吉野」に「岩の懸け道」と付け、「苔の底」という先例が見出しがたい表現を採り入れて、述懐から離れ雑の句とした。続く宗祇の65句は、苔が深く生えた岩の懸け道を詠む前句に、深山の情趣を読み取って、山中の木陰の水際に落花が流れ寄って朽ちる情景を詠む。「汀の木陰」は用例が稀な歌句であり、一句として描かれる情景も鮮やかである。また、前句からの付け筋という点でも、「苔」と「朽ちて」の詞の縁で応じつつ、前の64句の苔生《む》した岩の懸け道の情趣から「花」を連想して、ここで花の句とするというのは、相応の技量を要する句意の転換であると言えるのではないだろうか。あたかも、新しみのある表現を打ち出そうと試みた兼載の64句を受けて、師の宗祇がさらに自らの手練のほどを示したかのごとくである。そして、宗祇の65句が雑から春へ転じた流れを汲み取って、宗長の66句は、「花朽ちて」に「春暮れわたる」と付けて春の情趣を続けながらも、「汀」に「川づらの里」と応じることで、場所を川辺の里と見定め、その里を見渡す情景を描き出している。このように見てくると、連歌の句が、前句から付句への連想とともに、百韻全体の流れも配慮して詠まれていることが確認できるのみならず、句の読解を通して、百韻を巻いた座の空気をも想像できるように思われてくる。

本百韻は、宗祇と主な門弟である連歌師らが一座した百韻として、注目されるものと位置づけられるであろう。

（岡﨑）

（1）両角倉一『連歌師宗祇の伝記的研究』（勉誠出版、二〇一七年）。

（2）京都大学国文学研究室・中国文学研究室編『室町前期和漢聯句作品集成』（臨川書店、二〇〇八年）。

Ⅳ、永禄三年十一月十一日「何路百韻」

永禄三年（一五六〇）十一月十一日成立。本百韻は、弘治元年（一五五五）から行われていた三条西公条による『源氏物語』講釈が終講し、その竟宴にて（前日の十日とも）興行されたものである。この竟宴の記録は九条稙通（弘治元年に出家し、行空、後に恵空と名乗るがここでは「稙通」とする）の『源氏物語竟宴記』（『群書類従』十七）に詳しい。これによると『源氏物語』講釈が行われたいきさつについては、次のようにある。

入道前右府（三条西公条）に此物語相伝の事あながちに望みしに承諾あり。二条前博陸（晴良）、是もこの志深くおはしければ相語らひ、彼亭にて弘治元年閏十月廿七日「桐壺巻」を始め、次第にあなたこなたにて講ぜられしに、「橋姫巻」にいたりて、永禄元年の六月まで聴聞するに、またはからざる泉州兵起こりて立ち帰り中絶すること頗る尺魔なり。然るにこの比静謐せしかば、八月廿九日に上洛して、暮秋の期に再興し、仲冬丁卯に功終ぬ。歓喜の心譬《たとへ》をとるに物なし、事なし。

稙通の母は三条西実隆の娘保子であり、母の弟の公条から『源氏物語』の講釈を受けたことになる。公条は父実隆から『源氏物語』を学び、注釈書『明星抄』を著したことで知られた人物で、この教えを受けて稙通は天正三年（一五七五）に注釈書『孟津抄《もうしんしょう》』をまとめている。弘治元年から『源氏物語』の講釈は始まったが、戦国期の混乱や稙通の経済事情から数回にわたり中断を余儀なくされていた。都を離れていた稙通も永禄三年八月末に上京し、ようやく『源氏物語』講釈が終了したとある。

『源氏物語竟宴記』には、「きりつぼ」と題した稙通の歌「契りきや結びこめけん元結ひの濃き紫に心染めつつ」をはじめとした和歌五五首、「観音法楽影前三十首和歌」、そして本百韻を載せる。この百韻の発句は講釈の講師である公条。発句「残りなく聞くや落葉に朝嵐」の「残りなく聞くや」は『源氏物語』講釈を心を残すことなく聞いただろうか、の意を含むものである。脇句は玖（稙通）で「幾千度見ん霜の松が枝」と詠み、「幾千度見ん」には今回の講釈を何度も振り返ろうと意味が込められている。連衆は十二名、以下連衆の略歴を句数とともに記す。

「蒼」は一字名で、三条西公条。文明十九年（一四八七）～永禄六年（一五六三）。三条西実隆の次男。母は勧修寺教秀女。三条西家の慣例に従い次男の公条が家督を継ぐ。右大臣。法名称名院仍覚。父実隆から『古今和歌集』『伊勢物語』『源氏物語』を伝授し、和歌・連歌・古典学を学び、三条西家の家学を確立した。連歌は、永正二年（一五〇五）八月十日の「月次和漢聯句」以降、多くの会に出座した。句数は発句を含め一三句。

「玖」は一字名で、九条稙通。永正四年（一五〇七）～文禄三年（一五九四）。九条尚経の子、母は三条西実隆女、保子。法名は行空（後に恵空）。天文二年（一五三三）に関白になるが、家計の困窮により関白を辞し摂津国に出奔、諸国を流浪した後、天文二十年（一五五一）に帰京した。前述した『源氏物語』講釈の他、公条の子の実枝からも教えを受け、『源氏物語』の注釈書『孟津抄』を著し、実枝が没してからは三条西家源氏学の正当な継承者となった。脇句作者。句数は一一句。

「池」は一字名で、貞敦親王。長享二年（一四八八）～元亀三年（一五七二）。伏見宮第六代。邦高親王の第一皇子。母は今川教秀女。後柏原天皇の猶子となり、永正元年（一五〇四）親王となる。法名は澄空。和歌を三条西実隆・公条親子に学び、歌集に「貞敦親王御詠草」、詩集『鳳鳴集』が伝わる。連歌は、永正八年（一五一一）二月十日に行われた内裏の和漢月次御会など、後柏原天皇を中心とする連歌・和漢聯句会に出座した。句数は九句。

「宰相」は、水無瀬親氏。永正十一年（一五一四）～慶長七年（一六〇二）。三条西公条の子で、水無瀬英兼の嗣子となる。初名は親氏、のち兼成、法名は慈興。権中納言正二位。三条西実世の門人で、三条殿流の書をよくする。和歌・

連歌を好み、弘治二年（一五五六）の『称名院右府七十賀会』、『天正内裏歌合』などに参加、文禄二年（一五九三）には徳川家康に『伊勢物語』を講じた。天文二十二年（一五五三）閏正月二日に行われた内裏での「一字露顕百韻」の他、禁裏の和漢千句などに出座している。句数は二句。

伝恵は、生没年未詳。円福寺の僧。弘治二年（一五五六）五月、三条西公条の七十歳を賀した歌会・聯句会を記した『称名院右府七十賀記』には、伝恵の発起で公条発句の連歌百韻が行われたとある。句数は八句。

宗養は、大永六年（一五二六）〜永禄六年（一五六三）。姓は谷。連歌師。宗牧の子。初号無為。半松斎。天文十年（一五四一）「独吟夢想百韻」以降の連歌会に出座、天文末頃より連歌界の第一人者となるも、早世した。句集に『宗養発句付句』『半松付句』など、『連歌天水抄』を始めとして父の庭訓を伝えた体の宗養仮託書が多く伝わる。句数は一三句。

元理は、生没年未詳。ただし永禄九年（一五六六）までは生存。武田氏。禅僧。天文六年（一五三七）五月二十二日に興行された『伊予千句』では第七百韻の発句を詠む。俳諧もよくし、『寒川入道筆記』には逸話と句が見え、『連歌天水抄』でも「長じて天下にほまれ有し宗鑑・元理法師。伊勢の守武」とされている。句数は一〇句。

紹巴は、大永四年（一五二四、大永五年とも）〜慶長七年（一六〇二）。連歌師。奈良興福寺の小者松井昌祐の子とされる。臨江斎。連歌を周桂に学び、周桂没後、昌休に従い里村家を継ぐ。昌休没後、昌休の子昌叱（仍景）を庇護した。宗養没後は、当時の連歌界の第一人者となった。千句二十数巻、百韻五百七十巻余が伝わり、『連歌教訓』『連歌至宝抄』などの連歌論書、『源氏物語紹巴抄』などの古典注釈書、紀行『紹巴富士見道記』など多くの著作がある。句数は一二句。

玄哉は、生没年未詳。天正四年（一五七六）頃に没か。底本「玄載」とあるも誤写と見て諸本により改めた。『顕伝明名録』には「新在家辻氏」とある。連歌師。昌休の弟子とされる。茶人としても知られ、武野紹鷗に師事した。天文二十年（一五五一）六月十日の千句連歌に、昌休・宗養・紹巴らと出座した。以降、紹巴と共に多くの連歌会に出座している。句数は七句。

仍景は、天文八年（一五三九）～慶長八年（一六〇三）。連歌師。里村南家の祖。策庵。昌休の子で、後の昌叱。紹巴の女を妻とし、子に昌琢がいる。父昌休の死後、紹巴に学び、古今伝授を受けた。紹巴出座の連歌会にはほぼ同席しており、多くの座を共にする。永禄七年（一五六四）以降に剃髪し、昌叱と称するようになってからは、紹巴に次ぐ天下第二の連歌師としての地位を確立した。句数は七句。

紹恵は、生没年未詳。弘治二年（一五五六）四月二十七日に行われた和漢聯句（発句は三条西公条）に出座している。句数は七句。

心前は、生年未詳。天正十八年（一五九〇）頃没か。連歌師。芦笋斎。『顕伝明名録』には「宗貞　南都連歌師高坊心前父」とあり高坊宗貞の子とするが異説もある。紹巴の門弟で、紹巴宅に同宿、後に隣に居を構え、旅にも随行した（『紹巴富士見道記』など）。『新式心前聞書』がある。本百韻以降、多くの連歌会に紹巴と共に出座した。『策彦和尚詩集』には、紹巴の門弟のうち昌叱と心前が特にすぐれていると記される。句数は一句で、執筆を務めている。

本百韻は、『源氏物語』講釈の終講を祝ってのものであり、講釈を行った公条は父実隆から『源氏物語』を学び注釈書『明星抄』を著し、この講義を聴いた稙通が後に『孟津抄』をまとめたことは既に述べた。また、紹巴の『源氏物語紹巴抄』との関わりについても、木藤才蔵(1)が次のように指摘する。

この講釈を紹巴が聴聞したという確証はないけれども、永禄三年十一月十一日、九条稙通邸で挙行された源氏物語竟宴の際の巻名歌・三十首和歌・何路百韻のすべてに紹巴が作者として加わっていること、公条の側近として日夜随身してその学問を吸収していた紹巴が、この好機を見のがすはずはないこと、紹巴抄に見られるような詳細な内容を聞書した時期は、この長期にわたる講釈以外には求められないことなどから、紹巴が宗養その他の人々とともに、この講釈を聴聞したことは、ほぼ疑いのないところであろう。

このように、永禄三年の『源氏物語』講釈は『源氏物語』注釈史を考える上で、重要な意味を持つものである。竟宴で行われた本百韻についても、『源氏物語』を強く意識したと思われる付合が目立つ。

67　あやしきはただ山人の住まひにて　　養（宗養）
68　いはけなきにも飽かぬ垣間見　　巴（紹巴）

宗養の67句、「あやしき」山人の住まいを、紹巴は68句で「若紫巻」で某僧都の家に女の姿が見えるのを源氏一行が不思議に思う場面と見定め、「いはけなき」少女を飽くことなく垣間見する光源氏のさまとして付けた。本百韻で宗匠の役目を果したと思しい宗養、講義に参加していたであろう紹巴の二人が『源氏物語』を本説とした句を詠んでいることがわかる。

86　憂き言の葉もかきつめて置く　　養（宗養）
87　かくてこそ折々偲ぶ形見なれ　　哉（玄哉）
88　訪ひ来て悔し蓬生の秋　　蒼（公条）

恋人からのつらい言葉の書かれてある手紙であっても、それをかき集めておく、と詠む宗養の86句に、87句で玄哉はそのような手紙でも、折々を偲ぶよすがになると付けた。『源氏物語』「幻巻」で、源氏は須磨にいた際にやりとりした手紙を、紫の上の亡き後に焼かせてしまう、その場面の歌に「かきつめて見るもかひなし藻塩草同じ雲居の煙とをなれ」がある。86句の「かきつめて」から、玄哉はこの歌を想起し87句を付けたと見てよいだろう。88句で公条は昔を思い出して恋人を訪ねるも、すでにその人はいなかったことを残念に思う様子を付けた。「蓬生の秋」とするが、これは「蓬生巻」の場面、荒廃した屋敷に住む末摘花を連想させ、『源氏物語』の世界を詠み込んだのであろう。他にも詳細は本編に譲るが、本百韻には『源氏物語』を踏まえた付合や言葉を用いたと思われる句が見出せる。連衆たちが『源氏物語』講義終講を祝う気持ちを込めた百韻であると言える。

（松本）

（1）『連歌史論考　下　増補改訂版』（明治書院、一九九三年）

Ⅴ、文禄三年三月四日「何衣百韻」

文禄三年（一五九四）三月四日成立。底本の端作に、「文禄三年甲午三月四日　太閤様高野山御参詣之時、於青巌寺御興行連歌」とある。豊臣秀吉の高野山参詣の折、天正二十年（一五九二）に没した母大政所の追善のため建立された青巌寺において、三回忌法要が行われた。その際に興行されたのが本百韻である。豊臣秀次の右筆である駒井重勝の『駒井日記』[1]によれば、秀吉は同年二月二十五日に京都を発ち、吉野での豪勢な花見の会を経た後、三月に高野山へ向かった。三月四日の記事には、次のように記されている。

一、太閤様三日暁高野江被成　御登山、御布施被下覚、／一、五拾石　検校　一、九拾石　大舎利　一、百石　平僧百人　一、弐百石　新発意百人　一、弐千石　行人弐千人　一、千石　木食（応其）　一、百石　木食内堅（豎）　合三千五百四拾石

秀吉の高野山参詣は、多数の家臣らを従えての大がかりなものであり、高野山および応其（木食上人）への寄進も相当な額に及ぶ。本百韻の連衆には有力武将、僧や公家、当代を代表する連歌師の面々が名を連ねており、秀吉政権絶頂期の連歌として、史料的価値も高い作品であると言えよう。

発句作者は豊臣秀吉で、「松」とあるのは秀吉の一字名。脇句作者の「興山上人」は、秀吉の信任を得た高野山の僧侶、応其である。連衆はこの二人を含めて総勢十九名にも及ぶ。以下出詠順に連衆の略歴について、本百韻興行時の推定年齢と官位・僧位を、句数とともに記す（当時の官位および人物特定については、鶴崎裕雄の論考[2]を参考にした）。

秀吉は、天文六年（一五三七）～慶長三年（一五九八）。太閤。天正十八年（一五九〇）には小田原攻めの後、天下統一を果たした。連歌への関心は、天正六年毛利戦勝祈願の『羽柴千句』の頃からか。連歌師紹巴を庇護し、『連歌至

宝抄』（天正十四年成）を献じられた。本百韻興行時には五十九歳、当時の官位は従一位太政大臣・前関白。句数は八句。

応其は、天文五、六年（一五三六、七）～慶長十三年（一六〇八）。近江国の人。木食上人とも。天正元年（一五七三）高野山に登り、同十三年には秀吉の高野山攻めに対して和議を整えた。以後秀吉からの信頼を得、多くの寺院を造営し、高野山復興に努めた。大政所の三回忌法要を行った青巌寺の住持として、脇句作者を務めている。時に五十九歳。句数は五句。

「白」は、聖護院道澄の一字名。道澄は、天文十三年（一五四四）～慶長十三年（一六〇八）。近衛稙家の子。秀吉の信任を得て、天正六年（一五七八）の『羽柴千句』では第一百韻の発句を詠んでいる。時に五十一歳、准三后。第三作者。句数は七句。

「鳥」は、今出川晴季の一字名。晴季は、天文八年（一五三九）～元和三年（一六一七）。今出川公彦の子。秀吉の関白就任に力を尽くした。時に五十六歳、従一位右大臣。句数は五句。

常真は、織田信雄の法号。永禄元年（一五五八）～寛永七年（一六三〇）。信長の次男。天正十八年（一五九〇）秀吉の転封命令を拒んだため怒りに触れて出家するが、その後、家康の斡旋により許されて相伴衆に加えられた。時に四十七歳、元内大臣。句数は四句。

紹巴は、大永四年（一五二四、大永五年とも）～慶長七年（一六〇二）。連歌師。周桂・昌休に師事し、子の昌叱の後見として里村家を継承した。宗養没後は連歌界の第一人者となる。有力公家や武家との交流も多く、秀吉の庇護を受けて百石の知行を得た。時に七十一、二歳、法眼。句数は七句。

徳川大納言は、徳川家康。天文十一年（一五四二）～元和二年（一六一六）。後の江戸幕府初代将軍。本能寺の変の

後、和睦して秀吉の天下統一に協力した。時に五十三歳、従二位大納言。句数は四句。

玄旨は、細川幽斎（藤孝）。天文三年（一五三四）〜慶長十五年（一六一〇）。近衛稙家に文事を、宗養に連歌を学び、元亀二年（一五七一）の『大原野千句』などで、紹巴や昌叱らとも同座している。時に六十一歳、法印。句数は七句。

中山大納言は、中山親綱。天文十年（一五四一、天文十三年とも）〜慶長三年（一五九八）。孝親の子。豊臣政権の爛熟期には、今出川晴季らとともに伝奏として仕えた。時に五十一歳、正二位大納言。句数は五句。

日野大納言は、日野輝資。弘治元年（一五五五）〜元和九年（一六二三）。広橋国光の子。母は高倉永家の女。永禄二年（一五五九）、日野家を継いだ。時に四十歳、正二位大納言。句数は六句。

利家は、前田利家。天文七年（一五三八）〜慶長四年（一五九九）。加賀金沢藩前田家の祖。秀吉とは古くから親交があり、茶・能・花見の会などを通じて親密な関係を深めた。時に五十七歳、前参議。句数は四句。

氏郷は、蒲生氏郷。弘治二年（一五五六）〜文禄四年（一五九五）。近江日野城主賢秀の子。会津若松城主。利休七哲の一人。時に三十九歳、正四位下左近衛少将。句数は四句。

昌叱は、天文八年（一五三九）〜慶長八年（一六〇三）。連歌師。里村南家の祖。父は昌休、妻は紹巴の女。紹巴から古今伝授を受け、豊臣秀次に『源氏物語』を講釈した。時に五十六歳、法橋。句数は七句。

全宗は、施薬院全宗。大永六年頃（一五二六）〜慶長四年（一五九九）。徳運軒、薬樹院法印。名医丹波氏の子孫。比叡山の僧であったが、還俗して秀吉の侍医となり、施薬院に任ぜられた。時に六十八歳か。法印・施薬院使。句数は五句。

飛鳥井雅枝は、永禄十二年（一五六九）〜元和元年（一六一五）。後に雅庸。飛鳥井雅敦の子。家職の和歌と蹴鞠を継ぎ、聖護院道澄より古今伝授を受け、紹巴や日野輝資らと連歌にも親しんだ。時に二十六歳、正四位下左近衛中将。

句数は六句。

由己は、大村由己。天文五年頃（一五三六）～文禄五年（一五九六）。梅庵・藻虫斎。僧であったが、還俗して秀吉の右筆となり、天正十年（一五八二）に大阪天満宮別当となる。紹巴や昌叱も同座する貴顕との連歌会にも参加。時に五十八歳か、法眼。句数は六句。

右衛門督は、高倉永孝。永禄三年（一五六〇）～慶長十二年（一六〇七）。高倉永相の子。母は仏光寺法印の女。時に三十五歳、従三位非参議右衛門督。句数は五句。代わりに「（増田）長盛」の名を記す異本もある。

政宗は、伊達政宗。永禄十年（一五六七）～寛永十三年（一六三六）。後の仙台藩祖。連歌にも造詣が深く、数多くの連歌会に参加。時に二十八歳、従五位下侍従。句数は四句。

長俊は、山中長俊であろう。天文十六年（一五四七）～慶長十二年（一六〇七）。底本には「長後」とあるが、他本により「長俊」と改めた。六角義賢、柴田勝家、丹羽長秀に仕えた後、秀吉の右筆となる。時に四十八歳、従五位下。句数は一句。異本には、句上において「橋本長俊」と推定するものもある。

句数は秀吉（松）が最も多く八句、秀吉と関わりの深い連歌師紹巴・昌叱、および道澄・玄旨（幽斎）が七句とそれに続く。前掲の鶴崎氏の論考の中でも、

一巡の場合、だいたい身分や年齢の順に詠むのであるが、この高野山における秀吉の連歌の一巡は、連歌師など僧籍にある者も交えて、官位・僧位の順に従って、かなり整然と詠まれている。ここに朝廷の権威を積極的に利用しようとする秀吉政権の一面が窺われるのである。

と説かれているごとく、大政所の三回忌追善法要に絡めて、秀吉の権威を対外的に誇示することを目的とした政治色の強い作品となっている。

本百韻の内容についても、連衆が、まさに最盛期を迎えた秀吉の存在を意識しつつ詠んでいるのではないかと推測できるような付合が散見する。たとえば、発句から四句目までの付合を眺めてみよう。

1　年を経ば若木も花や高野山　　松（秀吉）
2　霞む片方は広き垣内　　興山上人（応其）
3　軒端には残らぬ庭の雪見えて　　白（道澄）
4　光射し添ふ竹の末々　　鳥（晴季）

秀吉の発句は、母の供養に植えた桜の若木が、年を経て三回忌の今、立派な花を咲かせている、と詠む。それに対して、その高野山にある青巌寺を「広き垣内」であると応其が応じているのは、寺への寄進を惜しまない秀吉の心の広さを含意しているとも読める。連歌の発句と脇は、招かれた客ともてなす側の主人が、互いに挨拶の心をもって詠むものだという性格を考えれば、応其（主人）が秀吉（賓客）に対する挨拶を込めて、こうした脇を付けたことは十分に考えられよう。さらにいうならば、一句置いた四句目の晴季の付句も、「竹の末々」に行末の意を掛けて、秀吉の威光によってその治世が「光射し添ふ」輝かしいものとなることを暗示しているのではないか、と解せなくもない。なお、発句に詠まれた「若木」については、秀吉の側室・茶々が産んだ「おひろひ」と解して、秀吉の後継披露の意図を読み取ろうとする勢田勝郭の論考[3]もある。

本百韻は、発句・脇以外の平句にも、秀吉を意識したらしい付合が垣間見える。どこまで連衆たちの背景や個人的な心情を読み込んで行くかはきわめて難しい問題であるが、秀吉政権最盛期に興行された作品であることをふまえると、そのような内実にまで思いを廻らせたくなる百韻である。

（1）引用は、藤田恒春編校訂『増補駒井日記』（文献出版、一九九二年）による。ここでは適宜読点などを付し、改行部分もすべて詰めた形式で示した。
（2）「秀吉と木食応其―連歌作品の史料的価値について―」（『津田秀夫先生古稀記念　封建社会と近代』同朋舎出版、一九八九年）。
（3）「文禄三年三月四日「何衣」百韻と豊臣家の内紛」（「奈良工業高等専門学校　研究紀要」五三、二〇一八年三月）。

（永田）

本文

Ⅰ、正慶元年九月十三夜「称名寺阿弥陀堂百韻」

（初折表）

[一]正慶元九十三夜 阿弥陀堂

[二]○冷泉殿御点七句

印[三]　一句　十　二句ゝ　長

一　二句ゝ

理　一句ゝ

全　一句ゝ

連[四]歌

1　月[五]は秋[六]秋《あき》も名あるは今夜(こよひ)かな《哉》　一、

月は秋の月がすばらしい。その秋の月でも名高いのは今宵の月である。

2　霧[七]より出《い》でて晴《は》[八]るる嵐に　印、

霧は嵐に吹き払われ、そこから月が出てきた。今はその嵐も通り過ぎ、晴れわたった空に。

端作に「九月十三日」とあることから、九月十三夜の月（のちの名月）を詠んだ発句である。十三夜の月の賞翫は日本独自で、『中右記』保延元年（一一三五）九月十三日条には「今夜《こよひ》雲浄《いさぎよ》く日明らかなり。是《これ》寛平法皇今夜明月無双の由仰せ出ださると云々。よつて我朝、九月十三夜をもち、明月の夜と為すなり」とある。また『躬恒集』に、「清涼殿」において「延喜十九年九月十三夜、その宴せさせ給へり」とあるのを、『古今要覧稿』「歳時」では、「九月十三夜、賞月の始めなるべし。これより前には所見なきにや」とする。

季―秋（月・秋）。

切字―「かな」。賦物―「月」。

前句は十三夜の月の賞翫の句であるが、その月はこれまで霧に閉ざされていたとして、今、嵐でその霧が吹き払われ、その「月」が霧から姿を現したと付く。出現という点に待ち望んでいた心を込める。頭注〈七〉の歌や、「霧払ふ比良の山風更くる夜にさざ波晴れて出づる月影」（新拾遺集・雑上・尊氏）のように、それまで霧に閉ざされていた月が嵐により晴れて姿を見せると詠まれるのは常套的。

一　一三三二年。九月十三夜、称名寺阿弥陀堂。

二　○の点は冷泉殿の御点で七句に合点があるとの意。「冷泉殿」は冷泉為秀（一二九九から一三〇三～一三七二）か。

三　「印」の合点は一句、「二」は二句、「理」は一句、「全」は一句、「十」は二句ということ。「長」は長点の意か。

四　「連歌」とあるだけで、賦物は不明。発句・脇句から多く用いられたものを推定すれば、「夕何」「初何」か。

五　月は秋が一番すばらしい。「名ある」は「有名」ということで、名声のあるという意。「月は秋秋は月なる時なれや空も光を添へて見ゆらむ」（長秋詠藻）。

六　秋の月の中でも名高いのは。十三夜の月の賞翫は、「九月十三夜／雲消えし秋の半ばの空よりも月は今宵ぞ名に負へりける」（山家集）。

七　月が霧から姿を現して。「山月出霧といへる心を／立ち籠むる山は姿も見え分かで霧より出づる秋の夜の月」（続門葉集・秋・定叡）。

八　嵐によって霧が晴れ

てきて。「嵐」は激しく吹く風。『和名類聚抄』に「山下に出づる風なり」とある。「嵐」によって「霧」が吹き払われ、空が晴れることは、後の歌例に「逢坂の山の嵐に霧晴れて影さやかなる望月の駒」（前摂合家歌合・小宰相）。「晴るる嵐」は「晴嵐」の和訓。

九　白露は十分に結ぶこともなく。「秋風の吹きしく小野の浅茅原結びもあへず露ぞこぼるる」（隣女集）。

一〇　起き上がったり、倒れ伏したりする草。「庭も狭《せ》に風に起き伏す小百合葉の靡くに落つる五月雨の頃」（忠信百首）。

一一　人の住む里ではなく。「朝霧や立田の山の里ならで秋来にけりと誰か知らまし」（新古今集・秋上・道長）。

3

九白露や結《むす》びもあえ《へ》ず落《お》ちつらん　十丶

（嵐によって）白露は結ぶ間もなく、落ちてしまったことであろう。

4

一〇起《お》き伏《ふ》す草の定《さだ》めなければ　本丶

（白露は十分に結ぶこともなく落ちてしまったのであろう。）草は、起き上がったり、倒れ伏したり、定めのないものであるから。

5

一一里ならで野を宿《やど》にする旅ぞ憂《う》き　一丶

人里ではなく、野を宿として（草の上で起き伏しをする定めない）旅はなんともつらいものだ。

季―秋（霧）。

前句の「嵐」を受け、その強い風によって白露は十分に結ぶこともできない間に、草木から落ちてしまったのではないかとの想像を付ける。嵐によって露が落ちることは、「露落つる四方の嵐の声ごとに涙も堪へぬ秋の袖かな」（明日香井集）。
寄合―「霧」と「露」（竹）。
季―秋（白露）。

「白露」が十分に結ぶことができなかったと詠む前句に、その理由を付けた。露が置く草は起き上がっても、すぐに倒れ伏してしまうからであるというのである。当該句では定めないのは草であるが、前句の「露」も定めないものとして、「露」と「定めなければ」が寄り合う。「露」の定めないことは、「定めなき露も我が身も装ふなる長《なが》女《め》柏《はがし》に懸かる月かな」（斎宮女御集）。
寄合―「露」と「草」（壁）。
季―雑。

前句の「起き伏す草」を、人が起き臥す草、と取りなし、草枕つまり野宿を意味させ、「定めな」いことを旅の様態として付ける。旅の定めなさは「定めなき憂き世の中と知りぬればいづこも旅の心地こそすれ」（千載集・羇旅・覚法）。
寄合―「草」と「野」（竹）。
季―雑。題材―旅（宿・旅）、居所（里）。

6　かか《ゝ》る庵《いほり》は[一]都にも似《に》ず　印

（旅から帰って都の庵にいるが、）このような庵は、都のものとは思えない。

野宿する旅のつらさを詠む前句の「宿にする」「野」を、都ではあるが野のように草に覆われた所と取って、そんな所にある庵は都の中の庵とは思えないと付けた。旅の野宿もつらかったが、都に戻っても同様の野にあるようなこのような庵にいるということである。
　寄合―「旅」と「都」（璧）。
　季―雑。題材―居所（庵）。

7　雨[二]を聞《き》く軒[三]の雫《しづく》は寂《さび》しくて　如

（庵の）軒から落ちる雨の雫の音を聞いていると、寂しい気がして。

都のものとは思えない庵を詠む前句に、そのような庵にいる人物の様子を付けた。前句の「かかる」から、縁のある「雨」「雫」を導き出して付く。また、「かかる庵」はさびしいということでもあろう。市中の閑居の趣きである。「蘭省の花の時の錦帳の下　廬山の雨の夜の草菴の中」（和漢朗詠集・白居易）を踏まえた付合か。
　季―雑。題材―居所（軒）。

8　霜[四]よりのちは荒《あ》[五]るる冬山　理ヽ

（寂しく雨の落ちる軒の先に見える）山は霜が

前句の「雨」を秋の雨と取って、季節の推移を付けた。前句の閑居を山里と定め、「寂し」さに「荒るる」と応じて、より寂しさを強調している。前句の「雫」の落ちる「軒」の向こうの景であろう。「山里は

一　都に似合っていない、都のものとは思えない「庵」。「床馴るる山下露の起き伏しに袖の雫は都にも似ず」（洞院摂政家百首・定家）や、「山里は松の嵐の音こそあれ都には似ず静なりけり」（瓊玉集）等あるように山（里）風であるということであろう。

二　雨の音を聞く。「思へただむなしきはしに雨を聞きて明けがたき夜の秋の心を」（新拾遺集・雑上・伏見院）。

三　軒から滴り落ちる雫、雨垂れ。「五月雨に音する軒の雫こそ音せぬよりも寂しかりけれ」（正治初度百首・実房）のように、「軒」の「雫」を詠む歌例は五月雨の場合が多いが、ここでは五月雨の風景に限定し得ない。

四　霜が降りたのち。「おのが色を宿す梢は夏の山霜よりのちを松とこそ見れ」（拾玉集）。

五　荒れた風情になった

冬の山。草木も枯れ果てた山のさまをいうのであろう。枯れた冬山を詠む歌例に、「散り果てて一葉だになき冬山はなかなか風の音も聞こえず」（和泉式部続集）。

六　「つれなし」は冷淡で思いやりがなく、変化を見せないという意。「松」が「つれなく」変化しないと詠む歌例に、「秋過ぎて霜につれなき庭の松のちにしぼむと誰か言ひけむ」（夫木抄・基家）がある。

七　松一本だけが緑の色を見せている、ということ。「秋山の緑の色ぞめづらしき紅葉にまじる松の一本」（玉葉集・秋下・兼季）。

八　愛情がなくなってしまったことをいう。心変わりが世の「習ひ」であることは、「契りだにあり果てぬ世の習ひにて変はる心の憂きを見るかな」（嘉元百首・覚助）。

降りたのち、荒れ果てた冬山となったことだ。

（初折裏）

9　[六]つれなくて[七]緑《みどり》の色は松一木　　十丶

（冬山で）色を変えない松はつれないことだ。緑色のままなのは松の木一本だけである。

10　[八]変《か》はる心よ何《なに》に習《なら》ひし　　一丶

（松と違って）変わってしまう心よ。それは何に倣ったのであろう。

冬ぞ寂しさまさりける人目も草もかれぬと思へば」（古今集・冬・宗于）を踏まえているか。

寄合―「雫」と「山」（壁）。

季―冬（霜・冬山）。題材―山類（冬山）。

秋から冬へと移る景を詠む前句に、そのような冬山にある、色を変えない一本の松を詠む。ここでの「つれなくて」は、他に同調せず、色を変えない松に対しての謂いである。『随葉集』「難面《つれなき》」の項に、「松の葉を付けてよし、色に変はらぬがつれなきとなり」とある。霜が降りたのちにも緑の色を変えない松を詠む歌例に、「年経れど松の緑は変はらぬに霜をいただく陰の下草」（新後拾遺集・釈教・源承）等がある。

寄合―「山」と「松」（合・他）。

季―雑。

前句の「松」に対する「つれなくて」を松以外の色を変えた樹木と取り、さらにそれを自分が恋する相手のことだとして付けた。付合において、変えてしまう「つれない」色は、人の様子、心のことで、つれなくも心を変えてしまった人をなじる句とした。景の句から恋に転じた。参考「憂しとても誰にか問はんつれなくて変はる心をさらば教へよ」（拾遺愚草）。

季―雑。題材―恋（変はる心）。

11　いつまでも問ひ[一]・問《と》はれんと思ひしに　如ヽ

いつまでもお互いの消息を問い問われたいと思っていたのに。

相手の変心を詠んだ前句に、自身はいつまでも相手と交際していきたいと思っていたのにという思いを付け、無念さを表す。類似した表現で恋の思いを詠む連歌例に、「仮にだに問ひ問はれぬや憂き契り／比べし心われや負けてむ」（石山四吟千句・第八「青何」・公条／宗養）。

季―雑。題材―恋（問ひ）。

12　○＼人こそ我にう[二]とくな《成》りつれ　印

（いつまでも問い問われたいと思っていたのに、）あの人は、私から遠のいてしまった。

自分自身はいつまでも関係を続けたかったのだが、という前句に、自分のそうした心とは裏腹に、相手の心は既に離れてしまい、よそよそしい様子であると嘆く心を付ける。「こそ」に自分ではなく、相手こそが、という思いが強く示されている。

季―雑。題材―恋（うとくなり）。

13　誰《たれ》ゆゑ《え》ぞ涙に[三]濡《ぬ》るる《ゝ》[四]恋衣　理ヽ

誰のせいだろう。恋する私の衣が涙に濡れるのは

恋人が離れていったという前句に、その恋の悲しみの涙に衣が濡れるのは誰のせいか、と付ける。「誰ゆゑぞ」の措辞に、誰のせいでもなくあの人のせいで、と相手をなじる思いが込められている。「恋衣」は、涙

一　互いに消息を尋ねあおうと。歌例は少ないが、「問ひ問はれ思ひぞ絶ゆる山深み道閉ぢ果つる雪の日数に」（伏見院御集）、「問ひ問はれ思ひ絶えぬる眺めかな雨に籠もれるひぐらしの宿」（同）などがある。

二　疎遠になって。関係が浅くなって。歌例に「うとくなる人を何とて恨むらむ知られず知らぬ折もありしに」（新古今集・恋四・西行）等。

三　底本「涙ぬるゝ」。意により「に」を補った。

四　恋をしている者の着る衣。歌例に、「恋衣きならの山に鳴く鳥の間な

く時なし吾が恋ふらくは」（万葉集・巻十二・作者未詳）。

五　秋に感ずる憂愁。秋思。「時雨れつつもみづるよりも言の葉の心の秋にあふぞ侘しき」（古今集・恋五・読人不知）のように、「秋」に人の心の「飽き」を掛ける。

六　「忍ぶ」は耐え忍ぶ、の意。歌例に、「忍びえぬ秋のうれへは変はらねど声々のべの虫や鳴くらむ」（延文百首・時光）。

七　自然に、ひとりでに。

八　月の美しさのさまたげにならないようにと。歌例に「秋来ては月のためなる空なればよそにも見えず消ゆる白雲」（為家集）等。

は。（疎遠にするあの人のせいである。）

14　[五]秋のうれへ《え》を[六]忍《しの》ぶ今宵《こよひ》に　真

恋人に飽きられ、秋のつらさを耐え忍ぶ今宵であることだ。

15　[七]おのづから[八]月のためとて雲はなし　印

（秋の愁いを耐え忍ぶ今宵、）おのずと、秋の名月のためかと思えるように、空には雲の一つもない。

に濡れるものとして、「紅の涙に染まる恋衣かへせば袖ぞ恨みなりける」（中宮亮重家朝臣家歌合・頼政）等と詠まれている。

季―雑。題材―恋（恋衣）。

恋のつらさの涙で衣を濡らすという前句に、それでなくとも寂しさが募る秋、今宵はそのつらさを耐え忍ぶことだ、と付ける。「ことごとに悲しかりけりむべしこそ秋の心をうれへと言ひけれ」（千載集・秋下・季通）のように、秋の愁いの理由は様々であり、恋人の心の「飽き」もその一つ。失恋の心情を裏に含みつつ、表面的には、秋という季節のつらさを詠み、恋離れの句としている。

季―秋（秋）。題材―恋（忍ぶ）。

秋の憂えを耐え忍ぶという秋思を詠む前句に、悲しみをしみじみと感じさせるかのような、雲一つない月夜を付ける。月の美を遮らないように、あるいは引き立たせるために自然の現象も配慮することは、「時知らぬ富士の煙も晴るる夜の月のためにや立たずなるらむ」（夫木抄・為相）や、「秋の露も月のためとや契り置くともに光を磨きかはして」（玉葉集・雑一・伊予）等と詠まれている。五句続いた恋句から前句の恋離れの句を介して離れた。

季―秋（月）。

一　ただひとりで深まって行く。「ひとり」は、それだけが、それこそが、の意。「月影」がとした例は、「遥かなる外山に鹿の声はしてひとり更け行く峰の月影」(続門葉集・教範)等、散見する。「風」の例は「足引の山の端高く澄む月に松吹く風の音ぞ更け行く」(新拾遺集・秋下・為藤)。

二　他の場所。少し離れた所。「まだきより秋ぞと名乗る黄昏に朝倉山のよその松風」(壬二集)。

三　「鐘の音」を「涼し」とした歌例に、「今日こそは秋の初瀬の山颪《おろし》に涼しく響く鐘の音かな」(正治初度百首・定家)。

四　「すゞ」の右に「スヽ」と傍書。

五　暮れる夕日。「暮るる夕日」の言い回しは和歌・連歌例ともに見当たらない。「夕日影」が「暮るる」とした例には、「我がものと露や置きゐる夕日影暮るる草葉のとこなつの花」(為家千首)。

六　夕日が松のあたりに沈み残るさま。「たちわたる霞に波は埋れて磯辺の松に残る浦風」(続拾

16　一ひとり更《ふ》け行く・二よその山風　　一丶

(雲一つない空の月は)ただひとりで夜更けの風情を醸し出すようになって行く。その月の下、離れたところでは、月を隠す雲を払った山風が吹いていることだ。

前句は雲一つない月を詠む。その月が他と違って夜更けの風情を深めて行き、少し離れた所では山風が吹く、と付く。「山風」は雲を吹き払った風で、今は「よそ」で吹くというのである。「おのづからよそなる雲の影もなし葛城山の秋の夜の月」(弘長百首・為氏)の歌例のように、「おのづから」と「よそ」を結ぶ歌例は多く、ここでも自然に「よそ」に離れて行ったというのであろう。風に霧が吹き放され、月が更ける風情を増すと詠む歌例に、「秋風にいとど更け行く月影を立ちな隠しそ天の夕霧」(後撰集・秋中・清正)。

季―雑。

17　三鐘《かね》の音《ね》も四涼《すゞ》しき音《おと》に聞ゆ・也《なり》　　真

(離れたところからの山風に乗って、)聞こえて来る鐘も、風の音に混じりあって涼しい音に聞こえることだ。

前句で詠む「よそ」から吹く風に乗って、鐘の音が聞こえて来る、と付く。その鐘の音は風と同じように涼しげであるというのである。「も」とあることで、風もあたりの様子も涼しげに感ずるのであろう。「鐘」と「山風」を詠み込んだ歌例に「裾野なる松のむら立影暮れて鐘の響きに山風ぞ吹く」(経氏集)等がある。

季―雑。

18　五暮《く》るる《ゝ》夕日は六松に残《のこ》りて　　理

前句の「鐘」を入相の鐘とし、「暮るる夕日」つまり日が暮れて、夕方になったので「涼し」く感じるとした付け。「松風に答ふ尾上の鐘の声涼しく響く入相の空」(仙洞

遺集・春上・為世）のように、「松」に残るのは「風」と詠むことが多い。後代の例に「残る日は磯山松に影見えて夕潮曇る浦風ぞ吹く」（碧玉集）。

七　時雨が降っている所と降っていない所がある様子。「時雨」ではないが、雨が「降り分く」と詠む歌例に、「我が背子を恋ひてすべなみ春の雨の降り分け知らで出でてこしかも」（古今六帖・作者未詳）。

八　晴れている方向。「嵐吹く嶺にかかれる浮雲の晴るる方より出づる月影」（続千載集・雑上・行胤）。

九　晩秋から初冬にかけて、ひとしきり降ってはやみ、やんでは降る雨。

一〇　雨宿りとして立ち寄る所。「行き連《つ》るる友となるより旅衣たち寄る宿に人も着きつつ」（新後拾遺集・羇旅・資教）は宿泊の例。

一一　「は」の下に補入記号、右に「たゝ」と傍書。

一二　ほんの短い間。「はるかなる仏の御国廻りても時のほどにぞたち帰りける」（長秋詠藻）。

（鐘の音も涼しい音に聞こえる）日暮れ時の夕日は、松のあたりに沈み残っていて。

影供歌合・家長）の歌例が参考になる。前句が聴覚を詠むのに対し、当該句では、暮れ残る夕日の色合いという色彩を詠む。
季―雑。

19 ＼降《ふ》[七]り分《わ》けて晴《は》[八]るる《ゝ》方ある村[九]時雨　　印

雨が降っている所と降っていない所を分けて、（夕日が松に残っている）晴れた場所もある、そんな村時雨であることだ。

沈む夕日は松に残っていて、と詠む前句に、「村時雨」の降るさまを付けた。夕日の沈む松のあたりは晴れているが、一方では時雨が降っているとする。降っては止み、止んでは降る「村時雨」の本意によって、あたりの全景を詠む。「夕日」「松」「村時雨」を取り合わせた歌例に、「夕日射す山の尾上の松風になほ音晴れぬ村時雨かな」（延文百首・良基）がある。前句の「暮るる」に「晴るる」が応じている。
季―冬（村時雨）。

20 [一〇]・立ちよる宿《やど》[一一]はただ《ゞ》[一二]時のほど　　一丶

（降っている所と降っていない所がある雨の雨宿りで、）立ち寄る所に居るのは、ほんの短い間である。

前句では「村時雨」を詠む。その村時雨に降られて、雨宿りのできる所に立ち寄る旅人のさまを付けた。降っている所、晴れている所があるという前句を受けて、すぐに止むと見極めて、ほんの短い間だけ立ち寄るとした。「時雨」に雨宿りすると詠む歌例に、「猪名《なゐ》山の楢の村立木隠れて時雨の雨に雨宿りしつ」（夫木抄・有家）。
季―雑。題材―旅（宿）。

一　しばらくの間だけと。「風だにも過ぐるはしるき柴の戸をしばしばかりも人の問へかし」（深心院関白集）。
二　訪れては、すぐに立ち去ること。「入日さす岡べの里を問ひ捨てて雲の夕ゐる嶺や越えまし」（草庵集）。
三　情愛を残す。「情け」は恋人に対する情愛。花に対する歌例に、「いまはさは遅れて咲ける花にだに情を残せ春の山風」（東撰和歌六帖・素暹）。参考「来ぬ人を恨みも果てじ契り置きしその言の葉も情けならずや」（詞花集・恋下・忠通）。
四　「色」は様子、そぶりの意。「思ふには忍ぶることぞまけにける色には出でじと思ひしものを」（古今集・恋一・読人不知）。
五　桜花がついている枝を手折って賞翫すること。そのような花は風が吹かなくても散りやすい。

21　ここも又[一]しばしばかりと問ひ[二]捨《す》てて　全

この女のもとも、少しの間の滞在と訪れては立ち去って。

22　情《なさ》[三]けを残《のこ》す色《いろ》[四]ぞ少《すく》なき　真

（ここもまた少しの間と訪ねては去る人は、）私に情愛を残すそぶりが少ないことだ。

（二折表）
23　＼折《を[お]》[五]りてみる花はことさら散りやすし　一丶

（風情を残す色香が少ない）手折って見る桜の

少しの間、旅人が雨宿りのために立ち寄った宿を、ここでは女の家とし、そこに立ち寄ると取りなしての付け。男は次々と女のもとを立ち寄るものの、この女のもとを訪れるのはほんのわずかな時間であるとして、恋の句に転じた。「宿」に「問ひ捨てて」と付けた連歌に、やや時代は下るが「いかなる宿に今宵明さん／恨むれど我をば人の問ひ捨てて」（因幡千句第五百韻・専順／紹永）がある。前句「時のほど」に「しばしばかり」と応じる。
季—雑。題材—恋（問ひ）。

女を訪ねては見捨てて行く男の薄情な態度を詠む前句に、自分への愛情の少なさを感じると付く。「しばしばかり」に「少なき」が応ずるが、20句の「ただ時のほど」から「しばしばかり」、「少なき」と類似の表現が連続し、やや展開に滞りがある。
季—雑。題材—恋（情け）。

薄情な恋人の様子を詠む前句に対して、「情け」を賞翫すべき風情、「色」を「花」の色香の意に取りなし、手折った花は色香が瞬く間になくなり、散りやすいと付けた。それでなくても花の色香は失われやすいの

花は、とりわけ散りやすい。

24　[六]春の嵐を過《す》ぐる山路《ち》[七]に　如

（春のはげしい風が吹き過ぎた山道で。手折った花はとりわけ散りやすい。）

25　[八]霞をも分《わ》けてや雁《かり》[九]の帰るらん　全

（春の嵐が過ぎて行く山道の上空では）霞をも分けて雁が北へ帰って行くらしい。

に、折れば「ことさら」に、というのである。前句の「色」は付合では「花の色は移りにけりないたづらに我が身世にふるながめせしまに」（古今集・春下・小町）で詠まれたような「花の色」となる。今まさに散りそうな「花」に対して、その「色」が「少なき」と付けた連歌例に、「散りかかる花の青葉は埋もれて／日ごとに春の色ぞ少なき」（享徳千句第六百韻・忍誓／賢盛）。

季―春（花）。

前句の「折りてみる」を「春の嵐」が吹き過ぎる「山路」でのこととして付けた。嵐のために花は散りやすいが、折ればますます散りやすい、というのである。山に吹く風によって花が散ることを詠む歌例に、「惜しめども春も止まらぬ不破の関山吹き越ゆる春の嵐に」（明日香井集）がある。また「山路」に咲いた「花」が散ることは、『続拾遺集』に「誰ゆゑにあくがれそめし山路とて我をばよそに花の散るらむ」（春下・澄覚）。

寄合―「散る花」と「嵐」（拾）。

季―春（春）。題材―山類（山路）。

「春の嵐」が吹き過ぎる山道を詠む前句に、その上空では霞が立ち込める中、雁がその霞をも分けて進みながら北に帰って行くのだろう、と思い遣る句を付けた。雁が嵐に向かって飛ぶことは、「声はなほ過ぎぬるあとに通ふなり嵐に向かふ雁の一行《ひとつら》」（続門葉集・地蔵院幸福丸）、霞を分けて飛ぶことは、「霞分けいま雁帰るものならば秋来るまでは恋ひやわたらむ」（拾遺集・物名・読人不知）。

季―春（霞・雁の帰る）。

「風だにも吹かでのどけき春ならば折る手にのみや花は散らまし」（月詣集・敦仲）。時代は下るが連歌例に「折り帰る花はもろくもうち散て」（毛利千句第八百韻・紹巴）。

六　春に吹くはげしい風。「春の嵐」は「何か思ふ春の嵐に雲晴れてさやけき影は君のみぞ見む」（金葉集・雑上・周防内侍）などと詠まれている。「過ぐる」は時間的、空間的経過を表す。

七　山道のこと。そこに風が吹くことを詠む歌に、「嵐吹く山路かさなる草枕結ぶ旅寝の夢ぞ少なき」（宝治元年仙洞歌合・禅信）。

八　霞をも分けて進み行くさま。「春の日に霞分けつつ飛ぶ雁の見えみ見えずみ雲がくれ行く」（寛平御時后宮歌合・読人不知）。「をも」は嵐の中や、霞をも、の意を表す。異本「わきてや」。

九　春に北へ帰る雁。「帰るらむ行方も知らず雁がねの霞の衣たち重ねつつ」（新勅撰集・春上・師時）。

一　夢を覚めさせて。「沖つ白波」が、とする歌例に、「年経りて中州に寝ぶる芦鶴の夢を覚ますは沖つ白波」（為忠家初度百首・仲正）。

二　明けて行く朝。白々と明るくなって行く朝という時刻が、これまで見ていた夢を覚まさせる、というのである。参考「夏の夜ははかなきほどの夢をだに見果てぬ先に明くる東雲」（続後拾遺集・夏・成茂）。

三　思っていればいるほど。「今日秋と頼めしよりもなかなかに思ふほどにも惑ひぬるかな」（敦忠集）。

四　共寝をした人と別れたのち、また寝ること。「帰りつるその暁に又寝して夢にこそ見れ飽かぬ名残を」（続詞花集・恋中・覚性）に見られるように、後朝の名残惜しさを詠む。

五　ちょうどその時。「節」に「伏し」が響いて「寝」の縁語となる。

六　底本「かりいほ」の「い」を抹消。仮庵は粗末な仮小屋のこと。近くで鹿が鳴くとする歌例に、「秋の田の仮庵のま萩咲きしよりなほ庵近く鹿ぞ

26　[一]夢《ゆめ》を覚《さ》まして[二]明《あ》くる東雲《しのゝめ》　真

私が見ていた夢を覚めさせて、夜が明けてゆく朝。（その明るくなった空を、雁が霞を分けて帰って行くらしい。）

27　[三]思《おも》ふほど[四]又寝《またね》をしつる[五]折《を[お]り》節《ふし》に　全

（共寝をした相手を）思えば思うほど、逢瀬の夢を見たいと思って又寝をしたが、ちょうどその時に。（夜が明け、夢から覚まされてしまった。）

28　[六]仮庵《かりほ》に近《ちか》きさ[七]を鹿《しか》の声　一、

（又寝をしていたちょうどその時、）粗末な仮小

前句の雁の飛んでいるらしい霞の景を明け方と見定め、そのような朝、夢から覚めさせられてと付けた。雁が帰って行くという前句は、夜明け方、目が覚め外を見た時の光景ということでもあろう。覚める夢は「思ひつつ恋ひつつは寝じ逢ふと見る夢は覚めてはわびしかりけり」（玉葉集・恋三・道綱母）等と詠まれるように、逢瀬の夢と取れる。「東雲」も契りを結んだ男女の後朝を指すことが多い。前句の「帰る」に男が帰るが含意されている。恋の風情が漂う句。参考「帰る雁霞みて去ぬる山の端に面影残る東雲の月」（道助法親王家五十首・行能）。

季―雑。

前句の夜明けに覚まされてしまった夢を、共寝をした相手が夢に出てくるのを期待して、又寝をした時の夢と見なしての付け。逢瀬の夢を見ようと又寝した、ちょうどその時、夜が明けてしまった、とした句。夢の中での逢瀬がほとんど叶えられなかったという思いを詠む。「思ひつつ寝ればや人の見えつらむ夢と知りせば覚めざらましを」（古今集・恋二・小町）のように、和歌では恋人への思いが募った結果、夢の中での逢瀬が叶うというものがあるが、ここではそれも叶えられないと詠む。

季―雑。題材―恋（又寝）。

共寝した相手を思いながら又寝をすると詠む前句の場所を粗末な小屋とし、夢から覚めた時、その近くで、悲しげに妻を慕って鳴く牡鹿の声がした、と付く。妻を恋い慕って鳴く鹿は、「伏見山妻問ふ鹿の涙をや仮

鳴くなる」（新後拾遺集・雑秋・善成）。

七　雄の鹿。「さ」は接頭語。底本「さを鹿声」。異本により「の」を補った。歌例に「草の庵仮寝の床の思ひ出では枕に近きさを鹿の声」（玉葉集・旅・師宗）。

八　番をしている小さな田。「守る」に「漏る」が響いて「露」の縁語。

九　小さい田の稲葉。「稲葉」は刈り取られる前の成長した稲。歌例に「鴫の立つ小田の稲葉に露散りて羽音寂しき秋の夕暮」（他阿上人集）。

一〇　秩序がなく、乱れる様子で、ここでは露が稲葉に降りるさま。「しどろ」は髪や衣が乱れるさまを詠む例が圧倒的に多いが、「露」を詠んだ例には、「それしもぞ情け多かる白露のしどろに置ける庭の刈萱」（公賢集）等がある。

一一　風が雲をかき乱す様子。「雲を吹きまぜる」の歌例に、「白妙にたなびく雲を吹きまぜて雪にあまぎる嶺の松風」（正治初度百首・定家）。

一二　山から吹き下ろす強い風のこと。

屋の近くで、妻を恋う悲しげな牡鹿の声がしたことだ。

29　守《も》る八小田九の稲《いな》葉しどろ一〇に露落《お》ちて　印

（仮庵で）番をしている小さな田の稲葉には、乱れるように露が落ちていて。

30　一一雲をまぜたる山颪《おろし》一二かな《哉》　一丶

（稲葉の露を乱れ落し、）雲をかき乱して吹く山颪であることだ。

庵の色の萩の上露」（最勝四天王院障子和歌・定家）等と詠まれる。また仮庵の近くで鳴く鹿の歌例には、頭注〈六〉の歌や、「まばらなる柴の仮庵に月漏りて枕に近きさを鹿の声」（和歌所影供歌合・忠良）等がある。又寝をする人物が悲しげな牡鹿の鳴き声を聞くという情趣には恋の風情が漂う。

季―秋（さを鹿）。題材―居所（仮庵）。

前句の「仮庵」を田と守る庵と見定め、その田の稲葉には露が乱れ落ちていると付けた。庵の近くで鳴く鹿という聴覚での受容から、稲葉の露の景という視覚の受容へと転じている。前句の「鹿」の鳴き声から、「露」には涙が含意されているか。「穂にも出でぬ山田を守ると藤衣稲葉の露に濡れぬ日ぞなき」（古今集・秋下・読人不知）のように稲葉と露が共に詠まれる。なお、「仮庵」「露」「小田」「鹿」を詠む歌例に、「仮庵や露敷く小田の稲莚鹿も伏見の山や寒けき」（雲葉集・秋上・経家）がある。

寄合―「鹿」と「露」（竹）、「鹿」と「露時雨」（拾・他）。

季―秋（守る小田・露）。

前句の、「露」が「稲葉」に乱れ落ちるのは、雲を乱して強い山颪の風が吹くからだとして付く。「稲葉」に吹く「山颪」は「鹿の音は深山颪にたぐひつつ稲葉波よる秋の夕暮れ」（師光集）、露を散らす「山颪」は、「山颪に耐へぬ木の葉の露よりもあやなくもろき我が涙かな」（源氏物語・橋姫）と詠まれている。

寄合―「雲」と「稲葉」（拾・他）。

季―雑。

一　疎遠になっていく人。「うとくなる人を何とて恨むらむ知られず知らぬ折もありしに」（新古今集・恋四・西行）。
二　現在の奈良県桜井市東部。長谷寺がある。
三　日暮れ時。また、その時に鳴る鐘。「夕霧に梢も見えず初瀬山入相の鐘の音ばかりして」（詞花集・秋・兼昌）。
四　人がまだ訪れていない状態。「今こそはあとをも見やれこの里も訪はれぬ先の雪の寂しさ」（秋風集・実経）。
五　花が散っていく。落花。「跡絶えて訪はれぬ庭の苔の色も忘るばかりに花ぞ散りしく」（拾遺愚草）とあるように、和歌で花は「散る」ということが多いが、ここでは「落つ」と詠む。漢語的表現。「梢より落ちくる花ものどかにて霞に重き入相の声」（風雅集・春下・花園院）。
六　「春」は惜しんでも留まらず過ぎるものとされる。「惜しめども留まらなくに春霞帰る道にし

31　一うとくなる人を二初瀬《はつせ》の三入相に　　印

（雲をかき乱す山颪がますます人を遠のかせるように感じられる。）疎遠になっていく人を初瀬の入相の鐘が鳴る日暮れ時に待っていても。

32　四訪《と》はれぬ先《さき》に五花ぞ落《お》ち行《ゆ》く　　一丶

（疎遠になっていく人を待つ日暮れ時、初瀬の入相の鐘が聞こえてきて、）人がまだ訪れない前から花が散っていくことだ。

33　／六春はさて七夢《ゆめ》かやつ八ひ《ゐ》に九留《とゞ》まらず　　印

（人が訪れない前から花が散っていく。）春はは

前句の「山颪」を受け、「憂かりける人を初瀬の山颪よ激しかれとは祈らぬものを」（千載集・恋二・俊頼）を本歌として付けた。本歌で「憂かりける人」とある所を「うとくなる人」とし、「初瀬」の情景を鐘の音が聞こえる夕暮れ時と見定めて、恋人が訪れるはずの夕暮れに、激しい山颪とともに恋人がますます疎遠になっていくことを嘆く心情とした。
季―雑。題材―恋（うとくなる）。

前句の「うとくなる人」に「訪はれぬ」と付け、疎遠になった人がせめて花を見に来てくれるかと期待したが、訪れる前に花が散って行く、との落胆を詠む。前句との繋がりでは恋。一句では恋に限定されず、花見に訪れる人もない寂しさとともに、落花を惜しむ情とも解される。「散り果ててのちは何せむ山里の花見よとてぞ人は待たれし」（新後撰集・雑上・親世）。「入相」と散る花は「山里の春の夕暮れ来て見れば入相の鐘に花ぞ散りける」（新古今集・春下・能因）と詠まれている。また、「初瀬」「入相」「花」を詠む歌例に「暮れぬともしばしな告げそ初瀬山花見るほどの入相の鐘」（千五百番歌合・兼宗）等がある。
季―春（花）。

前句の「花ぞ落ち行く」から惜春の情を読み取り、「花」と「夢」の寄合を介して、春は惜しんでも留めることができないものだが、「夢」であったかのように春は留まらず過ぎ行く、とした。『和漢朗詠集』の

立ちぬと思へば」（古今集・春下・元方）。
七　夢であろうか。「夢にても留まる秋と見るべくは寝なましものを心尽くさで」（公賢集）。
八　最後に。「もろともに同じ都は出でしかどつひには春に別れぬるかな」（千載集・春下・琳賢）。
九　異本「とまらねは」。
一〇　送ったり迎えたりして。「いつか我昔の人と言はるべき重なる年を送り迎へて」（山家集）とあるように、過ぎた年を送り、新しい年を迎え、という意であろう。
一一　過ぎ行く日数。
一二　これといった思い出もない身。底本「も」の上に「の」と上書。「思ひ出のなき身なれどもいにしへを恋ふるは老をいとふなりけり」（風雅集・雑下・為継）。
一三　老いて齢を積み重ねる。「老」と「積もる」は「おほかたは月をもめでじこれぞこの積もれば人の老となるもの」（古今集・雑上・業平）以来ともに詠まれる。

てさて、夢だったのだろうか。ついには、留まることなく過ぎ去ってしまう。

34

送《おく》り[一〇]迎《むか》へて過《す》ぐる[一一]日数に　十、

（春は最後には留まらず過ぎて行く。）旧年を送っては、また新年を迎えることを繰り返し、過ぎ行く日数を重ねて。

35

○思ひ出のなき身も[一二]老は[一三]積《つ》もりけり　一、

（年を送っては迎え、過ぎ行く日数を重ねて、）これといった思い出のない身も、齢を重ねて老いは積もってしまったことだ。

「三月尽」の詩句「春を留むるには用ゐず関城の固めを　花落ちて風に随ひ鳥は雲に入る」（尊敬）を念頭に置く付合か。
寄合―「花」と「夢」（壁）。
季―春（春）。

春は留められないと詠む前句に、そのように月日は巡って過ぎ去って行く、と付けた。「留」めがたい「春」と「過ぐる日数」を詠み込む歌例に、「別れ行く春の霞の関守も過ぐる日数を留めやはする」（新千載集・春下・宣子）がある。加えて当該句では、「留まらず」に、「送り」「迎へ」が呼応する。
季―雑。

日数が過ぎ行くことを詠む前句に、いたずらに日数ばかりが経過し、思い出になるべきさしたる事柄もない身でも、老いて齢を積み重ねてしまった、と気づく心情を付けた。「老」「積もり」「送り迎へて」をともに詠む歌例に、「数ふれば嘆きも老も積もりけりよそなる春を送り迎へて」（土御門院御集）等がある。
季―雑。題材―述懐（思ひ出・老）。

一　ひとりで寝ること。ひとり寝に冷たい風が吹くとした歌は、「ひとり寝の床の秋風身にしむやよそに聞きこし恋にはあるらむ」（林葉集）のように、恋の心で詠まれる。

二　「すごし」はぞっとするほど寂しいという意。歌例に「秋風はすごく吹くとも葛の葉のうらみ顔には見えじとぞ思ふ」（新古今集・雑下・和泉式部）。

三　つらいながらも。「憂きながら久しくぞ世を過ぎにけるあはれやかけし住吉の松」（新古今集・雑下・俊成）のように老の心を詠むことが多い。ただし「憂きながら消えぬる泡ともなりななむ流れてとだに頼まれぬ身は」（古今集・恋五・友則）等、恋の歌も若干数存在する。

四　枕元に居て鳴くことに慣れた。歌例に「秋風に草の宿りや荒れぬらむ枕に慣るるきりぎりすかな」（千五百番歌合・有家）。「十月、蟋蟀、我牀下に入る」（詩経）の影響があるか。

五　現在のこおろぎ（蟋蟀）の古名。

36　一ひとり寝《ね》二すごき秋風の声《こゑ》　理

（思い出すらない身にも老いは積もってくる。）ひとり寝をしているともの寂しい秋風の音が聞こえてくることだ。

（二折裏）

37／憂《う》三きながら枕四に慣《な》るる五きりぎ《ぐ》りす　道

（ひとり寝をしているその）枕元に、（同じように秋風に）つらい思いしながら、住み慣れているきりぎりすがいる。

38／草六の庵《いほり》七の八月の夜《よ》な夜な《く》　十丶

（きりぎりすが住み慣れている）草の庵は毎夜

思い出がない身も老いるとした前句に、孤独に寝る様子を付けた。そのような独り寝をしていると、ひどく寂しげで寒々とした秋風が聞こえてくる、というのである。「老」と「秋風」「寝」を共に詠んだ歌例に、「秋風に起き臥し侘ぶる荻の葉や老の寝覚の心知るらむ」（現存和歌六帖・信実）がある。一句としては「恋の心、ひとり寝」（連珠合璧集）とあるように、恋の句。

季―秋（秋風）。題材―恋（ひとり寝）。

前句の「ひとり寝」に「憂き」「枕」、「秋風」に「きりぎりす」を付けた句。秋風が吹く頃、つらいひとり寝の枕には、同様な気持ちでいるきりぎりすが悲しげに鳴いている、というのである。「慣るる」とするのは、すでに秋風が吹く頃まで住み着いているからである。「きりぎりす鳴くや霜夜のさむしろに衣かた敷きひとりかも寝む」（新古今集・秋下・良経）が念頭にあったか。一句としては「憂き」ものは「きりぎりす」と解され、秋が終わりに近づいていることを憂えていると考えられる。

季―秋（きりぎりす）。

前句は枕元に長く居着いた「きりぎりす」を詠む。その前句の「慣るる」に「夜な夜な」と応じた。きりぎりすが枕元に慣れるほど住み着いている所を、毎夜、月に照らされる草庵であるとした付句である。草庵

毎夜月に照らされている。

39　[九]露さへ《え》に漏《も》らぬ岩屋《いはや》を[一〇]住み捨《す》てゝ　印

（月の光の射す草の庵で過ごす毎夜である。）月の光どころか露さえも漏れることがない岩屋を住み捨てて。

40　[一一]心留《と》めじと[一二]あくがれぞ行《ゆ》く　一丶

心を留めまいと思い、（露さえ漏れない岩屋を住み捨てて、）心ひかれるままにふらふらと浮かれ出て行くことだ。

の夜、枕元で鳴くきりぎりすを詠んだ歌例に、「きりぎりす暁がたの草の庵に人づてならぬ枕にぞ聞く」（後鳥羽院御集）等がある。月光の下、きりぎりすが鳴くことは、「今宵こそ秋と覚ゆれ月影にきりぎりす鳴きて風ぞ身にしむ」（玉葉集・秋下・雅有）と詠まれている。

季―秋（月）。題材―居所（庵）。

月の光の射す草の庵を詠んだ前句に、露さえ漏れてこない岩屋を捨てて、そこに住むことになったと、と付けた。「草の庵」は頭注〈八〉の歌例のように「露けき」ものとされる。逆に岩屋は一般的に露の漏れないものと詠まれる。その岩屋をわざわざ住み捨てて月を求めて草の庵に移り住んだというのであろう。

季―秋（露）。

前句「住み捨てて」を受けて、心ひかれるままに岩屋を離れ行く様子を付けた句。「心留めじ」の対象はさまざまであるが、頭注〈一〇〉に引く歌のように、現世・俗世にとらわれず、そこから離れたいとする歌例が多い。修行の場としての「岩屋」でさえ、執着せずに捨て去る心境を詠んだものか。

季―雑。

六　歌例に「我もまた影宿せとや結ぶらむ草の庵の秋の夜の月」（浄弁集）。

七　底本「に」に「の」を重ね書き。

八　月の出ている毎夜。歌例に「のちの世の心も知らじ網代守りも冴えたる空の月の夜な夜な」（拾遺愚草員外）。

九　露でさえも入りこんでこない岩屋。「岩屋」は、岩の洞窟を住居としたもの。「草の庵何露けしと思ひけむ漏らぬ岩屋も袖は濡れけり」（金葉集・雑上・行尊）のように露が漏れない所と詠まれる。

一〇　住んでいた所を捨てるように出て。「幾たびかかく住み捨てて出でつらむ定めなき世に結ぶ仮庵」（風雅集・雑中・夢窓疎石）。

一一　心を留めまいと。「この世には心留めじと思ふ間に眺めぞ果てぬ春の曙」（六百番歌合・顕昭）。

一二　ふらふらと浮かれ離れ行く。「津の国の難波堀江や濁るらむすみし心もあくがれぞ行く」（拾玉集）。

41

何事も思《おも》へ[一]ば法《のり》[二]の障《さは》りなり（也）　如

（俗世に心を留めまいと、さまよい出ることだ。）どのようなことも心に思うというのは仏法の妨げなのだ。

心を留めずにさまよい出ると詠む前句の状況を、出家遁世する者と見なして、あれこれ考えることが仏法の妨げなのだと思い捨てる心境を付けた。参考「あくがれし心を道のしるべにて雲にともなふ身とぞなりぬる」（山家集）、「心をも跡をもとめずあくがれてあはれ憂き身の友千鳥かな」（続千載集・雑上・公順）。
季―雑。題材―釈教（法）。

42

誓《ちか》[三]ひの舟をさして[四]頼《たの》まん　一丶

（どのようなことも、思うと仏法の妨げである。）弘誓の舟をただひたすら頼りとしよう。

どのようなことでも思うことがそもそも仏法の妨げであるという前句に、そのような雑念を除いて、ひたすら仏の救済を頼りとしようとする心を付けた。前句の「法」（乗り）に「舟」が寄り合う。参考「法の舟さして行く身ぞもろもろの神も仏も我をみそなへ」（新古今集・釈教・智証）。
寄合―「法」と「舟」（壁）。
季―雑。題材―釈教（誓ひの舟）、水辺（舟）。

43

渡《わた》[五]るべき浪こそ海《うみ》[六]の道《みち》になれ　印

（舟をひたすら頼りにしよう）渡って行くこと

前句の、仏法上の喩えの舟を通常の舟と取りなして付けた。ひたすら舟を頼りとする様子に舟旅の趣を見出し、これから越えて行くことになる浪立つところが、進むべき海の道となるのだと波路を行く心を詠む。

一　底本「ひ」を見せ消ちして右傍に「へ」。

二　仏法への障害。「世の中を何に障りてなどしもか法の道には今日遅るらむ」（能因法師集）、「言の葉に留まる心の障りこそまことの法の隔てなりけれ」（新千載集・釈教・只皈）。

三　衆生を生死の苦海から救って涅槃の彼岸へ渡す仏法や仏の誓願を舟に譬えたもの。「世に越ゆる誓ひの舟を頼むかな苦しき海に身は沈めども」（玉葉集・釈教・経長）。

四　動詞「指す」に助詞「て」が接続したもの。対象を明確に限定し、特に、はっきりと、といった意。棹挿すの「挿し」が響き「舟」の縁語。「さしてなほ陰をぞ頼む世々経ても三笠の杜にかかる藤波」（為家集）。

五　渡るであろう、渡って行かねばならない。「渡るべき川瀬や近くなりぬらむ霧のあなたに千鳥鳴くなり」（玉葉集・

雑一・忠守)、「渡るべき川のむかひに船見えて」(菟玖波集・羇旅・重成)。

六　海路。「わたつ海や限りも知らぬ波の上も思へば道は絶ゆるものかは」(宝治百首・小宰相)。

七　浦風。「難波潟浦吹く風に波立てばつのぐむ芦の見えみ見えずみ」(後拾遺集・春上・読人不知)。

八　松の梢に風の音が響くさま。松風。「秋風の音はあまたのあはれなれや松に響くも竹にそよぐも」(伏見院御集)。

九　立ち昇る煙が空の雲と混ざって一体に見えるさま。「大原や心ごころに焼く炭の煙は一つ空の浮雲」(降信集)。

になる浪立つところが、海の道になるのだから。

44　浦[七]吹《ふ》く風は松[八]に響《ひゞ》きて　理

(渡って行く波立つ) 浦を吹く風は松に響いていて。

45　雲煙[九]一《ひと》つに見《み》ゆる夕べかな《哉》　全

(浦のあたりは、) 雲も煙も一つになって見える夕暮れ時であるよ。

前句の「さして」に「道」が応じる。『法華経』「観世音菩薩普門品」「弘誓深如海」を背景とする「歴劫の弘誓の海に舟わたせ生死の波は冬荒くとも」(拾遺愚草)、「弘誓の舟に棹さして生死の苦海を渡り…」(源平盛衰記・巻十八) 等を参考にすると、付合では荒波の海で舟を頼りとする情趣であろう。

　季―雑。題材―旅 (海の道)、水辺 (浪・海)。

海路を詠む前句に対して、浦に吹く松風という海浜の情趣を付けた。付合では沖で浪を立てている風が浦へ吹き寄せ松の音を響かせるさまとなる。「浪」と海辺の松風との取り合わせは「住の江の松を秋風吹くからに声うち添ふる沖つ白波」(古今集・賀・素性) が著名。

　寄合―「浪」と「松風」(璧)。

　季―雑。題材―水辺 (浦)。

前句の浦風に着目し、浦風の中を立ち昇る煙が雲と一つに見える薄暮の景観を付けた。付合においては「煙」は海辺で藻塩を焼く煙で、その煙が浦風に靡きながら雲と一体に見える夕景の趣となる。参考「浦風になびきにけりな里の海人の焚く藻の煙心弱さは」(後拾遺集・恋二・実方)、「かへり見る我が故郷の雲のなみ煙も遠し八重の潮風」(玉葉集・旅・道良女)。

　寄合―「松」と「煙」(璧)。

　季―雑。

一 雨が上がったのち。「朝戸開けて眺むる袖もしをれけり雨よりのちの花の姿に」（俊光集）。
二 風吹き、雲が激しく動き、荒れ模様で騒がしい空の様子。「空の騒ぎ」と詠む例は見出せないが、古くは「秋風に山吹の瀬の響くさへ空なる雲の騒ぎ合へるかも」（古今六帖・作者未詳）など、空の雲が乱れ騒ぐとする例は散見する。
三 そのまま早くも。「山深み焼く炭窯の煙こそやがて雪げの雲となりけれ」（詞花集・冬・匡房）。
四 雪模様の空の色、様子・気配。今にも雪が降り出しそうな空の様子。「くちなしの色に棚引くうき雲を雪げの空と誰か見ざらむ」（散木奇歌集）。
五 この措辞を用いた歌例に「おしなべて紅葉の色になりにけり時雨に染まぬ梢なければ」（中宮亮顕輔家歌合・成通）がある。
六 寒いということは冬であるからだ、の意。後代の例であるが、「知らざりき緑の空に仰ぎても

46 [一]雨よりのちの空の[二]騒《さわ[は]》ぎに　十丶

雨の上がったのちの空が騒がしくなって。（雲と煙が一つに見えるようになった。）

47 [三]やがてはや[四]雪げの[五]色になり《成》にけり　本

そのまま早くも、今にも雪が降り出しそうな空の様子になったことだ。

48 [六]寒《さむ》きを冬と[七]思ひ定《さだ》めて　印

寒いのは冬であるからだと思いを定めて。

前句の雲も煙も一つに見えるという状況に対し、雨上がりで風が強い空模様だから、と原因を付けている。騒ぐ風と雲の取り合わせを詠む歌例には、「風騒ぎ村雲まがふ夕べにも忘るる間なく忘られぬ君」（源氏物語・野分）がある。雨が上がっても空には、雨をもたらした風と雲の激しい様子が残っているというのであろう。
寄合―「雲」と「雨」・「夕べ」と「雨」（璧）。
季―雑。

雨上がりの荒れ模様の空を詠んだ前句に、今にも雪が降り出しそうな天候になったと応じる。「雪げ」は「雪解」ではなく、「雪気」で、前句の「雨よりのち」を受けて、雨から雪へと変わりゆく様子を付ける。「雨」が「雪げ」に変わることは、「吉野山古里寒くなほ冴えて雪げになるか春の夜の雨」（範宗集）、「色」が「雪げ」になることは、「雲の色は時雨れし空も一つにて雪げに変わる遠《をち》の山風」（俊光集）。
季―冬（雪げ）。

雪が降り出しそうな空の様子を詠む前句に、寒さを感じ、それを冬であるからだと納得する心境を付ける。前句の「雪げ」に「寒き」と「冬」が応じる。参考「敷妙の衣手寒し冬の夜に雪げ冴えたる山の端の月」

寒きを冬といへる心を」(草根集) がある。

七 思いを定める。「憂き人はありしその夜を限りとや思ひ定めて起き別れけむ」(新葉集・恋四・朝棟)。

八 別の方、別の人に通う心。「異方に通ふ心のあるままに我が身にははやつれなかりけり」(後二条院歌合・師信)。連歌例に「憂しとみながら年ぞ経にける／異方に移りかねぬる心より」(菟玖波集・恋下・為雄) がある。

九 将来まで添い遂げること。終わりまでやり遂げること。「契り」が「末通る」ということ。後代の歌例に、「鴛鴦の深き契りよあはれ誰がいつの思ひの末通りけむ」(雪玉集)。ただ、「契りしは末も通らぬ忘れ水頼むや浅き心なるらむ」(続拾遺集・恋二・行氏)、「いかにせむ岩間を伝ふ山水の浅き契りは末も通らず」(新後撰集・恋四・家良) のように、「契りの末も通らぬ」の形で詠まれることが多い。

49 八異《こと》方に通《かよ》ふ心やなかるらん 全

(寒いのは冬だからと思うことにする。この寒々とした日には、) あの人は、別の人のもとに通って行こうとする気持ちもないことだろう。

50 ／この《此》契りにて九末通《すゑとほ》らばや 印

(別の人のもとに通う気持ちはないであろう。) この縁によって将来まで添い遂げたいものだ。

(河合社歌合・為氏)。「寒きを冬と思ひ定め」る歌例は見出し難いが、気候によって冬かどうか定めようとすることを詠む例には、「袖濡れし秋の名残も慕はれて時雨を冬と定めかねつつ」(新後拾遺集・冬・実雄) がある。

季—冬 (寒き・冬)。

寒いのは冬だからだ、とする前句に、ひとり寝の寒さからの連想で、恋人の心変わりを疑う恋句に転じた。寒さを感じるのは、恋の相手の心が冷たいこともあるとの含みも持たせつつ、この寒さは、冬のためだからと「思ひ定めて」、この寒さなら不実な恋人も「異方に通ふ心」は起きないだろうとする。

季—雑。題材—恋 (句意)。

恋人の心変わりを疑いつつ、それはないだろうと思う前句に、将来まで添い遂げたいと希望する心を付けた。「異方」に「この」と応じている。「異方」へ移りそうな人との「契り」を繫ぎ止めたいとする歌例に、「異方に花色衣移ればや重ねしままの契りなるらむ」(南朝五百番歌合・資氏)。

季—雑。題材—恋 (契り)。

一　手紙。玉梓とも。梓の木に手紙を付けて使者が届けたことから。「玉章」と「偽り」を結んだ歌例に、「世の中に絶えて偽りなかりせば頼みぬべくも見ゆる玉章」（古今六帖・読人不知）。
二　本当のことと嘘のこと。「いづかたに思ひ定めて頼ままし この夕暮れのまこと偽り」（亀山殿七百首・為世）。
三　対面して言おう。後世の歌例に「知るらめやひとり向かひてもの言はぬ山の岩木に果つる心は」（正徹千首）。
四　恋人に対する恨み。和歌では「恨みむと言ふ言の葉もかれにしを何に思ひのなほ残るらむ」（如願法師集）のように、恋人への恨みを伝えることができないことを詠む。
五　「面影」が身に寄り添う。訪れのない恋人の面影を思う歌に、「君は来で思ひや出でし月見れば面影さへぞ添ふ心地する」（赤染衛門集）がある。

三（三折表）

51　[一]玉章《づさ》は[二]まこと偽《いつは》り知りがたし　一丶
（将来まで添い遂げたいと言うけれども、）手紙では本当か嘘かは知ることが難しい。

52　[三]向《む》かひて言《い》はん我が[四]恨《うら》みをば　如
（手紙では本当か嘘かの区別がつかないから、）面と向かって言おう。私の恨み言を。

53　／[五]添《そ》ふとても[六]来《こ》ぬ面影《おもかげ》は何かせん　印
（面と向かって恨み言を言いたい。）寄り添うと言っても、実際には訪ねて来ないあの人の面影

前句の、将来まで添い遂げたいという希望を恋人の手紙の内容とし、手紙では真実と虚偽を見分けることはできないと付けた。「契り」に「まこと」「偽り」を結んだ歌例に、「契りしは偽りならずまこととも逢ひ見る今ぞ思ひ合はする」（安撰集・光誉）。
寄合―「契り」と「文」（拾・他）。
季―雑。題材―恋（玉章・偽り）。

手紙では真偽を確かめられないと詠む前句に、だから面と向かって自分の恨み言を言いたい、と付く。「偽りと思ふものから今更に誰まことをか我は頼まむ」（古今集・恋四・読人不知）のように、恋人の言動について、本当のことかと疑いを向ける歌は多く、当該句もそれらと同じ趣向である。
寄合―「文」と「恨み」（竹）、「偽り」と「恨み」（拾・他）。
季―雑。題材―恋（恨み）。

恨み言を直接言いたい、と詠む前句に、訪れのない恋人の面影を思い浮かべながら、その恋人へ面と向かって恨みを言うことができないつらさを付けた。「向かひて言はん」に「面影」しか見ることが出来ないという状況で応じている。
季―雑。題材―恋（句意）。

だけでは、一体何になろう。

54
待[七]つ・にも鳴《な》かぬ[八]山時鳥《ほとゝぎす》　　如

（時鳥の面影を思い浮かべても何になろう。そんな思いで）待っていても鳴かない山時鳥であるよ。

55
[九]有《在》明になるべき月は[一〇]遅《おそ》くして　　十丶

（時鳥が鳴くのを待って、夜を過ごしていたが、）有明の月となるべき月の出は遅く、なかなか昇ってこないことだ。

前句の「面影」を時鳥の面影とし、その時鳥を待っているが、鳴かないと付けた。時鳥の鳴き声を待つということは和歌にも多く詠まれる。「時鳥」の「面影」を詠む歌例に、「時鳥聞きだに分かぬ一声の面影のみぞ有明の空」（正治後度百首・宮内卿）がある。五句続いた恋句から離れた付句。
季―夏（山時鳥）。題材―山類（山時鳥）。

待っていても時鳥がなかなか鳴かないとする前句に、それは鳴くべき時刻を告げる有明の月の出が遅いからだ、と付けた。「時鳥鳴きつる方を眺むればただ有明の月ぞ残れる」（千載集・夏・実定）による付合。時鳥の声を待つ内に、夜明け近くになったが、まだ有明の月が出ない、というのである。時鳥も有明の月を待つと詠む歌例に、「つれなさは思ひも知れよ時鳥なれも有明の月も待つらし」（文保百首・経継）。
寄合―「時鳥」と「有明」（随・他）。
季―秋（月）。

六　訪れてこない恋人の面差し。「来ぬ人の面影誘ふかひもなし更くれば月をなほ恨みつつ」（続拾遺集・恋三・真昭）のように、月と取り合わされることが多い。

七　時鳥が待っていても鳴かない、と詠む歌例に、「夜もすがら待ちつるものを時鳥まただに鳴かで過ぎぬなるかな」（後拾遺集・夏・赤染衛門）。

八　時鳥と同じ。

九　有明の月。夜が明けかかっても空に残る月のこと。「三日月のまた有明になりぬるや憂き世にめぐるためしなるらむ」（詞花集・雑下・教長）。

一〇　月が昇るのが遅くなって。歌例に「遅く出づる月にもあるかな足引の山のあなたも惜しむべらなり」（古今集・雑上・読人不知）。

56　夕闇《やみふか》深く雨ぞ降《ふ》りぬる[一]　　如

（有明月となるはずの月の出は遅く、）夕闇が深い頃、雨が降ったことだ。

有明の月は出るのが遅いことを詠む前句に、そのような有明の月がまだ出てこない夕闇の深い時に、さらに暗さを増す雨が降ってきて、と付けた。同様の趣向の歌例に「夕闇の空より続く五月雨に行方も知らず有明の月」（寂身法師集）。秋の句を前句のみで打ち切り、雑に転じている。肖柏編『連歌新式追加並新式今案等』に「春　秋　恋〈以上五句。春秋の句、不至三句者不用之。恋句只一句にて止事無念、云々。〉」とあるが、春・秋の句を三句以上続けて詠む規定は、当時存在しなかったと考えられる。

　寄合―「月」と「夕」（竹）。

　季―雑。

57　晴《は》[二]れやらで身[三]を浮《うき》雲の暗《くら》き夜に　　印

空も心もすっきりと晴れず、この身が浮雲のようにはかなく不安な暗い夜に。

夕闇が深い時に雨が降ってきた、と詠む前句に、「晴れやらで」「身を浮雲の」といった比喩表現によって天象と心象を重ね合わせ、不安に揺れる人の心を付けた。「逢ふことのむなしき空の浮雲は身を知る雨の便りなりけり」（新古今集・恋二・惟明親王）、「消え果てし夕べの空の浮雲や晴れぬ涙の雨となるらむ」（実材母集）等の歌例から分かるように、付合においては前句の「雨」を涙にも取りなしている。

　季―雑。題材―述懐（身を浮）。

58　思[四]ひこそやれ見《み》[五]つる花をば　　全

（空も気分も晴れない暗い夜に、）心に思い描く

不安な心境を夜の浮雲に託して述べた前句に、以前に見た美しい花を思い浮かべ、心を慰めようとするさまを付けた。55～57句まで空を眺める内容が続いたが、当該句では花に焦点を転じる。「浮雲」のごとき

一　夕方に日が沈み、月が昇らない間に訪れる闇。陰暦で、月の出の遅い月末または月の細い月頭に用いる表現である。夕闇が深いと詠む歌例に「迷ひ行く習ひはしばし夕闇の深くぞ頼む有明の月」（拾玉集）。

二　晴れあがらないで。ここでは、雲がまだ空にかかっていることと、心が晴れないことの両方を響かせる。後者の歌例に「見しままの袖に涙は晴れやらで来ぬ夜はつらき月の影かな」（続千載集・恋三・忠守）がある。

三　身が浮雲のようにはかない存在に感じられること。不安なさま。「浮」に「憂き」を響かせる。「思ひ立つ身を浮雲の空になして迷ふ心はいつか晴るべき」（他阿上人集）は、言葉の取り合わせ、趣向ともに当該句に類似。

四　想像する。心を寄せる。「霞立つ山のあなたの桜花思ひやりてや春を暮らさむ」（拾遺集・雑春・浄蔵）等、花と結ぶ

用例は多い。

五　見た花のことを。底本は「ひるの」を抹消し、その下に続けて「みつる花をば」と記す。「昼」と打越の「夕」との指合が判明したための訂正か。

六　花が名残なくすっかり散ったのちも桜という名声だけは残している桜。「惜しむにも心なるべき袂さへ花の名残の留まらざるらむ」（拾遺愚草）などに見られる「花の名残」を念頭に置いた表現。参考「名残なく花散り果てて行く春を何のゆかりに惜しむなるらむ」（月詣集・顕家）。

七　その他の春の景物は時期が過ぎてしまい、霞だけに春を感じるようになって。同じ趣向の歌例に「春はただ霞ばかりの山の端に暁かけて月出づる頃」（拾遺愚草）。

八　春もあとわずかである。「いたづらに過ぐす月日は思ほえで花見て暮らす春ぞ少なき」（古今集・賀・興風）。

ことだ。見た花のことを。

59　散《ち》り果《は》てゝ[六]名のみ残《のこ》れる桜にて　本

（かつて見た花を心に思い描くことだ。）散り果てて、桜という名のみが残っている桜なので。

60○[七]霞《かすみ》ばかりに[八]春ぞ少《すく》なき　一丶

霞だけに春を感じるようになって、春もあとわずかである。

「身」と「花」を結んだ歌例に「花に似ぬ身の浮雲のいかなれや春をばよそにみ吉野の山」（秋篠月清集）、花を見て憂さを忘れると詠む歌例に「散らばまた思ひや出でむ身の憂さを見るに忘るる花桜かな」（続後撰集・春中・頼政）がある。

寄合―「雲」と「花」（壁）。

季―春（花）。

以前に見た花を心に思い浮かべると詠んだ前句に対して、その花は今は散り果てて、名声だけが残っていると付けた。桜の幻影を詠んで、惜春の情を表す。前句と付句の言葉の取り合わせは、「匂ふらむ霞の内の桜花思ひやりても惜しき春かな」（新古今集・恋一・元輔）、及び「花桜まださかりにて散りにけむ嘆きのもとを思ひこそやれ」（同・哀傷・成尋）によるか。

寄合―「花」と「桜」（壁）。

季―春（桜）。

散り果てた桜を詠んだ前句に、霞によってまだ春を感じられるが、その他の春の景物はすべて終わってしまって、春という季節を愛でられるのもあとわずかの間である、と付けた。暮春の景。桜の花がすっかり散ってしまったあと、霞を眺めて残りわずかな春を思いやるという詠みぶりは、「惜しむらむ訪はれし花も散り果てて春はいくかの峰の霞を」（拾遺愚草員外）を踏まえたか。「三月尽／花散りてのちはもの憂き眺めさへ霞にかぎる春の暮れかな」（壬二集）のように三月尽を意識した詠と見られる。

季―春（霞・春）。

61 ／鳴《な》[一]く鳥や老[二]いて古巣《ふるす》に帰るらん　印

（春も残り少なくなったこの頃、）鳴く鳥は、老いて古巣に帰るのだろうか。

62 弥生《やよひ》[三]の山の閑かなる暮《く》れ　如

（鳴きながら老鳥は古巣に帰るのだろうか。）閑かな夕暮れ時の弥生の山に。

63 松[四]ながら雲[五]より外の色もなし　本

（弥生の山には）松が生えているはずだが、雲以外の色も見えないくらい雲がかかっている。

霞だけに春が感じられ、春も残り少ないとする前句に、春の終わりに古巣に帰って行く鳥（鶯）の句を付けた。鶯の鳴く音によって春を感じていたが、その鶯も古巣に帰ると、春を感じさせるのはもう霞だけだ、とする付合。暮春に古巣へ帰る鳥を詠む歌例に、「花は根に鳥は古巣に帰るなり春の泊まりを知る人ぞなき」（千載集・春下・崇徳院）。老鶯が古巣に帰るということは、後代の例に、「世を照らす日影に出でて帰るさは古巣を頼む老の鶯」（松下集）。

季―春（鳴く鳥・古巣に帰る）。

鳴く鳥も古巣に帰るという前句に、その鳥が帰る場所として「弥生の山」を導き、前句の「鳴く」に「閑かなる」を対応させている。閑かに暮れて行く三月の山の様子を詠む。「弥生の山」と「暮れ」を結び、三月尽を含意させるか。鳥の声と弥生山を結んだ歌例に「弥生山梢の花はあとふりて寂しき鳥の声ぞ残れる」（兼行集）。「山」と「古巣に帰る」鶯を結ぶ歌例に、「忍山峰の桜や散りぬらむ古巣に帰る谷の鶯」（建保名所百首・康光）。

寄合―「鳥」と「山」（壁）。

季―春（弥生）。題材―山類（山）。

三月の山の夕暮れの閑かさを詠む前句に、雲がかかって松が見えず、夕暮れ時の雲の色しか見えない、と付けた。暮れて行き、雲にも覆われているので、あるはずの山の松はその緑の色を見せずに、見えるのは雲の色だけというのである。夕暮れ時、雲に隠れる松を詠む歌例に、「山松はみるみる

一　春鳴く鳥の多くは鶯で、晩春から夏にかけて鳴く鶯を老鶯と言う。「古巣に帰る」と詠まれるのも鶯である。時代は下るが暮春の「鳴く鳥」の句例に「雲ゐる山を思ひだにやれ／鳴く鳥も春暮れぬとや帰るらむ」（太神宮法楽千句・第三）。

二　「老ゆ」は季節を経て老いること。「古巣」は住み馴れた巣、かつて住んでいた巣。「鳥の老いて帰る時薄暮陰れり」（和漢朗詠集・文時）を念頭に置く。

三　三月の山。固有の山名ではない。「弥生山」とも。歌例に「散り残る弥生の山の山陰の花に霞める有明の月」（洞院摂政家百首・範宗）。

四　松がありながら。松が生えているが。短縮表現で、歌例は見えない。のちの連歌例に、「雪ながら山本霞む夕かな」（水無瀬三吟百韻・宗祇）。

五　雲以外の色もない。

時代は下るが、雲の色だけが見えるとする歌例に「遠近《をちこち》は雲より外の色もなし船路暮れ行く浪の上かな」（菊葉集・実直）。参考「み吉野は花より外の色もなし立てるやいづこ峰の白雲」（新千載・春上・為藤）。

六　雪が高く積もっているのによって。松に降る雪は数多く詠まれる。梢に積もる雪を詠む歌例に、「峰に生ふる松の梢も埋もれて山より高く積もる白雪」（続後拾遺集・冬・後嵯峨院）。

七　木末。枝の先。「小塩山こずゑも見えず降り積みしそのすべらぎの行幸なりけむ」（後拾遺集・雑五・少将井尼）。

八　訪れが稀であると詠む歌例に、「おくれゐて慕ふ涙はためしあれど苔の下まで訪ふは稀なり」（蒙求和歌）。

九　柴で作った粗末な小屋。「谷深み人も訪ねぬ柴の庵におとなふものは鶯の声」（堀河百首・隆源）のように、山奥等にあり人の訪れが稀なものとして詠まれる。

64 長 ／**六**雪の高《たか》きに**七**梢とぞ知《し》る　一丶

雪が高く積もっていることによって、（そこに松の）梢があると分かる。

（三折裏）

65 寒《さむ》きほどは**八**訪《と》ふも稀《まれ》なる**九**柴の庵《いほ》　理

（雪が高く積もっているので、人が来ないと知ることだ。）寒い時は訪れる人も稀な柴の庵である。

雲に消え果てて寂しさのみの夕暮れの雨」（風雅集・雑中・儀子内親王）。前句まで春が五句続き、暮春を詠む句も連続していたのを、春から離れて雑の句とした。

寄合―「山」と「松」・「山」と「雲」（壁）。

季―雑。

松があるのに雲の白い色ばかりが見える、という前句に、その雲と紛れるような雪が高く積もっているが、その雪のもっとも高くなっているところが、松の梢のあるところだと分かった、と付く。前句の「松」から「梢」を、「雲」から「雪」を導く。松に積もる雪を「高」しとする歌例に、「降る雪や梢に高く積もるらむ声弱り行く峰の松風」（寂蓮法師集）、句例に「浦松の雪の高きを山と見て」（菟玖波集・冬・範高）。

寄合―「松」と「雪」（壁）。

季―冬（雪）。

前句の「梢」に「来ず」を読み取り、付句の「訪ふも稀なる」を導く。梢が隠れるほど雪が高く積もり、寒いので、人が来るのも稀だというのである。「梢」に「来ず」を掛けることは、「叩くとて宿の妻戸を開けたれば人も梢の水鶏なりけり」（拾遺集・恋三・読人不知）、「住み馴れし人は梢に絶え果てて琴の音にのみ通ふ松風」（六百番歌合・有家）等。また、雪が積もる柴の庵を人が訪うことは稀だと詠む歌例に、「さらぬだに人目稀なる山里の柴の庵を埋む白雪」（延明神主和歌）。

季―冬（寒き）。題材―居所（庵）。

一　音信として聞くのは。「おとづれ」は音信、または訪問。
二　風だけである。「風」ばかりが訪れるとする歌例に、「風ばかりまつに答へて人訪はぬ深山の里の秋ぞ寂しき」（政範集）、風の訪れを聞くとする歌例に、「忘れては誰がおとづれと聞きなさむ寂しき宿の荻の上風」（嘉元百首・基忠）。
三　初秋では、初秋になれば、の意。
四　いつの間にか。上下に関わり、いつの間にか初秋になって、の意を込めるか。「いつしか」と「初秋」を結んだ歌例に、「いつしかと初秋風の吹きしより袖にたまらぬ露の白玉」（続千載集・雑上・後二条院）。参考「いつしかと秋来る宵の手枕に露も涙も結びそめつつ」（政範集）。
五　「荻」に「露」が「結ぶ」と詠む歌例に、「いかにして玉にも抜かむ夕されば荻の葉分きに結ぶ白露」（後拾遺集・秋上・為義）。底本「むすふ」の右傍に「ムスフ」とある。

66　聞《き》く[一]訪《おとづ》れは風ばかりにて[二]　本

（人の訪れも稀になった柴の庵で、）耳に入ってくる音信は風の声ばかりである。

67　初《はつ》秋は[三]いつしか[四]結《むす》ぶ[五]荻《を[お]ぎ》の露　一丶

（風だけが訪れる中、）初秋になって、いつの間にか荻の葉に露が結んだことだ。

68　去年《こぞ》[六]に変《か》はらで虫《むし》ぞ鳴《な》きける　理

（いつしか露が結ぶ初秋になって、）去年と変わらずに虫が鳴くことだ。

人の訪れも稀になった柴の庵を詠む前句に、そのような庵に訪れるのは、風の音だけだと付く。「柴の庵」に「風」が「訪れ」るという詠の背景には、「夕されば門田の稲葉訪れて蘆のまろ屋に秋風ぞ吹く」（金葉集・秋・経信）があろう。本付合と類似の状況を詠む歌例には、「深山吹く松の風のみならず柴の庵は人の訪れもなし」（壬二集）等がある。
　季―雑。

風ばかりが訪れるとする前句に、そのような秋になって、いつの間にか露が荻に結んだ、という景を付ける。「秋来ぬと目にはさやかに見えねども風の音にぞ驚かれぬる」（古今集・秋上・敏行）に詠まれるように、「風」の音を聞いて、秋の訪れを看取するという本意を背景にした句。また、「荻の葉に身にしむ風は訪れて来ぬ人つらき夕暮れの空」（続古今集・恋四・後鳥羽院）のように、訪れは荻吹く風のみと詠むのも常套である。
　寄合―「風」と「荻」（壁）。
　季―秋（初秋・荻・露）。

秋になり、荻に露が結ぶと詠む前句に、昨年と変わらずに虫が鳴く、と付く。「露」が結ぶ秋になると虫が鳴くことは、「露結ぶ秋も来にけりむべしこそうち解けぬ間に虫は鳴きけれ」（古今六帖・読人不知）等。初秋の情景を詠む付合であるが、「去年」と変わらずに、としたところに、句意展開の含みを持たせている。「鳴く」とあることで、前句の「露」には「涙」の意が含意

六　去年と変わらず同じように。「秋萩は去年に変はらぬ色なれどなほ珍しき花の顔かな」（堀河百首・国信）。

七　「今見る」「月」と「昔」を取り合わせた歌例に、「昔にはあはれ心の変はるかな老いて今見る秋の夜の月」（新三十六人撰・光俊）。

八　月が昔と同じ光を投げかけているということ。類似の状況を詠む歌例に、「都にて今も変はらぬ月影に昔の秋をうつしてぞ見る」（続後撰集・雑上・泰時）。

九　このことにつけても。「これ」は、月は昔ながらであるが、自分の置かれた状況が変わってしまったという自覚をいう。「ゆゆしとて忌むとも今はかひあらじ世のつきことはこれにつけても」（古今六帖・作者未詳）。

一〇　忘れられればよいのだが。「恋しやと思へば君が忘られで夢にも君が忘られればこそ」（弘安十年本古今集歌注）。

69　[七]今見《み》るも月は[八]昔の影《かげ》ながら　印

（虫が去年と変わらずに鳴いている。）今見る月も昔ながらの光を放っているけれども。

70　[九]これにつけても忘《わす》[一〇]られればこそ　一、

（月影は同じだが、自分の置かれた状況は変わってしまった。）こんなことなら、（昔のことを）忘れられればよいのに。

される。「露」が「虫」の涙であることは、「秋の野の草むらごとに置く露は夜鳴く虫の涙なるべし」（詞花集・秋・好忠）。

寄合―「露」と「虫」（壁）。

季―秋（虫）。

虫が去年と変わらずに鳴くとする前句に、月も昔ながらの光を放っているものの、と付く。在原業平の「去年を恋ひて」詠んだ「月やあらぬ春や昔の春ならぬ我が身ひとつはもとの身にして」（古今集・恋五）を踏まえた付合。頭注（七）の光俊歌や、「老いらくの我が身の影は変はれども同じ昔の秋の夜の月」（続古今集・雑上・忠信）の歌例のように、老いての述懐の心が看取できる付合である。「ながら」とあることから、自分の置かれた状況が変わってしまったということが含意されている。参考「月はなほ昔の秋の影ながら馴れて見し世の人ぞ残らぬ」（元応二年八月十五夜月十首・玄心）。

季―秋（月）。題材―述懐（昔）。

月影は同じだが、自分の置かれている状況が変わってしまったことを詠む前句に、こんなことなら、すべて忘れることができればよいのにという嘆きを付ける。前句一句は述懐であろうが、「忘られればこそ」との嘆きには恋の風情が感じられる。この語句を用い、人の面影を忘れられれば、と詠む歌例に、頭注（一〇）の歌や、「時の間も忘られればこそ慰まめ面影ばかり憂きものはなし」（新拾遺集・哀傷・公豪）等がある。「年年歳歳花相似たり　歳歳年年人同じからず」（和漢朗詠集・宋之問）と同様の心境が背景にある。

季―雑。題材―恋（忘られれば）。

一　つらく悲しいこと。

二　「思ひ知る」は深く理解する、心に悟る。「身のほどを思ひ知れとや厭ふらむ憂きにつけても恋しきものを」（新千載集・恋三・寂蓮）。底本は「にて」を見せ消ちにして、片仮名で右横に「とて」。

三　ものの数にも入らない。和歌では「数ならぬ身」の形でよく詠まれ、取るに足りない身をいう。「あはれとて人の心の情あれば数ならぬにはよらぬ嘆きを」（新古今集・恋三・西行）。

四　「数ならぬ」身に数「添ふ」と詠む歌例に、「数ならぬ身には数添ふ憂きことの忘れぬのみや思ひ出ならむ」（為理集）があり、当該句でも、「数」は「涙」にも掛かるか。

五　俗世間との関係を断ち切って、逃れてきた。「雲かかる峰の松垣荒れにけり世を逃れこし年や経ぬらむ」（遠島御歌合・善真）。

六　人目を避けて隠れ住む所。「み吉野の山のあなたに宿もがな世の憂き

71　／憂《う》[一]きこと《事》を思ひ[二]知《し》れとてつらければ　本

（恋というものは、）つらく悲しいことだと心に深く思い知りなさい、とはいっても、やはりつらいので。

72　数《かず》[三]ならぬにも添《そ》[四]ふ涙かな《哉》　一丶

物の数にも入らないこの身にも添う涙であることだ。

73　逃《のが》[五]れこし隠《かく》[六]れ家《が》までも袖濡《ぬ》[七]れて　印

世を逃れてきた隠れ家にあってまでも、（数ならぬ我が身には涙が数多く添い、）袖は濡れて。

前句の忘れたいことを「憂き」恋の「こと」であるとして、それはつらく悲しいことだと悟りなさいと言われても、それでも心はつらい、と苦しむ心境を付けた。「つれなさを思ひ知らずはなけれども我とはいかが人を忘れむ」（続詞花集・信宗）のように、自分にとってつらいことだと悟りきれず、なかなか相手のことも忘れられない、とした付合。

季―雑。題材―恋（つらければ）。

つらいことだと思い知れと言われても、やはりつらい、と詠む前句に、取るに足らない我が身であるが、そんな身にも涙だけは数多く添うことだ、と付けた。前句の「憂き」も「数ならぬ」も述懐の詞であり（連珠合璧集）、本付合もその色が強いが、述懐は「可隔五句物」のため、恋と解する。「数ならぬ」は、ここでは恋人から顧みられない自分の身の上のことであり、「いかにせむ数ならぬ身に従はで包む袖より余る涙を」（金葉集・恋上・読人不知）のように、物の数にも入らぬ身であっても、涙は流れる、とする。後の連歌例に、「数ならぬにぞ恋も苦しき」（三島千句第八百韻）がある。

季―雑。題材―恋（句意）。

前句の「数ならぬ」を、世間から顧みられず、ものの数にも入らない我が身のことと解し、恋から述懐へと転じた。和歌では、「憂きことは人目とともに絶えもせで山の奥まで濡るる袖かな」（嘉元百首・基忠）のように、遁世しても涙で袖が濡れる、と詠むのが常套。『応安新式』では、述懐は

時の隠れ家にせむ」（古今集・雑下・読人不知）のように、山奥の住まいであることが多い。
七　雨が漏ることによるとする歌例が多いが、「暁のましらの声に袖濡れぬ庵の籬は檜原杉原」（拾玉集）は涙の例。恋に関わる言葉だが、本句は述懐の句と解する。
八　俗世を捨てた身であるが、心はそれでもまだ。「厭ひても心を捨てぬものならば憂き世隔つる山やなからむ」（続千載集・雑下・教定）、「背くべき心はなほもつれなくて憂き世を知るは涙なりけり」（新千載集・雑中・良宋）。
九　浅はかさ、愚かさ。「愚かなる心の中のあらましを身の慰めと思ふはかなさ」（新千載集・雑中・忠景）は、自分の心を頼みにしてしまう浅はかさを詠んだ歌例。
一〇　「墨染の色」は、喪服や法衣等の墨染（薄墨色）の衣の色のこと。ここでは、法衣を着て出家したことをいう。「世を背き草の庵にすみぞめの衣の色はかへるものかは」（千載集・雑中・覚俊）。

74　八心はなほ《を》も捨《す》てぬ九はかなさ　本

（隠れ家に住んでいても袖は涙に濡れる。）人の心をまだ捨てることができずにいる。浅はかなことだ。

75　一〇墨染《すみぞめ》の色にも身をばなしつれど　道

（浅はかにも心はなおも捨てられない。）墨染の色の衣に身をなしてはみたものの。

「可隔五句物」であるが、「逃れ」「隠れ家」等の語が詠み合わされていることから、本句から述懐に転じたと解する。
寄合―「涙」と「袖」（璧）。
季―雑。題材―述懐（隠れ家）。

俗世を逃れて移り住んだ隠れ家にあってもまだ袖が濡れる、と詠む前句に、それは心をまだ捨てきれずにいるからであり、浅はかなことだと付けた。「逃れては分くべき山も里もなし捨てぬ心ぞ憂き世なりける」（他阿上人集）のように、付合において「心」は、俗世に残している心となる。「隠れ家までも」、「なほも」心は「捨て」られぬ、と付く。
季―雑。題材―述懐（捨てぬ）。

心はなおも捨てられない、と詠む前句に、身は墨染の衣になしているのに、と付く。前句の「心」に対して「身」を付けた。「はかなしと思ふ心もはかなさに心ながらぞ身をば捨てぬる」（他阿上人集）のように、ひとまず身は捨ててみたが、心と身とが一致しないさまを詠む。身は墨染の衣に変えても、心だけはもとのままであると詠む歌例に、「墨染の袖に憂き世を逃れても心の色は変はるともなし」（新後拾遺集・雑下・読人不知）等がある。
季―雑。題材―述懐（墨染）。

一 これまでのように今年の春にも。後の歌例に「七十路にあまるぞ老の年を経てまたこの春の花や見てまし」（蓮如上人集）。累年の経過が伴った諸変化に相対し、変わらぬ事情や意志等を強調する。

二 梅の枝に咲く花のことを指す。参考「里は荒れぬ春は昔の春なれや変はらず匂ふ軒の梅が枝」（東撰和歌六帖・宗尊親王）。底本は76句に続いて「木の本は□」を抹消し、改行して「梅が枝」以下を記す。「この春」との同音を避ける措置か。

三 長年慣れ親しんで愛着のある、の意。同時代の歌例に「忘らるる我が面影は添はずとも馴れこしままの月は見るらむ」（新千載集・恋五・広房）。

四 霞が立ちこめる中を風が吹いて行く、の意。「霞」の中、「風の音」が「通ふ」と詠む歌例に、「霞立つ三津の浜松音ばかりありとやここに通ふ浦風」（建保名所百首・知家）。

---

76 ○また[一][又]この春も花をこそ見れ　理

（今や出家の身とはいえど、）また今年の春もやはり、花の見物をする。

77 梅[二]が枝《え》は馴《な》[三]れこしまま[ゝ]の匂《にほ》ひにて　印

（花の咲く）梅の枝は、馴れて親しんできた通りの懐かしい匂いがして。

78 霞《かすみ》[四]に通《かよ》ふ風の音《おと》かな[哉]　真

聞こえてくるのは、霞の中を吹く、（梅の香を運んできた）風の音であることだ。

世捨人として墨染衣を着たものの、という前句に、なおも花を楽しむ嗜好を捨てないで生きる心を表した付句。俗界離脱を象徴する墨衣に、無常を看取させる花見をもって応じる。観念上は相入れない風流と出家との、それでも背ききれない関係は、西行の「花に染む心のいかで残りけむ捨て果ててきと思ふ我が身に」（千載集・雑中）にも見える。「墨染」に春の趣を詠み合わせた歌例に、「墨染の袖をも分かず梅の花なさけをかけて匂ふ春風」（嘉元百首・覚助）。
寄合―「墨染」と「桜」（壁）。
季―春（春・花）。

前句の「花」を梅と取りなし、「見る」視覚美に梅の「匂ひ」を合わせる。「また」に「馴れこし」が応じている。参考「春ごとに馴れこし人の面影をまた偲べとや花の咲くらむ」（続拾遺集・雑下・読人不知）。「この春も」見るとする前句に、その花は以前から馴れてきた、として懐古の思いを詠み込む。貫之の「人はいさ心も知らず故郷は花ぞ昔の香に匂ひける」（古今集・春上）の如く、過去を想起させる「匂ひ」の機能は古くから多く詠まれる。
季―春（梅）。

梅花の「匂ひ」を詠む前句に、同様に「風」に乗って伝わる「音」を付けた。前句の嗅覚に聴覚を付ける。「霞」によって視界を遮断されて聞き耳を立てるさま。同時代の歌例に「春風は霞の空に通ひきて梅が香匂ふ宿の夕暮れ」（新千載集・春上・後伏見院）。その音を「かな」をもって焦点化し、今は、風の音ばかりが聞こえてくる、と詠む。前句の懐旧の心情を受け、孤独の内、

五　月が霞等で曇ってはっきり見えない有様をいう。春季に頻出する歌語。「朧なる月は入りぬる峰にまた花に光の有明の山」(拾玉集)。

六　月が時間の経過と共に、夜更けの情緒を深めて行く意。「夜もすがら」は夜を通して、一晩中。「住吉の波につまどふさ夜千鳥うら悲しくぞ月も更け行く」(建保名所百首・俊成卿女)。類似の状況を詠んだ歌例に、「夜もすがら伏見の里の仮庵に田の面の月の影ぞ更けぬる」(文保百首・定房)。

七　ほのかにしか見えない、はっきりしない有様。「定かにも見ざりし人の面影を何ゆゑ月に思ひ出づらむ」(続後拾遺集・恋四・貞宗)。

八　特に、離れた場所から、恋しくて見る故郷の夢。「まどろまぬうつつともなき旅寝して嵐に絶ゆる故郷の夢」(建仁元年十二月石清水社歌合・俊成卿女)や、後代の例だが「故郷の夢やは見えむ楫枕いかに寝るとも浦風ぞ吹く」(草庵集)等の如く、旅や落涙と合わせる歌例が多い。

(名折表)

79　朧《おぼろ》[五]なる月も更《ふ》[六]け行く夜もすがら　如

(風の音が聞こえてくることである。)朧月も夜とともに夜更けの趣を深めて行く一晩中。

80　○＼定《さだ》[七]かにも見《み》ず古里[八]の夢《ゆめ》　全

(その夜を通して)はっきりとは見ることができない。故郷の夢を。

風の音に聞き入っている様と解せば、「野原より袂に通ふ風の音に同じ露散る秋の夕暮れ」(正治初度百首・忠良)のような心情が読み取れる。

季―春(霞)。

「霞」に「朧なる月」を寄り合わせ、前句からの情景を春夜のそれに見定めた。参考「霞しく春の夕暮れ眺むれば山さし昇る朧なる月」(後鳥羽御集)。「風の音」への注目を継承して、朧月までも更け行くまで、つまり夜通し耳を澄まし続けたとする付合。風の音に眠れずにその音を聞くと詠む歌は秋季の例が多いが、ここも例えば後代の作だが「夜もすがら風に起き臥す荻の音を明かしかねたる枕にぞ聞く」(草庵集)と詠まれるように、つらい心境の吐露が感じ取れる。

寄合―「霞」と「朧」(壁)。
季―春(朧なる月)。

朧月と共に一晩を過ごす、と詠む前句の「夜」に「夢」を、「朧」に「見ず」を付けて、景を主とした句から心象描写に転じる。「夜もすがら」なのは故郷を思う夢であるとし、その夢に現れる「古里」(故郷)も「朧なる月」の如く、不鮮明でその面影が「定かにも見」られないとした付合。参考「春の夜の朧月夜もおぼろけの夢とも見えぬ花の面影」(拾遺愚草)。郷愁の涙で視界が霞む意もあるか。

寄合―「夜」と「夢」(壁)。
季―雑。題材―旅(古里)。

一　仮寝の床に臥すこと。『宗長歌話』で「旅」の項に挙げる。歌例に「月のみぞまづ宿りける露ながら草引き結ぶ野辺の仮り臥し」（政範集）、連歌例に「遠き野原にまたや仮り臥し」（建武四年六月二十三日諸尊法紙背何人百韻）。

二　参考「限りなく思ふ心の深ければつらきも知らぬものにぞありける」（拾遺集・恋五・読人不知）。

三　心が隔たったまま。「うち解く」は、互いの心の隔たりがなくなるさま。「すべて女の、うちとけたるいも寝ず」（徒然草・九）。「逢ひみての後も心を尽くすこそなほうち解けぬ契なりけれ」（新千載集・恋三・貞重）。

四　懇ろに話す。恋人の語らい。

五　周囲に知らせてしまったなら。この言い回しの歌例は「知らせてはなかなか恋やまさるべき言はぬにつらき人しなければ」（千五百番歌合・季能）等、わずかに見える。

六　後悔される仲。契ったことが悔やまれる関係。「悔し」と「仲」を結ん

81　仮《か》[一]り臥《ぶ》しと思《おも》[二]ふ心の深《ふか》くして　本

今は旅の途中の仮寝の床に臥している、と思う気持ちが深くて。（そのためよく眠れず、故郷の夢もはっきりとは見なかったことだ。）

82　う[三]ち解《と》けぬまま《ゝ》語《かた》[四]ること《事》なし　真

（一夜の逢瀬である仮寝だと思う心が深いために、）心を隔てたまま、語り合うことはない。

83　／知《し》[五]らせては悔《くや》[六]しかるべき仲《中》なれば　一丶

（心を隔てたまま、語り合うことはない。）世間に知らせてしまっては、悔やまれる関係なのだ

前句は、故郷の夢をはっきりとは見ることができない、と詠む。その理由を眠りの浅くなる旅寝であるからとし、付句では「仮り臥し」と応じた。「仮り臥し」であるが為に夢が覚めると詠む例は、後代のものだが『為和集』に「野旅／袖の月枕の霜に鐘冴えて夢路絶えぬる野辺の仮り臥し」、「月前旅／慰めし故郷人もすむ月に夢路絶えぬる夜半の仮り臥し」とあるが少ない。「草枕仮寝の夢にいく度か馴れし都に行き帰るらむ」（千載集・羇旅・隆房）のように、「仮寝」と「夢」を結ぶのが常套。

季―雑。題材―旅（仮り臥し）。

「仮り臥し」である、と深く思うために、「うち解けぬ」まま親しく語ることはない、と付けた句。「仮り臥し」を、一夜限りの逢瀬と見て、そのような関係のため、心を許さないままの状態であると、恋の句に転じた。後代の歌例であるが、「伝《つて》に聞く人さへ我にうち解けて思ふあたりを語らぬぞ憂き」（新明題集・道晃）が参考になる。

季―雑。題材―恋（うち解けぬ）。

前句の心を隔てたままでいる理由を、世間に知らせると悔やまれる関係であるから、とした。「うち解ける」と「悔しい」とする歌例に、「音に聞く結ぶの浦に寄る波のうち解けにけることぞ悔しき」（斎宮女御集）。前句の「語る」は、付合では二人の関係を他者に話す意となるか。前句のうち

だ歌例に、「顕はれて悔しかるべき仲ならば忍び果てても慰みなまし」（拾玉集）、「かくばかりのち憂かりける契とも知らでなれこし仲ぞ悔しき」（文保百首・定房）。

七　二人の関係が変わっても。「心こそ昔にもあらず変はるとも契りしことを忘れずもがな」（新後撰集・恋五・公顕）等、心変わりをいうことが多いが、ここでは、「悔しかるべき」状況が変わる、ということであろう。連歌例に「変はるともせめて思ひを漏らすなよ／つらきが上に名もや立ちなむ」（明応二年三月二十五日何船百韻）。

八　「如」を「全」と訂正したか。

九　不満であるが、仕方ない、なるほどとしぶしぶ理解するさま。「よしやげに」を用いた和歌、連歌例は見当たらない。「よしや」と「げに」を分けた歌例には、後代のものであるが、「よしや我がふりぬればまたげにぞ厭ふ常に恋しき君が来まさぬ」（続草庵集）がある。

から。

84　変《か》[七]はるともまた《又》しばし隠《かく》さん　如《全》[八]

（世間に知らせると悔やまれることが）変わっても、それはそれでまた、しばらくは隠しておこう。

85　○よし[九]やげに人こそ我につらからめ　十

（二人の仲をあの人は世間からしばらく隠しておこうとする。）なるほど仕方がない、だからあの人は私に冷淡な態度を取るのであろう。

解けぬままに親しく語らうことのない、悔やまれる関係、といった表現から、『源氏物語』の空蟬、「語ることなし」からは、自分の出自を明かそうとしなかった夕顔と源氏の関係も想起される。
季―雑。題材―恋（仲）。

二人の関係が、「悔しかるべき仲」とする前句に、そうではなくなっても、と付けた。もう、隠し立てなくともよいが、それでも、というのである。頭注（七）の用例のように「変はるとも」は、人の心変わりで、破局を意味することが多いので、「今しばし我が心にも隠してむなほ厭はれば末も恥づかし」（雲葉集・慈鎮）の歌例のように、二人の破局を知らせると、人のうわさの種となるからとも取れるか。恋の言葉はないが、次の句との関係上、恋の句と見てよいだろう。
季―雑。題材―恋（句意）。

関係が変わったとしても、二人のことは隠しておこうとする男を詠む前句に、私につらく当たるのは、そのためであろうと付く。男が私に対して冷淡である理由を女なりに納得しようとする気持ちである。前句の「変はる」を二人の仲がたとえ良い方に転じたとしてもと取っての付句。「吉野川よしや人こそつらからめ早く言ひてしことは忘れじ」（古今集・恋五・躬恒）を踏まえ、今はつらくとも、私への思いの言葉は忘れないので、というのであろう。
季―雑。題材―恋（つらからめ）。

一 つらく、苦しくなるだろう。
二 予想、あるいは願望のこと。底本「あらましもなす」。異本により訂正。参考「明日とだに待たれぬほどの老の身は命の内のあらましもなし」(玉葉集・雑五・宣時)。
三 見ている内に、見るにつけても。「見るままに冬は来にけり鴨のゐる入江のみぎは薄氷りつつ」(新古今集・冬・式子内親王)。
四 眼前の桜が慕われるということ。「散る花の飽かぬ色香を身にかへてさも慕はるる山桜かな」(続千載集・春下・道良)。
五 帰り道、帰ること、の意。上代には「帰るさ」であったものが、中古以降に「帰さ」に変化、爾来、散文では「そのみわざに詣で給ひて、帰さに」(伊勢物語・七八)のように「帰さ」が多用されたが、和歌では「帰るさ」の方が優勢であった。「家づとに折りつる花もいたづらに帰さ忘るる山

86 [一]憂《う》かるべしとは[二]あらましもせず　本

(あの人は私に冷たく当たる。)これほどまでにつらい思いをすることになろうとは望んだことではなかったのに。

87 [三]見るままにただ[四]この花の慕《した》はれて　如

(つらい思いをすることになろうとは望んでもいなかった。)見ている間は、ただただ、目の前のこの花が慕わしく思われていたのに。

88 [五]帰《かへ》さ忘《わす》るる[六]春の山道《みち》　宗

(目の前の花が慕われて、)帰ることすら忘れて

恋人が自らに冷淡な態度であるとする前句に、その冷淡な態度の結果、予想だにせずつらく感じる心境を付けた。恋心も冷めつつあり、最早相手の言動に心を動かすこともないだろうと高を括っていながら、実際につれなくされると胸が痛む。その望んでもいなかった結果に動揺しながら、恋人への愛情を改めて自覚するのである。「あらまし」をつらく思うことは、「会ふことのなきよりかねてつらければさもあらましに濡るる袖かな」(後拾遺集・恋一・相模)。
　季―雑。題材―述懐(憂かる・あらまし)。

これほどつらくなるとは思いもしなかった、と詠む前句の対象を「花」のこととして付けた。花が咲いている間はただ慕わしく思われていたのに、やがて花が散ってしまうと、というのである。花、殊に桜の花は和歌において散ってしまうことを前提として詠まれることが多く、その時のつらさは咲いている間には想像もしていなかったと付けられている。近い心情を詠んだ歌に「また咲かば散るてふことも憂かるべし花の枝折れ春の山風」(東撰和歌六帖・重時)がある。
　季―春(花)。

眼前の花が慕われると詠んだ前句に、春の山道を歩いていると、その桜に心を奪われて、帰ることすら忘れてしまうと付けた。前句の、そのことだけを、という措辞「ただ」に、他のことを「忘る」と応じる。

しまう春の山道である。

89 ／[七]雲深《ふか》く[八]訪《たづ》ね入りぬるみ《御》吉野に　十

（帰る道を忘れてしまった春の山道である。）立ち込める雲の奥深くまで訪ね入った吉野の山々の奥で。

90 [九]神の斎垣《いがき》や朽《く》ちて[一〇]久《ひさ》しき　宗

（訪ねて入った吉野の山中では、）神前の玉垣も朽ちて長い時間が経ったようである。

「花」に「帰るさ」を「忘る」と詠む歌例に、頭注（五）の歌や、「帰るさも忘れぬ花の面影は宿の桜の梢なりけり」（正治後度百首・季保）等がある。

季―春（春）。題材―山類（山道）。

春の山道で帰ることすら忘れてしまうと詠んだ前句の「帰さ」を帰り道の意とし、「山道」を「吉野」の山道として付けた。道に惑う理由も打越での花から深い雲へと変わる。付合の本歌として「たづね入る帰さは送れ時鳥誰ゆゑ暮らす山路とか知る」（風雅集・夏・後鳥羽院）が挙げられるか。雲の深い深山の光景は賈島の『尋隠者不遇』に見える「雲深く処を知らず」のように隠者の住む深山を思わせ、仙境としての吉野を彷彿とさせる。「吉野」と「雲」を詠んだ歌例に、頭注（八）の『山家集』歌や、「雲深き吉野の奥に住む人の夢にも晴るるよをや見るらむ」（壬二集）等がある。

季―雑。

雲の深く立ち込める吉野の山へ訪ね入ったとする前句に、その山の社の玉垣は朽ち果てて久しいのだろうと付く。人もすっかり通わなくなった深山の光景を思いやる体。「や」とあることから、山中を行く作中主体が想像する風景であることが窺われる。「吉野」と神域の「垣」を詠んだ歌例に、「神垣の花の白木綿薫るらし吉野の宮の春の手向けに」（続後拾遺集・物名・公雄）。ただし、斎垣の朽ちる光景を詠む例は珍しい。

季―雑。題材―神祇（斎垣）。

桜かな」（新拾遺集・春下・為明）。

六　春の山道は桜の花などに心を奪われて迷い込むものとされた。歌例に「帰るべき方も知られず桜狩花の紛れの春の山道」（為家集）。

七　山等の高所で雲が深く立ち込めているさま。「雲深き岩の懸け道日数経て都の山の遠ざかり行く」（続後撰集・羇旅・道助）。

八　底本「たね入ぬる」。異本により訂正。「み吉野」は吉野の美称。奈良県中部・南部の山岳地帯の汎称。古来より仙境として知られる。「吉野山雲をはかりに尋ね入りて心にかけし花を見るかな」（山家集）のように雪や桜の名所として詠まれることも多い。

九　神社等、神聖な場所の周囲に廻らした垣。みだりに越えてはならないとされた。みずがき。「ちはやぶる神の斎垣も越えぬべし今は吾が名の惜しけくもなし」（万葉集・巻十一・作者未詳）。

一〇　異本「ひさして」。

一　木などにまとわりつき伸びた蔦が秋に色づくこと。「茂り合ふ蔦も楓も紅葉して木陰秋なる宇津の山越え」（玉葉集・旅・宗尊）。
二　「紅葉の露」に秋の風情を感じるとする歌例に、「同じくは紅葉の露に袖かけて秋の形見の色を残さむ」（後鳥羽院御集）。
三　秋が深まって盛りの時期となる。「秋たけて寒き浅茅が露の上に光更けたる有明の月」（伏見院御集）。
四　季節の推移・変化をいう。「白妙の菊のみ今日は有明の冬に移ろふ庭の月影」（壬二集）。
五　変わりなく眺めてきた月。「思ひきや馴れて見し夜の秋の月今年涙に曇るべしとは」（新千載集・哀傷・後醍醐院女蔵人万代）。
六　見慣れた秋の月より

91　[一]這《は》ふ蔦《つた》の[二]紅葉の露に[三]秋たけて　十

（神の斎垣に）まとわりつく蔦の色づいた葉に露が置き、秋の深まる風情が感じられて。

92　時雨やや《ゝ》がて冬に[四]移《うつ》らん　本

（秋も深まって）時雨はそのまま冬の時雨となっていくのだろう。

（名折裏）

93　[五]馴《な》れて見《み》し[六]月よりのち《後》のもの《物》[七]憂《う》きに　一丶

（時雨はすぐに冬の時雨となって、）いつも変わりなく眺めてきた秋の月よりも、その後に眺め

古寂びた神社を詠む前句に、晩秋の景を付ける。前句の「神の斎垣」から『古今集』の「千早振る神の斎垣に這ふ葛も秋にはあへず移ろひにけり」（秋下・貫之）を連想した付け。その詞書「神の社のあたりをまかりける時に、斎垣の内の紅葉を見て詠める」と合わせて付合の本歌となる。なお、本歌の「葛」を当該句では「蔦」に詠みかえる。また「朽ちて」と「たけて」が言葉の上で対となる。
季―秋（蔦・紅葉・露）。

秋の深まりを詠む前句に、冬の気配が近いことを予感させる句を付ける。「紅葉」に秋から冬にかけて降る「時雨」が注ぎ、間もなく冬になるというのである。「秋風の音羽の里の紅葉葉に時雨降り添ふ冬は来にけり」（続後拾遺集・冬・伏見院）。「越えて来し宇津の山路に這ふ蔦も今日や時雨に色は付くらむ」（寂蓮法師集）は、前句の「這ふ蔦」に降る「時雨」を結ぶ点で参考となる。なお、付合では、前句の「露」は「時雨」の名残りとなる。「時雨降る紅葉の露にたち濡れて鳴く音色濃きさを鹿の声」（後鳥羽院御集）。
寄合―「紅葉」と「時雨」（壁）。
季―秋（時雨）。

前句の「冬に移らん」を受けて、秋が過ぎた後の冬に眺める月は、秋の間の月と違って、もの憂く感じるだろうと詠む。前句での冬の到来の予感を受けて、当該句も冬の月を想像しての句と取れる。秋の移ろいのもの憂さは、「佐保山の柞《ははそ》の紅葉いたづらに移ろふ秋はものぞ悲しき」（新勅撰集・

ものちの季節に眺める月。「見し秋の月よりのちも慰まず雪の朝の姨捨の山」（壬二集）。

七　異本「物うさ」。

八　見ていた夢から覚めて、現実の中に我が身が残っていること。後代の例に「ふる年や夢に残りて寝覚する霜夜の月の冴えかへるらむ」（雪玉集）。

九　参考「宵の間の老のねぶりはや覚めて明方までの夜こそ長けれ」（他阿上人集）。

一〇　夜が更け、虫の鳴き声がか細くなること。「秋の夜の更け行くままに虫の音の心細くもなりまさるかな」（堀河百首・永縁）。また、秋が更けて、弱ること。「さりともと思ふ心も虫の音も弱り果てぬる秋の暮れかな」（千載集・秋下・俊成）。

一一　浅茅が生えるほど荒廃した場所を指す。「虫の音の弱る浅茅はうら枯れて初霜寒き秋の暮れ方」（玉葉集・秋下・静仁法親王）。

る月には、つらさを感じるだろう。

94　夢《ゆめ》[八]に残《のこ》りて夜[九]こそ長《なが》けれ　　印

夢から覚めて現実の中に残されて過ごす夜は長いものである。（見慣れた月もものの憂く感じることだ。）

95　＼○長　虫《むし》[一〇]の音《ね》も更《ふ》けては弱《よわ[は]》る浅茅生《あさぢふ》[一一]に　　十

（寝覚めて長く感じる夜に聞こえてくる）浅茅の茂った辺りで鳴く虫の声も、夜が更けて秋も深まって弱々しくなってきた。

雑一・基綱）と詠まれる。
寄合―「時雨」と「月を待」（璧）。
季―秋（月）。

前句の「馴れて見し月よりのち」を季節の推移ではなく、月が沈んだのち、と取りなし、その時分に夢から覚め、夜を長く感じると付く。月が沈んだのち、の意で「月よりのち」を用いた歌例に、「夜をこめて山路は越えぬ有明の月よりのちの友やなからむ」（続千載集・羇旅・光吉）。「幾かへり秋の夜長き寝覚めにも昔をひとり思ひ出づらむ」（新後撰集・雑下・通有）の例のように、「夢」は昔の懐かしい夢か。
寄合―「見」と「夢」（璧）。
季―秋（夜こそ長けれ）。

寝覚めを詠む前句に、弱々しい虫の音を付ける。夜が更けて、目が覚めると既に一晩中鳴いていた虫の声も弱まっていた、というのである。当該句一句で、「更けて」は秋が終わりに近づいてきたことも意味する。『源氏物語』の、桐壺の更衣が没したのち、その母に帝の心情を伝えにきた命婦の歌「鈴虫の声の限りを尽くしても長き夜飽かずふる涙かな」と母の返歌「いとどしく虫の音しげき浅茅生に露置き添ふる雲の上人」を念頭に置くか。当該句には長点が付されているが、物語の場面を踏まえて、晩秋の長い夜の情景を描いた点が評価されたか。
季―秋（虫）。

一　庭が寒くなる。「庭」が「寒」いさまを「霜」とともに詠む歌例に、「庭寒み霜の上なる月見れば我がよ更けぬる影もすさまじ」（伏見院御集）。

二　砂地。砂を敷きつめた地。「まさごぢ」は庭や海の砂浜を指して詠まれ、真砂が敷かれた道の「真砂路」とも解せる例もある。「風」と結ぶ歌では、「潮風に立ち来る波と見るほどに雪をしきつの浦の真砂地」（玉葉集・冬・為子）等、海の砂浜を表すことが多い。

三　遠くへと吹き過ぎて行って。後代の歌例に「松風は尾上に遠く吹き過ぎていとど深山の月ぞのどけき」（続亜槐集）。

四　底本「の□ね□いつ□」の□の字読み取り不可。異本により補う。

五　浜や入江から出て行く捨て舟。「捨て舟」は乗る人もなく捨て置かれた舟。歌例に「満つ潮の返る波にや流るらむ入江を出づる海人の捨て舟」（沙弥蓮愉集）。人の乗っていない捨て舟を詠む連歌例に、「主もなき浦の捨て舟月乗せて」（菟玖波集・秋下・救済）。

96　庭[一]寒《さむ》くなる霜や置《お》くらん　如

（虫の音も夜が更け、秋が深まり行くにつれ弱って行く、浅茅が生い茂る庭で。）その庭は寒くなる、そして霜が置くのだろうか。

97　風はまた《又》真砂地《まさごぢ》[二]遠《とほ[を]》[三]く吹き過ぎて　本

風はまた、真砂を敷きつめたその庭から遠くへと吹き過ぎて行って。

98　人の乗らねど[四]出づる[五]捨《す》て舟　一、

（風がまた遠くの沖へ向かって吹くと、砂浜から）人が乗っていないのに、離れ出て行く捨て舟

前句の「浅茅」が生い茂る所を「庭」と定め、「虫の音」が「弱る」とは、虫の時節が終わり「寒く」なって「霜」が置く頃のことであると取りなした。「浅茅」が生い茂る中で「虫の音」が「弱る」さまを「霜」「寒し」とともに詠む歌に、95句頭注〈一〇〉の永縁歌や、「虫の音の弱るもしるく浅茅生に今朝は寒けくはだれ霜降る」（六百番歌合・有家）などがある。

季―冬（寒し・霜）。題材―居所（庭）。

前句の「庭」を、真砂を敷き詰めた庭として、寒い庭に霜がおいているのかと思って見ると、それは白い真砂地であり、今また、その上を風が遠くへ吹き去って行った、とした。色を介した連想で、「風」によって寒さを重ね合わせる趣向でもあろう。「庭」の「真砂地」を詠む歌例に「故郷と荒れにし庭の真砂地に玉敷き捨つる秋の夜の月」（宝治百首・頼氏）、「寒し」「霜」に「風」「真砂」を詠む歌例に「風寒み長き夜すがら霜置きて氷る真砂に冴ゆる月影」（嘉元百首・俊光）、真砂地に「霜」が「置」くと詠む連歌例に「真砂地に薄霜白く置きそへて」（金沢文庫蔵称名寺連歌懐紙「賦何木連歌」）がある。

季―雑。

前句の「真砂地」を海の砂浜と取りなし、風が浜から遠くの沖へ吹き過ぎると、捨て置かれた舟が風に誘われて、乗る人もなく浜から沖へ離れて行くとした。「風」に揺動する「捨て舟」を詠む歌に「いかなりし風のしるべの波の間に思はぬ方の海人の捨て舟」（光明峰寺摂政家歌合・信実）があ

舟よ。

99　[六]さす潮《しほ》や　[七]遠《とほ[を]》き　[八]入江をひたす[九]らん　如

（人が乗っていないのに、捨て置かれた舟が出て行く。）満ちてくる潮が、その遠くの入江も浸しているのだろうか。

100　[一〇]波に沈《しづ》みて[一一]松かすかなり　本

（満ちてくる潮が、遠い入江を浸すのだろうか。）波に沈んで、松がかすかに見える。

る。

季—雑。題材—水辺（捨て舟）。

風によって「捨て舟」が浜を離れて行く、と詠む前句に、舟が浜を離れて行くのは、風が吹くのと同時に、潮が満ちたからであろうかと付ける。「舟」と「さす」（挿す）は縁語。「捨て舟」が「さす」「潮」で動くと詠む歌に、「夕潮のさすにまかせて湊江の蘆間に浮かぶ海人の捨て舟」（玉葉集・雑二・頼景）がある。「熟田津に舟乗りせむと月待てば潮もかなひぬ今は漕ぎこな」（万葉集・巻一・額田王、訓読は西本願寺本による）のような満潮を待っての出航を想定すれば、「捨て舟」を受けつつ、次の挙句でめでたく締め括ろうとする意識も、ある程度読み取れる。

季—雑。題材—水辺（潮・入江）。

満ち潮が入江を浸すと詠む前句に、満ち潮で入江の岸にある松が波に沈む、それが遠くかすかに見える、と付けた。「影南《なん》山《ざん》を浸《ひた》して青く滉瀁《くわうやう》たり、波西《せい》日《じつ》を沈めて紅にして奫《ゐん》淪《りん》たり」（新撰朗詠集・白居易）のごとく、「ひたす」に「沈み」が応じている。「難波なる同じ入江の蘆の根も憂き身の方や沈み果てなむ」（続拾遺集・雑上・為綱）とあるように、「沈む」は、人の沈淪・不遇を含意して詠まれることが多い。しかし、当該句を蒼海漫漫たる光景と解釈すれば、百韻の締め括りを志向した着想といえようか。「沖つ風吹きにけらしな住吉の松のしづ枝を洗ふ白波」（後拾遺集・雑四・経信）のように、長久を象徴する松が波に合う光景自体は、祝意を暗示するものである。

季—雑。題材—水辺（波）。

六　満ちてくる潮。「入江」の満ち潮を詠む歌に「難波潟入江を越えてさす潮の下にや水のなほ氷るらむ」（壬二集）。

七　打越に「遠く」があり、式目に反する。底本は「浅き」を見せ消ちして右傍に「とを」と小字墨書。異本は「とをき」。一句では「浅き」の方が句意が取りやすい。

八　入江に海水が満ちる、の意。「入江」は海等が陸地に入り込んだ所。舟の停泊地として利用する。海水が「入江」を「ひたす」とする歌例は見えない。

九　底本では「らん」は読み取り不可。異本により補う。

一〇　波に沈んで。岸の松が波に洗われ海水に隠れるさま。「住吉の波にひたれる松よりも神のしるしぞ現れにける」（詞花集・雑上・資業）。または、遠方から見ると波間に沈むかに見える。

一一　松がわずかに見える。「波」の間から「かすか」に「松」が見えるという類想の稀な歌例に、「波間よりかすかに見ゆる岩根松あれやしきつの梢なるらむ」（実家集）。

一 異本は、「正慶元九十三夜／印 一句／一二丶／里 一丶／全 一丶／十 二丶長」と、長点の句数を載せる。これらは巻頭の記述と一致する。
二 「甚」か。
三 算木を図示か。
四 底本での実際の句数は、「印」一九、「一」二一、「如」一三、「理」八、「道」二、「十」一〇、「真」六、「全」七、「本」一二、「宗」二。
五 小字は合点の句数。ただし、読み取りの困難な箇所が多い。底本での実際の合点数は、「印」七（内、○点一）、「一」四（内、長点一）、「如」一、「理」一（内、○点一）、「道」一、「十」三、「真」無、「全」三（内、○点一）、「本」二、「宗」一。
六 「長」は長点のこと。ただし、四句が長点というのか、四句の他に長点の句があることを示すのか不明。

印[一]□[二]□[三]十[四]八　六[五]
一笑　廿一　四長[六]
如　十三　三
理　九　全　七　二
道　二　一　本　十二　二
十　十　四
真　六　無　宗　二　一

Ⅱ、『紫野千句』第一「何路百韻」

一 センダン科の落葉高木。初夏に淡紫色の小花を咲かせる。「紫」の縁語。『連珠合璧集』「樗とあらば、紫」。「樗咲く梢に雨はやや晴れて軒の菖蒲に残る玉水」（風雅集・夏・経親）。

二 地名「紫野」を詠み込むか。紫野は山城国、現京都市北区紫野。船岡山の東北一帯。

三 漢語「雲林」を和語化した表現。林のように辺りを覆っている雲。ここでは、重なった雲を林に見立てたもの。のちの歌だが、五月雨の雲を詠む例に「時鳥ふり出でて鳴く五月雨の雲の林やねぐらなるらむ」（雅世集）。「雲こそ林」は「雲林院」を掛けるか。雲林院は紫野にあった寺院で、五月の菩提講が著名（大鏡・序等）。本千句は同所にちなんでの張行か。

四 陰暦五月に降り続く長雨。梅雨。

五 夏の短い夜。たちまち明けるもの。「夏の夜の月はほどなく明けぬれ

（初折表）

賦何路連歌　第一

1 [一]樗《あふち》咲《さ》く野は[二]紫《むらさき》の梢かな　救済

樗が咲く野は紫色の花の梢で一面が覆われていることだ。

2 [三]雲こそ林[四]五月雨《さみだれ》のころ　周阿

（樗が咲く野は紫色の木々で覆われ、空には紫色の）雲が林のように重なっている五月雨のころだ。

3 [五]夏の夜の[六]星や明けぬに入りぬらん　成阿

五月の発句。『僻連抄』「十二月題」に「五月…樗」。『枕草子』に「木のさまにくげなれど樗の花いとをかし。かれがれにさまことに咲きて、必ず五月五日に合ふもをかし」とあることによれば、本千句は五月五日から行われたか。また「野は紫」は紫野を詠み込んだとすれば、同地での張行と見られる。

季―夏（樗）。切字―「かな」。賦物―「野」。

樗の咲く野を詠む前句を受け、五月雨の雲が林の如く重なる空へと視点を転じた。付合においては「雲」は紫雲となり、視界の下方は紫の樗が咲く野で、上方は五月雨を降らす紫雲の空となる。前句の「梢」と「林」、「樗」に「五月雨」、「紫」と「雲」と応じる。本歌「五月ばかりに、雲林院の菩提講に詣でて…／紫の雲の林を見わたせば法に樗の花咲きにけり」（新古今集・釈教・肥後）。参考「樗咲く外面の木陰露落ちて五月雨晴るる風渡るなり」（新古今集・夏・忠良）。

寄合―「樗」と「五月雨」（璧・他）、「樗」と「雲」（付）、「紫」と「雲」（璧）。

季―夏（五月雨）。

前句の「雲こそ林」の「林」を「早し」の掛詞と取りなして、五月雨の雲によって、夜が明けてもいないのに、早くも星が隠れ

ば朝の間をぞかこち寄せつる」（後撰集・夏・読人不知）。

六　晩夏の「星」を詠んだ歌例に「夏見えし星の光ぞ隠れ行く秋立つ夜半の長き始めに」（夫木抄・家長）がある。

七　山から遠い場所。「山遠き都にしあればさを鹿の妻呼ぶ声はともしくもあるか」（万葉集・巻十・作者未詳）を本歌とするか。

八　牡鹿が牝鹿を求めて鳴く声。鹿は山で鳴くとされた。

九　C本「全貞」（句上では「重貞」）、D本「重」の右傍に「全歟」（句上も同）。E本「全貞」で句上はナシ。

一〇　旅のつらさや郷愁によって泣く。歌例に「都思ふ涙を干さで旅衣きつつなれ行く袖の月影」（新後撰集・羇旅・読人不知）がある。

（五月雨のころは雲が早く動き、）夏の夜の星は、夜が明けていないのに見えなくなってしまったらしい。

4

七山の遠《とほ[を]》きは八鹿の音もなし　　九重貞

（夏の星は夜が明けないうちに山へと入ったのだろう。）山が遠いここでは、鹿の鳴き声も聞こえない。

5

一〇旅に泣《な》く我が涙には秋知《し》りて　　道明

（山が遠いところでは鹿の鳴き声も聞こえない。それでも、）旅の侘びしさに泣く自分の涙によって秋を知って。

てしまったのだろうと付けた。参考「空の海に雲の波立ち月の舟星の林に漕ぎかくる見ゆ」（拾遺集・雑上・人麻呂）。

寄合―「林」と「星」（璧）。
季―夏（夏）。

前句の、夜が明けないうちに星が見えなくなったとする理由を、早くも山の端に入ったからだとし、その山から遠い場所では鹿の鳴き声も聞こえてこないと付けた。発句から三句続いた夏の季から秋へと転じている。鹿毛は星に見立てられるもので、前句の「星」に「鹿」が寄り所となる。参考「星見ゆる夏毛の鹿のかくろひて富士の裾野に茂る高草」（建長八年百首歌合・家良）。

寄合―「星」と「鹿の子」（璧）。
季―秋（鹿）。題材―山類（山）。

前句の、鹿の音も聞こえない場所にいる主体を旅人として、旅情に流す涙によって秋を知るさまを付けた。前句の「鹿の音」に「泣く（鳴く）」・「涙」と応じる。鹿の音に秋を知る例に「紅葉せぬ常磐の山に住む鹿はおのれ鳴きてや秋を知るらむ」（拾遺集・秋・能宣）等があるが、ここでは鹿の音がなくとも、自身の涙で秋を知ったというのである。鹿の音と自身の涙を詠む例に「さを鹿の鳴く音は野辺に聞こゆれど涙は床のものにぞありける」（千載集・秋下・俊頼）がある。

寄合―「鹿」と「涙」（作）。
季―秋（秋）。題材―旅（旅）。

6
荻ある宿や風を留《と》むらん　全誉

荻が茂る宿は、風を留めているのだろうか。

7
萩が枝《え》の花こそ露を散《ち》らしけれ　青松丸

露を置いていた萩の枝に咲く花は、（荻に吹く風によって、）みずからの露を辺りに散らしたことだ。

8
月まだ出でぬ野辺の夕暮れ　有長

（萩の枝の露に月を宿すことなく、それを散らしたのは、）月がまだ出てこない野辺の夕暮れ

一　庭に荻が生い茂っている宿。「いとどしくもの思ふ宿の荻の葉に秋と告げつる風の佗しさ」（後撰集・秋上・読人不知）。

二　留めるのだろうか。ここでは、風がそこに留まっているかのように吹き続けるさま。「宿」の縁で「泊む」を意識する。参考「あはれをば我が身に留めて荻の葉を吹き過ぎて行く風の音かな」（月詣集・敦仲）。

三　萩の枝に咲いた花。露が置くさまは「折りて見ば落ちぞしぬべき秋萩の枝もたわわに置ける白露」（後拾遺集・秋上・読人不知）等と詠まれ、露が風に散るさまは「さらぬだに心おかるる萩が枝に露もあだなる秋の夕風」（続拾遺集・秋上・公守）等と詠まれる。

四　B～E本「春松丸」。底本も句上では「春松丸」。

五　月がまだ出ていない野辺。「月はまだ夕の山を出でやらで野辺にさき立つさを鹿の声」（為尹千首）。

旅情に流した涙で秋を知ったとする前句に、その旅人が泊まる宿には荻が茂り、秋風がそこに留まるかのように吹き続けると付けた。付合では、そうした宿の旅情が涙を誘った仕立てとなる。荻に吹く風は「秋来ぬと聞きつるからに我が宿の荻の葉風の吹き変はるらむ」（千載集・秋上・侍従乳母）のように秋を知らせるものであり、「夕暮れは荻の葉向けを吹く風にことぞともなく涙落ちけり」（新古今集・秋上・実定）のように涙を誘うものとされた。
寄合―「旅」と「宿」（璧）。
季―秋（荻）。題材―旅（宿）。

荻が生える庭に風が吹く景を詠んだ前句に、萩の花の露が散るさまを付けた。「荻」に「萩」、「風」に「露」が応じる。付合では荻に吹く風が、萩の花の露を散らしたという仕立てとなる。荻に吹く風で萩の露が散るさまを詠む歌例には「秋の野の荻の上葉に風吹きてこぼれにけりな萩の下露」（拾玉集）等がある。
寄合―「荻」と「露」（付・他）、「荻」と「萩」（拾）。
季―秋（萩・露）。

前句の露を夕露と見定めて、夕暮れ時の野辺の景を付けた。「風吹けば玉散る萩の下露にはかなく宿る野辺の月かな」（新古今集・秋上・忠通）の如く、萩に置いた露に月光が宿るさまは好んで詠まれるが、本付合では月はまだ出てこない夕暮れ時であり、月光を宿す前に散ってしまった露のはかな

時であった。

さが余情を醸し出している。
寄合―「露」と「野」（壁・他）、「露」と「月」（竹・他）。
季―秋（月）。

う（初折裏）

9　今は身の隠《かく》れ所[六]を住みかへて[七]　　定阿

今は（そのような野辺から）我が身の隠れ家を余所へ住みかえて。

月がまだ出ない野辺の夕暮れを詠んだ前句に、住処を移した隠者のさまを付けた。住みかえたのは、これまで住んでいた野辺は、隠れ所に相応しくなかったためであろうが、前句からの関わりとしては、月がなかなか出てこない所であったためとも取れる。五句続いた秋から雑の句へと転じた。また、「まだ出でぬ」に「隠れ」が応じている。「住み」と「澄み」が響き「月」と寄り合う。
寄合―「月」と「隠す」（闇）。
季―雑。題材―述懐（隠れ所）。

10　うき世を山[八]や遠くなすらん　　禅厳

俗世を、この山が遠くのものにするのだろうか。

前句の、隠者が移り住んだ先を、山の奥と見定めた付け。付合では、今は我が身は山に住み移ったので、その山が俗世をいっそう遠いものにするのだろうと思う隠者の心となる。「み吉野の山のあなたに宿もがな世の憂き時の隠れ家にせむ」（古今集・雑下・読人不知）等が参考となる。
寄合―「住む」と「憂き世」（壁）、「隠す」と「山」（闇）。
季―雑。題材―述懐（うき世）、山類（山）。

六　隠者の住まい。「隠れ家」の歌例は「み吉野の山のあなたに宿もがな世の憂き時の隠れ家にせむ」（古今集・雑下・読人不知）など多いが、「隠れ所」の古歌の例は見出し難い。

七　住居を移して。歌例に「秋の夜は須磨の関守住みかへて月や往き来の人留むらむ」（続後撰集・秋中・通成）、連歌例に「この世ながらやまた籠もるらむ／古郷を山の庵に住みかへて」（菟玖波集・雑二・尚長）等がある。

八　山が俗世を遠くにするのだろうか。山は隠者が遁世する、俗世と隔たった場所。山が俗世との隔てとなることを前提として詠んだ歌例に、「厭ひても心を捨てぬものならば憂き世隔つる山やなからむ」（新千載集・雑下・教定）がある。

一 夢でさえも。現実の間は勿論、の含意がある。C本「夢さても」。
二 煩悩に囚われた心。「覚めぬ間の迷ひの内の心にて夢うつつとも何か分くべき」（玉葉集・釈教・伏見院）。
三 底本「円基」。D・E本「基」に「恵カ」と傍記。底本は句上に「円基」はなく、以後は「恵」。「円恵」に改めた。
四 きわめて短い、ほんの少しの時間。夢のはかなさと対比して詠んだ歌例に「時の間のうつつを忍ぶ心こそはかなき夢にまさらざりけれ」（後撰集・恋三・読人不知）がある。
五 過ぎ去った春を惜しむ心。季節としての春だけでなく、歳月の経過や自身の人生に得意の時期の意も含む。参考「待ち惜しみ雲井の花を眺めてもあはれ十年の春は過ぎにき」（伏見院御集）。
六 風は花を散らすものとして詠まれるが、ここでは散りやすい花を擬人化し、花はなぜ風の吹くことを待ちもしないで散るのだろうかと、不思議に思いつつ嘆く心。参考

---

11 夢[一]まで《迄》も見《み》しは迷ひ[二]・の内《うち》なるに　円恵[三]

（俗世を山が遠ざけてくれるのか。いや、そうはならないだろう。俗世のことを）夢にまで見たのは、迷いの中にいるということだから。

12 時[四]の間《ま》にこそ春は過ぎ[五]・ぬれ　純阿

あっという間に春は過ぎ去ってしまったことだ。

13 花はなど風[六]をも待《ま》たで散り・ぬらん　相阿

花はどうして、風さえも待たないで、散ってしまったのだろう。

俗世から遠ざかることを望む心を詠む前句に、俗世のことを夢にまで見てしまったのは、自分の心が迷いの中にあったからだと付けた。付合では、前句は反語となり、俗世を夢に見てしまうような煩悩の内にあっては、山であっても俗世は遠いものにはならない、の意となる。俗世から逃れるには、山の隔てだけでは不十分であるとの葛藤であろう。
　寄合―「憂き世」と「夢」（壁・他）、「憂き世」と「迷ふ」（壁）。
　季―雑。題材―述懐（迷ひ）。

迷いの内に夢を見たと詠む前句に、ほんの一時の間に春は過ぎてしまったと応じた。付合では「夢」は春の夜の夢となり、そのおぼろげな夢から覚めると、たちまち春は去っていたという仕立てとなる。また頭注〈五〉で触れたように、「春」は人生における春の意も込めたのであろう。参考「過ぎ来にし四十路の春の夢の世は憂きよりほかの思ひ出ぞなき」（千載集・雑上・覚審）。
　寄合―「夢」と「春」（闇）。
　季―春（春）。

たちまち春が過ぎてしまったと詠む前句に、風が吹くのも待たずに散ってしまった花を嘆く心を付けた。散り行く花と去りゆく春を重ねて嘆く伝統的な発想に基づく。付合では、春の象徴である花の盛りも「時の間」に過ぎたこととなり、晩春のために散りやすくなった花が風もないのに散るさまともなる。参考「桜花過ぎ行く春の友とてや風の音せぬ夜も散るらむ」（新古今集・雑上・

「風をだに待ちてぞ花の散りなまし心づからに移ろふが憂さ」（後撰集・春下・貫之）。

七　辺り一面を霞が覆っている中で日が暮れるさま。「初瀬山尾上の花は霞み暮れて麓に響く入相の声」（玉葉集・春下・憲淳）。

八　松がそれとは見分けもつかないさま。常緑の松と散りやすい花を対比した歌に「深緑常盤の松の陰に居て移ろふ花をよそにこそ見れ」（後撰集・春上・是則）がある。

九　底本「真伯」。二巡目以降は「泊」で句上も「真泊」。諸本いずれも同様。祖本段階の誤写と見て改めた。

一〇　月光の下で聞く。「松風を月に聞く夜のうたた寝は露も秋なる蟬の羽衣」（建仁元年十首和歌・家長）。なお、ここでは「波の音まで朧」とあることから、朧月の下となる。

一一　ぼんやりとはっきりしないさま。「いにしへを恋ふる涙にくらされて朧に見ゆる秋の夜の月」（詞花集・雑下・公任）。

14　霞[七]暮《く》れては松[八]も知《し》られず　　真泊[九]

一面の霞の中で日も暮れて、松の木がどれかも分からなくなったことだ。

15　月[一〇]に聞く波の音まで《迄》朧[一一]にて　　盛理

月の下に聞く波の音さえもぼんやりとして。

忠教）。
寄合―「過ぐる」と「風」（闇）。
季―春（花）。

落花を詠む前句に、霞が立ちこめる中で日が暮れて松も見えなくなって行くさまを付けた。付合においては「霞」は散る花の眺めを遮るものであり、散花の名残でもある。霞を吹き払う風もなく、霞に視界を遮られた中で花は散り果て、常磐木である松さえも見えなくなって春の一日が暮れて行くというのである。霞が桜の散るのを隠すと詠む歌例に、「春霞何隠すらむ桜花散る間をだにも見るべきものを」（古今集・春下・貫之）。
寄合―「風」と「松」（付・他）、「花」と「霞」（拾）、「花」と「松」（竹・他）。
季―春（霞）。

前句の、霞の中の夕暮れで松も見えなくなった場所を海辺と見定めて、月下の波の音まで朧に聞こえるさまを付けた。付合では、霞によって月も朧であり、辺りは茫洋として松の見分けもつかず、波音までおぼろげに聞こえるというのである。視覚中心の展開に聴覚を加えている。霞で朧になった月を詠む歌例に、「難波潟霞まぬ波も霞みけり映るも曇る朧月夜に」（新古今集・春上・具親）、「住吉の松の木隠れ行く月の朧に霞む春の夜の空」（金槐集）。
寄合―「霞」と「朧」（付）。
季―春（朧）。題材―水辺（波）。

一 夜、航行している舟。
二 どこの浦の辺りを航行しているのだろうか。当時の舟は浦伝いで航行した。「ほのぼのと明石の浦の朝霧に島隠れ行く舟をしぞ思ふ」（古今集・羇旅・読人不知）。
三 「侍」は侍公、救済。
四 鐘が遠くで鳴っているということ。和歌では「鐘遠き野原の庵に住む人やおのれと明くる空を待つらむ」（資広百首）などあるが少ない。短縮表現で、連歌では多い。鐘は暁の鐘。
五 向こうの山。「そなた」は話題にのぼっている方向を指す。鐘が鳴っている方。「ほのかなる鐘の響きに霧籠めてそなたの山は明けぬとも見ず」（拾遺愚草）。
六 野の草が霜で枯れたさま。「の」はそのような状態の時の、という意。「霜枯れの野原の浅茅結びおかむまた帰り来む道のしるべに」（堀河百首・公実）。

16　夜舟[一]いづく[二]の浦を行くらん　侍[三]

（朧月の下、波の音さえも朧ろに聞こえる中、）夜舟はどの辺りの浦を進んでいるのだろう。

17　鐘遠き[四]そなた[五]の山は明けぬるに　周

暁の鐘の音が遠くでして、そちらの方の山は夜が明けてきたが。（夜中に航行していた舟は今、どの辺りの浦を行くのであろう。）

18　野[六]は霜枯《が》れの峰の白《しら》雪　全

野は霜枯れて、峰には白雪が積もっているのが見える。

月も波の音も朧であるとする前句に、夜行く舟を付けた。朧な夜であるから、舟のありかが分からないというのである。夜舟が月を頼りに、浦伝いに行くことは、「今宵誰明石の浦の浦伝ひ月を見ながら夜舟漕ぐらむ」（禅林瘀葉集）等とある。『菟玖波集』に「月の夜舟の浦波の音」（羇旅・定暹）とあるように、朧ながら舟の立てる波音だけは聞こえてきた、というのだろう。朽ちた捨船の意の「朧舟」から、「朧」と「舟」が寄り合うか。
寄合―「月」と「舟」（壁）、「月」と「浦」（竹）、「波」と「舟」（竹・他）。
季―雑。題材―旅（夜舟）、水辺（夜舟・浦）。

夜舟を詠む前句に、暁の鐘が鳴り、山の端は明るくなってきた、と付けた。山は明るくなったものの、まだはっきり見えない舟の行方を思う心となる。次の句まで関わるが、張継「楓橋夜泊」の「月落ち烏啼いて霜天に満つ…夜半の鐘声客船に到る」（三体詩）や、瀟湘八景の「遠浦帰帆」「江天暮雪」「煙寺晩鐘」等が意識されているか。
寄合―「浦」と「山」（竹・他）。
季―雑。題材―山類（山）。

夜明けを詠む前句に、見えてきた霜枯れの野と、白雪の積もる峰を詠む。「竈山また夜をこめて降り積もる峰の白雪明けてこそ見め」（江帥集）等、夜明け方に見える「峰の白雪」を詠む歌例は多い。山の端が明るみ、その峰の白雪が見えた、というのである。「鐘」の音とともに詠んだ歌例に「鐘の音に今や明けぬと眺むればなほ雲深し嶺の白雪」（続千載集・冬・家隆）があ

七　里が見捨てられたように古びてしまっている。「寂しげや世に長岡の里古りて荒れたる露にひとりすむ月」（玄玉集・寂円）。

八　誰が通っていた道が残っているのだろうか。「通ひ路」はある所へ通って行く道。恋人のもとへ、ということが多い。「しばしこそ人も待ちしか山里はいたくな閉ぢそ雪の通ひ路」（民部卿家歌合・讃岐）。「誰が通ひ路」の歌例に、「出でて来し跡だにいまだ変らじを誰が通ひ路と今はなるらむ」（伊勢物語・四二）等。

九　戻って来ない夢。「うつつとも思はで越えし相坂は帰らぬ夢の関路なりけり」（新千載集・恋五・祖月）。

一〇　見た夢さえも昔のことになってしまった。「うつつこそさも絶え果てめ逢ふと見し夢も昔になりにけるかな」（中書王御詠）。連歌例に「寝る夜の夢ぞ昔なりける／橘の匂ひを袖に片敷きて」（菟玖波集・雑一・親光）。

19　[七]里古《ふ》りぬ[八]誰《た》が通ひ路の残るらん　純

（野にある）里はうち捨てられたようにすっかり古びてしまった。いったい誰の通っていた道が残っているだろうか。

20　[九]帰《かへ》らぬ[一〇]夢ぞ昔なりける　相

再び戻ることはない夢は、昔のものとなってしまった。

る。『八雲御抄』に「鐘の声、鐘は霜に響くなり」とあり、「鐘」と「霜」が寄合。

寄合—「鐘」と「霜」・「山」と「峰」（壁・他）、「山」と「枯るる」（闇）。

季—冬（霜枯れ・白雪）。題材—山類（峰）。

前句で詠まれた峰の見える野に、その野にある古里と、その里に通じる道を点出した。前句の霜枯れと白雪の冬の風情に、人の訪れも絶えた里の寂しさで応じている。見捨てられたような里への野路には、誰かの通った跡が残っているだろうか、というのである。「古る」に「降る」が響き「雪」と寄り合う。冬の里の寂しさは「山里は冬ぞ寂しさまさりける人目も草もかれぬと思へば」（古今集・冬・宗于）と詠まれた。「里古る」と「霜枯れ」を取り合わせた歌例に「人心霜の枯葉の里古りてやがて跡なしもとの蓬に」（拾遺愚草）がある。

寄合—「霜」と「ふる」（壁）、「雪」と「ふる」（壁・他）、「雪」と「残る」（闇）。

季—雑。題材—居所（里）。

人の通い路も残っているか分からない古びた里を詠む前句に、その道をかつて人が通ってきたというのは、戻ることのない夢であり、今は昔のことであったと応じた。訪れが絶えた里の女の情趣であろうか。あるいは頭注（八）「出でて来し」の歌から、同じ『伊勢物語』で、出家した惟喬親王のもとを昔男が訪ね「忘れては夢かとぞ思ふ思ひきや雪踏み分けて君を見むとは」（八三）と詠んだ場面を念頭に置いた付けか。

寄合—「里古る」と「昔」（壁）。

季—雑。題材—述懐（昔）。

一　流れ行く水。「はかなき」との取り合わせは、「行く水に数かくよりもはかなきは思はぬ人を思ふなりけり」（古今集・恋一・読人不知）による。『八雲御抄』「行く水に数かくは、はかなきことのたとへなり」。

二　哀れにも消えやすい。「泡」を掛ける。「とにかくにうき世を春の夢ぞとも水のあはれに思ひしれとや」（拾玉集）。

三　かつて存在していた形跡。古里や旧跡、さらには故人の住処等、限定し難い。

四　D本「高」に「貞敷」と傍記。他諸本は「高」。句上の「重貞」と同一人物と見られるが、以下も本文は「高」。誤写か。

五　別れの数々。のちの歌例に「誰となき別れの数を松島や雄島の磯の涙にぞ見る」（都のつと）。

六　今日のこの夕方。夕暮れは女が恋人の訪れを待つ時間であり、「この」には、特に思い詰めた心情を含む。「生きてよも

21　一行く・水の二あはれはかなき三跡訪《と》ひて　高四

流れ行く水の泡のように哀れにもはかない跡を訪れて。（戻らない夢は、既に昔のことだったのだと思うことだ。）

22　五別れ・の数や涙《なみだ》なるらん　明

（はかない逢瀬の跡を訪れ、）涙を流すのだが、それはその場所での別れの数々と同じ数の涙であろう。

二（二折表）

23　六この《此》夕べ・もの七恋《こひ》しきの鳴く・声に　侍

この夕方、もの恋しそうに鴫が鳴く声に。

戻らない夢が過去のことであったとする前句に、そう感じたのは、はかない思い出の跡を訪ねたからと付けた。「帰らぬ」に「行く」が応じ、「行く水」は涙を暗示する。「跡」は「なき影の跡訪ふ今日の名残さへ暮れなばまたや遠ざかりなむ」（続千載集・哀傷・宗秀）等、多くは故人の跡を偲ぶ際に詠まれる措辞であり、ここでも故人の跡を訪ねて涙を流し、帰らぬ昔を偲ぶというのであろう。

寄合―「夢」と「はかなき」（壁・他）、「夢」と「とふ」（闇）。

季―雑。題材―水辺（水）。

前句の「はかなき跡」を逢瀬の「跡」と見定め、その場所での別れの数々と同じ数の涙をそこで流すとした付け。付合では「行く水」は「袖行く水」すなわち袖を流れる涙の意となり、後朝の別れの数々を想い起こすたびに、はかなく終わった逢瀬の跡を探し求めるように袖に涙が流れるさまとなる。頭注（一）古今集歌を本歌とし、「行く水」「はかなき」に「数」を寄り合わせている。

寄合―「涙」と「袖行く水」（竹）。

季―雑。題材―恋（別れ）。

別れの数ごとに涙を流すと詠む前句に、その涙の数を夕方鳴く鴫の声がますます募らせる、と付く。前句の「数」から、「暁の鴫の羽がき百羽がき君が来ぬ夜は我ぞ数かく」（古今集・恋五・読人不知）を本歌と

明日まで人もつらからじこの夕暮れを訪はば訪へかし」（新古今集・恋四・式子内親王）。

七　「恋しき」の「しき」に「鴫」を掛ける。歌例に「旅にしてもの恋しきの鳴くことも聞こえざりせば恋ひてしなまし」（万葉集・巻一・高安大嶋）。

八　稲刈りが終わった田。晩秋から冬のさまが詠まれる。「霜うづむ刈り田の木の葉踏みしだき群れゐる雁も秋を恋ふらし」（続古今集・冬・良経）。

九　底本「恵」の右に「本ノ」。諸本いずれも「恵」。

一〇　山の陰の側。「訪ぬべき友こそなけれ山陰や雪と月とをひとり見れども」（続古今集・冬・俊成）。

一一　雲の切れ間からだけといった程度に。雲間の月を詠む歌例に「世の中になほもふるかな時雨れつつ雲間の月の出でやと思へば」（新古今集・冬・和泉式部）がある。

24

今は刈《か》り八田の秋過ぎにけり　恵（本ノ）九

今は稲を刈り終えた田となり、秋も過ぎ去ったことだ。

25

一〇山陰の雲間《ま》一一ばかりに月漏《も》りて　周

山陰では、雲の間からだけ月の光が漏れてきて。

して、「鴫」を付けた。夕暮れ時の鴫の鳴き声によって切ない別れの数々を思い出し、一層、涙を流す女のさまである。類似の詞を配した歌例に「待ち侘びて来ぬ夜むなしく明けゆけば涙数添ふ鴫の羽がき」（新後撰集・恋三・雅経）がある。

寄合―「涙」と「鳥の鳴く」（壁）。

季―秋（鴫）。題材―恋（もの恋し）。

「しき（鴫）」の鳴く夕暮れを詠む前句に、刈り入れが終わった田に、過ぎ去った秋を感じる心を付けた。「鴫の伏す刈り田に立てる稲茎のいなとは人の言はずもあらなむ」（後拾遺集・恋一・顕季）を踏まえ、「鴫」に「刈り田」と応じたのであろう。なお、前句の「しき（鴫）」との連想から、「刈り」に「雁」も響かせているか。

寄合―「夕べ」と「秋」（壁）、「鴫」と「田」（作・他）。

季―秋（刈り田・秋）。

前句の「刈り田」を「山陰」のものと見定めて、その山陰では月光は雲の間からのみ漏れてくると付けた。晩秋の情趣に雲間から漏れる月で応じた付け。山陰はそれでなくとも月の見える時間が短いが、今は秋も盛りを過ぎて、月も雲間からしか見えない、というのである。秋の田と「山陰」を詠み合わせた歌例に、「秋の田の稲葉の露のたまゆらも仮寝寂しき山陰の庵」（秋篠月清集）がある。

寄合―「田」と「山」（壁）。

季―秋（月）。

一　槙の板で屋根を葺いた家。槙は杉・檜などの良材だが、隙間から雨が漏れるさまも詠まれる。「深山辺の槙の板屋に漏る時雨涙ならねど袖濡らせとや」（続古今集・冬・月華門院）。

二　露も溜まることなく、漏れるさま。「吉野山峰の嵐のはげしさに篠の庵は露もたまらず」（永久百首・六条院大進）。

三　草葉が色づかず、紅葉を見ることができないさま。紅葉しない様子を「もみぢぬ」と詠む例は「雪降りて年の暮れぬる時にこそつひに紅葉ぬ松も見えけれ」（古今集・冬・読人不知）等多いが、「紅葉見ぬ」の措辞は珍しい。

四　朽ちた木々が多い杣山の意。また、近江国歌枕で、現在の滋賀県高島郡朽木村一帯の杣山の意も持たせる。両意を込めて詠んだ歌例に「紅葉せし昔の秋を偲びてや朽ち木の杣に宿る月影」（夫木抄・土御門院小宰相）。

五　降ったり止んだりを繰り返す初冬の雨。紅葉を促すものとされる。「行く雲の浮田の杜の村

26

[一]槙の板屋は[二]露もたまらず　成

（山陰の雲間から漏れてきた月光が射し込む）槙板で葺いた屋根からは、露も留まらずに漏れてくることだ。

27

[三]紅葉見《もみぢみ》ぬ[四]朽ち木の杣の[五]村時雨　侍

紅葉するさまを見ることはない、朽ちた木ばかりの朽ち木の杣に村時雨が降るが。（その雨露も留まることはない。）

28

[六]松吹《ふ》く風の音は[七]高島《しま》　全

松に吹く風の音が高く響く高島であるよ。

前句の、わずかに月光が漏れる景に、槙の板の屋根からは露も溜まらずに漏れるさまで応じた。付合では、「山陰の雲間」の月光は、槙の板屋の隙間から射し込み、それとともに露も留まらずに漏れる、というのである。槙の板屋から月光が漏れるさまを詠んだ歌例には「まばらなる槙の板屋に影漏りて手にとるばかり澄める夜の月」（後鳥羽院御集）がある。

寄合—「月」と「露」（竹・他）。

季—秋（露）。題材—居所（板屋）。

前句の板屋の隙間から漏れてくる「露」を村時雨の「露」とした付け。「露もたまらず」に「紅葉見ぬ」と打消しの形で応じている。紅葉を促す時雨が降っているが、朽木の杣では朽ちた木ばかりなので、紅葉を見ることはないというのである。「露」が漏れるのは、槙で葺いた屋根が朽ちているためとの理屈を読み取ることもできるが、朽ち木の杣山の風情を詠んだ付合とすべきか。

寄合—「槙の板屋」と「時雨」・「槙」と「杣」・「露」と「時雨」（壁）、「露」と「紅葉」（壁・他）。

季—秋（紅葉・村時雨）。

前句の「朽ち木の杣」を頭注〈四〉で挙げたような歌枕の意に見定めて、同じ近江国の歌枕「高島」で応じる。朽木では村時雨が降るが、高島では高い音を立てて松風が吹く、というのである。「紅葉見ぬ朽ち木の杣」に対し、常緑樹の「松」で応じている。「今はまた散らでもまがふ時雨かなひとりふり行く庭の松風」（新古今集・冬・具親）の歌例に見えるように、松風の音が時雨の音に似ているという通念により「時

時雨過ぎぬと見れば紅葉してけり」（新後撰集・秋下・兼氏）。

六　松に吹く風。「琴の音や松吹く風に通ふらむ千代の例に引きつべきかな」（金葉集・雑上・摂津）のように、音とともに詠まれることが多い。

七　近江国の歌枕。現在の滋賀県高島市。音が「高し」を言い掛ける。「近江てふ名は高島と聞こゆれどいづらはここにくるもとの里」（金葉集・恋下・読人不知）。

八　寝る場所を求めて争うこと。「夕されば竹の園生に寝る鳥のねぐら争ふ声聞こゆなり」（清輔集）。

九　底本「岩も」。D・E本「ころも」。C本「蓑毛」により改めた。蓑毛は雨具である蓑から菅等の素材が垂れ下がったもの。また、その形状の類似から、鷺の首から蓑のように垂れている羽もいう。

29　暮《く》れごと《毎》に鷺の[八]ねぐら《塒》を争《あらそ》ひて　周

夕暮れになるたびに、鷺たちがねぐらを求めて争っていて。

30　[九]蓑毛を波に濡《ぬ》らす船人　相

（鷺がねぐらを争っている辺りで、）着ている蓑毛を波に濡らしている船人であるよ。

雨」と「松風」が、「高島や三尾の中山杣立てて作り重ねよ千世のなみ蔵」（拾遺集・神楽・読人不知）により「杣」に「高島」が寄り合う。23句から五句続いていた秋から離れ、雑の句とした。

寄合―「雨」と「松風」（壁・他）、「杣」と「高島」（竹）、「雨」と「音」（闇）、「紅葉」と「松」（竹・他）。

季―雑。

前句の歌枕「高島」から「高島やゆるぎの森の鷺すらもひとりは寝じと争ふものを」（古今六帖・作者未詳）を本歌として、「鷺」の「争ひ」を付けた。松風の音に、鷺がねぐらを求めて争う羽音が対応する。夕暮れ時の高島では松風が高く響き、その森では鷺たちが騒がしくねぐらを争うというのである。

寄合―「松」と「ねぐらの鷺」（拾）。

季―雑。

前句の「鷺」がねぐらを争う夕暮れ時に、その辺りで船を漕いでいる船人は、蓑の毛を濡らしている、と付けた。「をちかたや岸の柳にゐる鷺の蓑毛波寄る川風ぞ吹く」（秋篠月清集）、「鮎のふす瀬々の岩間に居る鷺の蓑毛波寄る賀茂の川風」（寂蓮結題百首）等と詠まれるように、「鷺」から「蓑毛」と「波」を呼び起こし、「蓑毛」を船人の雨具として、それが波に濡れるさまとした。鷺がねぐらとしている川か湖の辺で、船人は蓑を濡らしながら一日を終えようとしている、ということであろう。

寄合―「鷺」と「蓑毛」（壁・他）。

季―雑。題材―水辺（波・船人）。

31

音[一]ばかり隠《かく》れぬ水や[二]氷るらん　　枝

音だけは隠れることなく聞こえていた川水は、今は凍っているのだろうか。

32

上[三]は雪ふむ橋[四]の下道　　恵

（川音が聞こえてくるが、その水は凍っているらしい。その川を渡る）橋の上は雪が積もり、人はその雪を踏んで渡るが、私が行くのはその下の道である。

33

懸《か》[五]け作る庵は[六]山の木の間《ま》にて　　侍

（橋の下道を辿って行く先に見える）懸け造り

前句の、蓑を波に濡らす船人を川の船人と見定めて、その川は今は凍っているらしく、水面下から音ばかりが聞こえてくる、と付けた。冬が到来し、水音だけが響く、静寂の風情が詠まれている。「雨によりたみのの島をけふ行けど名には隠れぬものにぞありける」（古今集・雑上・貫之）等からの連想で「蓑」に「隠れ」が寄り合う。なお28句に「音」とあり同字五句去に抵触する。

寄合―「蓑」と「隠れ」・「波」と「隠れ」（壁）、「波」と「音」（闇）。

季―冬（氷る）。題材―水辺（水）。

前句の音だけは隠れない川水に対して、上に雪が積もった橋と、橋の下を流れる川に添った道の景で応じた。「氷」に「橋」が寄り合う。詠作主体は、雪の積もった橋の下道に居て、氷の下のかすかな川音を聞いている、ということであろう。凍り付いた川の音を詠む歌例に「氷りても音は残れる水無瀬川下にや水のありて行くらむ」（風雅集・雑上・成藤）、「かすかなる音ぞ聞こゆる冬寒み結ぶ氷の中川の水」（草庵集）等があり、「上」の「雪」と「下」の「氷」を対置した歌例に、「降る雪や水の上にも積もるなり嵐の下に波は氷りて」（他阿上人集）がある。

寄合―「氷」と「橋」・「氷」と「ふむ」（壁）、「水」と「道」（闇）。

季―冬（雪）。題材―水辺（橋）。

前句は雪が積もった橋の下道を詠む。付句では、その下道を行くと、先に木々の間に建てられた懸け造りの庵が見えた、とする。30句から前句まで続いていた水辺の景を山へと転じた。「橋」に「懸け作る」が寄り

一　音だけは隠れない水、すなわち目には見えないが、音で流れていると知られる川の水。「流るるも見えぬ深山の草隠れ音のみしるき谷の下水」（伏見院御集）のように、谷川等のささやかな流れを詠む例が多い。

二　音だけ聞こえていた川水の音が聞こえなくなり、凍ってしまったのかと想像するさま。参考「今朝よりは下行く水も瀬絶えして音も聞こえず氷る山川」（延文百首・経顕）。B本「水の」。

三　底本「水は」とあるが、前句に「水」があるので、誤写であろう。C・D・E本「上は」により改めた。

四　橋の下を通る道。珍しい措辞で、和歌・連歌ともに用例は見出しがたい。

五　懸け造りの庵。懸け造りは、崖や岸に張り出した形の建造物のこと。歌例に「懸け作る谷の庵の軒端より雫も長し五月雨の頃」（宝治百首・寂西）、連歌例に「松が根に懸け作りたる庵しめて」（承空本私家集紙背永仁

五年正月十日賦何木百韻・承空)。

六　D・E本「松の」。ただし、28句に「松」があり、七句去に抵触する。

七　早春に農作物を植える準備として、枯草等を焼くこと。「山本に畑焼く里の夕暮れも遠きは細き煙とぞ見る」(新撰和歌六帖・信実) は山の麓を畑焼きした例である。

八　火よりも赤い。『白氏文集』の「山榴は艶にして火の似《ごと》く、玉蕊は飄りて霰の如し」に基づく表現。和歌の先例は見出し難く、やや下る歌例に「霞立つ尾上の松の下陰に火よりも赤く咲く躑躅かな」(耕雲千首)。連歌では「火よりも赤き霞とぞ見る／山吹の木の下躑躅花咲きて」(菟玖波集・春下・素阿) が早い。

九　岩や山地に生えるツツジ。花の色の鮮やかさを詠むことが多い。歌例に「岩躑躅折りもてぞ見る背子が着し紅染めの色に似たれば」(後拾遺集・春下・和泉式部)。D・E本「山つつじ」。

の庵は、山の木々の間にあって。

34　[七]畑焼《や》き残《のこ》す峰の桜木　明

畑焼きをしても、焼き残したかのような峰の桜木よ。(庵はその山の桜木の間にあって。)

35　咲き・ぬるか[八]火よりも赤《あか》き[九]岩躑躅《つゝじ》　相

咲いたのだろうか。火よりも赤い岩つつじが。(そのさまはまるで畑を焼いているかのようだが、それに焼き残ったような桜の木よ。)

合う。「雪ふむ」「懸け(造る)」「橋」を詠み込んだ歌例に、「山里の谷の懸け橋いまさらに雪踏み分けてたれか通はむ」(隣女集)。

寄合—「橋」と「懸くる」(壁・他)、「橋」と「作る」(壁)、「道」と「山」(闇)。

季—雑。題材—山類(山)。

山の木々の間に作った庵を詠んだ前句の「木」を桜と取りなして、山の麓の辺りでは畑焼きしたが、峰には焼き残された桜木があると付け、春の句へと転じている。付合では峰の桜木の中に庵があるさまとなる。「山」に「峰」、「作る」に「畑」が応じる。「…畑焼き侍りけるを見て詠み侍りける／片山に畑焼く男かの見ゆる深山桜はよきて畑焼け」(拾遺集・雑春・長能) を本歌とした付句である。

寄合—「山」と「峰」・「山」と「桜」(壁・他)。

季—春(桜木)。題材—山類(峰)。

前句の「畑焼き」から「火」を連想し、火よりも赤い岩つつじの花を詠んだ。畑焼きをしたかのように岩つつじの花が真っ赤に咲いているが、それに焼かれることはなく桜木が残っている、との意となる。つつじを野焼きの火に見立てた歌例に、「眺めやる空に煙は棚引かで野辺を焼く火や躑躅なるらむ」(東撰和歌六帖・光行)。「桜」と「つつじ」は「…岡辺の道に丹つつじの匂はむ時の桜花…」(万葉集・巻六・虫麻呂) 等、伝統的な取り合わせ。

寄合—「桜」と「つつじ」(拾)。

季—春(岩躑躅)。

一　春を夢だというのかのように、の意。春の夢は、短く不安定なものとして詠まれる。「春の夜の夢の浮橋とだえして峰に別るる横雲の空」（新古今集・春上・定家）。
二　和歌において「夜」「遊ぶ」のは夜に管絃・舞などを楽しむ意。「もろ人の遊ぶなるかな乙女子がかざみの裾の長き夜すがら」（永久百首・兼昌）等と詠まれる。
三　空虚ではかない様子。不実で当てにならないの意も含む。「暇もなく包める山の霞かな花の心やあだに見ゆらむ」（大弐高遠集）、「あだに見し夢にいくらもかはらぬは六十路過ぎにしうつつなりけり」（続千載集・雑中・実重）。
四　蝶の異称。蝶が戯れるさまを詠んだ歌に、「薄く濃く園の胡蝶は戯れて霞める空に飛びまがふかな」（正治初度百首・後鳥羽院）がある。
五　D本「継」に「純歎」。B・C・E本「継」。

36　春[一]を夢とや夜遊《あそ》[二]ぶらん　成

（灯火よりも明るい岩つつじが咲いたのか、その）春という季節を夢だとでもいうように、夜、遊んでいるのだろう。

う（三折裏）

37　あだ[三]に見《み》る胡蝶[四]のともに戯れて　継[五]

はかないものと見える胡蝶が一緒に戯れていて。

38　百年《ももとせ》[六]までの人[七]の世もなし　周

（はかない胡蝶の戯れのように）百年まで続く

前句の「赤き」に「明かき」を読み取り、赤い岩つつじが咲いていることによって明るい春の夜に、それを夢だというかのように遊ぶのだろうと付けた。「岩躑躅」から、「夜遊の人は尋ね来つて把らんと欲す　寒食の家には折り得て驚くべし」（和漢朗詠集・春・躑躅・順）を想起しての付け。頭注（二）のように、一句としては春の夜に管絃や舞を楽しむ意であろうが、付合においては、より広い意味で春の夜に遊ぶ人が、赤いつつじの花を灯火と思うさまとなる。春の夜に遊ぶさまは、李白の「春夜桃李の園に宴するの序」に「古人燭を秉つて夜遊びしは、良に以有るなり。況や陽春我を召くに煙景を以てし」（古文真宝・序類）等とある。

季―春（春）。

春の夜に夢のように遊ぶのだろうかと詠む前句に、そのように遊ぶ人は蝶と共に戯れていると付けた。『荘子』斉物論篇等に見える胡蝶の夢の故事により、前句の「夢」と「胡蝶」が寄り合う。夢を「あだ」と見る例に「はかなしとあだに思ひし夢にこそ行く末までのことも見えけれ」（月詣集・雑下・実快）がある。「あだに見る」は胡蝶の命、さらにはそれと共に戯れる人間自身の命のはかなさもいうのであろう。

寄合―「夢」と「あだなる」・「夢」と「胡蝶」（壁）。

季―春（胡蝶）。

はかない胡蝶と共に戯れたとする前句に、『摩訶止観』（五）「荘周夢に胡蝶と為る。翔翔百年…」の胡蝶の夢の故事や、これを念頭に詠まれた「百年は花に宿りて過ぐしてきこの世は蝶の夢にざりける」（詞花集・

六　百年。転じて、非常に長い年月の意ともなる。「昨日よりをちをば知らず百年の春の始めは今日にぞ有りける」（拾遺集・雑賀・貫之）。

七　人の一生。歌例に「人の世の思ひにかなふものならば我が身は君に後れましやは」（後撰集・哀傷・定方）がある。

八　老女の白髪。「九十九」の「つく」に、心が「付く」の意が掛けられている。歌例に「言はぬ間も思ふ心は九十九髪さは偽りの夢や見てまし」（六百番歌合・兼宗）、連歌例に「人に心をなほ九十九髪」（菟玖波集・恋上）がある。

九　実際の色の意の他に、考えていることが様子や気配に出て、相手に知られることにもいう。「忍ぶれど色に出でにけり我が恋はものや思ふと人に問ふまで」（拾遺集・恋一・兼盛）のように恋歌で用いられることが多い。

人生もないのだ。

39　憂《う》きこと《事》の心はなほ《猶》も九十九《つくも》髪[八]　高

（百年まで生きることはないというのに、）つらいことだと思う心情はなおも付いて回る、白髪頭になっても。

40　言《い》はずとも良《よ》し色[九]に知《し》るらん　相

（つらいということは）言わなくても良いのだ。（九十九髪の）色で分かるだろうから。

雑下・匡房）を踏まえ、「胡蝶」に「百年」と応じ、百年まで生きるという人の一生はないと付けた。人ははかない夢の中では胡蝶となって百年分を生きることができるが、現実の人の世ではそのように長くは生きられない、というのである。34句から前句まで続いていた春の季から離れる。

季―雑。題材―述懐（世）。

人は百年まで生きることがないと詠む前句から、『伊勢物語』（六三）の老女に垣間見された男が詠んだ「百年に一年たらぬ九十九髪我を恋ふらし面影に見ゆ」を想起し、これによって「九十九髪」の老人の心情を付けた。白髪頭の九十九歳になってもなお、つらいことが多いという嘆きを詠む。

寄合―「百年」と「九十九髪」（壁）。

季―雑。題材―述懐（憂き・九十九髪）。

前句の、嘆いている白髪頭の老女に対して、口に出して言わなくても、色で分かるだろうから、となだめる心で応じた付け。付合では「色」は気配や様子の意に加えて、九十九髪すなわち白髪の色によって、の意となる。

季―雑。

一　持ち主は誰か、の意。脚注の素性歌の他、「主や誰問へど白玉言はなくにさらばなべてやあはれと思はむ」（古今集・雑上・融）などがある。
二　梔子の実で染めること。梔子色は、やや赤みを帯びた濃い黄色。「咲きにけりくちなし色の女郎花言はねどしるし秋の気色は」（金葉集・秋・源縁）等の歌例のように、「口（なし）」「言はず」といった言葉と共に詠まれた。
三　衣の美称。もとは中国風の衣をいう。
四　来て訪へ、の意。類例はわずかだが、後代の作に「木のもとに来つつとへとや山桜よそめを雲にたちまがふらむ」（紅塵灰集）がある。
五　B本「友を」。
六　ずっと見ている内に、といった意。夜更けの月と結んだ歌例に「見るままに秋風寒し天の原戸わたる月の夜ぞ更けにける」（続古今集・秋上・為家）がある。
七　寝付けずに眺める月。歌例に「寂しさも秋にはしばし嘆きつつ寝られぬ

41　主《ぬし》[一]や誰くち《口》[二]なし染の唐衣《から》[三]　侍

持ち主は誰なのだろうか、この梔子《くちなし》で染めた衣は。（「口無し」というが、言わなくても良い。その衣の色で持ち主は自然と分かるだろうから。）

42　き[四]つつ訪《と》へとは友[五]ぞ待《ま》たるる　明

（梔子染の唐衣を「着て」ではなくて、）こちらに来つつ訪ねて来い、と友が待たれることだ。

43　見[六]るままに寝《ね》[七]られぬ月の夜は更けて・　松

（つい友の訪れを待ってしまうが、）月を見ているうちに眠ることができず、月夜は更けてしまって。

言わなくとも「色」で分かるから、とする前句に、唐衣は誰のものか、と付けた。付合では「口無し」なので、言わなくても良い、衣の色で持ち主が分かるから、といった意となる。「言はず」と「色」から「くちなし」を導き出し、梔子染の唐衣の持ち主を尋ねる心を詠む。「山吹の花色衣主や誰問へど答へずくちなしにして」（古今集・雑体・素性）を本歌とした付け。『俊頼髄脳』所収の短連歌に「口なしにちしほやちしほ染めてけり／こはえも言はぬ花の色かな」（道信／伊勢大輔）がある。
季―雑。

唐衣を詠む前句に、それを着つつ、ではないが、こちらへ来つつ、私を訪ねてきてくれと友を待つ心を付けた。「きつつ」に「着」と「来」を掛けて、前句の梔子染の唐衣を受けている。『伊勢物語』（九）「東下り」の「唐衣きつつなれにしつましあればはるばる来ぬる旅をしぞ思ふ」を念頭にした付け。前句の句末「唐衣」から付句の句頭「きつつ」に続くように詠む付け方を「請取てには（うけてには）」といい、『知連抄』は六種のてにはの一つに挙げている。
季―雑。

友人を待つさまを詠んだ前句に対し、その待っている者は、友と月を眺めようと思って夜が更けるまで眠らずにいる、として付く。『世説新語』他に見られる、王子猷が雪の積もる月夜に、友の戴安道を訪ねようとしたが、安道の家の前に着いた時には夜も明けようとしていたため、そのまま帰ってしまった、という故事をもとした付け。この故事は『蒙求和歌』等に見え、画題ともなった。『連歌寄合』にも「（王子猷は）

月に明かす狭筵」（拾遺愚草）等がある。

八　槌で布を打って柔らかくし、つやを出すために用いる台。ここではその砧で衣を擣つ音。秋の夜に寂しさを募らせるように響くさまが詠まれる。「秋の夜の砧の音を聞くからにうちつけなれや風ぞ恨むる」（永久百首・顕仲）等がある。

九　自分だけでなく隣家にも同じように秋が訪れるといった意。「隣も秋」の言い回しは和歌・連歌ともに見出しがたい。「月見れば千々にものこそ悲しけれ我が身一つの秋にはあらねど」（古今集・秋上・千里）や「寂しさに宿を立ち出でて眺むればいづくも同じ秋の夕暮れ」（後拾遺集・秋上・良暹）等、秋は自分ひとりだけではなく遍く訪れるとする観念に基づく。

44　聞《き》けば砧《きぬた》[八]の近き手枕　全

（夜更けに）耳を傾けると、砧の音がひとり寝の手枕近くに聞こえてくる。

45　山里は隣《となり》[九]も秋と吹く風に　侍

山里では、私だけでなく隣にも秋がやって来たよと告げるように吹く風によって。（砧の音が近くに聞こえることだ。）

夜明、月入ければ、興に乗じて来たり、興尽きて帰るとて、云だに入ず舟をさしかへりし、誠に情け深きことなり」とある。ただし、本付合では友を待つ側の心情としている。

寄合―「友」と「月」（壁・他）、「訪ぬる」と「月」（壁）、「待つ」と「月」（闇）。

季―秋（月）。

月を眺めて眠れぬ夜を過ごす、と詠む前句に、「手枕」の近くに砧の音が聞こえてきた、と付けた。夜更けの「砧（衣擣《う》つ）」を詠んだ歌例に「更けにけり山の端近く月冴えて十市の里に衣擣つ声」（新古今集・秋下・式子内親王）。『源氏物語』（夕顔）では、源氏が夕顔の家に泊まる場面で「八月十五夜、隈なき月影」が「板屋残りなく漏」る暁近くに、「隣」から砧の音が聞こえてくる、とある。これを踏まえたか。

季―秋（砧）。

砧の音をひとり聞く前句の場所を、「山里」と見定め、隣家にも秋を知らせる風が吹いている、と付けた。「よるよるは砧の音をさそひ来て風ぞ枕に衣擣ちける」（続千載集・雑体・為世）のように、風は砧の音を運ぶものとされる。ここでも秋風が隣家の擣衣の音を手枕の近くに運んできたというのである。「手枕」に吹く秋風を詠む歌例に「いつしかと片敷く袖に置く露の手枕涼し秋の初風」（続千載集・秋上・実兼）等がある。44句で挙げた『源氏物語』（夕顔）により、「砧」に「隣」が寄り合う。

寄合―「聞く」と「風」・「砧」と「隣」（壁）。

季―秋（秋）。

46　一涙の袖は二露も隔《へだ》てず　禅

涙に濡れた袖は、分け隔てをしない露でも濡れてることだ。

一　涙に濡れた袖。D本「なみたの露は袖も」。
二　露は分け隔てしない。全く…しない、の意の「つゆ…ず」も言い掛ける。「遠くとも慕ふ心の契りあらば花のうてなの露も隔てじ」（後堀河院民部卿典侍集）。

山里で隣にも秋が来たと告げるかのように風が吹くさまを詠む前句に、その秋の訪れの寂しさに流した涙に濡れた袖は、場所を分け隔てしない露でも濡れている、と付けた。秋風で露が袖にかかるという連想による付けで、「秋」から「露」、「山」「隣」から「隔て」を導く。「風」と「露」「涙」の連想は「風は昨夜より声弥《いよ》よ怨む　露は明朝に及んで涙禁ぜず」（和漢朗詠集・朝綱）でも詠まれる。秋の山里に涙と露を付けた類似の連歌例に「秋の憂きをば残す山里／露ならば涙の袖に心せよ」（文和千句第一百韻・永運／素阿）。

寄合—「山」と「隔つ」（壁）。
季—秋（露）。

47　三旅まで《迄》も四都心や残《のこ》るらん　枝

旅先でまでも都を思う心が残っているのだろうか。

三　旅先までも。歌例・句例ともに見出しがたい。
四　都を思う心。歌例に「朝ごとに色増す紅葉なかりせば慰めましや都心を」（夫木抄・長家）。旅中に都を思う心を詠んだ例に「旅衣はるばるきても隔てぬは都に通ふ心なりけり」（新千載集・羇旅・道誓）。

袖に涙や露がかかるという前句に、旅先で都を思うさまを付けた。前句の「涙」は旅愁の涙となり、「露」は旅中の草枕等で袖に置く露となる。都からの旅の「露」は「立ち別れ都隔つる衣手に暁起きの露ぞ重なる」（続拾遺集・羇旅・具房）、「都思ふ涙の上は旅衣野山の露をまた重ぬらむ」（続後拾遺集・羇旅・後伏見院）のように詠まれる。

寄合—「露」と「残る」（闇）。
季—雑。題材—旅（旅）。

48　五舟寄《よ》せかぬる六須磨の高汐　成

（旅に出てまでも都への心が残っているのだろうか。しかし、ここは）舟を寄せようとしても

五　舟を陸地へ寄せることが困難なさま。波風の激しさによる歌例に「荒磯に舟寄せかねてささ島や幾夜の波に浮き沈むらむ」（頓阿百首）等がある。

旅先でも都を思いやるという前句から、『源氏物語』（須磨）で、須磨に来た光源氏が都を思うさまを想起し、これを踏まえて須磨の高潮のために舟を寄せることのできない様子を付けた。源氏は「見るほどぞしばし慰む廻り合はむ月の都は遥かなれども」と都を思い、須磨の波を聞いて「恋ひ侘び

六 「須磨」は摂津国の歌枕。「高汐」は、暴風雨の際に潮位が上がり高い波が立つこと。『源氏物語』で、光源氏が須磨の暴風雨に襲われた際に供人が「高潮といふもの…」という場面（須磨）を踏まえたもの。時代は下るが、句例に「高汐もなほいかならむ須磨の浦」（大原野千句第八百韻・了玄）がある。
七 小車の立てる音。「小車」は小さな車、牛車。時代は下るが、小車の音と雷の鳴る音の類似を詠む歌例に「鳴神は空に知られぬ道の辺に小車過ぎて夕立もなし」（草根集）。
八 B本「夕暮を」。
九 心が騒ぐ。「とどろく」は、驚き騒ぐこと。「慕ひ来る恋のやつこの旅にても身のくせなれや夕とどろきは」（千載集・雑下・俊頼）を踏まえた表現。
一〇 D・E本「伯」。

できない高潮の打ち寄せる須磨である。

49　小車[七]の音かと聞《き》けば神鳴《かみな》りて　周

（舟は寄せかねているようだが、そのかわりにやって来る）小車の音かと思って聞いていると、雷が鳴って。

50　待つ・[八]夕暮《ぐ》れぞ心[九]とどろく　泊[一〇]

（小車の音かと思って聞くと、それは雷であった。恋人を）待つ夕暮れは、心が騒ぐことだ。

てなく音にまがふ浦波は思ふ方より風や吹くらむ」とも詠んでいる。本千句第四百韻でも「波聞き侘びぬ須磨の浦風」（真泊）とある。
　寄合―「旅」と「舟路」（壁・他）、「都」と「須磨」（壁）。
　季―雑。題材―旅（舟）、水辺（舟・高汐）。

須磨の高潮を詠む前句に、『源氏物語』（須磨）の暴風雨の場面での「海の面は、衾を張りたらむやうに光り満ちて、雷鳴りひらめく」を踏まえて、小車の音かと思って聞いていたら雷の音であったと付けた。詞の上では「舟」に「小車」が応じている。時代は下るが雷と須磨を結ぶ連歌例に「越え侘びぬ雨に神鳴る山の陰／舟路に荒き須磨の浦波」（表佐千句第三百韻・宗祇／承世）。
　寄合―「須磨の浦」と「鳴神」（作）。
　季―雑。

前句の「小車の音かと聞」いていた主体を、夕暮れに恋人の訪れを待つ女と取りなし、小車の音を聞いて恋人が来たかと思ったら雷で、徒らに心を騒がしているとした付け。「天の原踏みとどろかし鳴神も思ふなかをばさくるものかは」（古今集・恋四・読人不知）により、「神鳴」に「とどろく」が応じる。恋人の訪れを待つ女が車の音を聞く歌例に「待つ方の車の音は我が門を過ぬまでこそ嬉しかりけれ」（林葉集）。なお、恋句は二句以上続けるのが通例だが、ここでは恋はこの一句である。
　季―雑。題材―恋（待つ）。

三（三折表）

51　木陰行く[一]・花には駒も急《いそ》がぬに　　全

（人が待っている夕暮れには、心が騒ぐことだ。）花の木陰を行くと、花のためについ私も馬も急がなくなってしまって。

52　山にむかへば[二]永き日もなし[三]　　明

（花の木陰を行くと馬も急がない、そのような）山に向かって進むと、長いという春の日も、たちまち暮れることだ。

53　捨つる身の[四]命を春に残《のこ》されて[五]　　恵

（山と向きあっていると、長い春の日もたちまち暮れてしまう。）世俗を捨てた我が身の命は、過ぎ去って行く春に取り残されて。

人が夕暮れに「待つ」ことになった前句の理由を、花の咲く木陰を馬で行くと、馬も急がなかったので、とした付け。馬上の人も馬も花に見入ってしまって進むのが遅くなったという含意がある。花に見とれて家路が遅くなり女を待たせてしまうと詠んだ歌に、「花見ると家路に遅く帰るかな待ち時過ぐと妹や言ふらむ」（後拾遺集・春上・兼盛）がある。付句一句としては、花に心を奪われて、急いで帰路につくのが厭われる野遊を詠む句となる。

　寄合―「心」と「花」（璧）、「待つ」と「花」（闇）。

　季―春（花）。

前句の、馬も急がずに進む花の木陰の場所を山と見定めて、そのような山に向かって行くと、長いとされる春の一日もたちまち暮れて行くとした。花を見て春の長い一日を暮らす風情を詠んだ歌例に「花見つつ今日も暮らしつ足引きの山鳥の尾の永き日影を」（壬二集）がある。

　寄合―「花を愛づる」と「永日」・「咲く花」と「山」（拾）。

　季―春（永き日）。題材―山類（山）。

前句の「山にむかへば」を山と向きあえば、の意と取り、山を眺めて日を過ごすうちに春に取り残された遁世者の心情とした。山に向きあって過ごすうちに長い春の一日もたちまち暮れてしまって、出家して捨てたはずの我が身の命は、去り行く春に取り残されるというのである。「身」と「心」を対とする発想に基づけば、「暮れて行く春は残りもなきものを惜しむ心の尽きせざるらむ」（千載集・春下・隆季）と詠まれるように、春を惜しむ心は尽きることがない

一　花咲く木陰を進むこと。「木陰なる若草の上に散りかかる花は見ますな岡の春駒」（為忠家後度百首・仲正）。

二　同様の言い回しの古例は見出しがたい。「むかふ」は、ある場所へ進む、あるいはある物へ自分の正面を向けることの意で、ここでは前者。参考「夏来ては霞も霧も隔てなく向ふ軒ばの山ぞ間近き」（新明題集・公起）。

三　長いとされる春の一日も、あっという間に過ぎるということ。時代は下るが「駒」と結んだ歌例に、「しばしとて花の木陰に引きとむる駒の手綱の長き日もなし」（逍遥集）がある。

四　世俗を捨て出家した身。「身を捨つる人はまことに捨つるかは捨てぬ人こそ捨つるなりけれ」（詞花集・雑下・読人不知）。

五　取り残されて。「思ひ出づれば人あまたあり／老ぬるは先立つ数に残

54
鳴《な》くや[六]雉子《きぎす》の[七]かりの世の中　周

（命を春に残された）雉は鳴いているのだろうか、所詮は狩られることになる、仮の世の中なのだから。

55
[八]有明の[九]月も[一〇]霞を逃《のが》れぬに　高

（結局、雉は狩られることになるという仮のこの世では、）有明の月も霞からは逃れられない。

のに、との含意もあるか。
寄合―「山」と「捨身」（璧）、「ながき」と「命」（璧・他）。
季―春（春）。題材―述懐（捨つる身・命）。

前句では遁世の意であった「捨つる身」を、真に命を捨てる意として付けた。捨てたはずの命をせっかく春過ぎるまで保っていた雉が、結局は鳴いて気づかれて狩られる運命にある、この世はそういう仮の世なのだ、というのである。「仮の世」と雉子を「狩」ることを掛けた歌例に「雉鳴く交野の原のとだちこそまことにかりの宿りなりけれ」（六百番歌合・経家）、連歌例に「昔のあとはただ春の草／御狩せしかり野の原に鳴く雉子」（文和千句第四百韻・素阿／救済）がある。
寄合―「捨」と「世」（璧）。
季―春（雉子）。題材―述懐（世）。

前句の、結局は狩られる宿命の「雉子」に対して、月も霞からは逃れられないと応じた。付合では、明け方の霞の中で雉子が鳴くのを聞いて、月が霞から逃れられないように、雉子も狩られることから逃れようがないのだろうと、思い遣るものとなる。朝方に霞む月と雉子が鳴く情景を詠んだ歌例に、「月はなほ霞みて残る片岡の朝の原に雉子鳴くなり」（続草庵集）があり、本付合の参考となる。「有明の月」としたのは、頭注〈六〉「朝の原に雉子鳴く」（後拾遺集）を念頭に、朝方（有明）の時分としたものか。
寄合―「雉子」と「朝の原」（作）、「雉子鳴く」と「霞」（随）。
季―春（霞）。

されて」（菟玖波集・雑四・勝渭）。

六　雉の古名。春の猟鳥。「狩りに来ば行きても見まし片岡の朝の原に雉子鳴くなり」（後拾遺集・春上・長能）。特徴的な鳴き声のために狩人から隠れられないさまを詠む歌例に、「萌え出づる春も浅野の若草に隠れも果てず雉子鳴くなり」（新拾遺集・雑上・基氏）。

七　かりそめのこの世。「狩り」を掛ける。「いにしへを忍ぶの軒の露も憂し／たまの栖もかりの世の中」（顕証院会千句第二百韻・宗砌／専順）。

八　明け方の空に残る月。「山の端の有明の月も一つにて霞の上に残る白雪」（新千載集・雑上・後堀河院民部卿典侍）。

九　D本「月の」とし、「の」を見せ消ちして「も」と記す。

一〇　立ちこめる霞から逃げることができない。すなわち霞に遮られてしまうということ。「花咲きてなど隠れ家のなかるらむ／月ぞ霞を逃れかねたる」（菟玖波集・雑一・良基）。

一　仏がお隠れになったあと。釈迦の入滅後。
二　永く暗闇であること。ここでは、人が煩悩や苦しみから抜けきれないさまを喩える。釈教歌の例に「後の世は我常闇に迷はめや絶えぬ光の誓ひおちずは」（散木奇歌集）。
三　神々の世。C～E本は表記「代」。54句に「世の中」があり、同字を「可隔五句物」（連歌新式）とする式目を意識しての異同か。
四　天の岩戸。「素戔嗚尊天つ罪を犯し給ひしことを憎ませ給ひて、天の岩戸を閉ぢて隠れ給ひしかば、天が下、常闇になりにけり」（沙石集・一）。ここでは「岩」に「言は」を言い掛ける。
五　日々が過ぎることをいう。「明け」に岩戸が「開け」を掛ける。
六　興味をひかれるさま。愉しい。趣がある。C～E本「おもしろき」。
七　声に出して歌う際の節まわしの数々。「声」の「ふしぶし」を詠む例に「もろともに唱へ馴れ

56　[一]仏隠《かく》れし跡の[二]常闇《とこやみ》　成

（有明の月も霞を逃れられず、）仏がお隠れになった後の闇は、永く続くのである。

57　[三]神の世をいかが《ゞ》[四]岩戸の[五]明け・暮《く》れて　侍

（仏がお隠れになったのちの闇も永く続くというが、）神々の世を、どのように言って天の岩戸を開けてもらおうか、と思案しているうちに、日々が明け暮れ過ぎて行って。

58　声[六]おもしろし歌《うた》の[七]ふしぶし《く》　禅

（どうやって天の岩戸を開けようか思案して日々を過ごしていると、）うたう声が愉しそうに聞

明け方の空にかすかに残る月すらも、その光を隠す霞を逃れられないとする前句に、月のごとく世を照らす仏がお隠れになった後に訪れる闇は、永遠に続く闇なのだ、と付けた。前句の「月」を仏の悟りの光の比喩と取りなした付け。51句から前句まで五句続いた春を釈教の句に転じた。「釈迦の月は隠れにき　慈氏の朝日はまだ遥か　そのほど長夜の暗きをば　法華経のみこそ照らいたまへ」（梁塵秘抄）とあるように、釈迦が入滅して五十六億七千万年後に弥勒菩薩が出現するまで、長夜の闇が続くとされる。
　寄合―「月の御かほ」と「仏」（璧）。
　季―雑。題材―釈教（仏）。

前句の「常闇」を、天照大神が天の岩戸に籠もったための闇と取りなし、昼夜の区別も知れぬ常闇のなか、岩戸を開けるすべを神々が日々思案するさまとし、釈教から神祇へと転じた。「国の内、常闇にして昼夜の相ひ代はるわきも知らず」（神代紀・上）。「常闇」と「岩戸」を詠む歌に「久方の天の岩戸の山の端に常闇晴れて出づる月影」（続千載集・神祇・俊光）。「仏」と「神」、「隠れ」と「岩戸」、「常闇」と「明け暮れ」が言葉同士で応じる。
　季―雑。題材―神祇（神）。

岩戸を開けてもらおうと思案するという前句に、神楽を謡い舞った神話で応じた。天の岩戸の前で神楽を行い、興味をそそられた天照大神が少し開けた隙に岩戸を押し開けたという「おもしろ」の語源説話でもある神話に拠る付合。「大神宮をすかし出だし奉らむ為に、庭火を焚きて神楽をし給ひければ、御子の神たちの御遊びゆかしく思

にし法の声そのふしぶしをいつか忘れむ」（守覚法親王集）がある。

八　音楽の風儀。「笛竹」は竹製の笛、転じて管楽器の音楽。「風」は「家の風」と同じ用法で、風儀、ならわしの意。「家の風吹くとはすれど笛竹のよよに及ばぬ音ぞなかれける」（新後撰集・雑中・政秋）。

九　風儀を伝承する。特に「笛竹」と結んで管楽器の吹き方を伝える。「いにしへを吹き伝へたる笛竹に囀る鳥の音さへ変はらぬ」（源氏物語・乙女）。

一〇　残る名声。多く「君も我も伝ふる道の三代までにいやまさりなる名を残しつつ」（長秋詠藻）のように「名」を「残す」と詠まれる。

一一　雪のなかでも松は常緑である。「青山に雪有つて松の性を諳んず」（和漢朗詠集・松・許渾）。

一二　松の青々とした葉。雪中の松の「青葉」を詠む歌に「水鳥のかもの神山冴え暮れて松の青葉も雪降りにけり」（新拾遺集・冬・頼貞）。

こえてくる、その神楽の歌のおもしろそうな節まわしよ。

59　笛竹の風吹き伝《つた》へ残る名に　周

（歌の節まわしごとに趣がある）笛を吹く風儀を伝えることで、名を残して。

60　雪にも松や青葉なるらん　相

（笛竹を伝える家が名声を今も保つように、）雪が降るなかでも、松は変わらぬ青葉のままなのだろうか。

しめして、岩戸を少し開きて御覧じける時、世間明らかにして、人の面も見えければ、「あな面白」といふことはその時、言ひ始めたりけり」（沙石集・二）。ただし、一句では音楽一般を詠む雑の句と解される。

寄合―「神の代」と「歌」（壁）。

季―雑。

前句の「ふし」から縁のある笛を想起し、名を残す笛の家を付けた。節まわしごとにみごとに吹く笛の技芸の風儀を継承者に伝え、後世まで名を残す、というのである。「ふし」と「笛竹」「伝へ」を用いて、音楽を後進に伝承することを詠む歌例に「笛竹の二の道を伝へても跡に変はらぬ一ふしぞなき」（新千載集・雑中・祐殖）等がある。

寄合―「声」と「風」・「一ふし」と「笛」・「ふし」と「竹」（壁）。

季―雑。

前句の「風」を松に吹く風と取りなし、「笛」と「青葉」の寄合に加え、「竹」に「松」、と言葉同士で応じて、音楽の伝承を詠む前句から、松に雪という伝統的な発想に基づいて、冬の句に転じた付け。平敦盛愛用の笛と伝承される「青葉の笛」（十訓抄・一〇など）も、その名を伝えて今に残るが、常緑の松も、風が吹き、辺りに雪が降り積もるなかでも青葉のままなのだとした。「笛竹」「風吹き」「松」をともに詠む古歌に「笛竹のよぶかき声ぞ聞こゆなる岸の松風吹きや添ふらむ」（千載集・雑上・斉信）。

寄合―「笛」と「青葉」（壁）、「竹」と「青葉」（付）、「風」に「松」（付・他）、「残る」と「雪」（闇）。

季―冬（雪）。

一 水が冷たいさま。
二 水鳥が水上で浮いたまま寝ている所。「憂き寝」を掛ける。また本句においては鴨の「憂き音《ね》」も言い掛ける。
三 鴨は青い羽を持つため、青羽鳥の異名があり、そこから「青葉」と掛けても詠まれる。「秋の露は移しにありけり水鳥の青葉の山の色づく見れば」(万葉集・巻八・三原王)。
四 川を下す筏。材木を筏に組んで下流に運んだり、舟の代用にもする。早瀬を下る筏を詠む歌例は「大井河下す筏師早き瀬に飽かでや花の陰を過ぐらむ」(兼好法師集)等。古歌ではもっぱら大井川の筏が詠まれた。
五 川の流れの様子。
六 小さな舟。「さ」は接頭語。「棹」も掛ける。E本「さす舟の」。
七 それほど棹を挿して留めることもなく。「さしも」は「それほど」の意と「(棹を)挿し」を掛ける。棹挿す(舟を漕ぐ)ことを止めずに、の意も掛けるか。底本・B本は「とどめぬ」とあり、「ぬ」を見せ消ちして

---

61 一水寒き二浮《う》き寝《ね》の床の三鴨鳴きて・　市

(雪の降る中、)水が寒々しくてつらい浮き寝の床で、鴨が鳴いていて。

62 四下す筏も早《はや》き五川波　全

(冷たい水に浮き寝する鴨が鳴いているが、そこは)下す筏も速く流れ行く、波立つ川である。

63 六さ小《を〔ほ〕》舟のさし七もとどめず過ぎぬるに・　高

(筏が速く流れ下る波立つ川を)小舟は棹をさし留めることもなく、通り過ぎて行く。

前句の「青葉」から「青羽」の鴨を連想し、鴨の鳴き声を聞いて、水に浮き寝をする侘びしさを思いやる心を付けた。付合では、冬の水辺に浮き寝する鴨の羽色は、雪中の青葉であろう、となる。「鴨のゐる入り江の葦は霜枯れて己のみこそ青葉なりけれ」(千載集・冬・道因)等を念頭に置く。冬に浮き寝する鴨を詠んだ歌例に「をし鴨の浮き寝の床の枕より跡より凍る冬の池水」(草庵集)等がある。
寄合―「青葉」と「鴨」(壁・他)、「雪」と「寒し」(付)。
季―冬(寒し・鴨)。題材―水辺(水・鴨)、居所(床)。

前句は浮き寝の床で鳴く鴨を詠む。付句はその浮き寝の床は、筏が下ってきた流れの早い川波の上であるとした。鴨が鳴いたのは、筏が勢いよく下ってきたためであるとも取れるか。「大井河下す筏師心せよ群れ居る雁も立ち騒ぐなり」(建長八年百首歌合・経家)等の歌例があるように、「水鳥の騒ぐ」に「筏を下す」が寄り合う(随)。
寄合―「床」と「筏」・「鴨」と「川」・「水」と「川」(壁)。
季―雑。題材―水辺(筏・川波)。

前句の急流を下って行く筏に対し、同じ川を留まることなく過ぎて行く小舟の姿を付けた。「はやき川波」の句勢に、「さしもとどめず過ぎぬ」と応じる。「筏」と「舟」を共に詠む歌例には「大井川氷を凌ぐ筏師の跡よりこそは舟の通ひ路」(後鳥羽院御集)があるが、ここでは筏よりもさらに早く小舟が急流を下って過ぎて行くさまとなる。

「す」としている。

八　見慣れていない、馴染みのない場所。水に浸り馴れる意の「水馴る」と掛けて詠む例に「大井川下す筏の水馴《みな》れ棹見馴れぬ人も恋しかりけり」（拾遺集・恋一・読人不知）等がある。

九　宿を訪れたいものだ。「相坂の山越え暮れて関守の留めぬ先に宿や訪はまし」（続後拾遺集・羇旅・英時）。

一〇　藤等、蔓性の植物の皮の繊維で織った服。労働着や僧衣に用いられた。『連歌寄合』に「田を守る山賤の着るをも藤衣と言ふべし」とある。「伊勢の海に塩焼く海人の藤衣馴るとはすれど逢はぬ君かな」（後撰集・恋三・躬恒）のように「馴れる」を導く序詞としても詠まれる。また、喪服としても詠まれた。

一一　我が身を漁師や樵夫等のようにして。「山賤」は山家に住む、情趣を解さない賤しい者とされる。ここでは、そのようにして世捨人となって、といった意。

64　見《み》馴《な》れぬ方の[八]宿や訪《と》はまし[九]　純

（小舟が留まることなく過ぎ去ってしまった。）その方角にあるであろう、まだ見馴れない場所の宿を訪れたいものだ。

う（三折裏）

65　[一〇]藤衣[一一]身を山賤《がつ》になし果《は》てて《ゝ》　侍

藤衣をまとって、我が身をすっかり山賤としてしまって。

寄合―「筏」と「さす」・「川」と「舟」（璧）、「波」と「舟」（竹）。

季―雑。題材―旅（さ小舟）、水辺（さ小舟）。

小舟が留まることもなく過ぎて行く前句に、それを見送った旅人が、舟の行く先にあると思われる、まだ見知らぬ宿を早く訪れたいものだ、と願う心情を付けた。前句の「さ小舟」に「棹」が掛かり「見馴れ（水馴れ）」と応じる。類似の状況を詠んだ歌例に、「葦間行く浦の小舟に挿す棹の見馴れぬ方に宿や借らまし」（頓阿句題百首・頓阿）、「舟の過ぎ罷りしに／いついつと頼めし人はなけれども過ぎ行く舟の恨めしきかな」（行尊大僧正集）がある。宿を探す夕暮れ頃に舟に乗れなかった嘆きの旅情を込める付合である。

季―雑。題材―旅（宿）。

見馴れない方向の宿を訪ねようと詠む前句から、遁世者の心を見出し、我が身を山賤にして出家を遂げて、まだ見ぬ宿を探し求めたいと転じた付け。「いつの間に身を山賤になし果てて都を旅と思ふなるらむ」（新古今集・哀傷・顕輔）を本歌とし、旅から述懐の句へと転じた。厭世の思いから山賤のような宿を求める心を詠む歌例に、「山賤の垣ほわたりに宿もがな世を卯の花の盛りなるころ」（長秋詠藻）がある。「馴れぬ」に「藤衣」が応じ、付合では「見馴れぬ」には藤衣が身に馴れ親しむの意が掛かる。参考「衣川見馴れし人の別れには袂までこそ波は立ちけれ」（新古今集・離別・重之）。

寄合―「馴れ」と「衣」（璧）。

季―雑。題材―述懐（藤衣）。

一　春という季節に感じる心。本来は長閑で晴れやかな心情。「身の憂さも忘られにけり山桜眺めて暮らす春の心は」（続後撰集・春中・資宗）。

二　私こそ侘び人なのだ。「侘び人」は世をはかなみ、悲しみにくれている人。「紅葉する雲の林もしぐるなり我ぞ侘び人頼む陰なし」（壬二集）。

三　美しい糸。ここでは琴の糸の意と、糸のように美しい枝の柳の両意を持たせる。「山賤の片岡かけてしむる野の境に立てる玉の緒柳」（新古今集・雑中・西行）。

四　風が強い。「風高み辺には吹けども妹がため袖さへ濡れて刈れる玉藻ぞ」（万葉集・巻四・紀女郎）等。

五　雁が空を斜めに並んで飛んで北へと帰るさま。「一三絃柱雁行斜めなり」（全唐詩・李商隠二）に由来する表現。連歌例に

66　一春《はる》の心は二我《われ》ぞ侘《わ》び人　相

（藤衣を着て）春を迎えた心は、私こそ世をはかなむ者だという思いにとらわれる。

前句の「藤衣」を喪服の意で取りなし、明るく晴れやかな春の季節に、喪服である藤衣を着て、侘び人となっている心情を付けた。雑から春へと転じている。壬生忠岑が父の死の悲しみを詠んだ「藤衣はつる糸は侘び人の涙の玉の緒とぞなりける」（古今集・哀傷）を本歌とする付け。「春の心」は多義的だが、仁明天皇の諒闇の翌年に詠まれた僧正遍昭の「みな人は花の衣になりぬなり苔の袂よ乾きだにせよ」（古今集・哀傷）等を参考にすれば、世の人々の華やかな春の喜びに背を向けた心情が込められているのであろう。

　季―春（春）。題材―述懐（侘び人）。

67　ひく琴の三玉の緒《を》柳四風高《たか》し　周

（春なのに自分を侘び人と感ずる人が）弾く琴の緒のような柳の枝には、風が強く吹いている。

前句の「侘び人」から、その人が琴を弾くさまを連想し、さらに琴の緒と柳の糸の印象を重ねて、前句の「春」に「柳」と応じた。「侘び人の住むべき宿と見るなへに歎き加はる琴の音ぞする」（古今集・雑下・宗貞）を本歌として、付合では春の愁いの中で「侘び人」が琴を弾いている辺りの、琴の糸のような柳の枝に風が吹いているさまとなる。琴と柳を取り合わせた歌例に、「律の歌に琴の音通ふ夕間暮れ引く糸靡く庭の青柳」（六華集・定家）。なお、「風高し」には風が琴の音を運ぶという余情もあるか。

　寄合―「侘び人」と「琴」（壁・他）。
　季―春（柳）。

68　五ななめに帰《かへ》る雁六のひと行《つら》　侍

（琴を弾く音がして柳には風が吹く。その琴の

前句の「琴」と「風高し」から、琴柱に喩えられる雁の飛び行くさまで応じた付け。「風高し」と「雁」の連想は「楊柳風高うして雁秋を送る」（和漢朗詠集・許渾）による。琴柱が斜めに並んださまは「碧玉の

「ひく手あまたに通ふ玉章／斜めなる琴柱に似せて飛ぶ雁や」（菟玖波集・雑一・有忠）がある。

六　一列になった雁の群れ。「入方の月は霞の底にふけて帰り遅るる雁のひと行」（風雅集・春中・永福門院内侍）。

七　日が沈んだのちの夕刻。春の夕暮れの霞は「花の香はそことも知らず匂ひきて遠山かすむ春の夕暮れ」（続拾遺集・春上・宗尊）等と詠まれる。

八　霞がかっていて。「そらになる心は春の霞にて世にあらじとも思ひ立つかな」（山家集）。

九　波が打ち寄せる海岸。「潮風に波寄る浦の花薄雫をのごふ袖かとぞ見る」（堀河百首・顕仲）。C〜E本「波より浦」。

一〇　月が昇っているのだろうか。

一一　D・E本「伯」。

柱のように）斜めに連なって帰る雁の一群であるよ。

69　[七]日の入りし・夕《ゆふべ》になれば霞[八]にて　松

日が沈んだ夕方になると、霞がかってきて。

70　[九]波寄《よ》る浦の月や出《い》[一〇]づらん　泊[一一]

波がうち寄せる浦では、月はもう出たのだろうか。

装ひの箏の斜めに立てる柱」（和漢朗詠集・道真）等と詠まれ、その琴柱のさまと雁が斜めに一列となって飛ぶさまを重ねた歌例には、「引き連ね琴柱を立てて帰る雁波ぞ調べの声合はすなる」（長方集）等がある。付合では琴の音が響き、柳が春風に揺れる中を北へと雁が帰る情景となる。類似した歌語を配した歌例には「下葉散る柳の梢うち靡き秋風高し初雁の声」（玉葉集・秋上・宗尊）等があるが、春の景とするものは珍しい。

寄合―「琴柱」と「雁」（壁）。
季―春（帰る雁）。

北へと帰る雁のさまを詠む前句に、その雁が飛ぶ空の様子として、日が暮れて夕方となり、霞が立ちこめている様子を付けた。春の夕方、霞む空を雁が去って行く様子を詠んだ歌例に、「浦遠く日影残れる夕凪に波間霞みて帰る雁がね」（新拾遺集・春上・為道）等がある。

寄合―「帰る雁」と「霞」（竹）。
季―春（霞）。

前句の「日」の「入」に対して、「月」の「出」で応じた付け。秋から春へと転じている。付合では、日が暮れて夕霞が立ちこめ、波音は聞こえるものの、霞に隔てられて月が出たかは定かに見えないさまとなる。本付合と類似する題材を配した歌例に「難波潟月の出潮の夕凪に春の霞のかぎりをぞ知る」（新後撰集・春上・順徳院）がある。

寄合―「霞」と「浦」・「日」と「出る」（壁）、「霞」と「月」（付）。
季―秋（月）。題材―水辺（波・浦）。

一 「心」が「秋に留まり」と「泊り船」の意を持たせる。「泊り船」は停泊している船。また旅人が泊まっている船の意もある。「訪ねみむ同じうき寝の泊まり舟我が思ふ方にたよりありやと」（玉葉集・旅・為家）。

二 宿が見つからないあまりに。

三 袖が露でしきりに濡れるさま。露は涙を暗示する。「日暮るれば宿かる萱の露けさに袖も乾かぬ旅衣かな」（出観集）。

四 茅萱の生えている野原。「小野」にかかる枕詞としても使われる。

五 野原に生えている薄。「今はしも穂に出ぬらむ東路の岩田の小野の篠の小薄」（千載集・秋上・伊家）。

71 旅ぞ憂《う》き心は秋に[一]とまり船　侍

旅はつらいものだ。心が秋に留まるかのように、泊まっている船であるよ。

72 [二]宿なきあまり[三]袖は露けし　全

宿が見つからないあまりに袖は露と涙でしきりに濡れてしまったことだ。

73 [四]浅茅生の[五]小野《をの》の薄に風吹きて　周

浅茅の生い茂る野の薄に風が吹いて。

波寄せる浦に昇る月を詠む前句に、その海辺で、心が秋に引き留められるかのように停泊している舟のさまを付けた。「憂き」に「浮き」が響き「船」の縁語となる。付合では月は出ようとするが、夜になったために船と心は浦に留まるという対照的な仕立てで、作中主体は停泊した舟中で波音を聞きながら月の出を思い、旅愁を感じるさまとなる。
寄合―「月」と「船」（璧・他）、「波」と「とまり船」（竹）。
季―秋（秋）。題材―旅（旅・とまり船）、水辺（とまり船）。

前句の旅愁を受けて、そのようにつらい理由は、宿が見つからない旅のためであるとし、袖が濡れるさまを付けた。詞の上では「とまり」に「宿」が応じている。付合では旅に疲れて舟を泊めたものの、辺りに宿が見つからないさまとなる。「宿なき」と「露」の取り合わせを詠む例に「かりにせむ猪名野の小篠露深し宿なき山の夕立の空」（建保名所百首・忠定）がある。
寄合―「旅」と「宿」（璧）、「泊まる」と「宿」（付）。
季―秋（露けし）。題材―旅（宿）、居所（宿）。

宿が見つからずに難儀する旅人を詠む前句に対し、その旅人がさまよう寂しい野原の情景を付けた。「浅茅生の小野の篠原忍ぶれどあまりてなどか人の恋しき」（後撰集・恋一・等）を本歌とし、前句の「あまり」と「浅茅生の小野」が詞で応じている。付合では袖が露に濡れるのは、涙に加えて、薄に吹いた風によって露が散ったためとなる。参考「風吹けば花野の薄穂に出でて露うち払ふ袖かとぞ見る」（堀河百首・顕季）。

六　濃く色づいた稲。秋の実った稲が風に吹かれたさまを詠む歌例に、「朝日さす門田の霧は晴れそめて色濃き稲ぞ風に波よる」（文保百首・為相）。

七　これが例の。これこそあの。「おほかたは月をも愛でじこれぞこの積もれば人の老となるもの」（古今集・雑上・業平）。

八　桑子は蚕のこと。「蚕の繭」は、蚕が繭に籠もるように母に守られている子を喩えた表現。「たらちねの母が飼ふ蚕の繭隠りいぶせくもあるか妹に逢はずして」（万葉集・巻十二・作者未詳）。

九　母が守るさま。「筑波嶺のをてもこのもに守部据ゑ母い守れども魂そ合ひにける」（万葉集・巻十四・作者未詳）の四句「波播己毛礼杼母」は、古訓は「ハハコモレドモ」（西本願寺本・寛永版本等）であった。この「ははこもれども」を念頭に置いた表現か。C本「はえこもり」、D・E本「はにこもり」。

74　六色濃《こ》き稲《いね》の穂や乱《みだ》るらん　明

濃く色づいた稲の穂が吹き乱れているだろう。

75　七これぞこの八桑子の繭《まゆ》の九ははこもり　相

これこそまさに、蚕の繭のように母が子を守っているようだよ。

薄が風に揺れるさまは、「秋の野の草の袂か花薄穂に出でて招く袖と見ゆらむ」（古今集・秋上・棟梁）等、「袖」に見立てられる。この連想で「袖」に「薄」が応じる。

寄合―「露」と「野」・「宿」と「浅茅生」（壁）、「袖」と「薄」（壁・他）。

季―秋（薄）。

風に吹かれる薄を詠む前句を受けて、その風によって色づいた稲の穂も乱れているだろう、と想像する句を付けた。風が吹く小野の秋の情景から、『源氏物語』（夕霧）で夕霧が小野の落葉の宮を訪ねる「木枯の吹き払ひたるに、鹿はただ籬のもとにたたずみつつ、山田の引板にも驚かず、色濃き稲どもの中にまじりてうち泣くも愁へ顔なり」の場面を連想し、ここから「色濃き稲」を付けている。『光源氏一部連歌寄合之事』にも、「第廿三　夕霧　夕霧に色濃き稲に鳴く鹿の落葉の宮は小野の山風」とある。

寄合―「薄」と「乱るる穂」（付）、「薄」と「乱」（壁）、「小野」と「色濃き稲」（光）。

季―秋（稲の穂）。

前句の「稲の穂」の形状から蚕の繭を連想し、「桑子の繭」を付けたか。当時の俚諺に拠るか。『源氏物語』（夕霧）を踏まえた前句から、落葉の宮が母の一条御息所に厳重に守り育てられているさまを連想して匂わせたか。「繭」には「眉」が響くか。「青柳のまゆにこもれる糸なれば春のくるにぞ色まさりける」（兼輔集）。あるいは頭注〈九〉に挙げた諸本異同を勘案すれば本文上の混乱も想定すべきか。70句から前句まで五句続いた秋から離れ、夏の句となる。

季―夏（繭）。

一　夏草の茂る野原。夏野の鹿を詠む歌例に「七夕は秋を契るに星をきる夏野の鹿は妻恋もせず」（他阿上人集）。73句で「小野」が詠まれており、野と野は「可隔五句物」（連歌新式）とする式目に反する。

二　鹿の夏毛の白い斑点を星に見立てる。なお、本百韻3・4句の星と鹿が寄り合う付合も、これと同じ発想に基づく。

三　ともし（照射）は、夏の夜などに山中で篝火を焚き、鹿の目に火が映って光るのを目印に射る狩り。ここでは照射に使う明かりを指す。「ともし」と夏の短夜を詠む例に「夏の夜はともしの鹿の目をだにも合はせぬほどに明けぞしにける」（和泉式部集）がある。

四　旅先等での仮の宿り。「時の間の仮寝の夢を結びてもいとど露けき草枕かな」（為家五社百首）等、仮寝に見る夢は短くはかないものとされる。

76　[一]夏野《の》の鹿（か）[二]の毛星かあらぬか　　侍

（母が守っている蚕の繭のような）夏野の鹿の毛に見える白い斑点は、星か、星ではないのか。

77　山本のとも[三]しすくなく夜は明けて　　成

（鹿の夏毛か星かどうか分からなくなってしまった。）山のふもとの狩りの照射の明かりは少なくなり、夜は明けて。

78　見るも仮寝《かりね》[四]の夢ぞ短《みじか》き　　明

仮寝で夢を見たものの、その夢も短かったことだ。

前句の「桑子の繭」から、繭と同じく白い楕円形という特徴をもつ「夏野の鹿の毛」の斑点を連想して付けた。桑子の繭に似ている鹿の斑模様の毛は、星のようにも見えるが、はたして何なのだろうか、という付合。「鹿の毛」の白い斑点を星に見立てて展開を誘う。

季―夏（夏野）。

鹿の夏毛の斑点を星と見る前句に、同様に星に見立てられる照射の明かりを付け、照射の明かりが徐々に少なくなって夜が白々と明けて行く狩りののちの情景に展開させる。「五月闇雲間の星と見えつるは鹿たづね入るともしなりけり」（堀河百首・肥後）、「星とのみ見ゆるともしの光かな雲の林に鹿や立つらむ」（行宗集）等、照射の明かりは鹿の夏毛同様、星に見立てられる。参考「さを鹿のともしさし捨て夜は明けて」（老耳）。

寄合―「夏野の鹿」と「ともし」・「星」と「ともし」（壁）。

季―夏（ともし）。題材―山類（山本）。

鹿狩りののちの夏の夜明けを詠む前句に、「仮寝」に「狩り」を響かせて、夏の夜の仮寝の夢の短さを付けた。「仮」と「狩り」を掛けて詠む例に「ともしする火串の影にかりのよを鹿も知りなばはかられもせじ」（安嘉門院四条五百首）。夏の夜明けと仮寝の短さを詠む例に「蘆の屋のかりねの床のふしの間に短く明くる夏の夜な夜な」（最勝四天王院障子和歌・定家）。また、「難波江の蘆のかりねの一夜ゆゑ身をつくしてや

ナ（名残表）

79　風寒しすそ[五]破《やぶ》れたる旅衣[六]　周

（仮寝の夢を破った）風が寒い。裾が破れている旅衣を着ていて。

80　ころも[七]雪ふる[八]道の夕され[九]　侍

（風が寒いことだ。裾の破れた旅）衣に、折しも雪が降り、その雪が古道にも降る夕暮れの頃である。

恋ひわたるべき」（千載集・恋三・皇嘉門院別当）に詠まれるように、旅先での恋の趣を漂わせるか。

　寄合―「夜」と「短き」（闇）、「夜」と「夢」（壁・他）。

　季―雑。題材―旅（仮寝）。

仮寝で見る夢の短さを詠む前句から、破れた旅衣に吹く風の寒さによって、その夢から覚めたと付く。衣が破れているために風の寒さを一層感じるということだが、付合では「破れ」は夢が破れたの意も含む。風が夢を破るとする詩に、「山遠うして雲行客の跡を埋む／松寒うして風旅人の夢を破る」（和漢朗詠集・紀斉名）、和歌に「旅衣袖も絶えねと吹く風にさもあらぬ山の夢ぞ破るる」（草根集）がある。

　寄合―「かりね」と「旅」（壁）、「夢」と「旅」（闇）。

　季―冬（風寒し）。題材―旅（旅衣）。

前句末の「衣」と同音の「ころも」を句頭に据え、「衣」と「頃も」を掛け、風が冷たい中、衣と古道とに雪が降る夕暮れの様子を付けた。長句末部の同音を短句頭に詠むのは、『初心求詠集』で「うけてには」とされる。類例に「いかが寝む山風寒き旅衣／ころも過ぎては月も残らず」（文和千句第三百韻・救済／素阿）がある。雪の夕暮れの旅を詠む例に「旅衣日数も幾日重ねきぬかち野の小野の雪の夕暮れ」（白河殿七百首・公雄）、雪の降る旅路を詠む例に「行く末の道をば残せ分け来つる我が入る山を埋む白雪」（公賢集）がある。

　寄合―「風」と「雪」（竹・他）、「寒し」と「雪」（付）、「旅」と「雪」（拾）。

　季―冬（雪）。題材―旅（道）。

五　衣の裾。裾が破れると詠む例は見出せない。時代は下るが、風に衣が破れると詠む歌例に「岩根踏み木の下分けし山風に夢も衣も破れてぞ寝る」（草根集）がある。

六　旅行の際に着る衣服。「旅衣」と風の寒さを詠む歌例に、「旅衣つま吹く風の寒き夜に袖折り返し幾夜かも寝む」（宝治百首・成実）がある。

七　「衣」と「頃も」を掛ける。「墨染めのころもむなしく過ぎぞ行く心の内に思ひ立てども」（明日香井集）。

八　雪「降る」と「古」道を掛ける。「心あてに誰踏み分けて通ふらむ跡絶え果つる雪のふる道」（延文百首・尊胤法親王）。

九　夕暮れになる頃。「夕されは夕さり也。万葉には暮去と書けり。されは来たる心也」（顕注密勘）。「夕されの眺めを人や知らざらむ竹の編み戸に庭の松風」（拾玉集）。

一 夕日の光。後代の例に「夕日影隠しもあへず跡もなし時雨消えつる雲の一むら」（草根集）がある。

二 旗のようにたなびく雲。「夕暮れは雲のはたてにものぞ思ふあまつ空なる人を恋ふとて」（古今集・恋一・読人不知）。『流木』に「夕日のあたりたる雲の色はなやかに旗の手のやうなるをいふ」とある。

三 汐が満ちてくる。「汐」は夕潮をいう。「夕されば汐さしのぼる湊川とわたる舟も今ぞ入るらし」（嘉元百首・定為）。

四 浦に捨て置かれた舟。歌例に「誘はるる波の行き来に年も経ぬ海士の流せる浦の捨舟」（玉葉集・雑二・実氏）。

五 「波荒らす」は「やかた」に掛かる。「磯のやかた」は、磯辺の漁師などの小屋、「磯やかた」「磯屋」。古歌には見えないが、連歌例に「鈴の目指しは今朝の鷹人／こゆるぎの磯のやかたを立ちならし」（親当句集）。もしくは、磯辺の邸宅をいうか。

---

81 [一]日影をも隠《かく》すは雲の[二]はたてにて　成

（折しも雪が降ってきた夕暮れ時、）夕日をも隠すのは旗のようにたなびく雲であって。

82 [三]汐さしのぼる[四]浦の捨舟　高

（夕日を雲が隠し、）汐が満ちてくる浦には捨て舟が漂う。

83 [五]波荒《あ》らす磯のやかたは[六]門もなし　全

波が打ち寄せて荒らす磯辺の家には門もないことだ。

夕暮れになり雪が降ってきたと詠む前句に、その雪を降らせ、夕日を隠す雲が棚引くさまを付け、78句から前句まで続いた旅から離れた。頭注（二）の古今集歌により前句の「夕」に「雲のはたて」と応じている。「はたて」に「機」を掛けて「ころも（衣）」にも寄り合わせたか。「雲のはたて」と「雨」が降るさまは、「高嶺には晴間の日影射しながら雲のはたてぞなほ時雨れ行く」（延文百首・尊氏）等と詠まれている。

寄合―「雪」と「雲」（竹・他）。

季―雑。

旗のようにたなびく雲が夕日を隠す空の様子に、汐が満ちてくる浦とそこに漂う捨て舟を付け合わせた。捨て舟は満ち潮と共に、浦の奥へと寄せられたのであろう。前句の、それまで射していた日影が雲に隠されたという景に、その光の暗転下での海と漂う舟を詠んで、絵画的な付合となっている。夕汐が満ちる中の捨て舟を詠む歌例に、「夕汐のさすにまかせて湊江の葦間に浮かぶ海士の捨て舟」（玉葉集・雑二・頼景）がある。「はた」に「さしのぼる」が寄り合う。

寄合―「日影」と「さす」（闇）。

季―雑。題材―水辺（汐・浦・捨て舟）。

捨て舟が漂う浦の様子を詠む前句に、その浦では磯辺の館まで波が押し寄せて荒し、門さえもない、と付けた。漁師の磯屋もしくは質素な家で、門等、元からなかったのか、あったはずの門も波によって壊されてしまったというのかは判然としない。『源氏物語』（須磨）で描かれた須磨の磯辺の邸を髣髴とさせる付合。「さし」に「門」が寄り合う。

六　もともと門などない、粗末な館の意か。「あはれなり門もなき庵の籬《ませ》の内に来ぬ人招く薄一もと」(拾玉集)。あるいは、波で荒らされて門がなくなったさまをいうか。

七　杉かと思ったらそうではなく。「かとみれば」は和歌でよく用いられた表現。「立ちそむる霧かとみれば秋の雨のこまかにそそく夕暮れの空」(風雅集・秋下・為秀)。「杉」に「過ぎ」を掛け、すべてが過ぎ去ってしまったが、そうではなく、の意を含ませるか。

八　ヒノキ科の杜松《ねず》のこと。「鞆の浦磯のむろの木見むごとに逢ひみし妹は忘らえめやも」(万葉集・巻三・旅人)と詠まれて以来、鞆の浦の磯辺の木とされた。

九　京都北方の山々。船岡山、衣笠山、岩倉山など。鞍馬寺等の寺院がある。「や」は並立を示す。

一〇　延暦寺三塔の一つ。

一一　古くから名が伝わっていて。「秋の行く山は手向けの名に古りて木の葉や幣と散りまがふらむ」(続後撰集・秋下・伊嗣)。

84

杉[七]かとみればあらぬむろ[八]の木　周

(磯の館は門もないが、その門の辺りにある木を)杉かと思って見ると、そうではなくて樒の木であった。

85

北山[九]や横川[一〇]の寺も名に[一一]ふりて　相

(樒の木もそうであるが、)北山や横川の寺の名も古くから伝わっていて。

寄合―「さす」と「門」(壁・他)、「舟」と「やかた」(壁)、「舟」と「波」(竹)、「浦」と「磯」(竹・他)。季―雑。題材―水辺(波・磯)、居所(やかた・門)。

門のない荒れた磯辺の家を詠む前句に、その門があるはずの辺りには樒の木が生えている、と付けた。「我が庵は三輪の山本恋しくは訪らひ来ませ杉立てる門」(古今集・雑下・読人不知)の古歌から「門」と「杉」は結びつけられて詠まれる。この連想によって、門もない館だが、門があるはずの辺りに見えるものを「杉か」と見たところ、よく見ると、「磯」と関わり深い「むろの木」であったとする。

寄合―「門」と「杉」(壁・他)、「磯辺」と「むろ」(壁)。季―雑。

古来詠まれてきた「むろの木」を詠む前句に、北山や横川の寺も古くからその名が伝わっていると付けた。「北山」は『源氏物語』(若紫)によって「むろ」と詞の縁がある。『流木』「室の戸」項に「山家の居所也。…源氏わらは病みの時、北山の祈者を召しにつかはしければ、老いかがまりて室《むろ》の外にもえ出で侍らずと申しけり」とある。「横川」は「古の流れの末をうつしてや横川の杉のしるしをも見る」(風雅集・釈教・為家)等と詠まれた「杉」との関わりがある。これらの連想から「北山」と「横川」を掲出したのであろう。

寄合―「杉」と「横川」(合・他)、「室の戸」と「北山」(壁)。季―雑。題材―山類(北山)、釈教(寺)。

86

[一]七座社《ますやしろ》空なるは星[二]　　侍

山王七社に鎮座まします神々は、空にあっては北斗七星であるよ。

前句の「横川」から日吉大社を、「北山」から北斗七星を連想した。日吉大社の神々を拝する山王信仰を背景とする付け。日吉大社の山王神道では、七社の神々は北斗七星（妙見菩薩）に見立てられる。『山家要略記』「山王七神北斗七星一体事」の項に、「在陽名七星宿、在陰名七明神」とある。このような信仰を踏まえて、前句の釈教から神祇へと転じた。時代が下るが『享徳千句』の「仏は隠れ木は枯れにけり／この法に飽かぬ日吉の神社／作る誓ひや大比叡の寺」（第七百韻・宗砌／専順／忍誓）等からも、延暦寺と山王神道との関係の一端が知られる。

　寄合―「北」と「星」（璧）。
　季―雑。題材―神祇（七座社）。

87

[三]賢《かしこ》きは神[四]をいただく心[五]あれ　　成

賢人であれば、神を崇める気持ちがあってほしいものだ。

前句の「七」から七賢を、「星」から「いただく」を連想して付く。「賢き」と山王七社との付合は、「賢きは御代の守りとなりぬるに／七の社に頼みかけたり」（文和千句第五百韻・良基／周阿）の例がある。七賢は、周代の七賢と竹林の七賢とが著名だが、ここでは詞の連想で「賢き」が出たのみで、どの賢人と特定せずとも良いだろう。また、「星」から「いただく」が連想されるのは、「年を経て星をいただく黒髪の人より霜になりにけるかな」（詞花集・雑下・能宣）など、「星をいただく（朝早くから勤務に励む）」という慣用句による。

　寄合―「星」と「いただく」・「七」と「賢人」（璧）、「社」と「神」（竹・他）。
　季―雑。題材―神祇（神）。

88

被《かぶ》[六]り額《ひたひ》の氏[七]の祝子《はふり》[八]　　相

前句の「賢き」人を、神事を執り行う氏子と見定めて、その様子を付けた。前句の「いただく」に「被り額」が応じている。

一　比叡山麓の日吉大社の山王七社を指す。日吉大社に鎮座する神々は、山王と呼ばれた。「日吉山七座神の跡垂れて曇らぬ影は世を照らすらむ」（夫木抄・経任）。

二　ここでは、七座星（北斗七星）のこと。「北星七の星　七星也　七座同上」（藻塩草）。仏教では、北斗七星を妙見菩薩あるいはその眷属とし、神格化した。

三　賢人を指す。「賢きは塵の浮世によも住まじ」（文安雪千句第一百韻・聖阿）。

四　神を崇めること。「仰ぎては心も清し五十鈴川／神をいただく下は濁らず」（看聞日記紙背応永二十九年二月二十五日何物百韻・行光／正永）。

五　下知の表現。希望の気分も伴う。「袖ながらこれも涙にうき枕／憂き夢ならば見えずともあれ」（文和千句第四百韻・良基／永運）。

六　冠を被った頭のこと。

七　氏子のこと。氏神の子孫。「…朝な朝な饗

え奉る　氏人の…」（大神宮参詣記）。

八　神に仕える人。神官。「祝子がいはふ社の紅葉葉もしめをば越えて散るといふものを」（拾遺集・雑秋・読人不知）。

九　「三輪」に掛かる枕詞。もと「うまさけ」であったが、「味酒」という表記から「あぢざけ」の訓みが生じた。「味酒の三輪の祝が山照らす秋の紅葉の散らまくをしも」（夫木抄・長屋王）。

一〇　大和国の歌枕。大神神社が鎮座し、鳥居前町や市場もあった。「酒」や「市人」等とともに詠まれることも少なくない。「かきくらし思ひもあへぬ夕立に市人騒ぐ三輪の山本」（万代集・宗円）。

一一　ひどく酒に酔い、横になること。「**Yeifuxi, su, uita**　酒に酔って横たわっている」（日葡辞書）。

一二　濁って汚れている世。末世をいう。「時鳥さやかに近く鳴く声は濁れる世には合はずもあるかな」（俊成五社百首）。

（神を崇める心を持つ賢人は）冠を被った、その神の氏子の神官であったよ。

89　九味酒《あぢざけ》の一〇三輪の市人一一酔ひふして　侍

（祝子ではなく、）味酒で著名な三輪の商人が酔っぱらって横たわっている。

90　一二濁《にご》れる世にはなど混《ま》じるらむ　全

（神聖なはずの三輪で商人が酔い潰れている。このような）濁った俗界に、どうして混じっているのだろうか。

のちの時代の類想の付合に、「白髪なる神の宮人沓はきて／被りいただきいづる祝子」（宝徳四年千句第四百韻・宗砌／金阿）がある。

寄合―「いただく」と「冠」（璧）、「神」と「祝子」（竹）。

季―雑。題材―神祇（祝子）。

前句の「氏の祝子」を「味酒を三輪の祝《はふ》が斎ふ杉手触れし罪か君に逢ひ難き」（万葉集・巻四・丹波大女娘子）等からの連想で、三輪の地で商人が酔い潰れているさまを付けた。祝子ではなく商人は、というのである。86句から前句まで続いた神祇から離れた。付合では「被り額」は「上臈も乱れて、冠の額すこしくつろぎたり」（源氏物語・若菜上）に見えるような、冠がずれて整わないさまとなり、祝子も酔って寛ぐさまとなるのだろう。

寄合―「祝子」と「三輪」（璧）。

季―雑。

前句の「味酒」から「濁れる」を導き、濁っている俗世に住むことへの疑問を付ける。市場は「騒がしき市の中にもすむ心／売ることなきはまことある道」（菟玖波集・釈教・氏頼）等と詠まれるように、もとより俗な世界であり、付合では、神聖な三輪の地に末世の具現とも思われる市場があることへの疑問を詠む心となっている。

寄合―「酒」と「濁れる」（璧）。

季―雑。題材―述懐（世）。

91　[一]水[二]青き[三]池の蓮葉《ば》岸《きし》の竹　　周

（濁った世にどうして交じることがあるのだろうか。）青々とした水をたたえた池の蓮葉と岸の竹であるはずなのに。

濁った世にどうして交じることがあるだろうか、と詠む前句に、青く澄んだ池の水に生える蓮の葉と岸の竹を付けた。「蓮葉の濁りに染まぬ心もて何かは露を玉とあざむく」（古今集・夏・遍昭）の歌例のように、蓮葉は泥水に育ちつつも濁りに染まらないものとして詠まれる。ここでは、どうして濁った世に住むのかと疑問を呈して、清い池に生えているはずなのにとする。『法華経』「従地涌出品」を詠んだ「池水の底より出づる蓮葉のいかで濁りに染まずなりけむ」（続千載集・釈教・俊成）の歌例もある。また、前句の「世（節）」の縁で「竹」と応じた。

寄合―「濁る」と「蓮」（付）、「世」と「竹」（壁・他）。

季―夏（蓮）。題材―水辺（水・池・蓮・岸）。

92　[四]枝《えだ》たれたるは[五]波に咲《さ》く花　　相

（池の岸の竹の）枝の垂れたところは、波が立って花が咲いているかのようだ。

前句の池の岸の竹を受けて、その竹の垂れている枝先は、池の波で花が咲いているようだと付けた。「岸竹条《えだ》低《た》れり鳥の宿《い》するなるべし　潭荷葉動くこれ魚の遊ぶなり」（和漢朗詠集・在昌）により、「竹」に「枝たれたる」と応じている。花が咲かないはずの竹に花が咲いたと見立てによって興じた付合。参考「木にもあらず草にもあらで咲く花や竹の小枝に降れる白雪」（新後拾遺集・雑秋・親文）。

寄合―「池」と「波」（拾）。

季―春（花）。題材―水辺（波）。

う（名残裏）

93　春の日の[六]うららかなるに[七]汐くみて　　侍

前句の「波」の「花」が女房詞では「塩」の意であることから、「汐くみて」を導き、穏やかな春の日だというのに海水を汲んで

一　水が青々と澄んでいるさま。「水青き麓の入江霧晴れて山路秋なる雲の梯」（風雅集・雑上・良経）等、わずかな歌例がある。連歌には「植ゑてぞ竹の陰に住みける／水青き小田の早苗の伏見山」（宝徳四年千句第九百韻・宗松／専順）等がある。

二　C～E本「あさき」。

三　池には蓮の葉が、岸には竹が生えている様子。「風にほふ池の蓮に夏たけて夕暮れ竹の色ぞ涼しき」（拾玉集）等の歌例がある。

四　枝を垂れている木。ここでは竹の枝。歌例に「雨そそく園の呉竹枝垂れて夕べのどかに鶯ぞ鳴く」（玉葉集・春上・実泰）。枝の垂れた桜を詠む歌は「月見れば風に桜の枝垂れて花よと告ぐる心地こそすれ」（西行法師家集）があるが珍しい。

五　波によって花が咲いているように見えるさま。参考「谷風に解くる氷の隙ごとにうち出づる波や春の初花」（古今集・春上・当純）。

六　のどかで明るくおだやかなさま。「うららかに雲も霞もなりにけりみ

吉野の花いかに咲くらむ」（露色随詠集）。また、「浦」を言い掛ける。のちの例だが「日影射す片への水はうららかに」（月村抜句）。

七　塩を作るために海水を汲むこと。海士達の苦しい労働として詠まれる。「四方の海の潮汲む海士の心からやくとはかかるなげきをや積む」（続千載集・雑中・紫式部）。

八　「薪」は海水を煮つめるのに用いる塩木。「**Xiuogui** または、**Xiuoqi** それで塩をつくる薪」（日葡辞書）。「海士」と「薪」を結んだ歌例に「薪こり炭焼く山の陰の海に煙うらやむ海士の藻塩火」（草根集）等がある。

九　持ちこたえられない状態になる、の意。この言い回しの歌例は後代の「とにかくに持ちかぬる身ぞせめて憂き世に捨てられば我も捨てなで」（題林愚抄・覚誉）がわずかに見られる。連歌例に「持ちかぬる身を捨ててみよかし／思ひ子は侘人にだにあるものを」（菟玖波集・雑四・道光）等がある。

春の日の浦は麗らかな時に、海水を汲んで。

94　運《はこ》ぶや海士《あま》八の薪なるらん　高

運んでいるのは海士が藻塩を炊くための薪なのだろう。

95　持《も》九ちかぬる心なき身となすべきに　全

持ちこたえられない、苦しむ心など、持たない身となすべきなのに。

いる海辺の景を詠む。「わくらばに問ふ人あらば須磨の浦に藻塩たれつつ侘ぶと答へよ」（古今集・雑下・行平）等を念頭に、「たれたる」に「汐」が応じ、「うら」に「浦」が掛かり「波」に応じる。『源氏物語』（胡蝶）では、六条院の春の御殿の庭で、船遊びをする場面に「春の日のうららにさして行く舟は棹のしづくも花ぞ散りける」の詠があり、表現が類似している。

季―春（春の日）。題材―水辺（汐）。

前句の海水を汲む人を海士と見定め、うららかな春の日に、塩を焼くために薪を運ぶ海人の苦しさを思い遣る句を付けた。のどかな「春の日」であっても暇無く働く「海士」を詠む例に、「春の日をうらうらつたふ海士はしぞあなつれづれと思ひしもせじ」（和泉式部集）がある。

寄合―「汐くむ」と「海士」・「塩やき」と「薪とる」（壁）。

季―雑。題材―水辺（海士）。

薪を運ぶ海士を詠む前句に、そのような重いものを持つ苦しさを感じる心などない身になるべきなのに、と付く。前句の「薪」に「持ちかぬる」、「海士」に「心なき身」と詞の縁で応じる。「心なき身」は「心なき身にもあはれは知られけり鴫たつ沢の秋の夕暮れ」（新古今集・秋上・西行）と情趣を解さない身といった意で詠まれる。しかし、ここでは苦しさを感じる心など持たない身といった意。そうなるように薪を運ぶことをやめてしまえ、とする。海士の労働を見て、その辛苦を思う心であろう。

寄合―「海士」と「心なき」（壁）。

季―雑。題材―述懐（心なき身）。

一　木の下と石の上。山野で座禅することを意味する「樹下石上」を訓読した措辞。和歌の先例は見出せない。早期の例でも「夏来てぞ世を捨て人も合ひに合ふ木の下石の上の住まひは」（草根集）がある程度。

二　B本「ゐる」。

三　兎の毛。その毛の白さを詠む歌例に「迷ふなり月の光の白兎雪には深き道も忘れて」（夫木抄・為顕）、時代が下るが連歌例に「兎の毛白斑の鷹の一もと」（文安雪千句第四百韻・聖阿）等がある。

四　「露」は「落つ」「散る」などと表現するのが常套。ここであえて「垂る」とするのは、「垂露」という縦画を止める書法があることに拠る。

五　筆を運ぶ勢い。「勢ひ」の語を含む歌例は見つからない。のちの連歌には「あとはかれたる筆の勢ひ」（顕証院会千句第六百韻・忍誓）、「獣の姿に似たる炭を見よ／絵に表はるる筆の勢ひ」

96　木一の下石の上に住《す》まばや　周

（苦しむ心など持たない身となるために、）木の下や石の上に住みたいものだ。

97　山にある二兎《う》三の毛も白く霜置きて　成

（住みたいと願う）山では、そこにいる兎の毛も白く生え変わり、白い霜が置いて。

98　露四を垂《た》れたる筆五の勢《いきほ》ひ　侍

（兎の白毛で作られた筆から）墨の露が垂れるほどの筆の勢いである。

前句を、苦しみ悩む煩悩を捨てきれない出家者の心情と見なして、そのような心を捨てるために山に入り、木の下や石の上で修行したいと願うさまを付けた。釈迦や達磨等、座禅によって悟りを開いたとする例は多く、樹下石上での座禅は理想的な修行の姿とされた。覚如『改邪鈔』に「山林斗藪の苦行、樹下石上の坐臥、これみな一機一縁の方便、権者権門の難行なり」、『太平記』に「山中に乗戒倶に急なる僧、樹下石上に坐して、已に証を得て年久し」等とある。

季―雑。

前句で住みたいと願った「木」や「石」のある場所を山と見定めて、そこではウサギも寒さに曝され毛は白く生え変わり、白い霜が置くと付けて、山住みの厳しさを添えた。修行者を詠む前句から「兎」を連想したのは、『今昔物語集』（五―一三）「兎・狐・猿、三の獣有て、共に誠の心を発こして菩薩の道を行ひけり」と始まる兎の焼身の話を思い浮かべたためか。山の木の下の兎を詠む連歌例に、「月の桂に通ふ秋風／木の下に山路の兎そよめきて」（春夢草）。

季―冬（霜）。題材―山類（山）。

前句の「兎の毛」は上質な筆の材料となることから、その筆で書く様子として、墨が露のように垂れる勢いのある筆運びのさまを付けた。「兎の毛」から「筆」、「兎」「白」「霜」等から「露」の語を導く。『鶴岡放生会職人歌合』に筆生の歌として「水茎の岡辺に我は家居せむ月に兎の毛の末をそろへて」とある。なお、当該千句第三百韻には「兎の毛の筆の文字の墨がれ／石の上硯の

（新撰菟玖波集・雑三・紹永）などが見える。

六　手紙。「玉梓」とも。D・E本「玉札」。

七　恋人の来ない夜に訪れを待って眺める月。月を眺めて来ない恋人を恨む歌例に、「待つ人の来ぬ夜の影に面馴れて山の端出づる月も恨めし」（拾遺愚草）。

八　手紙を送る意と、月を眺めて時を過ごす意を掛ける。参考「また名残ある曙の空／月ぞ憂きいく衣々を送るらむ」（竹林抄・恋上・心敬）。

九　夢の中で神仏から得たお告げ。時代は下るが、歌例に「頼むかな夢の告げあるこの春はいとど一夜の松の恵みを」（慕風愚吟集）。連歌例に「神にこそ祈るしるしの夢の告げ」（文安月千句第五百韻・聖阿）等がある。C本「さき」。

一〇　あてにする今後、将来。歌例に「岩代の神は知るらむしるべせよ頼む憂き世の夢の行末」（新古今集・神祇・読人不知）。参考「出でむ仏を頼む行く末」（顕証院会千句第一百韻・竜忠）。

99　[六]玉章や来《こ》ぬ[七]夜《よ》の月に送《おく》る[八]らん　周

（墨を滴らせ、涙を落としながら）恋人が来ない夜に月を眺めて時を過ごし、手紙を書き送るのだろうか。

100　夢[九]の告《つ》げをも頼《たの》む[一〇]行末　定

（恋人の訪れのない月夜に手紙を送るような関係においては、）夢のお告げをも頼りとするこれから先であるよ。

水の少なくて」（相阿／救済）の付合がある。打越で「石の上」と出た時点で、白居易「紫毫筆」の一節「江南の石上に老兎有り　竹を喫し泉を飲んで紫毫を生ず」を想起していたか。参考「露を待つ兎の毛もいかにしほるらむ月の桂の陰を頼みて」（拾遺愚草）。

寄合―「兎の毛」と「筆」・「霜」と「露こぼる」（壁）、「兎」と「露」（竹）、「置く」と「露」（闇）。

季―秋（露）。

前句の「筆」を用いているのを女と見定めて、その女は男の訪れを待って月を眺めて時を過ごし、男への手紙を書いて送るのだろうか、と付けた。付合では「露」は女の涙を含意し、涙も混ざった弱々しい筆勢で女が手紙を書く様へと転じられている。「露」と「玉梓」を結ぶ歌例に「七夕のとわたる船の梶の葉にいく秋書きつ露の玉梓」（新古今集・秋上・俊成）等がある。

寄合―「露」と「玉」（壁）、「露」と「月」（竹・他）。

季―秋（月）。題材―恋（玉章）。

待つ女が訪れのない恋人に手紙を送ると詠む前句に、その女は、二人の関係の今後について、神仏による夢のお告げさえもあてにすることだ、と付けた。二人の関係は心もとなく頼りとするものもないことを含意する。付合では恋だが、挙句一句としては神仏の夢告に期待する句となる。当該千句は北野社法楽連歌と見られるので、それにふさわしい挙句である。

寄合―「夜」と「夢」（竹）。

季―雑。題材―恋（頼む）。

救済[一] 十七
周阿 十五
成阿 九
重貞 七
道明 八

全誉 十
春松丸 三
有長 二
定阿 二
禅厳 三

円恵 三
純阿 四
相阿 十一
真泊[二] 三
盛経 三

一 句上は諸本によって、救済以下の掲出順には異なる部分がある。底本の句上が、本文の実際の句数と相違するのは、道明七、有長一、円恵四、「枝」二、「市」一。
二 C・D本「盛理」。

Ⅲ、延徳四年四月八日「何船百韻」

一 一四九二年四月八日。宗祇七十二歳。この年、七月十九日に明応に改元。
二 春が過ぎた。延徳四年の立夏は四月三日であり、それを踏まえる。「春過ぎぬよし試みよ時鳥待たぬにつけて我や忘るる」（為家集）。
三 その年に初めて鳴く鳥の声。「時鳥思ひもかけぬ春鳴けば今年ぞ待たで初音聞きつる」（後拾遺集・春下・定頼）のように、時鳥は夏の鳥で、初音が待たれるものとして詠まれる。E本「初とや啼」。
四 「七十二歳」は朱書。
五 夏になっても散らずに残っている桜の花。「散り残る象《さき》山陰の遅桜あだなるものと見えずもあるかな」（夫木抄・長明）。
六 E本「落る」。
七 山の陰になった場所。体言止めは脇句に多く見られる。
八 ぐるりと廻って行く。年や月日の経過や空を行く月について詠むことが多いが、ここでは水が家屋の周囲を廻るように流れるさまをいうのだろう。
九 流れる水を垣根にも

（初折表）

[一]延徳四年卯月八日

何船

1 [二]春過《す》ぎぬ[三]初音《はつね》とや鳴《な》く時鳥《郭公》　宗祇[四]七十二歳

春が過ぎた。今年初めての初音だと鳴いているのか、時鳥よ。

2 [五]残《のこ》る桜《さくら》の[六]繁《しげ》る[七]山陰《かげ》　兼載

（春が過ぎ時鳥が鳴いて）花を残していた桜が葉を繁らせるようになった山陰であるなあ。

3 [八]・行き巡《めぐ》る[九]水を垣根《ね》に[一〇]・雨晴れて　[一一]肖柏

（桜が繁る山陰を）廻るように流れる水が垣根にまで流れて来たが、それをもたらした雨は止

四月八日に行われた本百韻の発句にふさわしい当季の景物として、春が過ぎて鳴く「時鳥」の初音を詠む。『僻連抄』所載の「十二月題」に「四月 更衣 卯の花 時鳥…」とある。春夏の交代に着目して時鳥の初音を詠む類例に「時鳥花待ち得たる初音かな」（芝草句内発句・夏）。
季―夏（時鳥）。切字―「ぬ」。
賦物―「春」または「初」。

夏の訪れを告げる時鳥の声を詠んだ前句に、桜の木が繁る山陰を付けた。花が散ったのちに葉が繁る桜の「陰」にいる時鳥を詠んだ和歌に、「花散りて繁る桜の陰にだに年に稀なる山時鳥」（草根集）があり、本付合の発想はこれに近い。初夏の景を続け、発句の風情に寄り添う。脇句の本分にかなった付け。
寄合―「時鳥」と「山」（壁）、「春」と「残る」（闇）。
季―夏（残る桜・繁る）。

初夏の山陰を詠む前句に、そこにある住まいを想像し、雨が降ったあとの情景を付けた。山陰の住まいと夏の雨後を結んだ歌例に、「五月雨の雨の名残ぞ惜しまるるひとり寂しき山陰の庵」（他阿上人集）。「山陰」にそこに流れる「水」を付け、残花から繁る葉桜への時間的経過を詠む前句に「行き巡る」と応じた。「垣根」の一語で人の住

み、空は晴れて。

4　夕[一二]露《ゆふ》白《しろ》し月出《い》づる庭　盛次[一三]

（雨が晴れて）夕露が白く輝いている、月の出た庭には。

5　[一四]そことなく虫の声して寒き夜に　宗長[一五]

どこからともなく虫の声がして肌寒い夜に。

（月の出た庭に露が輝いている。）

む山居を表す。「雨」は付合では五月雨の趣だが、一句としては、季を限定しない雑の句。

寄合―「桜」と「雨」（付）。

季―雑。題材―水辺（水）、居所（垣根）。

雨がやんで晴れたと詠む前句を受け、晴れた空に月が出、庭には夕露が白く輝いているとした。「夕立の雨の名残の露見えて秋覚えたる草の上の月」（後光厳院文和之比歌合・公宗女）のように、付合では、降りやんだ雨がのこした雫を露と見ている。一句では、置く露を表し、秋の句となる。

寄合―「垣」と「露」（竹）、「雨」と「露」（壁・他）。

季―秋（夕露・月）。題材―居所（庭）。

月の出た庭に露が輝くとする前句に、それは虫の声が響く肌寒い夜のことであると付ける。「露」に「虫」は寄合で、秋夜の寒さとともに詠むのは「秋の夜の露こそことに寒からし草むらごとに虫の侘ぶれば」（古今集・秋上・読人不知）以来の伝統。露と月を詠む句に、虫の声が寒いと付けた連歌に、「露のぼる草の末葉に月落ちて／虫の声さへ寒き暁」（文安月千句第十百韻・日晟／専順）。『源氏物語』（夕顔）に、「ほどなき庭に、されたる呉竹、前栽の露はなほかかる所も同じごときらめきたり。虫の声々乱りがはしく…」というように、「庭」の「露」を「虫の声々」とともに語る場面がある。

寄合―「露」と「虫」（壁・他）、「露」と「虫の音」（拾）、「庭」と「虫の音」（竹・他）。

季―秋（虫・寒き夜）。

たらして。垣根に雨が降るさまを詠む歌例に、「庭たづみ垣ほも堪へぬ五月雨は槇の戸口に蛙鳴くなり」（拾遺愚草）。E本「水を垣根の」。

一〇　雨はやみ空は晴れて。「蛙鳴く垣根の水に雨晴れて」（熊野千句第六百韻・宗祇）。て留は第三にしばしば用いられる。

一一　E本「玄清」。

一二　夕方に置く露。庭の夕露と月を詠む例に、「葎しく庵の庭の夕露を玉にもてなす秋の夜の月」（聞書集）、「月影に夕露かかる庭古りて」（三島千句第九百韻）。月光で露が白く見えると詠む歌例に、「月見ばと言ひしばかりの人は来ず蓬が上に露白き庭」（秋篠月清集）。「しろし」をB本は「しはし」の「は」を見せ消ちで「ろ」。

一三　E本「恵俊」。

一四　どこからともはっきりしない様子。「そことなく霞む麓の水の音蛙の声や山田なるらむ」（続亜槐集）、「そことなく犬の声する里遠み」（長享二年七月太神宮法楽千句第四百韻）。

一五　E本「肖柏」。

一　仮寝はどうであろうか。「仮寝」は旅寝をすること。E本「かりねよいかに」。
二　野辺に吹く秋風。「仮寝」と結んだ例に「草枕仮寝の袖に露散りて尾花吹きしく野辺の秋風」（続拾遺集・羇旅・頼重）。
三　E本「盛次」。
四　手枕にしようとあてにしている草葉。「手枕」は腕を枕とすること。「頼む」は頼みにする、あてにする。
五　E本「宗長」。
六　木の下の道。「木の下道」と「迷ふ」を結んだ例に、釈教歌だが「五月闇木の下道は暗きより暗きに迷ふほどぞ苦しき」

6

仮寝《かりね》一よいかが野辺《のべ》二の秋風　玄清三

（どこともなく虫の声が聞こえる寒い夜の）仮寝はどんなであろうか。野辺には秋風が吹いているが。

7

手枕四に頼《たの》む草葉も枯《か》れ果《は》てゝ　恵俊五

手枕にしようと頼みにしていた草葉も（野辺に吹く秋風によって）枯れ果てて。（そのような中での仮寝はどのようであろうか。）

8

木六の下《した》道の霜七迷《まよ》ふころ　宗益

（手枕にしようと頼みにしていた草葉もすっか

前句の「虫の声」から、その虫の鳴く「野辺」、「寒き夜」から、その寒さを感じさせる「秋風」をそれぞれ導き出し、虫が鳴き秋風の吹く寒い野辺で仮寝をする旅人のつらさを思いやる体を付けた。虫の鳴く野で仮寝をする様子を詠む歌例に、「旅衣かた敷く野辺の虫の音に今夜も草の枕をぞ借る」（正治初度百首・静空）。
寄合―「虫」と「野」（拾）、「声」と「風」（壁・他）。
季―秋（秋風）。題材―旅（仮寝）。

野辺で仮寝をする人を思いやる体の前句に、「仮寝」に「手枕」、「野辺の秋風」に「草葉も枯れ果て」と応じて、手枕としてあてにしていた草葉もすっかり枯れてしまったとして、旅寝のつらい状況を具体的に付けた。「手枕」「頼む」は恋を匂わせる言葉だが、ここでは恋の句に取らない。一句としては冬で、前句の秋から季を転じる。「手枕」とする「野辺」の「草葉」が枯れるなかで「風」が吹くさまを詠む歌に、「手枕の野辺の草葉の霜枯れに身はならはしの風の寒けさ」（新続古今集・冬・兼好）。
寄合―「野辺」と「草木」（壁）、「野」と「枯るる」（闇）。
季―冬（草葉も枯れ）。題材―旅（手枕）。

手枕にと思っていた「草葉も枯れ果て」たと詠む前句に、木の下道の様子を付ける。「霜迷ふ」は霜が乱れ置く、という意であるが、下道を行く人も道に迷う意を含意する。草葉も枯れ果てるのはその野辺を通る

（新拾遺集・釈教・尊円）。ただし、ここでは「霜」が「迷ふ」と詠む。C・D本「木の下道も」。

七　霜が迷うように乱れ置く。「霜迷ふ空にしをれし雁がねの帰る翼に春雨ぞ降る」（新古今集・春上・定家）に詠まれた歌句。C・D本「露まよふ」の「露」に「霜」と傍記。

八　ひとかたまりの。

九　「朝餉の煙」は朝食の煮炊きのための煙。または、「朝明けの煙」。歌例に「うち靡き里こそ霞め遠近の朝餉の煙春や立つらむ」（新千載集・春上・為藤）。

一〇　ほのかに曇るの意を縮約した表現。和歌には見出しがたく、連歌にも用例は多くない。「日」を「ほの曇る」と詠む本句以後の例に「朝な朝なほの曇る日や霞むらむ」（発句聞書・宗長）。

一一　川の上流にある山。「吹き上る風のしがらみ雲消えて夕立すなり川上の山」（草根集）。

り枯れて、）木の下の道に霜が乱れ置いている頃である。

（初折裏）

9　八一群《むら》の九朝餉《け》の煙うち靡《なび》き　載

（木の下の道に霜が乱れ置いている頃、）朝餉の煙がひとかたまり靡いている。

10　一〇日はほの曇《ぐも》る一一川上の山《やま》　祇

（一群の朝餉の煙が靡いていて、その煙の向こうの）川上の山からほのかに曇った朝日が昇ってくる。

道が霜置く頃である、というのである。「霜迷ふ」と草が枯れるさまを結んだ歌例に、「霜迷ふ山の下草朽ち果てて檜の枯葉に風そよぐなり」（為家千首）。

寄合―「枯るる」と「霜」（闇）。

季―冬（霜）。

前句の「木の下道」の先にある、人里の朝の情景を付ける。霜置く道を迷いながら行く人が、遠くに朝餉の煙がひとかたまり靡いているのを見つけた、というのである。「霜」と「朝餉の煙」を詠む「霜の上の朝餉の煙絶え絶えに寂しさ靡く遠近の宿」（拾遺愚草）を本歌とする付合であろう。前句に用いられる「霜迷ふ」は『新古今集』所収の定家歌（頭注〈七〉参照）に詠まれた歌句であるが、それを受けて当該句でも、定家の歌を本歌として付ける意識があったか。

季―雑。

里に靡く「朝餉の煙」を眺めやるさまを詠む前句を受けて、里を流れる川の上流にある山へ視点を移し、山から昇ってくる朝日がほのかに曇っている、とする。付合において、朝餉の煙は「朝明けの煙」の意を込める。明け方の弱い日の光の景であろうが、山から昇る「日」が煙で「曇る」と詠む歌例に「朝まだき炭焼く山に出づる日の曇ると見るや煙なるらむ」（草根集）があり、「ほの曇る」のは朝餉の煙によるとも取れる。

寄合―「朝」と「日」（壁）、「煙」と「川上」（合）。

季―雑。題材―山類（山）、水辺（川上）。

一 水が流れる音の響き。岩を流れる水の響きを涼しいと捉える歌例に、「岩根伝ふ水の響きは底にありて涼しさ高き松風の山」（玉葉集・夏・宗秀）がある。**二** C本「涼しく」は「き」を見せ消ちにする。**三** 岩を越えるように流れて。夏の流水を詠む歌例に「庭のおもにまかせし水も岩越えてほかにせきやる五月雨の頃」（壬二集）。**四** 吹き分けることなく。区別なくあたりに風が吹くさまか。「吹き過ぐる檜原の山の木枯らしに聞きもわかれぬ村時雨かな」（玉葉集・冬・後嵯峨院）のように、吹く風の音と他の音が聞き分けがたいと詠む歌はあるが、「吹きも分かれぬ」との言い回しは和歌、連歌に用例を見出しがたい。**五** 袖に吹く追い風。「追風」は後方から吹いてくる風。香等、人の気配を吹き送る風を表すこともある。「袖の追風」の早い例は「榊葉や立ち舞ふ袖の追風になびかぬ神はあらじとぞ思ふ」（金葉集・冬・康資王母）だが、舞人の袖に限らない歌例も散見する。**六** E本「寂しき毎に」。寂しさに耐えるとは、「寂

11

響《ひゞ》[一]きまで涼[二]しく水の岩越[三]え・て　　清

（日がほのかに曇る川上の山では、）響きまでも涼しげに流れる水が岩を越えて。

ほのかに曇る日が昇ってきた川上の山を詠む前句に、その川を流れる水の涼しさを付ける。「川上」の山の「水」を詠む夏歌の例に、「夏山の川上きよき水の色の一つに青き野辺の道芝」（拾遺愚草）等がある。本付合では、岩を越えて流れる水は、その水の冷ややかさに加えて、水音の響きまでも、一層の涼しさを感じさせるというのである。

寄合―「山」と「岩」・「山」と「越ゆる」・「川」と「水」（壁）、「川」と「岩」（拾）。

季―夏（涼し）。題材―水辺（水）。

12

吹《ふ》[四]きも分《わ》かれぬ袖[五]の追風《かぜ》　　柏

（水の響きまでも涼しく、岩を越えて流れるところで、）吹き分けることなく、袖に吹きつける追い風よ。

前句は岩を越えて流れる水の響きが涼しく聞こえると詠む。付句は、前句の水の「響き」に加え、風の音も感じ取って、袖に追い風が吹きつけるとする。「岩」を「越えて」流れる水と、「袖」に「風」が吹くさまを結ぶ歌例に、「たづねつる山井の清水岩越えて結ばぬ袖に秋風ぞ吹く」（拾遺愚草員外）。「越えて」に「袖の追風」を付ける連歌に、「朝の山を越えて行く末／激しくも袖の追ひ風吹き送り」（初瀬千句第五百韻・生阿／胤仙）がある。

季―雑。

13

いかにして寂《さび》[六]しきことに耐《た》へもせん　　次

（袖の追い風は、区別なくあたりに吹きわたるものだが、）どうやって寂しいことに耐えもしようか。

前句の袖に吹く追い風を、つらい寂しさを催す風とし、「吹きも分かれぬ」を区別なく辺りに吹きわたる意として、どこにいてもつらい追風が袖に吹きつける、いったいどうやって寂しさを耐えようか、と付けた。袖に吹く風と寂しさを結ぶ歌例に「旅人の袖吹きかへす秋風に夕日寂しき山のかけはし」（新古今集・羇旅・定家）等があるが、本付合は旅に限定されない寂しさを詠む。

しさに耐へたる人のまたもあれな庵ならべむ冬の山里」（新古今集・冬・西行）以来詠まれる発想。

七　人も去り、雪の散るように降る。Ｃ・Ｄ本「雪散」に「行イ」と傍書。「行き」と「雪」を掛ける。「ゆき散る」と「花」を詠む表現は「またや見む交野の御野の桜狩花の雪散る春の曙」（新古今集・春下・俊成）に拠る。

八　「古里」は昔ゆかりがあった場所、または旧都。ここでは「降る」を掛け、花が降るように散る古里の意。同様の掛詞を用いた歌に「今日までは梢ながらの山桜明日は雪とぞ花の古里」（源家長日記・有家）。

九　道に生えている芝草。「道芝」にとどまる「跡」を詠む歌例に「明けぬるか分けつる跡に露白し月のかへさの野辺の道芝」（玉葉集・秋下・伏見院）。

一〇　春の帰り道。人が春に帰途につくことと、季節の春が過ぎ去ることをいう。「雪と降る花こそ幣の門出して慕ふ跡なき春の帰るさ」（拾遺愚草）の歌例があり、付合はこれを本歌とする。

14　人もゆき[七]散《ち》る[八]花の古里《ふるさと》　長

人も行き去り、また雪のように花が散っている古里である。

15　[九]道芝《しば》に[一〇]春の帰《かへ》るさ跡見《み》えて　祇

（雪が散るように花が降っている古里の）道芝に春の帰り道の跡が見えて。

「分かれ」と「寂しき」が言葉同士で呼応するか。「袖の追風」を人の不在と結んで詠む歌例に「後れじと心ばかりは添ひて行かむそれぞとは知れ袖の追風」（碧玉集）等がある。

季―雑。

前句の耐えがたい寂しさを受けて、人が去っただけでなく、雪が降るごとく花も散る、という古里の情景を付けた。人のいない古里に花だけが散るさまを付けることで、前句の寂しさを具体化した。花が散った古里の寂しさを詠む歌例に「花散りて梢寂しき古里に来たりと聞くもまづぞ露けき」（行尊大僧正集）等がある。一句としては頭注（七）に掲げた俊成歌を本歌とするが、「ゆき」「ふる」の掛詞を重ねつつ古里の情景としている。

季―春（花）。題材―居所（古里）。

古里に雪のように花が散るさまを詠む前句に、頭注（一〇）に掲げた定家詠を本歌として「春の帰るさ」「跡」を付けた。定家の歌が、雪のように散る花を門出の幣として、春が跡かたもなく去ると詠む歌であるのに対して、本付合は、人も去り花も散った古里では、道の芝草に春が過ぎ去る跡だけが見える、として路傍に送春の風情を見出す句とした。「道芝…跡見えて」との句構成で、人が去った跡の寂しさを詠む本句作者宗祇の連歌に、「名残ほどなや真萩散る影／道芝に人のかれ行く跡見えて」（表佐千句第八百韻・甚昭／宗祇）がある。

寄合―「雪」と「跡」（壁・他）、「雪」と「道」・「行き」と「春」（闇）、「雪」と「芝」（竹）。

季―春（春）。

16　野は露[一]乱《みだ》れ霞《かす》[二]む鳥の音　俊

（道には春が帰り去った跡が見え、）野原には露が散り乱れ、鳥の声が霞んで聞こえる。

道に春が帰り去る跡が見えると詠む前句に、その帰って行った道の様子を付ける。その道は露が散り乱れ、鳥の声が霞んで響くというのである。朝の道芝の露を詠む例に「消え帰りあるかなきかの我が身かな恨みて帰る道芝の露」（新古今集・恋三・朝光）。「露」は春を惜しむ涙を暗示するか。

寄合―「道」と「野」・「帰る」と「鳥」（闇）、「芝」と「露」（竹・他）、「跡」と「鳥」（壁）。

季―春（霞む）。

17　残[三]る夜の月や[四]あはれを尽《つ》[五]くすらん　柏

（鳥の声が聞こえてくる頃、）明け残る夜の月が、しみじみとした情趣を限りなく感じさせるのだろうか。

前句の「露」を朝露と見定め、霞のかかる空に残る月が趣深いと付けた。前句の「鳥」を夜明けを告げる木綿付鳥（鶏）と取り、その鶏の声が響く頃、空に残された有明の月は、しみじみとした情趣を極限まで感じさせるだろうか、というのである。明け方の木綿付鳥の声を、「あはれ」と捉える例に「暁の木綿付鳥ぞあはれなる長き眠りを思ふ枕に」（新古今集・雑下・式子内親王）があり、木綿付鳥を「霞」とともに詠む例に「しののめの霞ながらに立田山木綿付鳥の声にほふなり」（春夢草）がある。

寄合―「露」と「月」（付・他）、「露」と「残る」（闇）。

季―秋（月）。

18　思《おも》ひは千[六]々の後朝《衣〱》[七]の秋　益

（明け行く夜に残る月はしみじみとした情を限りなく募らせるのだろうか。）思ひがさまざま

前句の「あはれ」を恋のつらさと取りなし、秋の後朝の別れにさまざまな思いを抱くと付けた。付合では後朝の別れののち、残された月を見てつらさの極限を感じる心となる。前句の「月」に「千々」「秋」が応じる。「月見れば千々にものこそ悲しけれ我が身一つの秋にはあらねど」（古今集・秋

一　露が乱れ散る。「小山田の稲葉片寄り月冴えて穂向けの風に露乱るなり」（新後撰集・秋下・後鳥羽院）。

二　鳥の声を「霞む」と視覚的に表現する。「絵に描ける鳥とや空に夕ひばり同じところに霞む声かな」（柏玉集）。鐘の音が「霞む」とする連歌例に、「咲き侘びて梅は匂ひや籠もるらむ／初瀬の鐘の夜霞む声」（文安雪千句第四百韻・頼重／日晟）。

三　「残る」は「夜」と「月」にかかる。夜がまだ残る時分に空に残っている月。「月」は有明の月。

四　しみじみとした情趣。ここでは夜明けに感じるもの。E本「恨を」。

五　限りなく思いを尽くすのだろうか。「寝覚めする夜半のあはれを尽くせとや秋しも鹿の鳴きはじめけん」（後鳥羽院御集）。

六　非常に数の多いこと、数千。脚注の本歌参照。

七　後朝の別れを交わす秋。「後朝」は男女が共寝をした翌朝。「秋」は相手の「飽き」を暗示するか。この言い回しの歌例は少なく、連歌に「誰が袖を偲びて月の残るらむ／しののめ深き後朝の秋」（応

仁二年一月一日何人百韻)。

八　涙は袖に霧のように降り落ちて。涙で視界が曇ることを霧に譬える表現や、「いとどしく霧降る空」(赤染衛門集) のように霧を「降る」と捉える表現はあるが、「袖」にこぼれる「涙」を「霧」が「降る」と譬える表現の類例は見出しがたい。袖に置く涙を、霧に譬える点で本付合と近い趣向の歌例に「後朝の袖は涙にかきくれて心しほるる秋の朝霧」(為理集)。C本は「袖も」と表記し「も」を見せ消ちで「に」。なお、D本9～16句に校異を記した丁がある。

九　ひとりで山を越えるさまは「風吹けば沖つ白波立田山夜半にや君がひとり越ゆらむ」(古今集・雑下・読人不知) 等と詠まれる。「ひとり越え行く」との言い回しの歌例に、「いかにせん月よりほかの友もなしひとり越え行く小夜の中山」(菊葉集・実富)。

一〇　「山の夕暮れ」という表現を旅の情趣において詠む歌例に、「雲のほかにいくへ日数を隔て来て都も遠き山の夕暮れ」(明日香和歌集)。

に乱れる秋の後朝の別れである。

19　数知《し》らぬ八涙《なみだ》は袖に霧降《ふ》りて　載

数え切れないほど流した涙は袖に霧が降ったようになって。

20　九ひとり越《こ》え行《ゆ》く一〇山の夕《ゆふ》暮れ・　長

(数え切れない涙に濡れる袖に霧も降り加わって、) ひとりで越えて行く山の夕暮れよ。

上・千里) を本歌とする付合。明け方の「月」とともに「後朝」の思いを詠む歌に、「後朝の別れしなくは憂きものと言はでぞ見まし有明の月」(続後撰集・恋三・為氏)。
寄合―「残る」と「思」(閨)。
季―秋 (秋)。題材―恋 (思ひ・後朝)。

秋の後朝の別れの思いを詠む前句に、その別れに流す数多の涙が、霧が降ったかのように袖を濡らすさまを付ける。「千々」に「数知らぬ」、「秋」に「霧」が応じる。「後朝」にこぼす「涙」の甚だしさを、空から降るものに譬える歌例に、「後朝のしののめ暗き別れ路に添へし涙はさぞ時雨れけむ」(玉葉集・恋二・安嘉門院四条)。
季―秋 (霧)。題材―恋 (涙・袖)。

前句の「数知らぬ涙」の理由を、ひとりで夕暮れに山を越え行くためとした付け。「霧」は「山」と寄合で、「村雨の露もまだひぬ槙の葉に霧立ちのぼる秋の夕暮れ」(新古今集・秋下・寂蓮) があるように「夕暮れ」とも関連する。付合において、霧は涙の比喩ではなく山に立つ夕霧となり、旅の侘びしさに流す涙に霧も降り加わる意となる。野山を行く袖が涙と霧に濡れるさまを詠む参考の歌例に、「分け迷ふ野原の霧の下露に涙ならでも袖は濡れけり」(続千載集・秋上・読人不知)。
寄合―「霧」と「山」(竹・他)。
季―雑。題材―旅 (越え行く山)、山類 (山)。

21 よしや[一]吹《ふ》け世[二]の憂き・よりは[三]松の風　清

まあいい、吹くならば吹け。この世のつらさよりは松に吹く風の方がまだよい。

夕暮れ時、ひとりで山を越える、と詠む前句に、そこに吹く松風を付ける。付合においては、松風によって旅のつらさを強調することを意図しつつ、付句一句では、俗世に生きることのつらさへと主題を転じ、松風よりも俗世の方がつらいとする。松風を憂きものとする歌例には「谷川の氷につけて忍ぶ山なほ憂きものは松の夕風」（壬二集）がある。

寄合—「山」と「松風」（壁）、「山」と「松」（合）。

季—雑。題材—述懐（世の憂き）。

22 うつ《ゝ》[四]つの夢を[五]いかが《ゞ》覚《さ》まさん　祇

（松風が吹いても、）現実の俗世を生きるという夢から、どうして目覚めることができようか。

前句で詠まれた「松の風」を、「夢」を覚ますものとして付ける。松風が「夢」を覚ますとする歌例に、「夢覚ます習ひと聞けど旅人の寝覚めを分けて松風ぞ吹く」（為家集）がある。後世の例であるが、本付合と類似する歌例に、「いかでその住める尾上の松風に我も浮世の夢を覚まさん」（後水尾院御集）がある。はかない現実の俗世を生きるという夢から、目覚めさせてくれる松風よ吹け、と思うものの、実際にはどのようにすれば俗世の迷いから覚めることができるのであろうか、目覚めることはできない、というのである。

寄合—「世」と「夢」（壁・他）。

季—雑。題材—述懐（うつつの夢）。

（二折表）

23 [六]くり返し偲《しの》ぶも昔《むかし》[七]はかなしや　柏

（俗世からどのように目覚めたらよいのであろう。）くり返し偲んでみても、昔を思うことは

この世に在るという夢から目を覚ますことを願う前句に、なかなか目覚めることはできず、「昔」のことが偲ばれて仕方がない、それははかないことなのに、と付く。付合において、「うつつの夢」は「昔」に体験した人生のことで、それは偲ばれてならないものであるが、それを思ってみても「は

一 「よしや」は不満足であるが、やむを得ないという思いを表す。松風に「よしや吹け」と呼びかける歌例に、「よしや吹けいまはの山の松の風憂きも柴屋のしばし住む世に」（草根集）。

二 俗世で味わうつらさよりは。「この里や世の憂きよりも住みよしと思ひもあへず冴ゆる松風」（明日香井集）では、松風がつらさを加えるとする。

三 「は」はC・D本では「も」。

四 現実という夢。俗世という現実を生きることが、夢のような状態であるさま。歌例に「見る夢のうつつになるは世の常ぞうつつの夢になるぞ悲しき」（拾遺集・恋四・読人不知）。「憂きことをかく見むとてや覚めやらぬうつつの夢に迷ひそめけん」（中書王集）は「覚めやらぬ」ものとして詠む。

五 どのようにして覚ますことができるのだろうか、できないことだ。

六 くり返し思い出す。「昔」を「くり返し」「偲ぶ」と詠む歌に「くり返し世々の昔を偲ぶれば冬

の日長し賤《しづ》の苧《を》環《だまき》」（草根集）。

七　昔とははかないことだ。「昔」を「はかなしや」とする歌例に「はかなしや昔語りになれる世はみな橘の匂ひなりけり」（拾玉集）。

八　古くなった軒端。「百敷や古き軒端の忍ぶにもなほあまりある昔なりけり」（続後撰集・雑下・順徳院）を本歌として前句に付く。

九　蜘蛛。古びた軒端に蜘蛛が糸を懸けると詠む歌例に、「年を古る軒端なるらしささがにの糸のみしげく懸かる住まひは」（言国集）。

一〇　ある人が私を待たせているとはいうものの、の意。恋歌の例に「来ぬ人を待たせ待たせて月影の入りなむとする空ぞ悲しき」（新和歌集・恋上・蓮生）などがある。Ｅ本「又せめて」。

一一　このような家を。この言い回しの例は、霞がかかるの意を掛ける「山里の梅の立枝の夕霞かかる住まひを訪ふ人ぞなき」（玉葉集・春上・慈円）があるが、少ない。「栖」はＣ・Ｄ本では「すまゐ（ひ）を」。

はかないことだ。

24

古《ふる》[八]き軒端のささがに[九]の糸《いと》　載

（忍草の生えている）古くなった軒端には、蜘蛛の糸も懸かっている。

25

待《ま》[一〇]たせてもかか[一一]る栖を誰訪《と》はん　俊

訪れを待っているとはいうものの、（軒端も古くなった）このような住まいを誰が訪れるであろうか。

かな」いことだというのである。

寄合―「夢」と「昔」（璧）、「夢」と「はかなし」（璧・他）。

季―雑。題材―述懐（昔）。

昔をくり返し偲ぶと詠む前句に、その内に時が経過し、軒端も古びて蜘蛛の巣が懸かっている、と付けた。「偲（忍）ぶ」から「忍草」を読み取り、頭注〈八〉に掲げた順徳院歌を本歌として「古き軒端」を付けた。また、「昔」を「くり返し」偲ぶと詠む前句から、「いにしへの賤の苧環くり返し昔を今になすよしもがな」（伊勢物語・三二）に拠って「苧環」の「糸」を連想し、「ささがにの糸」とした。付合では「くり返し」に「繰り」が響き「糸」と寄り合う。

寄合―「偲（忍）ぶ」と「軒」（璧）、「繰り」と「糸」（璧・他）。

季―夏（ささがに）。題材―居所（軒端）。

軒端も古び、蜘蛛の巣が懸かるようになったとする前句に、そのような家に誰が訪ねて来るであろうか、と付く。「我が背子が来べき宵なりささがにの蜘蛛のふるまひかねてしるしも」（古今集・序・衣通姫）のように、蜘蛛の巣が懸かると恋人が訪れるという伝承があるのに、訪れがないというのである。「ささがにの糸」と「かかる」が詞の縁で寄り合い、付合としては、恋人も訪ねてこなくなった、見捨てられた家に住む様相を詠む。打越までの述懐の句群から、類似した心境を含意する「古き軒端」の句を挟んで、恋句に転じたものである。

季―雑。題材―恋（待つ・訪ふ）、居所（栖）。

26

一身をこそ知《し》らめ二人は頼《たの》まじ　　長

（このような住まいを誰が訪れるだろうか。恋人に忘れられたと）我が身を思い知り、あの人のことはもう頼みに思うまい。

一　自らの身の上を思い知る。和歌にこの言い回しはきわめて稀だが、「待てしばし身をこそ知らめ鳥の音も花も露けき東雲の宿」（春夢草）等、肖柏の歌に見える。

二　人は頼みに思うまい。「人」は付合では訪れない恋人のこと。「こころざし浅茅が末に置く露のたまさかに訪ふ人は頼まじ」（金葉集・恋上・忠通）。

誰も訪れない家で恋人を待ち続ける人物を詠む前句に、忘れられた我が身ばかりをひたすら思い知り、相手のことはもはや頼みにすまい、と嘆く心情を付けた。「身を知る」は「数々に思ひ思はず問ひがたみ身を知る雨は降りぞまされる」（古今集・恋四・業平、伊勢物語・一〇七）以来、恋歌で用いられることが多い。恋人の訪れがない境遇を嘆く心情を「身をこそ知らめ」を用いて詠む連歌の例に「契りつる人は訪ひ来で明くる夜に／身をこそ知らめ月は恨みじ」（新撰菟玖波集・恋下・能阿）がある。

季―雑。題材―恋（頼む）。

27

三いたづらに四もの《物》思ひそめし年も経《へ》ぬ　　祇

叶えられるとは期待できない恋のもの思いを始めてから、むなしく年月も経ってしまったことだ。

三　むだに。むなしく。「もの思ひそめし」と「年も経ぬ」にかかる。『下草』に「はかなくて」の形で所収。

四　恋のもの思いを始めてから、年月も経ってしまった。「いたづらに思ひ焦がれて年も経ぬ人を見ぬめの浦の藻塩火」（続拾遺集・恋二・親行）。

我が身を思い知り、人は頼みにしない、という前句を、もの思いにとらわれて長い年月を過ごしてきた人物の心境として付けた。「もの思ひ」は、恋のもの思いとも世の憂いともとれるが、付合では「逢ふことは人も頼めぬ年月をいつと限りてもの思ふらむ」（嘉元百首・定為）のように恋の思い。身を知ることと人を思うことを併せ詠む、本句作者宗祇の句に「さまざまなれや渡る世の中／身を知るも人を思ふもはかなくて」（熊野千句第二百韻・道賢／宗祇）がある。

季―雑。題材―恋（もの思ひ）。

28

五など六・落ちやまぬ涙《なみだ》なる《成》らん　　柏

（もの思いにとらわれてから、すでに長い年月が経っているというのに、）どうして落ち止まない涙であることだろうか。

五　どうして。落ちる「涙」に「など」と問う歌例に「木の葉こそ風の誘へばもろからめなどか涙も秋は落つらむ」（続古今集・雑上・能清）等。

六　落ち止まない涙。「白玉と袖に砕けて落ちやまぬ涙は人のつらき数かも」（永享百首・持基）の例はあるが、「落ちや

もの思いを始めてから長い年月が経ってしまったという前句に、それでもいまだに涙が落ち止まないのはどうしてか、と付けた。前句の「いたづらに」は、「あらたまの今年も半ばいたづらに涙数添ふ荻の上風」（続後撰集・秋上・定家）のように、付合においては「落ちやまぬ涙」にも掛かる。「もの思ひ」を世のつらさを嘆く思いに取りなし、この句から恋を離れたとも解せる

まぬ」ものとしては軒の雫や滝を詠む場合が多い。

七　つらいのが当然である。「憂かるべき時を知らせて今よりの涙ならはす秋の夕暮」（嘉元百首・俊定）。

八　秋の空なのであろうか。「かは」は反語。「大底《おほむね》四時心惣《す》べて苦《ねんごろ》なり　就《この》中《なか》に腸の断ゆることは是れ秋の天」（和漢朗詠集・白居易）のように、澄んだ秋空はもの思いをかき立てるものとされる。「心から眺めてものを思ふかな我がために憂き秋の空かは」（続拾遺集・秋上・澄覚）。83句参照。

九　月は心の憂さを慰める景物。C本は「秋の月」の「秋」を見せ消ちで「夜は」。

一〇　住めるならば住んでみたい。用例が稀な言い回し。底本「すみや見まし」の「み」と「や」の間に挿入記号で「て歟」。

一一　牡鹿が牝鹿を求めて鳴く声の聞こえる山。秋のもの寂しさがかき立てられる所として詠まれることが多いが、ここでは俗世を離れた場所としているのであろう。

29

憂《う》七かるべき秋八の空かは夜半九の月　　清

つらく感じるはずの秋の空なのだろうが、夜半の月が輝く空はそうではない。（それなのになぜ涙が落ち止まないのだろうか。）

30

一〇住《す》みてやみまし 一一牡鹿《お[を]じか》鳴《な》く山　　俊

住んでみたいものだ。（夜半の月が澄みわたって見える、）牡鹿が鳴く山に。

が、21〜23句が述懐の句で、述懐は「可隔五句物」であることから当該句までを恋と見なした。

寄合―「思ひ」と「涙」（竹・他）、「思ひ」と「やむ」（闇）。

季―雑。題材―恋（句意）。

前句の「など落ちやまぬ涙」の理由を、秋思によるものとして付け、恋から秋の句へと転じた。「落ち」に「月」が寄り合う。頭注〈七〉に示したように、本来秋の空は「憂かるべき」ものであるが、夜半の空には愛でる月が輝いているからつらく感じるはずはない、にもかかわらず、なぜ涙が落ちるのか、と付く。美しい月によって心が慰められるはずなのに、そうではない、と詠むのは和歌以来伝統的な趣向。「嘆けとて月やはものを思はするかこち顔なる我が涙かな」（千載集・恋五・西行）。

寄合―「落つ」と「月」（璧・他）。

季―秋（秋・月）。

秋の空に照る夜半の月を詠む前句に、その月が澄んで見えるような、牡鹿が鳴く山に住んでみたいという願望を付け、秋の風情を代表する情趣を添えた。「類ひなき心地こそすれ秋の夜の月澄む峰のさ牡鹿の声」（山家集）とあるような情趣への憧れを詠んだ付合。前句の「月」に「鹿」、また「住み」も「澄み」を掛けて寄り合う。「夜」と「鹿」も寄合。「住みてやみまし」は、付合では「月」を「澄みてや見まし」の意も込める。

寄合―「月」と「澄む」（闇）、「澄月」と「鹿」（拾）。

季―秋（牡鹿）。題材―山類（山）。

一　分け入っても分け入っても満足しない、の意。用例が見出しがたい表現。「紅葉」を「分け」て帰ると詠む歌例に「紅葉葉を分けつつ行けば錦着て家に帰ると人や見るらむ」（後撰集・秋下・読人不知）、「紅葉」を「飽かぬ」と詠む歌例に「終日《ひねもす》に見れども飽かぬ紅葉葉はいかなる山の嵐なるらん」（拾遺集・冬・読人不知）。

二　紅葉した木々の陰。歌例に「たち寄れば紅葉の陰の過ぎがてに心も留まる秋の色かな」（新続古今集・秋下・長綱）。

三　草の花。秋の季の詞（宗長歌話）。秋に咲く草の花を詠む歌例に「このごろの草の花咲く庭見れば今年はいとど秋ぞ悲しき」（伏見院御集）。

四　日が暮れると。歌例に「日暮るれば会ふ人もなし正木散る峰の嵐の音ばかりして」（新古今集・冬・俊頼）。「日暮るれば心細くも身にぞしむ松にかからぬ葛のうら風」（宗祇集）は当該句の作

31　[一]分け・飽《あ》かぬ[二]紅葉の陰《かげ》の帰《かへ》るさに　長

（牡鹿の鳴くこの山に住んでみたいと思う。）分け入っても分け入っても飽きることがない、紅葉した木々の下の帰り道で。

32　[三]草の花摘《つ》む道のかたはら　載

（紅葉した木々の下の帰り道、）道の傍らで草の花を摘むことだ。

33　[四]日暮《く》るれば寂《さび》しき[五]まま《ゝ》に[六]宿出・でて　祇

（路傍に咲く秋草の花を摘むのだ。）日が暮れる

秋の情趣を感じる牡鹿の鳴く山に住んでみたいことだ、と詠む前句に、同じく秋の景物である「紅葉」を賞翫する句を付けた。いくら分け入っても飽きることがないような、紅葉した木々が続く山道の帰途で、鹿の声を耳にしながらこんな山に住んでみたいと思う、というのである。鹿の鳴き声と紅葉を分け行くさまを結んで詠むのは「奥山に紅葉踏み分け鳴く鹿の声聞く時ぞ秋は悲しき」（古今集・秋上・読人不知）以来の発想。「竜田山秋をこめたる夕霧に紅葉分け出づるさ牡鹿の声」（文保百首・雲雅）では、紅葉を分けるのは鹿だが、本付合では紅葉を愛でる人である。「紅葉」と「帰るさ」を詠む歌例に「はるばると紅葉の色に慕はれて帰るさ知らぬ神なびの森」（雅有集）等がある。

寄合―「鹿」と「紅葉」（壁・他）。

季―秋（紅葉）。

飽きることのない紅葉した木が続く帰り道を詠む前句に対し、「帰るさ」に「道」と応じて、その道で路傍に咲く秋草の花を摘む、と付けた。「紅葉」と「草の花」を結ぶ歌に「紅葉葉にあらぬ千草の花ざかり色々ことに置ける露かな」（続草庵集）がある。

季―秋（草の花）。

前句の路傍に咲く秋草の花を摘む人を、日が暮れて寂しさにまかせて宿を出立した人と取りなした句。前句との付合は『下草』に所収。秋草の花と「宿」を結ぶ歌例に「我が宿に千草の花を植ゑつれば鹿の音の

者宗祇が、寂しさと結んで詠んだ歌。
五　E本「鐘の」。
六　宿を出立して。この言い回しを詠む連歌の例に「もの思ひ紛れやすると宿出でて」（新撰菟玖波集・恋中・行助）等。
七　「慰さむ」は落ち着かせる、苦しみを紛らせる。「身」を慰めると詠む歌に、「一筋に憂きことばかり嘆かれて身を慰めしあらましもなし」（続後拾遺集・雑下・読人不知）、連歌に「身を慰さむも心なりけり／よしや住め花なき里は散るも見じ」（壁草）等。
八　どこにもない、の意。「いづくとも定めぬものは身なりけり人の心を宿とするまに」（万代集・能因）。
九　「後の世」は来世、「この世」は現世。来世でどのような生を受けるかは、現世での所業によって定まるものである。「この世より後の世までと契りつる契りは前《さき》の世にもしてけり」（赤染衛門集）。

と、寂しい思いにまかせて宿を出て。

34

[七]身を慰《なぐさ》めん[八]いづくともなし　柏

（日が暮れると寂しさにまかせて宿を出て、）この身を慰めようとしたが、そのような場所は、どこにもないことだ。

35

[九]後《のち》の世もこの世よりこそ知《し》られけれ　載

（この身を慰める所は、やはりどこにもないのであろう。）来世というのも、この現世でのあり方によって自ずから知られることよ。

みや野辺に残らん」（後拾遺集・秋上・頼家）。当該句は「寂しさに宿をたち出でて眺むればいづくも同じ秋の夕暮」（後拾遺集・秋上・良暹）を本歌とする。付合においては秋の風情が感じ取れるが、付句一句としては雑となる。

寄合―「花」と「宿」（壁）。

季―雑。

寂しさのあまりに日暮れ時に宿を出たと詠む前句に、宿を出てみたものの、我が身を慰めるような安らぐ場所はどこにもない、と嘆く情を付けた句。前句の本歌である良暹の歌を本句でも念頭において、「いづこも同じ」に応じて「いづくともなし」としたか。寂しさと「慰さむ」をともに詠む歌例に「寂しさも憂き世よりはと慰めて心ぞ留まる山里の庵」（新千載集・雑下・道賢）等があるが、本付合では、身を慰めようがないという情とした。

季―雑。

前句は、身を慰める場所はどこにもないと詠む。それを受けて、来世というのも現世での今生のあり方によって定まるのだから、どうなるかは自ずから知られる、この身を慰める場所は来世にもないであろう、と付けた。宗祇の「いづ方も旅の心や憂かるらむ／身は頼みなやこの世後の世」（萱草）や、宗長の「いづちともなき頼みをぞする／厭はずはこの世後の世いたづらに」（壁草）等のように、「後の世」「この世」を重ねる言い回しの例は同時代の連歌に見られる。

季―雑。題材―述懐（後の世）。

36　一つれなき行方《ゆくへ》[ゑ]思ふもぞ憂《う》き　益

（来世での縁も今生での関係によって思い知られることだ。）冷淡な相手との恋の行く末は、思うだけでもつらい。

来世へのおぼつかなさを詠む前句に、今生でさえ相手が冷淡なので、来世での縁も期待できないとして恋の行く末を嘆くさまを付けた。冷淡な相手との来世の契りを案じることは、「いかでいかで恋ふる心をなぐさめて後の世までのものを思はじ」（拾遺集・恋五・能宣）、「はかなくぞ後の世までと契りけるまだきにだにも変はる心を」（千載集・恋五・広言）のように詠まれる。
季―雑。題材―恋（句意）。

（二折裏）

37　二たまさか[玉]の文に三返しをいつか見《み》ん　長

稀にしかやりとりしない文に対する返事を、いつ見ることができるだろうか。

冷淡な相手との恋の行く末を憂慮する前句を受けて、稀にしかやりとりがない文に対する返事をいつ見ることができようかと付け、このように疎遠な関係では行く末がどうなるかを思うだけでもつらい、と嘆くさまとした付合。「つれなき」恋人との間で交わす「文」の「返し」を詠む連歌に「いくたびぞつれなき人の返し文／慣れぬ袖には薄き眉墨」（看聞日記紙背応永三十年五月二十五日・重有／梵祐）がある。本付合は、返事の文が来るのも稀な関係を詠む。
季―雑。題材―恋（文）。

38　四心《こゝろ》の外《ほか》に五遠《とほ》[を]ざかる仲[中]　祇

思いがけず、疎遠になってしまった仲であるよ。

稀にしかやりとりがない文だから返事をいつ見られるかもおぼつかない、と詠む前句を受けて、あの人との仲がこれほど疎遠になってしまうとは思いがけないことであった、と嘆く心情を付けた。「遠ざか」る「仲」を文と関連させて詠む歌に、雁書の故事を踏まえた例だが、「誰が仲に遠ざかり行く玉章の果ては絶えぬる春の雁がね」（続古今集・春上・家隆）がある。

一　冷淡な相手との恋の行く末。「つれなき」と「行方」を詠む和歌に「天下る神のしるしのありなしをつれなき人の行方にて見む」（山家集）が見られるものの、用例が稀な言い回しである。時代は下るが、連歌に「ゆかしげも心深きに添ふものを／つれなき行方頼み捨てめや」（冬康連歌集）。

二　稀である。「文」を「たまさか」と詠む例は見出しがたいが、和歌には「なほざりのそのおとづれも絶え果てぬ降るや霰のたまさかにだに」（俊光集）のように「おとづれ」を詠む例、連歌には「心留めて送る玉章／たまさかの便り嬉しき旅の道」（新撰菟玖波集・羇旅下・政弘）のように「玉章」を、「たまさか」であると付けた例がある。

三　文に対する返し。C・D本「文の返し」。

四　思いがけない。思い通りにならない。「恨むなよよその人目を包むとて心の外にとはぬ月日を」（新続古今集・恋一・宗尊）。

39　友をさへ[六]いさしら雲の[七]峰越《こ》えて　俊

（思いがけず遠く隔たってしまった、）友のことをさえ、さあ今後はどうなるか分からないと思いつつ、白雲のかかる峰を越えて行く。

季―雑。題材―恋（仲）。

前句の「遠ざかる」に「峰越えて」と応じ、恋人との心情的な遠さをいう「遠ざかる」を、遠く隔たる意に取りなしての付け。「仲」は男女の仲から友人の仲に転じる。こんなに遠く隔たってしまったので、友との間柄もどうなるか分からない、と思いつつ峰を越えて行く旅人の心情を詠む。山を越えて友との距離が隔たると詠む歌例に、「山はまた越えぬ友さへ隔てけり道の末なる野辺の松原」（為尹千首）等がある。また、友と遠く離れて旅行く状況で「いさしら雲」と詠む歌に、「入唐し侍りける時、いつほどにか帰るべきと人の問ひければ／旅衣たち行く浪路遠ければいさしら雲のほども知られず」（新古今集・羇旅・奝然）がある。

季―雑。題材―旅（峰越えて）、山類（峰）。

40　[八]秋吹《ふ》く風に[九]急《いそ》ぐ雁《かり》がね　清

（友がどうなるか分からなくなっても仕方ないという思いで、白雲のかかる峰を越えて、）秋に吹く風とともに、急いでやって来た雁である。

友との関係さえどうなるか分からないと思いつつ、峰を越えると詠む前句の「友」を、秋に飛来する雁同士のこととして付ける。「友」は、雁が列をなして飛ぶ一行《つら》の意に転じる。「行く雁も秋過ぎがたにひとりしも友に遅れて鳴き渡るらむ」（千里集）のように、雁の一行を「友」と表して、友と離れ離れになる雁を詠む発想が古来からある。「白雲」とともに詠む歌に「白雲を翼にかけて行く雁の門田のおもに友慕ふなり」（新古今集・秋下・西行）がある。また「峰越えて」と秋の雁を結ぶ歌に「峰越えて来るとも見えぬ朝霧の空に近づく初雁の声」（続草庵集）がある。

寄合―「友」と「雁」（闇）。

季―秋（秋・雁がね）。

五　疎遠になる男女の仲。「逢ふことは灘の潮瀬に行く舟のいや遠ざかる中ぞ悲しき」（新続古今集・恋二・宗尊）。

六　さあ、どうだか（分からない）。「しら」は「知ら（ず）」に「白」を掛ける。「見わたせば越の高嶺を雪積もりいさしら山のほどやいづれぞ」（好忠集）。「しら雲の」をC・D本「白雲に」。

七　峰を越えて。「峰」は山の頂き。雲が峰を越えると詠む歌に「かへりみる雲もいくへの峰越えてまた行末も霧深き山」（玉葉集・旅・俊光）がある。

八　秋に吹く風。「身にしみてあはれなるかないかなりし秋吹く風をよそに聞きけむ」（和泉式部集）。

九　急いで来る雁。秋に飛来する雁を「急ぐ」と詠む歌例に「天の戸の開くるほどをも待たぬかな急ぎやすらん旅の雁がね」（堀河百首・国信）。

41
[一]小萩が上《うへ》の[二]露の暮《く》れ — 消《き》えぬべき[一]小萩が上《うへ》の[二]露の暮《く》れ　載

（秋に吹く風とともに、雁が訪れるのは、）いまにも消えてしまいそうな、はかない露が小萩の上に置いている夕暮れである。

秋風とともに渡ってきた雁を詠む前句に、その風によってはかなく消えてしまいそうな露が小萩の上に置いている夕暮れの景を付けた。秋に訪れる「雁」と、「小萩」「露」を結んだ歌例に「秋来ぬと雲居の雁の声すなり小萩がもとや露けかるらん」（続古今集・秋下・為子）がある。また、「鳴きわたる雁の涙や落ちつらむもの思ふ宿の萩の上の露」（古今集・秋上・読人不知）のような歌例を考慮すれば、当該句の「露」も、置く露とともに、雁が落とす涙を暗示するとも取れるか。

寄合―「雁」と「萩」（合・他）。
季―秋（小萩・露）。

42
[三]仮庵《かりほ》[四]問《と》ひ捨《す》て過《す》ぐる[五]稲妻《いなづま》　柏

（消えてしまいそうな露が小萩の上に置くばかりの夕暮れ時に、）仮の庵に訪れ、瞬時に過ぎ去っていった稲妻よ。

前句は、小萩の上に露が置く夕暮れ時の情景を詠む。付句はそのような時、稲妻が一瞬光ったことを活写する。稲妻によって露がきらめいたのであろう。「仮庵」の「小萩」に「露」が置くと詠む歌例に、「山もとの仮庵の小萩露ほさで野田の穂波に鹿ぞ鳴くなる」（草根集）。「稲妻」ののちの「仮庵」を「露」とともに詠む歌に、「小山田の露の仮庵の宿りかな君を頼まむ稲妻ののち」（拾遺愚草）。本付合では「消えぬべき」露のはかなさに対し、稲妻が仮庵を「問ひ捨て」て瞬時に過ぎ去る、との刹那的な情感で応じている。

寄合―「萩」と「庵」（竹）。
季―秋（稲妻）。題材―居所（仮庵）。

43
[六]臥《ふ》しやらで月待《ま》つほどの[七]やすらひに　祇

（訪れたものの瞬時に過ぎ去った稲妻の光を見

前句は、仮庵に訪れては瞬時に過ぎ去る「稲妻」の閃光を詠む。付句では、訪れたものの一瞬で立ち去ったその稲妻に、月光を待ち侘びることのむなしさも感じ、心が定まらないとした。「月」を「待つ」宿に、

一　小さい萩。また、萩の美称。「宮城野のもとあらの小萩露を重み風を待つごと君をこそ待て」（古今集・恋四・読人不知）以来「露」と詠むのは類型。「小萩が上」の言い回しは「荒き風ふせぎしかげの枯れしより小萩が上ぞしづ心なき」（源氏物語・桐壺）とある。

二　露の置く夕暮れ。歌例は稀だが、室町期に「露の暮れ霧の曙秋ぞ憂き稲葉の雲に残るあはれは」（碧玉集）、連歌には「陰寂しひさぎうち散る露の暮れ」（葉守千句第四百韻・宗般）。

三　仮につくった庵。稲田の小屋をいうことが多いが、野辺の仮住まいを表す例もある。「刈穂」が響き「稲妻」と縁語。

四　「問ひ捨つ」の語例は見出しがたいが、「聞き捨つ」「詠み捨つ」等から考えれば、訪れたもののそのまま去って行く、の意。

五　雷雨の時ひらめく閃光。「秋近く乱るる沢の蛍かも稲妻過ぐる露の草村」（後鳥羽院御集）。

六　寝ていられず。「やらず」は、十分…もしない。

七　行動に移れずためら

たことだ。）寝ることもできず、月を待つ間に感じる心のためらいの中で。

44
夜[八]更《ふ》くる鐘の声の[九]遥《はる》けさ　　長

（寝ずにいつまで月を待つのかと思っていると、）夜更けを告げる鐘の音が遠くから聞こえてきたことだ。

45
[一〇]帰《かへ》りつる道ももの《物》憂《う》く[一一]雨降《ふ》りて　　次

（夜更けを告げる鐘を聞いた）帰り道もつらかった、雨も降っていて。

「稲妻」が射すと詠む発想の歌に「有明の月待つ宿の袖の上に人頼めなる宵の稲妻」（新古今集・秋上・家隆）。『連珠合璧集』はこの歌を「稲妻」の歌例に掲出、本付合も踏まえていよう。「仮庵」に「月」が射す歌例も「月もまた慕ひ来にけり我ばかり宿ると思ふ野辺の仮庵」（続千載集・羈旅・宣子）等がある。

寄合―「稲妻」と「月待つ」（壁）、「とふ」と「月」（闇）。

季―秋（月）。

寝ずに月を待つ間の心のさまを詠む前句に対し、夜更けの鐘の声が遥か遠くから聞こえてくる、と付ける。夜更けの「鐘の声」が遠くから聞こえることを「月」とともに詠む歌に、「更くる夜の空に聞えて天伝ふ月より高き鐘の声かな」（草根集）、「待つ」「月」と「鐘」を詠む例に、恋歌であるが「猶苦し待つ夜今はの鐘の音を心浅しとのこす月影」（春夢草）がある。

寄合―「月」と「鐘の声」（竹）。

季―雑。

前句の夜更けの鐘の音を、雨中の帰路に耳にしたものとして付ける。夜更けの鐘が雨中に聞こえるとの発想は「鐘の声は半夜香山の雨」（新撰朗詠集・何玄）等と詠まれ、道中で遠くの鐘声を聞くことは、帰路ではないが「末遠き野寺の月に鐘の声尋ねば草の露のふる道」（草根集）と詠まれる。助詞「も」は、降る雨ももの憂いが、人と別れた帰路もつらい、との含意。当該句一句でも恋の情趣が漂うが、次句と付いて後朝のつらさを詠む恋句に見定められる。

季―雑。

う。休むこと。「やすらはで寝なましものをさ夜ふけてかたぶくまでの月を見しかな」（後拾遺集・恋二・赤染衛門）を踏まえた表現だろうが、当該句は寝られないほど月を待つ心を、一旦抑えるさまを表す。

八　夜更けに鳴る鐘。「更くる」はE本「深き」。

九　空間的に遠く隔たって聞こえるさま。鐘の音を「遥か」と詠む歌に「寂しさに聞きも捨つべき鐘の音を遥かに憑む暁の空」（壬二集）。「鐘の音は明けぬと聞けど高野山猶遥かなる暁の空」（新千載集・釈教・宗尊）のように、仏教的な悟りに遠く到れないさまを暗示する歌もあるが、当該句に釈教の趣は薄い。

一〇　帰ってきた道。帰路は、「明けぬとて帰る道にはこきたれて雨も涙もふりそぼちつつ」（古今集・恋三・敏行）とあるように、恋人と別れた後朝を詠むことが多い。「もの憂し」と結ぶ歌例に「我だにも帰る道にはもの憂きにいかで過ぎぬる秋にかあるらむ」（玉葉集・秋下・公任）。

一一　E本には「晴て」。

46

人に知《し》られん袖もうらめし　　俊

（雨が降っている中、帰ってくる道はつらいことだ。）思いが人に知られてしまいそうな、濡れた袖もうらめしい。

47

匂《にほ》はずも来《こ》ぬものゆゑ《へ》の唐衣《から》　　柏

（人に知られるのもうらめしい。）この唐衣の袖が匂わないのも、あの人が来ないからであるというのに。

48

ころも経《へ》ずなど移る心ぞ　　長

逢ってからさほど時が経っていないのに、どうして心がわりしてしまったのだろうか。（唐衣

前句の「道」を、女のもとから男が帰る後朝の道中と取りなし、恋の句に転じた付け。「雨」は恋歌において、それを押して帰らねばならないつらさや、恋人を引き止めたい思い等に寄せて、古来詠まれた。「いたづらに帰る空より降る雨はわきて袖こそ濡れまさりけれ」（二条院讃岐集）等とある。本付合では、雨中に帰る道はただでさえもの憂いのに、雨に加え涙に濡れた袖によって恋が露顕すると思うと、我が袖までも恨めしい、とした。一句としては、具体的な状況や主体の男女は限定されず、自らの袖の状態によって恋が人に知られることを託つ句と解される。

季―雑。題材―恋（うらめし）。

前句の「袖もうらめし」を、恋人が来ないことを嘆く女の心情と取りなした。恋人の移り香が匂っているわけでもないのに、恋が人に知られてしまい、涙で濡れた唐衣の袖が恨めしいというのである。「唐衣」とともに、来ない人との恋の噂が立つさまを詠む歌に、「人知れずなき名は立てど唐衣重ねぬ袖はなほぞ露けき」（金葉集・恋下・経忠）がある。本付合も同様の発想だが、恋人が来ないので「唐衣」が匂わないと趣向した。「袖」「うら」（「うらめし」）に「裏」が響く）と「衣」が言葉同士で寄り合う。

季―雑。題材―恋（来ぬ）。

恋人が自分の所に来ることがない、と詠む前句に、まだ、逢ってからほどないのにと付く。「しきしまや大和にはあらぬ唐衣ころも経ずして逢ふよしもがな」（古今集・恋四・貫之）を本歌として、前句の「唐衣」に「ころも経ず」と付け、「匂はず」に「移る」と言葉同士の呼応で受け、まだ関

一　人に知られる。濡れた袖によって、秘めた恋が露顕すること。「包めども涙に袖のあらはれて恋すと人に知られぬるかな」（千載集・恋一・雅定）。

二　袖もうらめしい。「心から寝ても覚めても干しかねて袖うらめしき我が涙かな」（拾玉集）。

三　匂わないのも。恋人が来ないので、移り香も身に留まっていない状態。C・D本「みぬゆへの」。

四　中国風の衣服をいう歌語。「唐衣」に逢瀬を交わした人の匂いが移るさまを詠む、当該句作者肖柏の和歌に「遇恋／唐衣人も心をゆるし色の移る匂ひぞ身さへ苦しき」（春夢草）。

五　時も経たずに。前句からの繋がりでは、「ころも経ず」に「衣」を言い掛ける。

六　移ろう心。恋人の心がわりをいう。「恋衣いかに染めける色なれば思へばやがて移る心ぞ」（続拾遺集・恋一・俊成）。

七　嵐が吹きつける。「嵐吹く花の梢に跡見えて春も過ぎ行く志賀の山越」（六百番歌合・家隆）。

八　生え出て間もない草木の新葉。晩春から初夏にかけてのものとして和歌、連歌に詠まれる語。本句は「花」を主眼とする春の季感。「暮春雲／春深き若葉の山にゐる雲の花に匂はぬ色もうらめし」（卑懐集）。D本「春葉」。

九　もっぱら眺める対象として。「峰に咲く花は明日の眺めにて」（文明十四年万句九月十四日諸神法楽山何百韻）。ここでは「眺め」に「長雨」も響くか。

一〇　春が過ぎ去るのを送る。「送れ」は四段活用動詞、「る」は完了存続の助動詞。「送春」「送春詞」「送春曲」は古来漢詩の題に見える。「旅宿暮春／東路や旅のしの屋に今日暮れぬいざさはやがて春を送らむ」（拾玉集）。

一一　山深いあたりの里。「来ぬまでも花ゆゑ人の待たれつる春も暮れぬる深山辺の里」（新古今集・春下・伊綱）。

が匂わないのも恋人が来ないからである。）

49　嵐[七]吹《ふ》く花は若葉[八]を眺《詠》[九]めにて　載

（まださほど時が経っていないのに、どうして心が移ろうのだろうか。）嵐が吹きつけ花が散ったのちの桜は、若葉をもっぱら眺めるものとして。

50　春[一〇]を送《お〔ゝ〕く》れる深山辺《（みやまべ）》[一一]の里《さと》　清

春が過ぎ去るのを送る、山深いあたりの里である。

係が長く続いているわけでもないのに、恋人の心が移ろったことを嘆く心情とした。

季―雑。題材―恋（移る心）。

前句の「移る心」を、嵐が吹き花が散ってまだ間もないのに、次は若葉を眺めて興じるといった、風物を愛でる人の心の移ろいやすさと取りなし、恋の句から晩春の景気の句へと転換した。「移ろふ…心等、皆花に寄せある詞なり」（連珠合璧集）。「移る」と「花」が言葉同士で寄り合う。「移る」のは桜の花のようだ、との含意がある。また、花ののちに若葉を愛でると詠む発想は、「花を思ふ心の色もかぎりあれば若葉の木々に春や忘れん」（碧玉集）に例がある。

寄合―「心」と「花」（璧）。

季―春（花）。

嵐が吹いて花の散ったのちは若葉を眺める、と詠む前句を受け、その視点人物の居る場所を「深山辺の里」と見定め、山里で春という季節が過ぎ去るのを送る、といった末の春の情で応じた。「春を送るには用ゐず舟車を動かすことを　唯《た》だ残鶯と落花とに別る」（和漢朗詠集・道真）とあるように、送春の情は落花とともに詠まれる。本付合もその発想に拠りつつ、山奥にある「深山辺の里」は、春が訪れるのも遅い所だが、そんな里でも、終わり行く春を送る時節になった、と趣向した。

寄合―「嵐」と「山」（璧）、「詠」と「山」（闇）。

季―春（春）。題材―山類（深山辺）、居所（里）。

一　消えきらない雪。「消えやらぬ雪間にねざす片岡の草のはつかに春めきにけり」（後鳥羽院御集）。

二　いつのことかと待つのだろうか。「いつとか」「待つ」と詠む歌例に「すがる鳴く秋の萩原朝たちて旅ゆく人をいつとか待たむ」（古今集・離別・読人不知）。

三　日が空の半ばに上っても。「たく」は十分その状態になる意。「半ばたく」という表現は「小夜ふけて半ばたけ行く久方の月吹きかへせ秋の山風」（古今集・物名・景式王）からくるが、ここでは「日」が「たく」で、日が高く上ること。「白露の日たくるままに消え行けば暮れ待つ我もいかがとぞ思ふ」（玉葉集・恋二・朝光）。

四　冬の日中。冬の日が射している間の一日。「かたぶくからに寒き冬の日」（竹林抄・冬）。

五　薪にするための小枝。爪木。暖をとったり炊事をしたり、山居での生活に必需のもの。「住み侘びぬ今は限りと山里に妻木こるべき宿求めてむ」（後撰集・雑一・業平）。

（三折表）

51　消《き》[一]えやらぬ雪はいつとか[二]待ち・ぬらん　益

（春の遅い山深いあたりの里では）消え残っている雪が解けるのはいつのことかと待ちかねていることだろう。

52　半《なか》[三]ばたけても寒《さむ》き[四]冬の日　柏

日が空の半ばまで上っても寒い、冬の日である。

53　拾《ひろ》ふべき[五]妻木も[六]いさや老[七]・いの末　清[八]

（寒い冬の日のために）拾い集めておくべき妻木も、さあいつまで必要とするだろうか、老いの行く末においては。

前句の「春を送れる」を、春の訪れが遅い意の「遅る」と取りなした。深山の里では、「深山には松の雪だに消えなくに都は野辺の若菜摘みけり」（古今集・春上・読人不知）のように、春の到来が遅く、雪がなかなか消えない。助動詞「らん」を用いて、前句の「深山辺の里」においては、雪が消えるのは「いつか」と待ちかねているであろうと、離れた所から思いやるさまを付けた。

寄合―「春」と「待つ」（闇）。

季―春（消えやらぬ雪）。

なかなか消えない雪が消えるのはいつだろうかと待つ思いを詠む前句に、日が高くなっても寒い冬の日を付ける。「冬の日の至り至らぬしるしとや埋づめど青き松の白雪」（洞院摂政家百首・行能）とあるように、日の射す所は雪が解けるものだが、そんな日中でも雪が消えないほど寒いというのだろう。「雪」が積もった「寒き冬の日」を詠む連歌に、やや後代の例だが「往来絶えつつ寒き冬の日／都だに雪いかばかり荒乳山」（玉屑集・昌叱）がある。

寄合―「雪」と「寒き」（付）。

季―冬（寒き、冬の日）。

日中でも寒い冬の日を詠む前句に、暖を取るべき妻木を、老い先、いつまで拾い集めるかと付く。前句の「半ばたけても」の「たく」に、年齢が長じる意と「焚く」を読み取っての付けである。山居で老い先を思うさまを「たく」とともに詠む連歌に「憂き身を宿の命いつまで／年たけて結ぶははかな柴の庵」（相良為続連歌草子、付

「拾ふとあらば、妻木」(連珠合璧集)。
六　さあどうだろうか。C・D本「いかに」。
七　老いて行く末。晩年。「あはれむや老の末までいくかへり見そめし空の春の三日月」(肖柏集)。E本「老いの秋」。
八　E本「祇」。
九　この身が世にあったとして。C・D本「身のあはれとて」。
一〇　反語表現。何を頼りにしようか。「我が身のゆくへ何を憑まむ」(相良為続連歌草子)。
一一　もの憂くてつらい。歌例に「憂くつらき人をも身をもよし知らじただ時の間の逢ふこともがな」(拾遺愚草)等。「我」に続く例は稀だが、ここでは「憂し」も「つらし」も我自身の心情を表すと解する。A本「うくつかき」、朱筆で「か」の右に「ら」。
一二　心も留まるな。ものを感ずる心が我が身から離れないで留まるとの意。「思ひ出でのあらば心も留まりなん厭ひやすきや憂き世なりけり」(千載集・雑中・守覚)。

54　身[九]のあればとて何[一〇]を頼《たの》まん　次

(老いの行く末に、妻木など拾う必要があるのだろうか。) この身が世にあったとして、何を頼みにしようか。

55　憂《う》[一一]くつらき我に心[一二]も留《と》まるなよ　俊

(この身があったとしても、何を頼みにしようか、) こんなもの憂くてつらい私に、そのように感ずる心も留まってくれるなよ。

句に宗祇加点)。冬の山居で老身が妻木をとるさまを詠む例に、宗長の「今年もいまは冬籠もる庵／老いぬれば爪木求むる宿も憂し」(老耳)がある。
　季―雑。題材―述懐(老い)。

老い先に対するおぼつかなさを述懐する前句を受けて、たとえこの身が世にあるとしても、老い先短い身に頼みにできるものなどないのだ、と付ける。「老い」の「身」が頼みにするものはないことを詠む歌例に、「老が身はのちの春とも頼まねば花もわが世も惜しまざらめや」(風雅集・春下・実兼)、「老い」の「身」の「末」の「頼み」がたさを詠む歌例に「これまでも老いぞ悲しきいにしへは身の行末を頼みしものを」(新続古今集・雑中・増珍)等がある。
　季―雑。題材―述懐(句意)。

何も頼みにするものがないとする前句に、憂さもつらさもある私に、そのような感情を催す心など留まってくれるな、と呼びかける体を付ける。頭注(一二)に掲げた守覚歌では「憂き世」に「心」が留まると詠むが、本句は、「我」(我が身)に自らの「心」が留まるという発想であろう。「身のあれば」と「つらし」を詠む歌に「いづ方に行き隠れなん世の中に身のあればこそ人もつらけれ」(拾遺集・恋五・読人不知)、「憂くつらき」を用いて、生き長らえる身を詠む連歌に「憂くつらき心比べに長らへて」(新撰菟玖波集・雑三)がある。恋とも読める言葉遣いだが、恋の句とは限定されない。
　季―雑。題材―述懐(憂くつらき我)。

一　古都。『竹馬集』では「都を思ふ」の寄合に「難波、志賀、奈良」を挙げる。「石上古き都の時鳥声ばかりこそ昔なりけれ」（古今集・夏・素性）、「見れども飽かぬ難波江の浦／聞きてこそ古き都は恋しけれ」（顕証院会千句第十百韻・専順／忍誓）。

二　漢語では一年中、歳月をもいう語だが、和歌では「春」「秋」の季節を意識するのが一般的。「春秋は過ぐすものから心には花も紅葉もなくこそありけれ」（貫之集）。

三　「移し植ゑて思ふも遠し九重の砌の花の千代の行末」（菊葉集・実直）は南殿の「砌」に桜を移植した折の歌例。

四　庭に植えた木の梢。

五　花も咲いておらず、紅葉もしていない、ということ。花に関しての歌例に「み吉野は花より外の色もなし立てるやいづこ峰の白雲」（新千載集・春上・為藤）、紅葉に関しての歌例に「草木みな明日見ざるべき色もなし我が心にぞ秋は暮れける」（玉葉集・秋下・公守）等がある。「色」はE本「けふ」。

56

[一]古《ふる》き都《宮古》を慕《した》ふ[二]春秋　　祇

（憂さもつらさもある心が我が身から離れるのを願うが、それでもなお）古き都が恋い慕われる春秋である。

57

[三]移し植《う》う《ふ》る[四]砌の木末《ずゑ》[五]色もなし　　載

（恋い慕う古都から）移し植えた庭の木の梢には華やかな色も紅葉の色もない。

58

[六]露も時雨《しぐれ》も山路にぞ降《ふ》る　　長

（庭の木の梢はまだ色づかない。）露も時雨も山路には降っているが。

憂さもつらさも感ずる心がなくなることを願う前句に、それでもなお、春秋につけて慕わしく思われるのは古都であると付けた。「古き都」は古郷であり、自分の故郷でもあるのであろう。懐旧の思いを詠んだ句。「春秋」は毎年毎年、常に、ということでもあろうが、頭注〈二〉で述べたように、「春」「秋」の季節が特に意識されていると思われる。

寄合―「うさつらさ」と「秋」・「泊まる」と「春」・「泊まる」と「秋」（闇）。

季―雑。

古都を恋い慕う、とする前句に、そこから移植した木には、「春」の花も「秋」の紅葉も見られないと付く。『連珠合璧集』「都」の寄合に「移す」を挙げるように、「移し植」えたのは、都移りのためとも考えられ、「古き都」が慕われるのはそれ故なのであろう。詞書に「福原京に都移り侍りし頃」云々とある「移り行く都の方を慕ひてや秋も今宵は西へ暮れぬる」（広言集）の歌例がある。本付合の「古き都」も京の都とも見なせ、特定の旧都に限定されない。「古き都」から「移り」、「春秋」を思うと詠んだ連歌例に、「移れば夢の春秋の空／誰住みて古き都に眺むらむ」（下草）。

寄合―「都」と「移す」（壁）。

季―雑。題材―居所（砌）。

前句の「色もなし」を紅葉のことと取り、それを促す「露」「時雨」を付けた。「山路」では「露も時雨も」降っているのに、庭の木はまだ色づかない、というのである。「時雨」も降らず、庭の「梢」には「色もなし」と詠んだ歌例に、「梢には時雨るるほどの色もなし嵐に落つる庭の紅葉葉」

六　露も時雨もどちらも。「山路」と結んだ歌例に、「思ひやれ露も時雨もひとつにて山路分けこし袖のしづくを」（十六夜日記）。

七　明るく清らかな月。「さし上る三笠の山の峰からにまたたぐひなくさやかなる月」（拾遺愚草）。

八　旅衣を着て旅をすることをいう。「宮城野の木の下分くる旅の袖露をたよりの秋の花ずり」（最勝四天王院和歌・有家）。

九　夜が長く、なかなか明けやらぬ空。「埋もる篠屋のひまも明けやらで夜長き空に積る雪かな」（洞院摂政家百首・信実）。

一〇　別れを急ぐな。別れを「急ぐ」さまを月とともに詠む歌例に、「むつごともまだ月影の深き夜に何急ぐらむ人の別路」（新続古今集・恋三・治仁王）、「別れ急ぐな」と詠む連歌の例に「まれに訪ひ来て別れ急ぐな／山桜遠方人はいつか見む」（下草）。

59　[七]さやかなる月もいつ見《み》ん[八]旅の袖　清

明るく清らかな月をも、いつ見ることができるであろう。（露も時雨も降る山路で）袖も濡れるこの旅では。

60　[九]夜長《なが》き空の[一〇]別《わか》れ急《いそ》ぐな　祇

（月を次に見ることができるのはいつになるか分からない。）夜が長いのだから、（空の月も）別れを急がないでくれ。

（承久元年内裏百番歌合・兵衛内侍）がある。「袖に置く露には変はる色もなし草葉の上や秋も見ゆらむ」（続後拾遺集・雑上・頼氏）の歌例のように、「露」は「白露」であり、「色もなし」とされ、両語は寄り合う。

季―秋（露・時雨）。題材―山類（山路）。

秋には「露」も「時雨」も降ると詠む前句を受けて、いつになったらさやけき「月」が見えるのか、と付ける。「山路」を旅の途次とし、旅人の姿を「旅の袖」と表現したもの。「旅の袖」は「都にも見しは月ぞと思へどもそぞろに濡るる旅の袖かな」（後鳥羽院御集）等、「露」に濡れるもの、月を映すものとして詠まれ、前句の「露」と寄り合う。

寄合―「露」と「袖」（璧）、「露」と「月」（竹・他）。

季―秋（月）。題材―旅（旅）、山類（山路）。

前句の「いつ見ん」を、今見ている月を次に見るのはいつになるか、の意に取りなした。今夜は夜も長いから、月も別れを急がず空に留まってくれというのである。「白妙の袖の別れに露落ちて身にしむ色の秋風ぞ吹く」（新古今集・恋五・定家）等により、「袖」に「別れ」と付く。「旅」と「別れ」が寄合だが、一句では逢瀬ののちの別れを詠んだと解釈でき、恋の句となる。

寄合―「旅」と「別れ」（宗長歌話）、「旅」と「長き」（闇）、「月」と「夜長き」（竹）。

季―秋（夜長き）。題材―恋（別れ）。

一　ここでの「人」は恋人。E本「人の」。
二　風に吹かれる雲を圧縮した表現。類例に「空寒み雪げもよほす山風の雲の往き来に霰散るなり」（風雅集・冬・為相女）等あるが、和歌、連歌ともに珍しい。
三　はかなくむなしいさま。また不実なさま。参考「風に行く雲をあだにも我は見ず誰かけぶりを逃れ果つべき」（新勅撰集・雑五・二条太皇太后宮大弐）。
四　つらい世の中。俗世。厭世の情だが、「世」を男女の仲に限っていうこともある。
五　「心尽くし」は、あれこれともの思いの限りを尽くすこと。「恋すてふもじの関守いくたびか我書きつらむ心尽くしに」（金葉集・恋上・顕輔）。ここでは「心尽くさじ」で、そうしないと心を決める意。
六　心に深く思う。思いながら中に入って行く。「世の中よ道こそなけれ思ひ入る山の奥にも鹿ぞ鳴くなる」（千載集・雑中・俊成）。
七　大和国の歌枕。現在の奈良県吉野郡一帯。山

61　[一]人もまた[二]風の雲とや[三]あだならん　俊

あの人もまた風の前の雲とでもいうかのように、はかない存在なのだろうか。

別れを急ぐなと呼びかける前句に、そのように急いで帰る相手もまた、風に吹かれる雲のように不実な人なのだろうかと、思い悩む女の心を付けた。「風吹けば峰に別るる白雲の絶えてつれなき君が心か」（古今集・恋二・忠岑）や、「風吹かば峰に別れむ雲をだにありし名残の形見とも見よ」（新古今集・恋四・家隆）等により、前句の「別れ」に「雲」が応じる。付合では、峰から雲が別れるさまと不実な恋人が別れを急ぐさまが重なる恋の心となる。

季―雑。題材―恋（あだならん）。

62　あとまで[四]憂《う》き世[五]心《こゝろ》尽《つ》くさじ　柏

（風が吹いたのちに消え去った雲の跡にまで心を尽くすことはないように、）この先までつらいことばかりの世に心を尽くすことはしないでおこう。

はかない雲のように恋人が不実だと嘆く前句に、先々までつらい世なのだからもう心を尽くすまい、と決意する情を付けた。「憂き」に「浮き」が響いて「雲」に応じ、「あと」に風が吹いたのちと、雲の跡の意が掛かる。「あだ」なる「人」の「心」を「浮き」「雲」「跡」とともに詠む歌に「あだ人の心の花にまがへばや浮きたる雲の跡もさだめぬ」（新拾遺集・恋四・信実）。このように、言葉の上では恋歌に多い語句で前句と繋がるが、一句の句意では恋から離れる。

寄合―「あだなる」と「世」（闇）。
季―雑。題材―述懐（憂き世）。

63　[六]思《おも》ひ入《い》る[七]吉野の奥を尋ねばや　長

（俗世に心を残さず）深く心に思っている吉野の奥を訪ねたいものだ。

前句を、自分が俗世を離れた跡に心を残すまい、という遁世を志す心と取りなし、遁世の地としてかねてから深く思っている吉野の奥を訪ねたいと願う述懐の句を付けた。「思ひ入る吉野の奥」を「憂き世」と結ぶ歌に、「思ひ入る吉野の奥もいかならむ憂き世の外の山路ならねば」（新後撰集・雑

深く俗世を離れた地として詠まれる。「世を憂しと思ひけるにぞなりぬべき吉野の奥へ深く入りなば」（御裳濯河歌合・西行）。底本「尋はや」はE本「尋めや」。

八　深く苔むした底にある。類例の見出し難い表現だが、「…の底」は「下折れの音のみ杉のしるしにて雪の底なる三輪の山本」（続後撰集・冬・信実）等のように、深く積もったさまを表す。

九　岩から岩に板等を懸け渡した険しい道。脚注掲出の本歌に拠る表現。E本「岩か根の道」。

一〇　川水等の流れが寄せる。ここでは流水が水際に打ち寄せるとともに、落花が水際に寄る、ということ。

一一　水際にある木の陰。「花ののち汀の木陰緑深みまたひと色の池の山吹」（伏見院御集）がわずかに見出されるが、用例は稀である。

一二　花が朽ちて。散った花びらが水際の木陰で朽ちるさま。宗祇の連歌の例に「雁のぬる汀の蘆の花朽ちて」（愚句老葉）。D・E本は「花咲て」。

64　[八]苔の底《そこ》なる[九]岩の懸《か》け道《みち》　　載

（深く心に思いながら入った吉野のさらに奥を訪ねたいものだ。その道は）深くむした苔の底となった岩の懸け道であるよ。

（三折裏）

65　[一〇]流《なが》れ寄《よ》る[一一]汀《みぎは》の木陰[一二]花朽《く》ちて　　祇

流れ寄る水際の木陰で、落花が朽ちて。

中・九条道良女）、世の憂さに「吉野の奥」を求めるさまを詠む連歌に、「隠れ家を世の憂きとてや訪ぬらむ／里の外なるみ吉野の奥」（看聞日記紙背応永三十二年十一月二十五日何船百韻・行光／貞成親王）等。

　季―雑。題材―述懐（句意）。

吉野の奥を訪ねたいとする願望を詠む前句に、望み通り吉野の奥に入り込んだが、その道は厳しい苔深い岩の懸け道であった、と付けた。「世にふれば憂さこそまされみ吉野の岩の懸け道踏みならしてむ」（古今集・雑下・読人不知）を本歌として、「吉野」に「岩の懸け道」と付け、「奥」に「底」と応じる。苔むした道は「山深み人の行き来や絶えぬらむ苔に跡なき岩の懸け道」（続千載集・雑中・宣時）のように、人の往来もないものであるが、本付合ではそれでも奥へと進もうとする心となる。

　寄合―「吉野」と「岩の懸け道」（合・他）。

　季―雑。

苔の深く生えた岩の懸け道を詠む前句の深山の情趣に注目し、その辺りの木陰の水際に落花が流れ寄り、朽ちて行く景を付けた。前句の「苔」に「朽ちて」が詞の縁で応じる。また、苔と花の色彩が対比される。散った花が水際に流れ寄るさまを詠む歌例に、「池水に汀の桜散り敷きて浪の花こそさかりなりけれ」（千載集・春下・後白河院）等があるが、本句では流れ寄った花が木陰で朽ちて行く晩春の情趣を詠む。花に苔が埋もれる例だが、「跡絶えし汀の庭に春暮れて苔もや花の下に朽ちぬる」（拾遺愚草）が用語や風情の上で参考となる。

　季―春（花）。題材―水辺（流れ・汀）。

66
一春暮《く》れわたる二川づらの里　長
（水際の落花も朽ちて、）春の季節も春の一日も、辺り一面暮れて行く川辺の里である。

67
三舟見えぬ四海人《蜑》の漁火《いさり》五うち霞《かす》み　載
（春の日が暮れて）舟の姿は見えないが海士の焚くともし火が少し霞んで見える。

68
六光《ひかり》も遠《とほ［を］》し星や明け行く　益
（漁火も）星の光も遠くかすかになった。夜が

「花朽ちて」と盛りが過ぎた花を近景として詠む前句を受けて、春の季節が間もなく終わろうとする季感を「春暮れわたる」の表現で応じ、「流れ寄る汀」に「川づらの里」と付けて、水辺の里の全体の様子を詠んだ。落花と「春暮れわたる」を結んで詠む連歌の例に、やや時代が下るが「陸《がく》にありてもただ波の上／散る花の春暮れわたる海山に」（秋津洲千句第九百韻）がある。
　寄合―「流れ」と「河」（璧）。
　季―春（春）。題材―水辺（川づら）、居所（里）。

川づらの里も暮れてしまったと詠む前句に、日が暮れたため川舟の姿は見えないが、漁火は少し霞んで見える、と付けた。暗くなった中での漁師の営みを詠むが、漁火だけがほの見えるということで、しみじみとした情感が表現されている。「海人の漁火」が霞むさまを詠む歌に「浪間よりほのぼの霞む光かな眺めの末や海人の漁火」（正治後度百首・宮内卿）。また「春」に「霞み」、「わたる」「川」に「舟」と付き、「里」に「海人」が応じる。「海人の住む里のしるべにあらなくに恨みむとのみ人の言ふらむ」（古今集・恋四・小町）。
　寄合―「河」と「舟」（璧）、「渡る」と「舟」（闇）。
　季―春（うち霞み）。題材―水辺（舟・海人）。

漁火を詠む前句に、その光も、また空の星の光も遠くになったようにかすかになり、夜が明けて行く、と付ける。『伊勢物語』（八七）の歌で「晴るる夜の星か河べの蛍かも我が住むかたの海人の焚く火か」（新

一 春の季節が過ぎ去りつつあることと、春の日に辺り一帯が暮れて行くことの両意が掛かる。「暮れわたる霞の空はのどかにて柳に弱き春の夕風」（仙洞五十番歌合・教良女）。
二 川辺の里。夏の歌では納涼を求める場所として詠まれる。「立ち帰り明日もさねこむ夕涼み飽かずもあるかな川づらの里」（雪玉集）等。
三 舟の姿が見えないこと。「遅れずぞ心にのりてこがるべき波に求めよ船見えずとも」（後撰集・離別・伊勢）。
四 漁の際、海人が船上で焚くともし火。
五 「うち」は接頭語。ここでは「少し」の意を添えて、舟は見えないが少し霞んだ漁火が見える、となる。
六 「光」を「遠し」と詠む和歌、連歌は稀だが、ここでは、辺りが明るくなる時分に、星の光がしだいに見えなくなる光景を「光も遠し」と詠むか。

明け方に星が見えなくなることを詠む和歌に、「ほのぼのと明け行く空は星消えて色濃く残る峰の横雲」（康永二年院六首歌合・永福門院右衛門督）。

七　霜が氷るほどに寒いこと。「秋の葉に朝霜氷る深山かな」（園塵）、「雁の帰るも春を見せけり／霜氷る去年の荒田のうち解けて」（伊庭千句第九百韻・実隆／宗碩）。

八　「夜の山の端」という表現は和歌、連歌共に求めにくい。本百韻と成立時期が近い『芝草句内発句』冬に「日の上る山の端高し夜の雪」と夜の時分の山の端が詠まれる。C・D本「夜はの」。

九　「氷る」の語と共に詠まれることで、冬の雁となる。『産衣』に「雁金凍るは、冬なり」とある。また、同書に「冬の雁過ぎて秋の雁これなし」との規定もあるが、本百韻ではこれを遵守している。

一〇　再びあてにして探すのだろうか。「又や頼まん木の下の宿／思はずの命に今年花を見て」（萱草）。なお、E本は当該句を欠く。

明けて行くようである。

69　霜[七]氷《こほ》る夜《よる》[八]の山の端雁[九]鳴《な》きて　祇

（星の光も遠くなりやがて夜明けになるのだろうか。）霜が氷るほどに寒い夜の山の稜線辺りで雁が鳴いて。

70　宿《やど》りを野辺に[一〇]又や頼《たの》まん　俊

（霜が氷るほどに寒い夜であるから、）泊まる場所を再び野辺に求めようとするのであろうか。

古今集・雑中・業平、連珠合璧集「星」に掲出）と詠まれ、前句作者の兼載にも「星の影なる蜑の漁火」（園塵）と同じ本歌に基づき、海人の漁火を星に見立てた句があるが、ここではそれを発想の契機のひとつとして、漁火も星ということであろう。

寄合―「蜑の漁火」と「星」（壁・他）。

季―雑。

前句の夜明けを感じさせる情景から、一日の内でもっとも寒い時分を意識した付け。霜が氷る厳寒の中、雁が山の端を鳴きながら越えて行く、というのである。『和漢朗詠集』に「北斗の星の前に旅雁を横たふ南楼の月の下に寒衣を擣つ」（劉元叔）とあることから、「星」に「雁」が寄り合う。寒夜の「霜」と「星」を詠む歌は散見するが、鳴く雁も添える歌に「霜払ふ山松風も木深くて星清き夜の雁の一声」（草根集）がある。

寄合―「星」と「雁」（合）。

季―冬（霜）。題材―山類（山の端）。

前句は厳寒の夜、山を越えて行く雁を詠む。付句はその雁は毎夜続く厳寒故に、再び、寝床を野辺に求めようとするのかと雁の気持ちを推し量る。鶯が旅人に「野辺」を「宿り」とするのを促すかのように鳴くと詠む和歌に、「今日もなほ宿りを野辺に頼めやと夕陰告げて鶯の鳴く」（流霞集）があり、本句で野辺に宿りを頼むのは人とも取れるが、ここでは前句を受けて雁ということであろう。

季―雑。題材―旅（宿り）。

71
[一]蓬生の陰《かげ》とて出《い》でん[二]我が身かは　柏

(宿りを野辺に求めて、あてにするのだろうか。)生い茂る蓬に隠れたような場所だからといって、ここを出て行けるような我が身であろうか。

前句での旅寝の宿りを野辺に求めるものを人と見定めて、蓬生の陰に住む人がそこを出て、野辺に宿を求めるのか、として付く。「宿り」に「蓬生」と応じ、蓬生の陰を宿とする人のさまとした句。野辺には宿とする場所のあてもなく、蓬に隠れるような荒廃した家屋といっても容易に出て行ける我が身だろうか、というのである。「宿」と「蓬生の陰」を詠む歌例に「我が宿の雪は幾重と春や見む荒れにし後の蓬生の陰」(拾遺愚草)。「頼む」と「陰」も、「侘び人の分きて立ち寄る木の本は頼む陰なく紅葉散りけり」(古今集・秋下・遍昭)とあるように、言葉の上で寄り合う。
寄合―「宿り」と「蓬生」(璧)。
季―雑。

72
なげくぞ[三]名残[四]たらちねの跡　清

ただ嘆くばかりが親を偲ぶ名残となっている。

前句を、『源氏物語』(蓬生)の状況と見定めての付け。亡父の遺した常陸宮邸が荒廃した蓬生の陰となり、嘆く思いだけが往事の名残になっても、かたくなに出て行かない末摘花の心情を思わせる付合。「かく恐ろしげに荒れ果てぬれど、親の御影とまりたる心地する古き住処と思ふに、慰みてこそあれ」(源氏物語・蓬生)。71句脚注所掲の定家詠「我が宿の」は、亡母の服喪中の定家への良経詠「この里は待つべき人の跡もなし庭の白雪道はらふとも」の返歌で、蓬生巻を踏まえて「蓬生の陰」と「跡」を詠み、親の遺したものを思う同趣の先例。
季―雑。

73
[五]絶《た》へぬべく聞《き》ゝ来《こ》し[六]道も[七]立ちかへり　長

(嘆くことが親の名残となっていたが、)絶えて

前句の「たらちねの跡」を、親から継承すべき(技芸や学問等の)道の意に転じ、断絶しそうだと言われてきたその「道」も復興した、とする。「たらちね」「跡」と、受け継ぐ「道」を詠む歌例に、「たらちねの

一　「蓬生」は蓬が生い茂る所。『源氏物語』の巻名。「陰」は隠れた場所・物陰。草深い荒れ果てた所を表す。「月日経む心細さを思ひやれ／人はかれぬる蓬生の陰」(長享二年七月太神宮法楽千句第八百韻)。

二　「我が身」は蓬生の陰に居る人を主体とする表現。「蓬生や我が身の憂さをもととして末葉の露ぞ雨にまされる」(草根集)。

三　物事が過ぎ去った後に残る気配や影響。余韻。

四　親の跡。親の遺したもの。「憂き身しも何残るらむたらちねの跡とて忍ぶ人もなき世に」(新千載集・雑中・道意)。「跡」は、形ある物にも、物ではない継承すべき事柄にもいう。前句との繋がりでは親の遺した邸(脚注参照)を想起させる。

五　絶えてしまいそうだ。底本「たへ」の「へ」に「えか」と傍書。

六　前句との繋がりでは、専門とする方面・その筋の道、また規範とすべき道理の意。「伊勢大輔、敷島の道も絶えぬべきこ

となど言ひつかはして」（玉葉集・雑五・赤染衛門）。

七　元の状態に戻る、たち戻る。「立ちかへり道ある世にはなりぬれど思ふ思ひの末や迷はむ」（続拾遺集・雑中・良経）。

八　いとしいなどと、親愛・同情を表す言葉をかける。「あはれと言ふ人はなくとも空蟬のからになるまで泣かむとぞ思ふ」（玉葉集・恋四・忠岑）。

九　繋ぎ留める意の動詞に「かくある」の意を掛ける。「つらき契りにかかる玉の緒」（顕証院会千句第四百韻・忍誓）。

一〇　玉（魂）を繋ぎ留める紐の意から、命・生命。「誰もこのあはれ短き玉の緒に乱れてものを思はずもがな」（新勅撰集・恋五・定家）。

一一　実のない心。「花に染め紅葉に染めてまことなき心の色のあだし世の中」（新千載集・雑下・宗秀）。ここでは恋の意で、恋人の心に誠意がともなわず、あてにならないさまをいう。「恋の心、偽り・まこと・恨み」（連珠合璧集）。

しまいそうだと聞いて来た道も、元の状態にたちかえった。

74

八あはれと言《い》ふに九かゝる一〇玉の緒《を》　載

（もう絶えてしまいそうだった恋人が通う道も、また、よみがえって。）いとしい、と言ってくれるので、こんなふうに命を繋ぎ留めている。

75

一一まことなき心はあるも恨《うら》みにて　益

（あの人が言ってくれる言葉で命を繋ぎ留めているが、）私を思う心があるとはいっても、それは実のないもので、そんな心はかえって恨みを感じさせるものでもあって。

及ばず遠き跡過ぎて道をきはむる和歌の浦人」（拾遺愚草）がある。なお、「道」は一句としては、人が行き通う道とも、恋の道とも取れ、次句への展開を導く。「古りにける長柄の橋の跡よりもなほ絶えぬべき恋の道かな」（新後拾遺集・恋四・隆親）。

　季―雑。

前句の「道」を恋人が通ってきていた道と取りなし、絶えそうだった恋人もまた通う関係になり、相手の言う言葉を頼んではかない命を繋ぎ留めている、と付けた。「絶えぬべく」から、「玉の緒よ絶えなば絶えねながらへば忍ぶることぞ弱りもぞする」（新古今集・恋一・式子内親王）に拠って「玉の緒」を連想し、「聞き」に「言ふ」と言葉同士を呼応させている。「絶え」と「かかる玉の緒」を詠む恋歌に、「憂かりける契りにかかる玉の緒は長くて絶えぬもの思へとや」（雪玉集）がある。前句の「道」は、付合では恋人が行き通う道の意となる。

　寄合―「絶え」と「玉の緒」（壁・他）。

　季―雑。題材―恋（句意）。

恋人の言葉で「玉の緒」を繋ぎ留めていると詠む前句に対し、言葉をかけてくれる程度の心はあるといっても、所詮それは「まことなき心」で、あてにならず、結局は恋人を恨むと付けた。「まこと」「恨み」に「あはれ」を取り合わせて、相手を恨むさまを詠む恋歌の例に、「あはれ知らじ常の恨みにおもなれてこれをまことの限りなりとも」（風雅集・恋三・公宗女）がある。

　季―雑。題材―恋（まこと・恨み）。

一　自分よりも恵まれている他人を「うらやむ」と詠む歌例に、「雲居にて契りし仲は七夕をうらやむばかりなりにけるかな」（後拾遺集・恋一・公任）、連歌例に「あだ人の靡きぬるもいかならむ／うらやむとても住まじ山里」（葉守千句第六百韻・盛安／宗悦）など。
二　C・D本「物か」。
三　どういうわけか。「山里」と結ぶ歌例に、「山里を寂しと何か思ふらむかかれとてこそ墨染の袖」（新千載集・雑下・能信）。
四　冴えきっている。ここでは、春になっても寒いさまを表す。C・D本「寒く〳〵し」。
五　日ざしの中でも咲かない梅の花。普通は「おのづから日影の方は咲きにけり雪にとぢたる窓の梅が香」（為家集）と詠まれるように、梅は日が射す所から咲くと詠まれる。
六　一日の内に。歌例に「思ひやる心にたぐふ身なりせばひと日に千たび君は見てまし」（後撰集・恋二・千古）等。
七　春となったと風も。

76　一うらやむのみは二何《なに》か三山里《ざと》　祇

うらやましく思うばかりなのは、どうして山里なのであろうか。

77　四冴《さ》え冴《ぐ》えし五日影に咲《さ》かぬ梅の花《はな》　次

（山里は）冴えきっていて寒い。日ざしの中でもまだ咲かない梅の花であるよ。

78　六ひと日《ひ》に七春と風も吹《ふ》きけり　柏

（梅の花が咲かないと思っていたら、）一日の内に、春になったと、春風も吹いてきたことだ。

誠実な心のない恋人を恨むとする前句に、俗世を絶つことのできる山里をうらやましく思うと付く。「山里」は「山里はもののわびしきことこそあれ世の憂きよりは住みよかりけり」（古今集・雑下・読人不知）と詠まれるように、俗世のつらいことを捨てて住む所である。前句の恋人を恨む心を捨てられるかもしれない山住みをうらやむというのであろう。前句の「恨み」を受け「うらやむ」と付けるのは、『初心求詠集』に見える「うけてには」に相当する付合。
　季―雑。題材―山類（山里）、居所（山里）。

山里をうらやましく思うと詠む前句に、その山里は日ざしの中でも梅が咲かない、と付けた。山里の梅は「梅の花垣根に匂ふ山里は行きかふ人の心をぞ見る」（後拾遺集・春上・成助）等と詠まれる。当該句では、うらやましいはずの山里は、日の射す所も寒々しい、と山里の否定的側面を詠むことで、前句の「何か」に応じた。山里は春になっても「冴え」るとする歌に「春来てもなほ冴えまさる山里は去年とや言はむ峰の木がらし」（宝治百首・実氏）がある。
　寄合―「山里」と「梅」（壁・他）。
　季―春（梅の花）。

寒々しい日ざしの中では梅が咲かないと詠む前句に、一日の内に春が訪れ、春風も吹いてきた、という感慨を付ける。急に春が訪れたことへの驚きを詠んだ句。「東風吹かば匂ひおこせよ梅の花あるじなしとて春を忘るな」（拾遺集・雑春・道真）を基底とする付合。「ひと日」は立春を想定しているか。梅の花に吹く春風を詠む歌例は、「梅の花香を吹きかくる春風に心をそめば

春の到来を知らせる風が吹いたということ。『礼記』の「東風凍りを解く」の東風と見なせる。

八　どこから湧き出てきた雲であろうか。雲が「いづく」から来たのかと詠む歌例に、「中空に浮きたる雲のいづくより風にまかせて流れ来ぬらむ」（新和歌集・基隆）。

九　C本「立」に「出」と傍記、D・E本「立」。

一〇　雲は朝霞であった。霞が雲となると詠む歌例に、「雲居にもなりにけるかな春山の霞立ち出でてほどや経ぬらむ」（新勅撰集・春下・本院侍従）。「雲」は底本「空」。C・D・E本により改める。

一一　寝る所も分からない。歌例に「年を経る浜松が枝のいたづらにねぐらも知らぬ夕千鳥かな」（壬二集）。「も」はE本「を」。

一二　遠くで群がっている鳥。『日葡辞書』に「**Muratori**　鳥の群れ」。歌例に「雲風に騒ぐな遠のむら鳥もここにきほひて夕立の声」（雪玉集）。

（名折表）

79　いづく八より出で九・くる雲ぞ一〇朝《あさ》霞　清

（春となった日、）どこから湧き出てきた雲であろうか、朝霞は。

80　ねぐら一一も知《し》らぬ遠《をち》一二の群《むら》鳥　長

（朝霞の中で）ねぐらもどこにあるのか分からない、遠くで群がっている鳥よ。

人やとがめむ」（後撰集・春上・読人不知）等多い。

寄合―「影」と「日」（壁）。

季―春（春）。

ある日にわかに春となり、春風が吹いてきたと詠む前句に、どこからか湧き出てきた雲と見えたのは朝霞であった、と付く。春になって朝霞が立つことは、「春立つといふばかりにやみ吉野の山も霞みて今朝は見ゆらむ」（拾遺集・春・忠岑）、春風とともに霞が立つことは、「さほ姫の衣春風空冴えてまだ立ち馴れぬ朝霞かな」（慶運集）等と詠まれている。当該句ではその霞をまず雲と見たところに工夫があるか。

寄合―「風」と「雲」（拾）、「日」と「朝」（壁）。

季―春（朝霞）。

前句は朝霞が立つ風景を詠む。付句は、その朝霞の中に、どこで寝たのか、ねぐらも知り得ない群がっている鳥がいる、とする。『万葉集』歌の「朝霧」を「朝霞」として伝えた「朝霞八重の山越えし呼子鳥鳴くや汝が来る宿はあらなくに」（古今六帖）が念頭にあったか。朝霞の中の鳥を詠む歌に、「初春の初音の今日の百千鳥鳴く音空なる朝霞かな」（紫禁集）がある。「むら鳥の朝立ち去にし君が上はさやかに聞きつ思ひしごとく」（万葉集・巻二十・家持）以来、「むら鳥の」は「朝立つ」の枕詞に使われたことから、「朝霞」に「むら鳥」が寄り合う。「いづくより出でくる」に「ねぐら」と応じつつ、前句の朝の景に「ねぐら」という夜を想起させる語を付けて、行様の転換を図る。

季―雑。

一　人の寝静まった里。夜の静けさを詠む歌に「槙の戸に立ち添ふ袖の香やしるき静まれる夜の隙間もる風」（草根集）、里の静けさを詠む連歌に「人静まれる里ぞ更け行く」（聖廟千句第十百韻）。E本「まつまれる」。

二　C・D本「の歟」と傍記。

三　夜中に響く声。鳥の夜声を詠む歌例に「冬の池にうき寝をしたる水鳥の夜声を聞けばものぞ悲しき」（相模集）。

四　はっきりしていて。視覚についていうことが多く、「声」に対して用いるのは稀。連歌例に「思ひもかけぬ小簾の面影／野分せし今朝はいづくもあらはにて」（新撰菟玖波集・秋下・政弘）。

五　夜が更けて空高く月が昇っていくさま。C・D本「消ゆく」。

六　思い通りにならずつらく思う。思い悩む。「月見つついかがは寝むと思ひ侘び」（明応七年閏十月六日百韻・岩千代）。

七　外に出ても苦しい。言葉続きの似る歌例に「まだきより暮れ行く秋

81　静《しづ》まれる里も夜声はあらはにて　祇

人の寝静まった里であっても、（遠くの群鳥の）夜中に響く声ははっきりしていて。

82　誰《たれ》か更《ふ》け行く月を見《み》るらん　載

（寝静まった里にも夜中にまだ起きている人の声が聞こえてくる。）誰が更け行く月を見るのだろうか。

83　思《おも》ひ侘び出づるも苦《くる》し秋の空　柏

思い悩んで（月の出ている）外に出ても心が苦しくなる、秋の空であるよ。

ねぐらを定めていない遠くの群鳥を詠む前句に、人の寝静まった里ではその声がはっきりと響くと付けた。前句の「鳥」に付句で「声」と応じ、鳥の声と人里の静けさを対比する。夜に鳴く鳥としては、時鳥・水鶏・鶴・千鳥等がよく詠まれるが、この付合では限定しえない。「ねぐら」も定まらぬ鳥の夜声が聞こえると詠む歌例に「夜もすがらねぐら定めぬ声すなりさもいざとなる時鳥かな」（洞院摂政家百首・家長）。

寄合―「鳥」と「声」（闇）。

季―雑。題材―居所（里）。

寝静まった里に「夜声」が聞こえてくる、と詠む前句の「夜声」を人の声と取りなし、まだ寝ずに起きている人を思い浮かべ、自分の他にいったいどのような人が今宵の月を見るのだろうかと想像した。「夜声」に「月」と付けるのは、謡曲「山姥」の詞章「暮るるを待ちて月の夜声に歌ひ給はば」に拠るか。付合の発想は、「まだ寝ぬ方ぞ月は音する／人はかつ更け行く夜半に静まりて」（熊野千句第十百韻・心敬／行助）に通じる。

季―秋（月）。

誰が更け行く月を見るのだろうか、いや見ない、と前句を反語に取りなし、外に出て空に出た月を見ても、もの思いは慰められず苦しいばかりであるから、と付けた。前句の「月」から「出づる」「空」を引き出し、「出づる」に戸外に出た我が身と空に出た月と、ふたつの文脈を響かせる。「寂しさに宿を立ち出でて眺むればいづくも同じ秋の夕暮れ」（後拾遺集・秋上・良暹）

の惜しければ出づるもつらき長月の月」（拾遺愚草員外）。C・D本「いてゝも」。

八　秋の空はもの思いを深めるものと詠まれる。29句参照。連歌に「憂しつらし老いの寝覚めの秋の空」（文安雪千句第三百韻・智蘊）。

九　袂の他にも。「憂きを知る袂のほかの神無月なに故とてか時雨そめけむ」（為家集）の先行例があるが、珍しい表現。C~E本「外に」。

一〇　露が置く夕暮れ。「袂」の「露」で涙を暗示する。「露の夕暮れ」「秋の暮れ方」の用例はあるが、「露の暮れ方」の先行例は見出しがたい。

一一　今からは。「今よりや外山の色も変はるらむ秋風寒し信楽の里」（続古今集・秋下・宗尊）。

一二　山の草木も友となるのだろうか。山住みの人が「草木」を「友」になずらえる発想で詠む連歌に、「ひとり栖になる山陰／友よりも草木を見るはしづかにて」（心玉集）。

84

九袂《たもと》のほかも一〇露の暮《く》れ方《がた》　俊

（涙の露が置く）袂の他にも、辺りに露が置く夕暮れであるよ。

85

一一今よりや一二山の草木も友ならん　清

（袂ばかりでなく、他にも露が置くので）今からは山の草木も友となるのだろうか。

を踏まえるか。苦しい気持ちで秋の月を眺める歌例に、「眺むればいなや心の苦しきにいたくな澄みそ秋の夜の月」（山家集）、連歌例に「捨てし身にさへ秋ぞ苦しき／月はなど憂き世を知らですみぬらむ」（看聞日記紙背応永二十九年三月十五日賦何路連歌懐紙・重有／貞成）等が見られる。

寄合―「行く」と「秋」（闇）。

季―秋（秋の空）。

秋の空を眺めてもの思いを深める前句に対して、涙の露が袂に置くばかりでなく、辺りにも露が置いている夕暮れを詠んだ。人事（涙）に自然（露）が共鳴したかのように捉えたところが特徴的である。「暮れ方」には秋の終わりの意を込めるか。視点を空から地上に転じることで新たな展開を導いている。秋の夕暮れに袖を濡らす涙を「露」と表現した歌例に、「秋風のいたりいたらぬ袖はあらじただ我からの露の夕暮れ」（新古今集・秋上・長明）、「秋の空」に「露」を付けた連歌例に、「更けぬれば時雨がちなる秋の空／夕べは露を馴るる山里」（河越千句第三百韻・満助／宗祇）等がある。

季―秋（露）。

自らの袂にも戸外の辺りにも露が置くと詠む前句に、露が置くもの同士ということで、今からは山の草木も友となるのだろうかと応じた。言葉の取り合わせが類似する歌例に、「草の葉にあらぬ袂もものの思へば袖に露置く秋の夕暮れ」（山家集）と「憂き人も袂萎るる嵐かな心や秋の草木なるらん」（壬二集）がある。

寄合―「露」と「草」（壁・他）。

季―雑。題材―山類（山）。

86　訪《と》ひ来《こ》し花に身はふりにけり　　柏

探し求めて尋ね来た花を見ている内に、我が身は年を重ねてしまったことだ。（そんな我が身には山の草木も友となろう。）

87　ながらへてまた会ふ春にあはれ《哀》・知《し》れ　　長

生きながらえてまた廻り会う春に、しみじみとした感慨を味わってほしいものだ。

88　霞《かすみ》の果《は》てを心《こころ》にぞ見《み》る　　祇

今からは山の草木を友とする、と詠む前句を受けて、花を探し求めて来た山で時が経ち年を重ねてしまった、と付けた。そんな山に馴染んだ身には、花咲かぬ山の草木も友となるであろう、というのである。「春来ても人も訪ひける山里は花こそ宿の主なりけれ」（拾遺集・雑春・公任）のように、人が春の山中を尋ね来るのは花を愛でるためである。「散らぬ間は花を友にて過ぎぬべし春よりのちの知る人もがな」（金葉集・春・有仁）は花を友とすると詠むが、本付合は、草木をも友とするという趣向。「草木」に「花」が寄り合う。

寄合─「草木」と「花」（壁）、「友」と「花」（壁・他）、「とふ」（闇）。

季─春（花）。

花を探し求めてきた我が身は年老いてしまったと嘆く前句に対し、生きながらえて再び春に廻り会える感慨を思い知りなさい、と呼びかける体で付けた。「訪ひ来し」に「会ふ」も言葉で応じる。「年年歳歳花相似たり　歳歳年年人同じからず」（和漢朗詠集・宋子問）とあるように、花は毎年廻り来て咲くが、人の身は定めがたい。「ながらへてまた見むとのみ行く春の花に命を惜しみきぬらむ」（新後撰集・春下・信実）は、生きながらえて再び春の「花」を見ることを、命を惜しむほど希求する思いを詠む。本付合の「あはれ知れ」は、春に廻り合えたことで今年も生きながらえた感慨を認識せよ、との情でもある。

季─春（また会ふ春）。

前句の「また会ふ春」から春の景物である「霞」を連想し、「あはれ知れ」の呼びかけに「心にぞ見る」と応じ、たちこめている

一　探し求めて来たの意。

二　我が身は時を経て年を重ねてしまった。「花」を見て「身」が「ふる」と詠むのは「花の色は移りにけりないたづらに我が身世にふるながめせし間に」（古今集・春下・小町）以来の表現。ここでは花を愛でる内に時が経過したと詠む。宗祇の連歌に「いつかはさても思ひ果つべき／待ち惜しむ花に年々身はふりて」（萱草）。「ふりにけり」をC・D本「ふりにけん」。

三　生きながらえて。「あはれ」と結んで感慨を詠む歌例に「あはれなり思ひしよりもながらへて昔を恋ふる老の心は」（続千載集・雑下・鷹司基忠）。

四　年が廻ってまた会う春。「春にまた会ふ事かたき老が身は今ひとしほの暮れや惜しまむ」（永享百首・性脩）のように、老身にとって、春にまた会うことは容易ではない。ゆえに生きながらえた感慨を催すのである。C～E本「又あふ春も」。「あはれ」は17句頭注参照。

五　霞の末。「果て」は空間的な末端で、たちこ

める霞がなくなるあたり。また時間的な果てで、霞がかかるのが終わる頃の意も掛けるか。和歌、連歌ともに用例は少なく、稀な歌例に「天の原霞の果ての白雲に峰たちまよふ山やいづこぞ」（洞院摂政家百首・実氏）。

六　心によって見る。見えない対象を心で見ると詠む歌に「心にも見れば入りぬる月影を山の端のみと思ひけるかな」（中宮亮顕輔家歌合・親隆）。

七　陸奥国の歌枕。現在の宮城県中部、松島湾に臨む湾。「君まさで煙絶えにし塩竈のうら寂しくも見えわたるかな」（古今集・哀傷・貫之）、「煙とあらば、塩竈の浦」（連珠合璧集）。

八　海岸に吹く風。

九　行く舟を停泊させなさい。海を行く「舟」を「留めよ」と呼びかける連歌の例に「舟止めよまだ夜中の秋の海」（美濃千句第三百韻・宗祇）。

一〇　底本「日かそ」。諸本により「日こそ」と改めた。

（生きながらえてまた廻り来る春の情趣を思い浮かべるように、）ここからは見えない霞の果ての情趣を心の内に見ることだ。

89　[七]塩竈《しほがま》の煙《けぶり》も惜《を〔お〕》しき浦[八]風に　益

（霞の末を心で見るようにして見た、）塩竈の浦にたちのぼる煙も浦風によって吹き払われるのが惜しまれる。

90　[九]行《ゆ》く舟留《と》めよ[一〇]日こそ暮れぬれ　清

（塩竈の浦の煙を払う浦風が吹いている。）行く舟を繋ぎ留めなさい。日が暮れてしまったよ。

霞の末は、目には見えないが心の中で見る、とした。春の「あはれ」と「霞」を詠む歌例に「あはれとは誰もや見らん遠山に霞たなびく春の曙」（実家集）がある。頭注〈五〉に示したように「霞の果て」の用例は稀だが、連歌に「花はその待つらむ人を心かは／霞の果てもひとし山の端」（住吉千句（京大平松文庫本）第四百韻・実隆／宗碩）。本付合では、「ながらへて」に「果て」が言葉同士で寄り合うか。

寄合―「春」と「果て」（闇）。

季―春（霞）。

前句の「霞」から「煙」、「霞の果て」から北の「塩竈」を想起し、霞と同様、塩竈の煙が浦風に吹き払われたのも惜しまれる、とした付け。霞の果てに、塩竈の煙が見えたというのであろう。「見わたせば霞の内も霞みけり煙たなびく塩竈の浦」（新古今集・雑中・家隆）を本歌とする。

寄合―「霞」と「浦」（壁）。

季―雑。題材―水辺（浦風）。

塩竈の浦で煙を吹き払うような浦風が吹くさまを詠む前句に対し、そろそろ浦を行く舟を停泊させなさい、日が暮れてしまった、と呼びかける句とした。夕暮れの塩竈の浦で、舟を留めるべく漕ぎ寄せるさまを詠む歌に、「塩竈の浦漕ぎ暮るる身をつくし立てる煙に寄する舟人」（草根集）がある。また、連歌には「寂しさも理なれや夕まぐれ／小舟漕ぎ寄る浦の塩竈」（文明十四年三月七日薄何百韻・政宜／世縁）がある。

季―雑。題材―旅（舟）、水辺（舟）。

91　降《ふ》る雪一に山も隠《かく》るる《ゝ》道二の末　次

（海路では舟を留められるが、）ここは、降る雪によって山も隠れ、道の果ても見えないところである。

92　得《え》三がたき賤四《しづ》屋《(や)》五なげきこるらん　載

（山道の末で宿となりそうな）得難い賤屋があったが、そこでは樵夫が木を切る労のつらさを嘆いているのだろう。

（名残裏）

93　思《おも》六へども法《(のり)》七に心《こゝろ》のはか八なくて　祇

（得難い）仏法に思いを定めようとしてはいても、その仏法に対して心が頼りなく、信じきれないでいて。

一　底本「雪も」で、「も」の右傍に「に」。B本「雪は」の「は」を見せ消ちして右傍に「に」。C～E本「雪に」により改めた。
二　行路等の行く末。歌例に「旅人の姿ぞ曇る道の末みのしろ衣雪払ふらむ」（亜槐集）。「良し悪しを糺す の神に任せなばさすがに道の末も迷はじ」（晴月集）など、抽象的な進む道を詠むこともあるが、本句は情景。
三　手に入れることが難しい。難しいだけに貴重である。「夢の世に月日はかなく明け暮れて又は得難き身をいかにせむ」（秋篠月清集）のような得難い人身や、得難い仏法など、釈教の意で用いることが多いが、一句としては限定されない。
四　作りの粗い、粗末な住まい。人里を離れた生活を連想させる歌語。
五　つらさに嘆きつつ木を切る。「なげき」は薪を意味する「投木」を掛ける。歌例は『古今集』以来散見するが、世を離れた山で「なげきこる」生活を詠む歌例に、「なげきこる身は山ながら過ぐせかし憂き世の中に何

舟を停泊させよ、日も暮れてしまったと呼びかける前句に対し、海路を山路に転じ、「行く」「留めよ」に「道の末」、「暮れ」に「隠るる」を呼応させ、山の方では、足を留めるといっても、降る雪によって遠景の山も隠れるほどで、道の行く末も見えない、と今後の旅路を思いやる句を付けた。「降る雪」と「道の末」を取り合わせた歌例に、「降る雪に生野の道の末まではいかがふみ見む天橋立」（続拾遺集・冬・正親町院右京大夫）。
　季―冬（雪）。題材―旅（道）、山類（山）。

雪に隠れる山道で途方に暮れていると、ありがたい賤屋を見つけたが、と付けた。その賤屋は旅人にとってはありがたい存在であるが、そこに住み、木樵りをなりわいとする人は、その労苦を嘆いているだろう、というのである。山で「なげきこる」暮らしをする者のつらさを思う歌例に「朝夕になげきこる日も山人は知らぬをよそに苦しくぞ見る」（草根集）、「賤屋」に至る「道」を詠む連歌に、後代の例だが「賤屋に続く道の一筋」（宗訊付句発句）がある。
　季―雑。題材―居所（賤屋）。

賤屋でのつらい暮らしを詠む前句に、そのような俗世は捨てて、仏法に帰依すればと思うものの、なかなか思い通りにはならなくて、と付く。「得がたき」に「法」、「なげき」に「心のはかなく」と応じて、釈教に転じた付け。付合において「得がたい」は「法」のことと関わる語である。『法華経』「提婆達多品」に見える、釈迦が仏の教えを受けるために仙人に従って「菓を採

帰るらむ」（新古今集・雑中・赤染衛門）。

六　思い廻らしても。初句に置く歌例に「思へども身のうき事は数々にさのみはえこそ言はれざりけれ」（隣女集）。E本「思ひとも」。

七　仏法。「法」に対比して「心」を詠む歌例に「色にのみ染めし心の悔しきは虚しと説ける法の嬉しさ」（新古今集・釈教・小侍従）。

八　思い通りにならず、頼りない。仏法に対して「心」が「はかな」いと詠む類似した歌例に、「法の池に流れも入らではかなくも心の水の滞るらむ」（拾玉集）。

九　夜にたびたび目が覚めるさま。「露払ふ寝覚ばかりの憂き秋を思ひ比べむ袖の上かは」（草根集）。

一〇　出家の身をいう歌語。「墨染」は僧衣を表す。

一一　一晩中。

一二　古びた寺、古くなって荒れ果てた寺。歌題「古寺松」（壬二集）があり、松風と結んで詠む歌例に「松しをる嵐にしづむ入相の声より高き峰の古寺」（草根集）。

94　九寝覚《ねざ》めばかりの一〇墨染《すみぞめ》の袖　益

（思っていても仏法に心が定めきれないでいて、雑念のため）夜に目が覚めがちな出家の身の袖であるよ。

95　一一夜もすがら松は風吹《ふ》く一二古《ふる》寺に　載

（出家の身で寝覚めがちな夜を過ごしている。）一晩中、松に風が吹く、そんな古寺にいて。

り水を汲み、薪を拾ひ、食を設く」という生活を送ったとの故事を踏まえて、仏法を「得がたき」と詠む歌例に「薪とり嶺の木の実を求めてぞ得がたき法は聞き始めける」（長秋詠藻）がある。本付合は、これらの発想に拠りつつ、自らの心を省みる情を詠んだ。

　季―雑。題材―釈教（法）。

思いはありながらも仏道に専心できない心の「はかな」さを詠む前句を受け、そんな迷いある心ゆえに「寝覚め」がちな夜を重ねると付けた。「法」に「墨染の袖」が寄り合う。仏法に比して自身を省みる出家者のさまを詠む前句作者宗祇の和歌に、「かくてだに御法に遠き身を知ればなお墨染の袖ぞ濡れ添ふ」（宗祇集）がある。本付合の「墨染の袖」にも、袖にこぼす涙が暗示されていよう。

　寄合―「法」と「墨染の袖」（竹・他）。

　季―雑。題材―釈教（墨染の袖）。

寝覚めがちに夜を過ごす出家者を詠む前句に、寝覚めてしまう理由を一晩中松風が吹く音のためであるとして付けた。「墨染の袖」の人が居る所を「古寺」と見定めて、釈教の趣を続ける。寝覚めに松風を聞くとの発想は、「松風はいかで知るらむ秋の夜の寝覚めせらるる折にしも吹く」（玉葉集・秋上・具平親王）のように、釈教に限らず詠まれるが、本付合は古寺の出家者の境地を詠む。「墨染」の袖と「松」「風」「古寺」を結ぶ歌例に、「墨染の衣手寒く古寺の入相の鐘に松風ぞ吹く」（拾塵集）がある。

　季―雑。題材―釈教（古寺）。

96 月こそ[一]窓[二]の灯火《ともし》の影《かげ》　長

（松風が吹いている古寺では）月光こそが、窓から射し込む灯の明かりであることだ。

古寺に一晩中松風が吹く、と詠む前句に、古寺の「窓」から射し込む「月」の光を付ける。澄んだ月光を、松風にも消えることのない「窓の灯火」と見立てた。「月も見ず風もおとせぬ窓の内に秋を送りてむかふ灯火」（風雅集・秋下・後伏見院）は、月も見ず屋内で窓の灯火にむかうと詠むが、ここでは月光こそが窓の明かりとなるとする。古寺の月は中世初期から歌題に見られ、古寺の月と松風を詠む連歌に、「山路分け帰る古寺月出でて／松の響きや身をしをるらむ」（住吉千句第十百韻・宗碩／実隆）。

寄合―「夜」と「灯火」・「夜」と「月」・「古寺」と「灯火」（竹・他）。

季―秋（月）。題材―居所（窓）。

97 秋[三]来《き》ぬと蛍少《ほたるすく》[四]なき夕ま暮《（くれ）》　俊

秋が来たと感じる。（窓から射し込む灯のように見えていた）蛍の少なくなった夕暮れに。

射し込む月光を窓の灯に見立てた前句を受け、「灯火の影」を「蛍」の光に取りなし、秋の到来と共に蛍が少なくなったとして、初秋の夕暮れの句に転じた。車胤の故事「家貧にして常には油を得ず、夏月には則ち練嚢に数十の蛍火を盛り、以て書を照らし、夜を以て日に継ぐ」（晋書、蒙求）により、「灯火」と「蛍」が寄り合う。

寄合―「窓」と「蛍」・「灯」と「蛍」（璧・他）。

季―秋（秋来ぬ）。

98 田[五]面すさまじ[六]山水[七]の音《お[を]と》　柏

（蛍が少なくなった夕暮れの）田は暗く、寒々ともの寂しい。山水の冷たい音が響いて。

蛍の少ない夕暮れを詠む前句に、山水の音が響く秋の田の、荒涼とした寒々しさを付ける。田に蛍が飛ぶのを詠む歌例に「蛍飛ぶ山田の水や夕闇の空に知られぬ稲妻の影」（雪玉集）がある。夕暮れの秋の田の水を「すさまじ」と詠む「刈り果つる沢辺の小田の秋の暮れ／月も曇らぬ水はすさまじ」（顕証院会千句第三百韻・宗砌／超心）、その音を詠む「水の響きもすさまじき暮れ／

一　底本「かそ」。諸本により改める。

二　窓にかかげる灯火の光。窓の灯火は「耿耿たる残んの灯の壁に背けたる影　蕭蕭たる暗き雨の窓を打つ声」（和漢朗詠集・白居易）以来詠まれる。「月」の光を「窓の灯火」と詠む歌例に、「射し入るも更け行くままに霞む夜の月のかかぐる窓の灯火」（春夢草）。なお、92句の「賤屋」と本句の「窓」は、居所と居所の「可隔五句物」（応安新式、連歌新式追加並新式今案等）に反する。

三　秋が来たと。ここでは蛍の少なくなったことで秋の到来を感じるとする。

四　蛍が少ない。「蛍少なき秋の寂しさ」（那智籠）。C・D本は本行「蛍乱し」とし、C本は「乱し」の右に「すくなき」と傍書。

五　田の辺り、また、田のおもて。C・D本に「田つら」。「顕昭云、たづらは田の辺也」（袖中抄）とある。「田の面《も》」という語もあるが、「田づら」と訓んでおく。「水」と結ぶ歌例に「山陰の田づらの池の冬寒み氷りにけりなもる水もなし」（宝治百首・為家）。

六　寒々しい。冷たさが

99　露霜[八]の一群薄《むらすゝき》[九]枯れ立ちて[一〇]　清

露霜が降りた（田の辺りの）一群の薄は立ち枯れていて。

100　春を待《ま》つ[一一]野ぞめぐみ[一二]こもれる[一三]　眼阿

（一群の薄が枯れて立つ、そんな）春を待つ野には、これから出るべき芽をもたらす恵みが籠もっている。

山陰の田の面のひつち霜ふりて」（六家連歌抄・宗訊）等を踏まえれば、本付合も収穫の終わった田とも解され、そうであれば季は前句の初秋から、秋が深まった頃へ移る。

　季―秋（すさまじ）。

　題材―山類（山水）、水辺（山水）。

山水の音が響いて寒々しい田を詠む前句に、「一群薄」が霜交じりの露のために枯れるさまを付け、田の辺りに立ち枯れた薄が生え残る秋の末の景とした。「田づら」の薄を詠む歌例に「稲妻や心を分きて通ふらん田づらの薄露ぞはらめる」（松下集）。

　寄合―「田面」と「薄」（竹・他）、「水」と「かるる」（闇）。

　季―秋（露霜・薄）。

露霜が降りて枯れ立つ一群の薄を詠む前句に、枯れ野にやどる春の兆しを付けた。「霜枯れて枯れ野に立てる群薄しのに押しなみ雪降りにけり」（実家集）と詠まれるような冬野を、本付合では「春を待つ野」と捉え、「めぐみ」に「芽ぐみ」と「恵み」を掛け、冬季だが春への予祝を表す。「冬の果ての心ならば、春待つ」（連珠合璧集）。霜枯れの薄が「めぐむ」と詠む歌例に、「霜枯れし冬野の薄年越えて緑にめぐむ春は来にけり」（他阿上人集）。「難波津に咲くや木の花冬ごもり今は春べと咲くや木の花」（古今集・仮名序）の趣を踏まえて、春の到来と治世への言祝ぎを暗示する挙句である。

　寄合―「露」と「野」（壁・他）、「露」と「めぐみ」（合）、「かるる」と「野」（闇）。

　季―冬（春を待つ）。

感じられる。「秋の心、すさまじ」（連珠合璧集）。水音を「すさまじ」と詠む例に「声すさまじき山の下水」（諸家月次聯歌抄・元用）。

七　山から流れる水。田に引き入れ稲作に活用した。

八　秋の末の霜交じりの露。「露霜」で草木が枯れると詠む歌例に「露霜にあへず枯れ行く秋草の糸より弱き虫の声かな」（草根集）。

九　一まとまりに生えている薄。霜枯れを詠む歌に「秋だにも寂しく見えし片岡の一群薄霜枯れにけり」（拾遺風体集・持幸）。

一〇　枯れたまま立って。薄が「枯れ立つ」と詠む歌に「叢叢に枯れ立つ庭の花薄今朝降る雪に秋の面影」（松下集）。

一一　C・D本「待野に」、E本「待のみ」。

一二　草木が芽を出す「芽ぐみ」と、恩恵をいう「恵み」を掛ける。「いつしかと木の芽春雨降りそめて四方の草木のめぐみをぞ待つ」（為理集）。

一三　これから出るべき芽や生気が含まれているさま。「花も葉も枝にこもりて春ぞ待つ冬の梢は寂しかりけり」（他阿上人集）。

宗祇十六　兼載十五　肖柏十五
盛次六　宗長十五　玄清十三
恵俊十一　宗益八　眼阿一

Ⅳ、永禄三年十一月十一日「何路百韻」

（初折表）

永禄[一]三年十一月十一日　御当座

何路

1　残[二]りなく聞《き》くや落葉に朝嵐[三]　蒼

あますところなく聞いたであろうか。木の葉を吹き散らし、今、落葉に吹く朝嵐の音を。

2　幾《いく》[四]千度見ん霜[五]の松が枝《え》　玖

（朝の嵐が吹く音を聞いて）これから幾度となく見たい、霜の置く常緑の松の枝を。

3　影《かげ》[六]高き峰は夜《よ》[七]な夜な月待ちて・　池

落葉した葉に朝の嵐が吹き付けている、夜通し吹いて葉を散らした嵐の音をあますことなく聞いたであろうか、の意。「残りなく聞くや」には『源氏物語』講釈をすべて聞き終えたであろうかという人々に対する問いかけの意を込める。蒼は三条西公条。自身の講釈の「言葉」を謙遜して「落葉」とするか。

季―冬（落葉）。切字―「や」。賦物―「朝」。

落葉に朝の嵐が吹きつけるさまを詠む前句に、付句では霜の置かれる松の枝という冬の景を詠んだ。講釈を「落葉」と謙遜する公条の前句に、常緑の松の葉は冬になっても落ちることもなく、色褪せることもないと応じて、講釈に対する感謝の気持ちを表した。霜が置いた松をこれから幾たびも見よう、そして、講釈の教えを何度でも振返ろうと応じた句。『新勅撰集』の長歌「…世にも嵐の山風に　たぐふ木の葉の行方なく　なりなましかば松が枝に　千世に一度咲く花の　稀なることにいかでかは　今日はあふみにありといふ…」（雑五・清輔）が参考になる。

季―冬（霜）。

前句は霜の置いた松の枝を幾度となく見たいと詠む。付句はその松は高い峰にあると

一　一五六〇年十一月十一日。弘治元年（一五五五）から行われていた『源氏物語』講釈がこの日終講、本百韻は前日の十日に張行された。B本「十日」。

二　残すことなく聞いたであろうか。『源氏物語』講釈をあます所なく聞いてくれただろうか、の意を込める。

三　朝の嵐。落葉に朝嵐が吹く歌例に「山陰や人は払はぬ庭の面の木の葉を寄する朝嵐かな」（伏見院御集）が、連歌例に「吹き捨てよ落葉を庭の朝嵐」（自然斎発句）がある。

四　幾度ともなく見たい。賀歌で用いられる表現。「幾千度君がみことの今日に逢はむ和歌の浦風吹き伝へつつ」（新古今竟宴和歌・経通）。

五　霜の置いた松の枝。「降りまさる年はいづれぞ神垣もともに傾く霜の松が枝」（為持集）。

六　山の姿が高い。山や木に用いられる語。「立

ち帰る春の日吉の影高き山は富士の峰雪も消なくに」（草根集）。
七　夜ごとに月を待つ。「寝ねがてに夜な夜な月ぞ待ちいでつる下葉うつろふ秋萩の色」（壬二集）。「夜な夜なの月待ち遠に秋ふけて」（新撰菟玖波集・秋下・政弘）。
八　全くそのとおりというように。「見てしもにまさるうつつの思ひかなそれとばかりのうた寝の夢」（玉葉集・恋三・実兼）。
九　牡鹿が牝鹿を求めて鳴く声。月を待つ鹿が鳴く歌例に「松風に月待つ山の峰にしも鹿の音さへに秋の夕暮れ」（拾玉集）等がある。
一〇　旅の途中で故郷を思う歌例は、「うち時雨故郷思ふ袖ぬれて行先遠き野路の篠原」（玉葉集・旅・安嘉門院四条）等多い。

（松の枝に霜の置く光景を幾度となく見よう。）
姿の高い峰では夜な夜な月の出を待っていて。

4

八それとばかりに遠き九鹿の音《ね》　　宰相《水無瀬》

（夜な夜な月の出を待っていると、）同じ思いだというように鳴く、遠い鹿の鳴き声が聞こえてくる。

5

一〇旅立《だ》ちて古郷思ふ秋の暮《く》れ　　伝恵

（故郷にいる人を恋慕う気持ちを汲むように、遠くから鹿の声がする。）旅に出て故郷を思う秋の夕暮れである。

見定めて、そこで夜な夜な月の出を待つ人の様子で応じた。付合では、前句の霜は月光を見立てたものとなり、峰の松の枝に置く霜のような月光の光を、幾たびも見ようというもの。「夜な夜な月待ちて」には、公条の講釈を心待ちにしていたという意も含まれるか。類似した景を詠む歌例に「一夜とて年ふりにけり松が枝に霜置き添ふる冬の夜の月」（拾玉集）等がある。
寄合―「霜」と「月」（璧）、「松」と「峰」（合）。
季―秋（月）。題材―山類（峰）。

毎夜、高い峰で月の出を待つと詠む前句に、付句は、それと同じだと言わんばかりに、月を待つ鹿のさまで応じた。鹿は月だけでなく、牝鹿を待って鳴いているとも取れる。月の出を待つ際に鹿の声がすると詠む歌例に、頭注〈九〉や「かねてより心ぞいとど澄みのぼる月待つ峰のさ牡鹿の声」（新拾遺集・秋下・西行）等がある。
季―秋（鹿）。

前句の「それとばかりに」を、付句は、旅人が故郷にいる人を恋慕う気持ちを察するかのように、と取りなして応じた。旅人が秋の夕暮れ時に、故郷の恋しい人を思うのと同じく、鹿も牝鹿を思い鳴いているのである。前句の「遠き」が、旅先から遠く離れた故郷と寄り合う。「旅寝する小夜の中山さよなかに鹿も鳴くなり妻や恋しき」（風雅集・秋上・為仲）が参考になる。
季―秋（秋）。題材―旅（旅・古郷）。

6
やや《ゝ》一肌《はだ》寒き玉鉾《たまぼこ》二の末　　宗養

（旅に出て故郷を思う秋の夕暮れ時は、）少し肌寒く、これからの道の行く末が思いやられることだ。

7
村雨三の晴れ・ゆく水四の一筋《すぢ》に　　元理

（少し肌寒いなか進む道の行く末は、）村雨が晴れて、降り止んだ雨の水が一筋になって流れている。

8
入《い》り日五かた分《わ》く六川風七の音《お[を]と》　　紹巴

（村雨がやんだこちら側では、）夕日を分けるよ

旅立ったのち、故郷を恋しく思う旅人の心情を詠む前句に、旅路の行く末を思いやるさまを付け、「秋の暮れ」に「やや肌寒き」と応じた。『源氏物語』（桐壺）の「野分だちて、にはかに肌寒き夕暮れのほど」を想起させる詞を用いた付合。「秋」と「玉鉾」を結んだ歌例「玉鉾の道の芝草うち靡き古き都に秋風ぞ吹く」（千五百番歌合・後鳥羽院）の風情も本付合に近い。「肌寒き」を旅路のさまで詠む例に「朝霧の立ちにし日より旅衣やや肌寒み雁も鳴くなり」（続拾遺集・羇旅・成茂）等がある。
　季―秋（肌寒き）。題材―旅（玉鉾）。

前句の「やや肌寒き」に対し「村雨」、「玉鉾」の道に、「一筋」「行く」と言葉同士の対応で付け、にわか雨が晴れ、降った雨水が一筋になって流れる景とした。『日本書紀』の伊弉諾・伊弉冉の国生みに「その矛の鋒《さき》よりしただる潮」とあり、「玉鉾」から「水の一筋」を導いたか。「村雨」は雑の語であるが、秋の景物として詠むことが多く、「冷やか、付合には村雨」（竹馬集・七月之詞）ともあり、前句との繋がりでは秋。一句としては季を限定しない。「寒き」と「村雨」を詠む歌に「風立ちて村雨寒き夕暮れはよそも悲しきさを鹿の声」（文保百首・雅孝）。道の末を「一筋」と詠む句例に「里かけて一筋遠き道の末」（紹巴亡父追善千句第四百韻）がある。
　季―雑。題材―水辺（水）。

村雨の晴れ行く空に「入り日」が照るとして前句に応じ、「水の一筋」を「川」のことと取りなした。「山廻る時雨の雲やかへぬらむかた分く峰の夕立の空」（三光院詠）や「尾上よりさまよふ雲の末晴れて／日を

一　少し肌寒い。「秋風のやや肌寒く吹くなへに荻の上葉の音ぞ悲しき」（新古今集・秋上・基俊）。
二　道の行く末。「玉鉾」は道にかかる枕詞「玉鉾の」から転じて道の意。この言い回しは和歌の例には見られず、連歌例に「たよりしばしの玉鉾の末」（月並千三百韻）。
三　急に激しく降っては止むにわか雨。「村雨、季なし、春冬はなし」（連歌至宝抄）。「晴れ行く」と詠む歌に「月をなほ待つらむものか村雨の晴れ行く雲の末の里人」（新古今集・秋上・宮内卿）。
四　水が一筋になって。「深緑巌も山もむす苔の外ぞ道ある水の一筋」（称名院集）。「晴れゆく」は「行く」として「水」にも掛かる。
五　夕方、西に沈む日。またその光。
六　二手に分ける。「夕立晴／雲はなほ空かた分けて夕立の日影さやけき西の山の端」（草根集）。
七　川を吹きわたる風の音。秋や晩夏の涼風を詠むことが比較的多いが、

必ずしも季を限定しない。「水無月も過ぎて御祓をしつるかとおどろくほどの川風の音」（正治初度百首・隆房）。

八　薪にするための小枝。妻木とも。「旅寝する蘆のまろ屋の寒ければ爪木樵り積む舟いそぐなり」（新古今集・羇旅・経信）。

九　山麓の川に浮かぶ小舟。山で採った爪木を積んで運ぶ。

一〇　舟を進めるのをやめて。「さし」は棹をさして舟を動かす、「捨て」は仕事等をやめてそのままにする、その複合動詞。小舟が停泊しているさま。「さし捨てし筏波寄る川風に我が床しむる水鳥の声」（雪玉集）。

一一　A本「玄載」とあるが、B本・C本により以下全て「玄哉」に訂正。

一二　山の奥。「奥」へ続く山道を詠む歌例に、「山人の分け入るほかの跡もなし峰より奥の柴の下道」（風雅集・雑中・為子）。

一三　距離がはるか遠いさま。「行く先もまだはるかなる山道にまだき聞こゆる蜩の声」（輔尹集）。

うに川が流れて、その川を吹きわたる風の音が響いている。

（初折裏）

9　爪木《つまぎ》[八]とる麓《ふもと》[九]の小舟さし捨てて[一〇]　玄哉[一一]

（夕日を分けるように流れる川の、川風の音だけが響いている。）薪にする小枝を採る山の麓に流れるその川には、棹さす人もいない小舟が停まっていて。

10　奥《おく》[一二]ははるか[一三]に続《つゞ》く山道　仍景

（麓には棹さす人もいない小舟が停まっていて、）その奥は、はるか遠くまで山道が続いている。

かた分くる空の村雨」（美濃千句第四百韻・専順／紹永）の例のように、時雨の降る側とこちら側では天候が違う。本付合では、村雨がやんだ側は、夕日が分けられたように照っているというのであろう。その分かれ目に川が流れているのである。

寄合―「水」と「川」（壁）。

季―雑。題材―水辺（川風）。

前句の「川」を、爪木を採る山の麓に流れる川と見定め、そこに小舟が停泊していると付けた。「小舟」が「さし捨て」てあるのは、「入り日」の時刻となり、山の爪木を採って舟で運ぶ人が、その日の営みを終えて帰ったからであろう。山の「麓」の川で、薪にする木を運ぶ「舟」を詠む歌例に、「宇治山の麓の真柴刈りこめていさよふ波に下す舟人」（草根集）。

寄合―「川」と「舟」（壁）。

季―雑。題材―水辺（小舟）。

山の「麓」を詠む前句を受け、その山の「奥」を思いやって、はるか遠くまで山道が続いている、と応じた付合。「山あひの煙や里の道ならむ／小舟さし捨て人帰る見ゆ」（紹巴亡父追善千句第四百韻）の例があり、これを参考にすれば、本句の「山道」も、爪木を採って舟で運ぶ人が、「小舟」を停めて山間の住居へ帰った道は、奥へ奥へとはるかに続く山道である、といった意と解せるか。

季―雑。題材―山類（山道）。

一 幽かに聞こえる鐘の音。「遠鐘幽といへる心を／初瀬山嵐の道の遠ければいたりいたらぬ鐘の音かな」（新勅撰集・雑二・道助）。

二 霜の置く枕。「月」と結んで、霜のような月光の照らす枕をもいう。「長き夜の霜の枕は夢絶えて嵐の窓に氷る月影」（風雅集・冬・覚助）等のように、寒い夜を表す。

三 袖の片方だけを敷いて寝るさま。ひとり寝を意味する。「狭莚や待つ夜の秋の風ふけて月を片敷く宇治の橋姫」（新古今集・秋上・定家）。「霜」「片敷き」「月」を結んだ歌例に、「片敷きの袖をや霜に重ぬらむ月に夜離るる宇治の橋姫」（新古今集・冬・幸清）がある。

四 どうしようもなく。「恋てへむと思ふ心のわりなさは死にても知れよ忘れ形見に」（後撰集・恋四・伊勢）。

五 B～D本「しれかし」。

11 [一]幽かなる鐘《かね》は誰が住む里ならん　紹恵

幽かに鐘の音が聞こえるが、（ずっと続く山道の奥は）誰が住む里なのだろうか。

12 [二]霜を枕《まくら》に[三]片敷《かたし》きの月　心前

（幽かな鐘の音を聞きながら）霜が置く枕で寝るひとり寝の袖には、月光が射し、霜とともにその光を敷いていることだ。

13 [四]わりなくも思ふ心を[五]忘れじな　玖

（そのような枕で寝る私の）どうしようもなく恋しく思う心を、忘れないでしょうね。

「はるかに続く山道」を詠む前句に、その道の先から幽かに鐘の音が聞こえ、いったいどのような人の住む里なのだろうと思いやる気持ちを付けた。前句の「奥ははるか」に、付句では鐘の音が「幽か」に聞こえると応じている。幽かな鐘の音によって遠方の人の存在を知るという趣向の歌例には、「幽かなる鐘の響きに知られけり松を隔つる奥の古寺」（頓阿句題百首・周嗣）がある。

寄合―「山」と「鐘の音」（拾・竹）。
季―雑。題材―居所（里）。

幽かに聞こえる鐘の音を詠む前句に、それを聞いている人物の様子を付ける。『千載集』に「初霜や置きはじむらむ暁の鐘の音こそほの聞ゆなれ」（冬・公能）とあるように、「鐘」から「霜」を導いた。霜は月光の比喩とも取れるが、霜も月の光も、ということであろう。遠い鐘の音を聞きながら「霜の枕」で寝る様子を詠む歌例に、「幾里の霜の枕にかこつらむ初瀬の鐘の山おろしの声」（雪玉集）等がある。また、枕元で鐘の音を聞くことは、「遺愛寺の鐘は枕を欹《そばだ》てて聴く」（和漢朗詠集・白居易）が知られる。

寄合―「鐘」と「霜」（璧）、「鐘の音」と「月」（拾）。
季―月（秋）。題材―恋（片敷き）。

月の光のもと、霜の置く枕でひとり寝をする様子を詠む前句に、その人物は恋人を待つ女であるとして、どうしようもなく恋しいと思う私の心を、あなたは忘れてはいないでしょうね、と願う気持ちを付けた句。恋心が捨てられない様子を「わりなし」と詠む歌例は、頭注〈四〉の伊勢歌や「わり

六　慰めようとしてもなぐさめることができない。「我が心慰めかねつ更級や姨捨山に照る月を見て」（古今集・雑上・読人不知）。

七　恋する相手が自分にうち解け、馴れ親しんでくれない間。「逢ひ見ての後も心を尽くすこそなほうち解けぬ契りなりけれ」（新千載集・恋三・貞重）。

八　籠の中に捕われて鳴いている鳥。「籠の内の思ひも冬やまさるらむ霜に迷へる鶴の諸声」（拾遺愚草員外）。「音に鳴く鳥のあはれ籠の内」（月村抜句）。

九　A・C・D本「宰」、B本「水」。どちらも水無瀬宰相親氏を指す。

14　慰《なぐさ》[六]めかねつ[七]うち解《と》けぬほど　蒼

（これほどに思う気持ちを忘れないでほしい。）うち解け、馴れ親しんでくれない間は、自分の心を慰めようとしても慰めることができない。

15　籠[八]の内に声する鳥のあはれ《哀》にて　宰[九]

籠の中に捕われて鳴き声をあげている鳥はあわれである。（人間になつかない間は慰めてやることもできない。）

なしやしひても頼む心かなつらしとかつは思ふものから」（拾遺集・恋五・読人不知）等が参考になる。

季―雑。題材―恋（思ふ・忘れじ）。

前句の、どうしようもなく思ってしまう心を恋の初めの気持ちとして取り、付句では私に打ち解けてくれない間は、心が慰められないと応じた。「わりなし」と「慰め（がたし）」を結んだ歌例に「わりなくも慰めがたき心かなここそは君がおなじことなれ」（和泉式部続集）等がある。

季―雑。題材―恋（うち解けぬ）。

前句のうち解けない存在を鳥と定め、籠の中に捕らわれている鳥のさまを付ける。付合において、前句の「慰め」ることができないというのは飼う者が鳥に対して、の意となる。鳥がうち解けて鳴くことは、「鳥の音も谷の氷もうち解けてのどけき春になりにけるかな」（基俊集）等と詠まれる。一方、籠に捕らわれている鳥があわれに鳴くことは、「夜鶴子を憶うて籠の中に鳴く」（和漢朗詠集・五絃弾）に見える。前句の「うち解けぬ」から「籠の内」の「鳥」を導く発想は、『源氏物語』（若紫）に拠るか。

季―雑。

16　一風や目に立《た》つ二雲帰《かへ》るらん　池

吹く風が目に付く。雲はその風によって帰って行くのだろう。（籠の中で鳴いている鳥は山に帰れず気の毒なことである。）

17　三山松の四木の根も白《しろ》し五花の色　養

（雲が山へ帰り、）山の松は根元も白くなった。それは花の色のようである。

18　六尾上《を[お]のへ》に残《のこ》る七雪の八曙《明ぼの》　伝

（山の松の木の根も花の色かと見まごうように白い。そのような）尾上に雪が残る曙の時分で

籠の中で鳴く鳥をあわれに思うという前句に、外では風が強く吹き、雲が帰って行くように見える、と付けた。「薄暮／雲帰り谷の戸さわぐ鳥の音にのどかなるべき山やなからむ」（為富集）や頭注〈二〉で挙げた歌例のように、夕暮れ時になると雲も鳥も山に帰るとされる。ここでは、籠の鳥は帰ることができずに、籠の中で山に帰りたいと鳴くと見なした付け。

寄合―「鳥」と「帰る」（壁）。

季―雑。

風が目に立つように吹き、それによって雲が山へ帰ると詠む前句に、その雲のかかった山の松は木の根元までも白く見える、それは花の色のようであると応じた付け。頭注〈二〉にあるように、雲は山に帰るものとされる。花が散ったため、山の白雲が花に見えると詠む歌例は、「白雲の竜田の山の八重桜いづれを花とわきて折りけむ」（新古今集・春上・道命）等多い。「吉野山峰を離れぬ白雲の消ゆるや花の根に帰るらむ」（御室五十首・隆房）も参考になる。一句としては、花は実際の花とも読め、山全体が白い桜の花に覆われている景ともなる。

寄合―「雲」と「白」・「雲」と「花」（壁）。

季―春（花）。題材―山類（山松）。

前句の「山松」を、付句では「尾上」の松と見て、その松を覆う白い花を残雪に見なした。曙の時分になり日が昇り始め、山の松の木の根にも残る雪も見えるようになったとした句。春の雪と「松」「曙」を結んだ歌例に「吉野山今年も雪のふる郷に松の葉白き春の曙」（新後拾遺集・春上・良経）

一　吹く風が目に付く、目立つ。「や」は詠嘆の助詞。「立つ」には目に付くの意と聳き「立つ」意が掛けられる「遠山も今朝は目に立つ霞かな」（宇良葉）のような例もあるが、ここでは掛詞と取らない。

二　雲が帰って行く、帰ってくる。雲が夕暮れ時に山の方に帰ると詠む例が多い。「夕間暮れ霞みて雁もとぶさ立つ足柄山に帰る雲かな」（草根集）、「山路は雲の帰るをぞ見る」（新撰菟玖波集・羇旅上・宗砌）等がある。

三　山に生えている松。「山松の梢の雪の下折をたなびき隠す嶺の白雲」（草根集）。

四　木の根元も白い。「木の根」と「花」と結んだ歌例に「花までは身に似ざるべし朽ち果てて枝もなき木の根をな枯らしそ」（山家集）等がある。

五　桜の花の色。白いものとされる。「み吉野の高嶺の桜散りにけり嵐も白き春の曙」（新古今集・春下・後鳥羽院）。

六　「尾上」は山の頂、峰。尾上の雪を詠む例に「小塩山尾上の松の枝ごとに降りしく雪は花と見えつつ」（好忠集）がある。

七　雪の残っている曙の時分。「曙」と残雪を結ぶ歌例に「天の原春とも見えぬ眺めかな去年の名残の雪の曙」（六百番歌合・有家）。B本「雲の」。

八　夜が明けきらない時分。『枕草子』に「春は曙。やうやう白くなり行く山ぎは」とある。

九　軒に降り、下に滴り落ちる雨の雫。「雨の雫（沾）」という形では例が少ない。「灯火は雨夜の窓にかすかにて軒の雫を枕にぞ聞く」（風雅集・雑中・徽安門院）のように、軒端に夜降る雨は、聞くものとして詠まれることが多い。

一〇　竹の葉がさらさらと音を立てるさまと、少しも…ないの意を掛けている。この言い回しを用いた歌例に「竹の葉に霰降るなりさらさらにひとりは寝べき心地こそせね」（詞花集・恋下・和泉式部）がある。

一一　寝ることが出来ない、の意。「なよ竹の夜長き上に玉霰降る音寒み寝こそ寝られね」（宗良親王千首）。

ある。

19　春の夜《よ》の雨の九沾《しづく》を軒端にて　　巴

（こちらでは）春の夜の雨の雫が落ちる音を軒端で聞いていて。

20　竹の一〇さらさら寝《い》一一こそ寝《ね》られね　　理

竹の葉が（雨によって）さらさらと音を立て、少しも寝ることができない。

等がある。

寄合―「松」と「尾上」・「白」と「雪」（璧）。

季―春（残る雪）。題材―山類（尾上）。

明け方に尾上の残雪を見るという前句に、夜の雨が軒端で雫となって落ちる音を聞いていた、と付ける。山にはまだ雪が残っているが、それを見る軒端には春雨の雫が落ちている、と応じた句。「雪」に「雨」、「曙」に「夜」が付く。本付合と類似した、明け方の山の残雪と夜の春雨を詠む歌例に「明けわたる外山は雪の色添へて麓に冴ゆる夜の春雨」（孝範集）等がある。雨の音で春の到来を知ると詠む歌は「このあさけ雪げの水の音添ひて雨に春しる谷のした庵」（雪玉集）がある。

季―春（春）。題材―居所（軒端）。

前句は春の夜に軒端から雨の雫が落ちる音を聞いていると詠む。付句は、その夜の雨が竹の葉にあたり音を立てるので少しも眠れない、とした。頭注〈一〇〉にも引いた和泉式部の歌は当該句の本歌と言える。「さらさら」を雨音と詠む歌例に「さらさらにいやは寝らるる山里の芦ふく宿に時雨れする夜は」（久安百首・季通）があり、本付合と類似するが、ここは冬ではなく雑の句。

寄合―「夜」と「竹」（璧）。

季―雑。

21　重《かさ》ねてもひ[一]とりは冴《さ》ゆる唐《から》[二]衣　　仍

袖を重ねても、この身ひとりでは冴え冴えと寒さを感じさせる唐衣であることよ。

前句の竹の葉の音で眠れずにいる人を、訪れるはずの男を待つ女と見定めて、唐衣を重ねたとしてもひとりでは寒く、冴え冴えとした夜を過ごすと付けた。20句頭注〈一〇〉で触れた和泉式部歌の詞書には「頼めたる男を今や今やと待ちけるに、前なる竹の葉に霰の降りかかりけるを聞きて詠める」とあり、参考になる。「唐衣」を重ねるのは「思ひきや重ねし夜半の唐衣かへして君を夢に見むとは」（続後撰集・恋四・公能）等の歌例に見えるように、恋人との共寝を含意する。しかし、ここでは竹の葉の音がするだけで、人は訪れず、衣を重ねても一人寝は冴え冴えと冷たく感じるばかりであると詠む。

季―雑。題材―恋（ひとり寝）。

22　そ[三]なたはいかに明《あ》[四]かし果《は》てけん　　哉

そちらでは、どのように夜を明かしたのだろうか。

前句は、衣を重ねてもひとり寝の夜は寒さを感じるとみずからの思いを詠む。付句は、自分のもとを訪れないでいる相手に対して、そちらはどのように夜を明かしたのだろうかと推し量る女の心情である。相手を「いかに明かし」たか思いやる歌例に、「一年の過ぎつるよりも七夕の今宵をいかに明かしかぬらむ」（後拾遺集・秋上・小弁）等がある。一句に恋の言葉はないが、内容から恋の句と見てよいだろう。

季―雑。題材―恋（句意）。

（二折表）

23　待[五]ち侘ぶるころ《比》を過《す》ぐせる時鳥《子規》　　蒼

（お前はどのような夜を明かしたのだろうか。）

前句の「そなた」を、付句では時鳥への呼びかけとした句。鳴き声を待って夜を明かしたのに鳴いてはくれなかった時鳥を恨みに思うさまを付けた。私が時鳥が鳴くのを待ちかねている間、いったいどこで過ごし

一　ひとりでいては、いっそう冴え冴えと寒さを感じる、の意。この言い回しを用いた和歌・連歌例は見当たらない。

二　唐風の衣服のこと。「重ぬ」と結んで詠まれることが多い。寒さのため唐衣を重ねて着ると詠む歌例に、「唐衣かり庵の床の露さむみ萩の錦を重ねてぞ着る」（拾遺愚草）等がある。

三　そちらの方。呼びかける対象のいる場所。この言い回しの歌例は「聞きつはやそなたはいかに時鳥一むら雨の末の里人」（為尹千首）等あるも少ない。連歌例には「月ばかり逢ふ夜の名残よしなきに／そなたはいかがひとり寝の秋」（看聞日記紙背連歌・応永二十五年十月二十五日何船百韻・綾小路三位／行光）等、散見される。

四　夜を明かしたのだろうか。「…果つ」はある動作がすっかり完了した状態。「まどろまで明かし果つるを寝る人の夢に哀と見るもあらなむ」（和泉式部続集）。

五　待ちかねる。「待ち

侘ぶ」と「時鳥」を結んだ歌例に「待ち侘ぶる宿とも知らず時鳥雲のいづくの月に鳴くらむ」（続古今集・夏・月華門院）等がある。

六　風にのって運ばれてくる香り。「橘」と結んだ歌例に「遠路より吹きくる風の匂ひこそ花橘のしるべなりけれ」（玉葉集・夏・郁芳門院安芸）等がある。B本「風に」。

七　橘の香りは頭注（六）の歌例のように遠くからでもはっきりと香るもの。ここは、盛りを過ぎた幽かな橘の香。橘を「薄き」と詠む歌例は、「軒近き花橘の散るままに閨の匂ひぞ薄く成り行く」（親盛集）等あるも少ない。

八　夕暮れが近づく。「暮れそむる夕日は野辺に移ろひて山もと遠く鶉鳴くなり」（茂重集）。

鳴き声を待ちかねていたその時分を、どこかで過ごしていた時鳥よ。

24

[六]風の匂ひの[七]薄《うす》き橘《たち花》　玖

（時鳥の鳴き声を待ちわびていたころ、）風に乗って運ばれてきたのは、盛りを過ぎた幽かな橘の匂いである。

25

[八]暮・れ《初》そむる雲の行く・へ《ゑ》に雨落ち・て　恵

（橘がこれから強く薫ることであろう。）日が暮れ始め、雲の行く先には雨粒が落ちてきて。

ていたのかというのである。恋の句から夏の句に転じた。時鳥の訪れを待つ歌例は「いかにせむ来ぬ夜あまたの時鳥待たじと思へば村雨の空」（新古今集・夏・家隆）等多い。

季―夏（時鳥）。

時鳥の鳴き声を待ちかねていたと詠む前句に、付句では時鳥が鳴かないのは、橘の香りも幽かになって、その「ころ」を逸してしまったからである、と応じた。時鳥を待っていたのに、声も聞かないまま、橘の香りも弱くなる時期になってしまったというもの。夏の景物である「時鳥」と「橘」をともに詠む歌例は多く、「時鳥花橘の香をとめて鳴くは昔の人や恋しき」（新古今集・夏・読人不知）、連歌例に、「村雨の空とぞ頼む郭公／花橘に露薫るやと」（新撰菟玖波集・夏・実遠女）等があるが、いずれも橘の強い香りを詠む。

寄合―「時鳥」と「橘」（璧）。

季―夏（橘）。

風が運ぶ橘の香りが幽かであると詠む前句に、日が暮れはじめ雨も降り出したと付けた。「浮雲のいざよふ宵の村雨に追ひ風しるく匂ふ橘」（千載集・夏・家基）、「朝日射す間も暗き五月雨／匂ひ来る花橘に夜戸《よと》出《で》して」（能阿句集）等のように、雨によって橘はいっそう強く芳香を放つ、と詠まれる。「橘とあらば、五月雨」（璧）とも。当該句では、これから本格的な雨になる、その前兆として風の運んだ橘の香りが幽かにし始めたというのであろう。

季―雑。

一　水気を帯びた煙。歌例に「五月雨は焚く藻の煙うちしめりしほたれまさる須磨の浦人」（千載集・夏・俊成）等がある。
二　「かぜ」は底本「かけ」。誤写と見て、B・C本に拠って改めた。
三　人がいそうな気配。歌例に「匂ひこそなほ漏り出づれ母屋の御簾動きだにせぬ奥の人気に」（草根集）、連歌例に「小牡鹿の通ふ跡ある秋の霜／人気は更に絶ゆる谷の戸」（大原野千句第一百韻・了玄／紹巴）がある。山里に住む人が、人気を厭うと詠む歌例に「寂しさも習ひにけりな山里に訪ひ来る人の厭はるるまで」（兼好法師集）等がある。
四　昼間に吠える犬の声。「すさまじ」は寒々しいさまをいう。『枕草子』の冒頭部「すさまじきもの」「昼ほゆる犬」を典拠としたか。「里びたる犬の声にぞ知られける竹より奥の人の家居は」

26
[一]しめる煙《けぶり》や峰《みね》の松風《まつかぜ》[二]　理
（暮れ方の雨で）湿っている煙が峰に吹く松風に吹かれてたなびいていることだ。

27
[三]人気をも厭《いと》ふばかり《斗》の山里に　伝
（煙が立ち上っている。）人の気配さえひたすら嫌がっているかのような山里に。

28
[四]ひる鳴《な》く犬の声はすさまじ《冷》・　養
昼間に鳴く犬の吠え声がけたたましく聞こえる。

「雨落ちて」と詠む前句に、その雨で湿った煙を付ける。「煙」は頭注（一）で引く俊成歌や、「須磨の浦や海女の藻塩火うちしめり煙も晴れぬ五月雨のころ」（沙玉集）等のように、藻塩火のことも多いが、ここでは「峰」とあることから、炭焼きの煙であろう。「雨降ると吹く松風は聞こゆれど池の汀はまさらざりけり」（拾遺集・雑上・貫之）と詠まれるように、その音が類似していることから「雨」と「松風」が寄り合う。
寄合―「雨」と「松風」（壁）。
季―雑。題材―山類（峰）。

前句の松風に靡く湿った「煙」を炭焼き、または炊事の煙と見定め、その煙の立つ場所は「人気」を嫌うような閑寂な山里であると応じた句。山里にひっそり暮らす遁世者のような立場を想定して、人の存在がうとまれるということであろうか。「煙」は俗世の日常的な営みであるが、そのような煙が「人気をも厭ふ」山里にも立ち上るというのである。「うき世にはこり果てぬとや山里に今は真柴の煙たつらむ」（雅世集）。
寄合―「松風」と「里」（壁）、「柴の煙」と「里」（拾・竹）。
季―雑。題材―述懐（厭ふ）、山類（山里）、居所（山里）。

人の気配を嫌うような静かな山里を詠む前句に、その里の様子として昼間に吠える犬を付ける。昼間、犬の声がけたたましく吠えるとしたことから、その山里は人の訪れも拒んでいるように見えるというのであろう。『源氏物語』（浮舟）に「里びたる声したる犬どもの出て来てののしるもいと恐ろ

（玉葉集・雑三・定家）や「奥深き道を教への便りにて／犬の声する夜の山里」（新撰菟玖波集・雑二・心敬）等のように、犬が吠えることで人の存在を知ると詠むことが一般的。

五　手紙を書き送る。歌例に「世に知らぬ筆の匂ひよ書きやりしあやしき跡をいかに見えけむ」（春夢草）等がある。

六　手紙の行き来。ここは返事。この言い回しの歌例はわずかで「心ある宿の隣の中檜垣文の通ひの狭間やはなき」（新撰六帖・信実）がある。

七　思っている人をあとに残すこと。ここでは、故郷に思う人を残して来た、という意。この言い回しの例は和歌・連歌ともに見当たらない。

八　「旅の悲しさ」と詠む歌例に「おぼつかないかになる身の果てならむ行くへも知らぬ旅の悲しさ」（千載集・羇旅・師仲）、連歌例に「また思ひたつ旅の悲しさ」（新撰菟玖波集・羇旅下）等がある。

29

[五]書《か》きやるに[六]文の通《かよ》ひも稀《まれ》なれや　池

（昼間に犬の吠える声がする。そのようなところへ、）文を書き送っても、その返事でさえめったにこないことだ。

30

[七]思ふをあとの[八]旅の悲《かな》しさ　巴

（文のやり取りも稀になってしまった。）思い人をあとに残した旅の悲しさよ。

しく」とある。また歌例に「山里は人の通へる跡もなし宿もる犬の声ばかりして」（拾遺愚草）があり、参考となる。
　寄合―「里の中道」と「犬」（拾・竹）。
　季―雑。

昼間に吠える犬を詠む前句に、それは書き送った手紙の返事が送られてくることも稀であり、よそから人が来ることが少ないからだろうかと、犬が吠える理由を推測した句。「里の犬の思ひとがむる声も憂し我が人知れぬ夜半の通路」（雅世集）の歌例のように、犬が人の行き来を咎めて吠えるのは夜であるが、ここは、人どころか文もほとんど行き来しないため、昼間でも往来の人を拒むように犬の声がする、というのである。
　季―雑。

書き送っても手紙の返事も稀になってしまったとする前句に、故郷に残してきた人を思う旅人の心境を付ける。文通も稀になった末に旅立ったのか、旅に出て文通が稀になったのかは判然としない。いずれにせよ、「待たれんとての音信は憂し／今来むの文もや旅の遠からむ」（那智籠）の連歌例の状況に類似する。
　寄合―「文」と「深き思ひ」「旅なる人」（竹）。
　季―雑。題材―旅（旅）。

31　朝[一]な朝な《く》梢は花の散り・[二]にけり　玖

朝を迎えるごとに梢から花が散ってしまった。（散った花をあとにして旅を続けることは悲しい。）

前句は思いをあとに残して旅を続けることを詠む。付句では、その思いの対象を旅の途次で見た花と見定め、旅中の朝ごとにその花の散るのを見る、とする。『古今集』の「この里に旅寝しぬべし桜花散りのまがひに家路忘れて」（春下・読人不知）の歌例のように、花の下で旅寝をするさまが詠まれるが、ここではその花も次々に散ってしまうというのである。花が散ることを悲しむ歌には、「眺むとて花にもいたく馴れぬれば散る別れこそ悲しかりけれ」（新古今集・春下・西行）等がある。

　寄合―「旅」と「朝立つ」（璧）。
　季―春（花）。

32　寝《ね》所《どころ》[三]しるき園《その》[四]の《ゝ》鶯　哉

（朝が来るごとに梢から花が散ってしまい）庭の鶯の寝床がはっきりと分かることだ。

朝を迎えるごとに花が散ったとする前句を受けて、今まで花に隠されていた園の鶯の「寝所」がはっきり見えるようになった、と付けた句。「野べ近く家居しせれば鶯の鳴くなる声は朝な朝な聞く」（古今集・春上・読人不知）により、前句の「朝な朝な」から「鶯」を導いたか。「花」に鶯の巣があることは、頭注〈三〉のほか、「思ふどちそことも知らず行き暮れぬ花の宿貸せ野辺の鶯」（新古今集・春上・家隆）の歌例もある。

　寄合―「朝な朝な」と「鶯」・「花」と「園」（璧）。
　季―春（鶯）。

33　立《た》[五]ちそめ《初》て霞[六]む砌の山[七]近《ちか》み　仍

（鶯の寝床がはっきり見えた庭は）山の近くなので、霞が立ちはじめている。

庭の鶯の寝床がはっきり見える、とする前句に、山が近いので、霞が立ちやすく、その庭にも霞が立ちこめ始めてきた、と付く。時間経過を詠み、前句の「しるき」に、霞で見えなくなったと応じている。

一　朝がくるごとに。「朝な朝な外山の雲ぞ匂ふなる峰の桜は咲きまさるらし」（続後拾遺集・春下・後宇多院）。「朝な朝なに鶯ぞ鳴く」（宗砌発句并付句抜書）。

二　B本「透て」。

三　寝る場所。「鶯」と「寝所」を結んだ例は見あたらないものの、「花のねぐら」と詠んだ歌例は、「鶯の鳴く音のどかに聞こゆなり花のねぐらも動かざるべし」（寛和二年内裏歌合・惟成）等多い。

四　庭にいる鶯。鶯が庭で鳴くことを詠む歌例に、「ものごとに身にしむ春の気色かな園の鶯花に鳴くなり」（正治初度百首・慈円）等がある。「花もやは春より後は訪ねみむ／霞むともなき園の鶯」（年次未詳「そめおきし」両吟百韻・定武／宗養）。

五　霞が立ちはじめて。「春の着る霞の衣たち初めて待ちしもしるし三輪の山本」（拾玉集）。B本「立こめて」。

六　霞がかかる庭。元来、「砌」は建物の軒下をいうことから、殿舎四囲の庭をいうか。
七　B本「山たかみ」。
八　やつれたように、みすぼらしくなって行くのか。「君忍ぶ草にやつるる故郷は松虫の音ぞ悲しかりける」（古今集・秋上・読人不知）。
九　外の重。「とのへ守る」は宮中の門を守衛する人のこと。「左右兵衛をば外衛といふ。これは宮城の外を警固する職也」（百官和秘抄）。「袖」と結んだ歌例に「いたづらに今年も暮れぬ外の重守る袖の氷に月を重ねて」（続拾遺集・冬・如願）等がある。
一〇　陸奥国の歌枕。「月」「露」と結んだ歌例に、「花の枝に露の宿貸す宮城野の月にぞ秋の色は見えける」（俊成女集）、連歌例に「宮城野の露を都に伴ひて」（新撰菟玖波集・羇旅上）等がある。

ので、霞が立ち始めてきたことだ。

34

八やつれも行《ゆ》くか九とのへ守《も》る袖　　蒼

（霞が立ちこめてきて、濡れて）みすぼらしくやつれて行くのか、宮中の外を守る人の袖は。

35

一〇宮城野の露分け出でて見る月に　　養

宮城野の草の露を分け出て見る月のもとで。

される鶯の巣を詠む歌例に、「誰が里の春のたよりに鶯の霞にとづる宿を訪ふらむ」（千載集・雑上・紫式部）がある。
寄合―「鶯」と「山里」（拾・竹）。
季―春（霞む）。題材―山類（山）。

前句の「霞む砌」を宮中の殿舎の「砌」と取り、そこを警護する者の袖が霞によって濡れ、やつれてみすぼらしくなっていく、と付けた。『古今集』の長歌の一節、「…外の重守る身の　御垣守　をさをさしくもおもほえず…今は山し　近ければ　春は霞に　棚引かれ」（雑体・忠岑）を意識しての付けか。前句の「立ち」を宮中の外を守衛する人が立っている意に取りなしてもいよう。また、前句の「立ち」に「裁ち」が懸けられて「袖」と寄り合う。
寄合―「霞」と「袖」（壁）。
季―雑。

前句の「とのへ守る」人を宮城野を行く人として付ける。「とのへ」が守る「宮城」から、同音を含む「宮城野」を連想して、東国を旅する者のさまを詠む。当該句においては、「袖」が「やつれ」たのは、はるばる宮城野まで分け入って露に濡れたため、というのである。宮城野を行く人の袖の露を詠む歌例は、「宮城野の露分けきつる袖よりも心に移る萩が花ずり」（新拾遺集・秋上・隆淵）等多い。
寄合―「袖」と「露」（壁）。
季―秋（露・月）。題材―旅（野を分て）。

一　夕日が次第に傾いていくさま。夕日が日没前にあたりに射す様子をいう。歌例に「花の上の花ならぬかは小萩咲く夕影深き露の光は」(碧玉集)、連歌例に「夕影深く灯す松の火／牡鹿伏す草の茂みに露分けて」(三島千句第七百韻)等。

二　あちこちで虫の声がするさま。この言い回しの歌例は、「月澄みて風はだ寒き秋の夜のまがきの草に虫の声々」(玉葉集・秋上・花園天皇)等多い。

三　秋の末から冬の初めにかけて吹く、強く冷たい風。「冬の心、木枯」(連珠合璧集)等、連歌作法書では冬季とされているが、「浅茅生の露吹き結ぶ木枯に乱れても鳴く虫の声かな」(続古今集・秋上・但馬)のように秋の景物としても詠まれる。

四　大きな岩。「巌とあらば、動かず」(連珠合璧集)とあるように、盤石のものとして詠まれる。「相思はぬ人の心は山なれや巌よりげに動かざるらむ」(玉葉集・恋一・

36　[一]夕影深《かげふか》き虫[二]の声々　巴

(宮城野の露を分け出でて月を見ていると、)夕日が色濃くなって、虫の声々が聞こえてきたことだ。

(二折裏)

37　秋風や今木[三]枯《がらし》になり《成》ぬらん　理

(夕日の色が濃くなり、虫の声が聞こえてくる。)秋風は今、木枯になったようだ。

38　[四]巌《岩ほ》も動《うご》く磯《いそ》[五]の白《しら》浪　玖

(秋風が木枯となったのだろう。)巌でさえも動くかのように、磯では白浪が立っている。

前句の宮城野の月を夕月と見て、日没前に夕日が射す草むらでは鳴く虫の声がすると付けた。「さまざまに心ぞ留まる宮城野の花の色々虫の声々」(千載集・秋上・俊頼)を本歌とした付合。「露分け」て「虫」の声を聞くとする歌例に、「露分けて野辺の細道行く方は草のいづくも虫の声々」(他阿上人集)がある。

寄合―「露」と「虫」・「月」と「影」(壁)、「野」と「虫」(拾・竹)、「宮城(野)」と「虫の音」(竹)。

季―秋(虫)。

夕暮れ時に聞こえる虫の声を詠んだ前句に、その声々から「秋風」がたった今まさに「木枯」になったのだろう、と推測するさまを付けた。頭注〈三〉の歌や「木枯に草葉片寄り夕されば虫の音さへも乱るなるかな」(侍賢門院堀河集)のように、木枯の吹く中で鳴く虫の声が乱れて聞こえるさまが和歌に詠まれる。本付合も虫の声が乱れて聞こえ、秋風がいよいよ木枯となったことを知る、というのである。前句の「虫」に「秋風」、「声」に「風」が付く。

寄合―「虫」と「秋風」(拾・竹)、「声」と「風」(壁)。

季―秋(秋風)。

前句の「秋風」「木枯」に対して「白浪」を付け、揺るぎない巌を動かすように海を波立たせているのは、秋風が木枯になったからだ、とした。秋から雑の句に転じたもの。「つれもなき心に何と巌をも吹きも動かす風もこそあれ」(邦高親王御集)のように盤石な巌であるが、そんな「巌も動く」

忠峰）。

五　岩石の多い波打ち際。「大海の磯もとどろに寄する浪割れて砕けて裂けて散るかも」（金槐集）。

六　人目を逃れて隠れ住む所。「み吉野の山のあなたに宿もがな世の憂き時の隠れ家にせむ」（古今集・雑下・読人不知）のように、山に隠れるのが常套。「隠れ家を心の内に求めばや」（新撰菟玖波集・雑二・慈運）。

七　「世を倦み」を掛けた表現だが、「世を海中」と詠む歌は少なく、わずかに「しるべする雲の舟だになかりせば世を海中に誰か知らまし」（伊勢集）の歌例がある。「海中」は海のただ中という意。

八　朽ちて年月が経って古くなった。「谷隠れ朽ちて年ふる埋木の芽《めぐ》み芽まず君がまにまに」（出観集）。

九　舟棚（両側面に渡した板）を付けない丸木舟。不安定で心細いものとして詠まれる。「葦辺漕ぐ棚無小舟いくそたび行き帰るらむ知る人をなみ」（玉葉集・恋二・業平）。

39　[六]隠《かく》れ家は[七]世を海中《うみなか》に求めばや　蒼

（磯では巌さえも動かすような白浪が立っている。）この世を厭って住む隠れ家は、海の中に求めたいものだ。

40　[八]朽《く》ちて年古《ふ》る[九]棚無《たなゝ》し小舟　池

（海に隠れ住みたいと思っていたが、漕ぎ出すこともなく）朽ちて、年月が経って古びてしまった棚無し小舟である。

かのように、木枯の吹く中、白浪が激しく打ち寄せている景となる。

季―雑。題材―水辺（磯・浪）。

前句の「巌」を俗世から離れた岩に囲まれた「隠れ家」と見なし、その「巌」も波で動いてしまうのなら、「隠れ家」は巌ではなく海の中に求めたいものだ、と付けた。「白浪」は世間の荒波ということであろう。巌の中は「いかならむ巌の中に住まばかは世の憂きことの聞こえ来ざらむ」（古今集・雑下・読人不知）のように、理想的な隠れ家だとされている。「巌」「磯」に対して「海中」が寄り合う。

寄合―「巌」と「中」（壁）。

季―雑。題材―述懐（世をうみ・隠れ家）、水辺（海）。

海のただ中に隠れ家を求めたい、とする前句に、しかしながら、海に漕ぎ出ることもなく、棚無し小舟は朽ちて年月が経ってしまった、と付けた。前句の「海」に対して「舟」が寄り合う。付合全体には、隠棲することなく年月を経てしまったとの意が込められ、「海」「舟」の語から、「難波津を今日こそみつの浦ごとにこれやこの世をうみ渡る舟」（後撰集・雑三・業平）のように、「世を海」渡る「舟」のイメージが看取できる。

季―雑。題材―水辺（棚無し小舟）。

一 傾いた松を詠んだ歌例に、「傾ける松もぞ年をふる寺の尾上の鐘に数へてぞ聞く」（称名院集）。

二 「一もとの松」を寂しいとする歌例に、「夕づく日入りぬる峰の色濃きに一もと立てる松ぞ寂しき」（風雅集・雑中・忠季）。連歌例に「むなしき跡にひとり住む宿／池水のかたへに立る松寂し」（玉屑集・雑・玄仍）がある。

三 日が射していたが、今、時雨れてきて、という意。歌例に「片岡の日影時雨る柴の戸にしばしかかれる朝顔の花」（壬二集）がある。

四 遠くまで続く野原。「おのづから行き泊まる宿もなし遠き野原の夕暮れの空」（洞院摂政家百首・中宮少将）と詠まれるように、家一つない景である。「遠き野原の松の一もと」（玉屑集）。

五 「夕日影」が射す中、「宿り」を「頼む」と詠む歌例に、「夕日影射すや岡辺の玉篠を一夜の宿り頼みてぞ借る」（拾遺愚草）、「野」で雨に降られて「宿り」を「頼む」と詠む歌例に、「里もなき野中を過ぐる夕立に頼

41 [一]傾《かたぶ》くもただ[二]一もとの松寂し　巴

（朽ちた棚無し小舟の浮かぶあたりの海辺に、）傾いてはいるものの、松がただ一本寂しげに生えている。

42 [三]日影時雨て[四]遠き野の原《はら》　養

（傾きかけた一本の松の辺りは、）日も傾くとともに、時雨が降ってきた。目の前にははるか遠くまで野原が続いている。

43 [五]宿《舎》りをも[六]いづち行きてか頼《たの》ままし　伝

（はるか遠くまで続く野原で、）宿るところをど

朽ちた棚無し小舟の様子を詠む前句に、それがある海辺には、ただ一本だけ傾きながら寂しげに生えている松がある、と付けた。付合においては「傾く」は、「古川に傾きをれる捨て舟の浮かぶかたなく朽ちや果てるなむ」（新撰六帖・信実）と詠まれるように、「棚無し小舟」のことでもあろう。さらに、前句で「棚無し小舟」の形容として用いられた「朽ちて年古る」は、「松」のこととしても読める。水際には朽ちて傾き沈みかかった小舟、その岸辺には同様に傾きかかった一木の松だけが生えているという、荒涼とした風景を描く。

季―雑。

前句で詠まれた「一もとの松」を野原のものとし、「傾く」を「日影」と取っての付け。「日影」が「傾く」と詠む歌例に、「暮れはつる今日の日影も傾きて名残少なく残る春かな」（宝治百首・下野）等がある。一本の松の生える遠くまで続く野原に、日が傾くと同時に、時雨が降ってきた、ますます、寂しげなことだというのである。野良仕事の者、または旅する者の感慨とも取れるが、直接的な旅の語はない。

季―冬（時雨て）。

前句を旅での句と取って、家一つなく果てしなく続く野原にいて、日も傾き、時雨も降ってきたが、どこに行ったら宿るところがあるのだろう、と付けた。「頼む」など恋の言葉があるが、前句との関わりから、

こに行って頼んだらよいのだろう。

一句では旅の句とすべきであろう。
季―雑。題材―旅（宿り）。

44　契り[七・]あまたにかくるあだ人[八]　　仍

（どこに宿りを求めるのか、）あちらこちら約束する、実のない恋人である。

今夜泊まる「宿り」をどこに行って求めるのかとする前句を、旅の途次でのことではなく、浮気な男に関わることと取っての付け。旅から恋の句に転じた。会う約束をあちらこちらでして、自分のもとに来ない男は、どこに泊まるところを求めているのだろう、というのである。「契りあまた」は自分に対して頻繁に約束をする、とも取れるか。「頼む」に「契り」が寄り合う。後代の類似した連歌例に「所定めぬ夜半の仮臥／あだなるは契りあまたの頼あれや」（文禄三年二月二十二日何船百韻・英怙／景敏）等がある。
季―雑。題材―恋（契り）。

45　古《ふ》り[九]にたる身を忘《わす》るる《ゝ》は恋路にて　　養

（多くの女性と関係を結ぶ浮気な男であるが、）年老いた身であることを忘れるというのが恋の道であることなので。

前句の多くの女性と関係を結ぶ「あだ人」を年老いた者として付けた。年老いたことを忘れてさせてしまうのが「恋」というものだ、ということで、年老いても恋心多き色男の習性を詠む。「あだ人」から「古」の連想は、「秋と言へばよそにぞ聞きしあだ人の我を古せる名にこそありけれ」（古今集・恋五・読人不知）によるか。
寄合―「あだ人」と「我身ふるせる」（壁）。
季―雑。題材―恋（忘る・恋路）、述懐（古りにたる身）。

む宿りは杜の下陰」（沙玉集）。
六　歌例に「霞みゐる富士の山辺に我が来なばいづち行きてか妹が嘆かむ」（五代集歌枕・読人不知）、連歌例に「いづち行てか枕定めむ／二道に思ひうかれて夜も深ぬ」（老葉）等がある。
七　会う約束を数々する。「かくる」は底本「かへる」に読めるが、諸本により「かくる」とした。類似の歌例に「あだなるはあまたに交はす契りとて我にはうとき小夜の手枕」（雅敦卿詠草）が、後代の連歌例に「よるべとも頼むはあらぬ心にて／契りあまたにかけ置くもなし」（天正四年九月一八日白何百韻）がある。
八　「あだ」は実のないこと。浮気な人。「あだ人」の「契り」がはかないものであることを詠む歌例に、「あだ人の言ひし契りの浅茅原浅くも頼む我ぞはかなき」（臨永集・恋中・為冬）がある。
九　年老い、古びてしまた身。歌例に「姿こそゆきふりにたる身なれども袖は涙に色めきにけり」（六百番歌合・経家）。

46　昔《むかし》[一]はか《ゝ》るもの《物》も思はじ[二]　理

(我が身が年老いたことを忘れてしまうのが恋の道だが、)昔はこのようなもの思いもしなかったことだろう。

老いた身を忘れてしまうのは恋の道だと詠む前句に、昔はこのようなもの思いはしなかっただろうに、と老境の恋に苦悩する心を付けた。「逢ひ見てののちの心にくらぶれば昔はものも思はざりけり」(拾遺集・恋二・敦忠)を本歌とし、付合においては「昔」は若い頃の意と、恋をする前の意を兼ねる。「思ひきや年のつもるは忘られて恋に命の絶えむものとは」(千載集・恋四・崇徳院)の歌例も参考になる。

季—雑。

題材—恋(思ふ)、述懐(昔)。

47　長《永》[三]き夜の月[四]やあらぬとうち侘び・ぬ　玖

長い夜には月が出ているにもかかわらず、「これは昔と同じ月ではないのだろうか」と思い、つらくなったことだ。(昔はこのようなもの思いはしなかっただろうに。)

昔はこのようなもの思いはしなかっただろうにとする前句の「昔」に着目し、頭注〈四〉の業平歌を本歌として、秋の長夜に月を眺め、「これは昔見た月ではないのだろうか」と侘びしがる心を付けた。前句のもの思いを、秋の夜の月が出ているにもかかわらず、その月さえも昔と同じようには見えないように感じるとした。「涙ゆゑ月やあらぬとながめ侘び／秋の辛さに人ぞ習へる」(明応八年十二月十四日初何百韻・重経／勝仁)等の連歌例もある。

季—秋(長き夜・月)。

48　砧《きぬた》[五]の上《うへ》に深《ふか》[六]き露霜　蒼

(月は出ているのだろうかと思いつつ、衣を擣《う》っていると、)いつの間にか、砧の上には数多の

秋の長夜の侘びしさを詠む前句の「うち侘び」を、砧を「擣《う》ち侘び」たと取りなして、その砧の上に露霜が深く置くさまを付けた。「里は荒れて月やあらぬと恨みても誰浅茅生に衣擣つらむ」(新古今集・秋下・良経)を念頭に置くか。付合において、「月やはあらぬ」は月が出ているのかどう

一　昔と今の有様を比較する表現。「荻の葉に昔はかかる風もなし老はいかなる夕べなるらむ」(続拾遺集・雑秋・基家)。

二　思わないだろう。助動詞「じ」は、和歌・連歌ともに多くは打消意志で用いるが、ここでは打消推量。

三　長い夜。「長き夜の月」の歌例に、「このごろの涙は秋の故ならずくもりなはてそ長き夜の月」(土御門院御集)などがある。

四　「月やあらぬ春や昔の春ならぬ我が身一つはもとの身にして」(古今集・恋五・業平／伊勢物語・四)による表現。自分の置かれている状況が変わってしまったために、月が昔と同じように見えない、ということ。

五　槌で布地を打って柔らかくしたり艶出しをする際に用いる台。「擣《う》つ手よりこぼるる霜や白妙の砧の上をまた濡らすらむ」(雪玉集)。

六　露や霜がしとどに置

くさま。この言い回しは連歌例に「この夕べ籬のもとに虫鳴きて／外面の野辺に深き露霜」（難波田千句第二百韻）等がある。

七　雁。渡り鳥で、秋に北方から飛来し、春に北へと帰る。

八　自分自身の羽ばたきで起きる風。ここでは、その羽風によっても、の意。「小夜深く旅の空にて鳴く雁は己が羽風や夜寒なるらむ」（後拾遺集・秋上・伊勢大輔）に拠る表現。

九　その時分とは見えない、その時節らしくない、といった意。「水無月のころとも見えぬ草葉かな秋津の里の道の露けさ」（秋風集・定信）。「にはかに荒く雨ぞなり行く／野分立つ頃とも見えぬ秋風に」（葉守千句第十百韻・肖柏／宗長）。

一〇　この表現を用いた例に「消えあへぬ外山の松の雪の色に花をことわる春の寒けさ」（雪玉集）、「淡雪は如月かけて降る空に／残り多しや春の寒けさ」（那智籠）がある。

露と霜が置いたことだ。

49　雁[七]がねや己[八]《お〔を〕の》が羽風も萎《しを〔ほ〕》るらん　哉

（部屋の中の砧の上に露霜が置いたが、空の上の）雁は自分の羽で生ずる風でも身が萎れるのだろうか。

50　ころ[九]とも見えぬ[一〇]春の寒けさ　恵

春になった頃だとも思えない春の寒さよ。

かと問いかける意。部屋の中にいて、男の来訪を待ちつつ、砧を打ってると、いつの間にか、砧の上に露霜が置いたというのである。露は涙を暗示する。同様の情景を詠む歌例に、「砧さへ擣ち弱りつつ露霜もふる里寒き秋のあはれさ」（亜槐集）。

寄合―「長き夜」と「擣衣」（壁）。

季―秋（砧・露霜）。

露霜が置く秋の風情に、そうした季節に飛来する雁は自分の羽ばたく風でも萎れているのだろうかと思い遣る心を付けた。頭注〈八〉の伊勢歌に加えて「霜迷ふ空に萎れし雁がねの帰るつばさに春雨ぞ降る」（新古今集・春上・定家）も踏まえたか。定家歌では春の帰雁であるが、ここでは露霜の候になった時期の雁である。擣衣と雁を詠み込んだ歌例に、「衣擣つ砧の音を聞くなへに霧立つ空に雁ぞ鳴くなる」（新勅撰集・秋下・好忠）。

寄合―「擣衣」と「雁の声」（拾・竹）。

季―秋（雁がね）。

羽風によって身も萎れる雁を推測する前句に、春らしくない寒さを付けた。秋から春に転じた句。付合では春とも思えない寒さの中で、飛ぶ雁も萎れているかと思い遣る体となる。49句で挙げた定家歌を基とする連想であろう。その場合は、前句は北へ帰る雁となり、あるいは萎れるのは寒さに加えて春雨によって、とも解せるか。『僻連抄』では「余寒」は一月で、「帰雁」は二月中旬から三月初旬とする。ここでは余寒の一月も過ぎ、雁が帰る頃になってもまだ寒い春ということであろう。

季―春（春）。

(三折表)

51 散る色は雪の夕《ゆふべ》の山桜《ざくら》　仍

(春とは思えない寒さゆえであろうか、) 散って行く花の色が雪のように見える、夕暮れ時の山桜である。

52 杉むら霞《かす》む鐘《かね》ほのかなり　巴

(桜の散る山の) 杉の木立の辺りは霞んでいて、入相の鐘の音が幽かに聞こえてくる。

53 関越えて急《いそ》がしたつる都人　蒼

(暁の鐘の音も幽かに聞こえてきて、杉木立も霞んで見える辺りの) 関所を越えて、急いで発って行く都人であるよ。

一 散って行く桜の色。
二 桜の花が散るさまを、雪の降る様子に見立てる。「桜散る木の下風は寒からで空に知られぬ雪ぞ降りける」(拾遺集・春・貫之) 等、例は多い。
三 杉の群生する木立のこと。杉林。「杉むら」と「鐘」を結んだ歌例に「深き夜の峰の杉むら置く霜の色より寒き鐘の声かな」(春夢草) 等がある。B本「杉原」。
四 鐘の音が少しだけ、ぼんやりと聞こえるさま。「鐘の音は霞のそこに明けやらで影ほのかなる春の夜の月」(新後撰集・春下・為家)。
五 関所。逢坂関、白河関、勿来関、鈴鹿関等が有名。歌枕となったものも多い。ここは逢坂の関か。「これやこの行くも帰るも別れつつ知るも知らぬも逢坂の関」(後撰集・雑一・蟬丸)。
六 急いで出立する。歌

春らしからぬ寒さを詠んだ前句に対し、散って行く桜を雪と見立てた付け。夕暮れの寒さから春の情景も冬と見紛うというのである。桜や梅の花を雪と見立てる作例は多いが、時分を夕べとすることでより寂寥感を漂わせる。本付合と類似する和歌に「暮山雪」の「冬ごもり春に知られぬ花なれや吉野の奥の雪の夕暮れ」(後鳥羽院御集) などがある。
季―春 (桜)。題材―山類 (山桜)。

夕方に散り行く山桜を雪と見立てた前句に、夕霞に沈む杉木立の光景と、ほのかに聞こえる鐘の音を付けた。付合において、鐘は入相の鐘となる。前句の「散る色」により、「杉むら」はさらに霞んで見える。落花か霞の色が判別できない幻想的な春の夕べに、幽かな鐘の音が響くという光景である。花が散る夕べに鐘が鳴るさまは、「山里の春の夕暮れ来てみれば入相の鐘に花ぞ散りける」(新古今集・春下・能因) 等と詠まれる。
寄合―「夕」と「鐘」(壁)。
季―春 (霞む)。

前句の「鐘」をここでは暁の鐘と見て、早朝に急いで関所を越え出立する都人を詠む。春から旅の句に転じる。「逢坂や梢の花を吹くからに嵐ぞ霞む関の杉むら」(新古今集・春下・宮内卿) を意識した付けか。「逢坂の関の杉むら霧こめてたちども見えぬ夕影の駒」(新後拾遺集・秋上・待賢門院堀河) や「杉むらはまだ夜を残す相坂の関路いくよと急ぐ鳥の音」(黄葉集) の歌例に「泊まる人も急がしたてて旅の道したふにも似ぬ暁の宿」（雪玉集）等がある。

七　足の速い馬。歌例に「板橋の音もとどろにうち渡す駒の足とき村雨の空」（雪玉集）等がある。

八　「足とき駒」もつらいものである、つらい別れ、と上下に掛かる。「足とき駒」をつらく感ずるのは、そのような馬は別れを惜しむ心情を理解せず、足早く去って行ってしまうからである。馬の足音をつらいと詠む歌例に「駒の音もつらき別れよ宿近く駆けざらましを前の棚橋」（春夢草）がある。

九　感情の激しさと馬の勢いの激しさをいう。ただし、馬・駒を「激し」と詠む歌例や連歌例は見当たらない。

一〇　人の面影。面影が離れないと詠む歌例は多く、「忘れにし人は名残も見えねども面影のみぞたちも離れぬ」（続後撰集・恋五・待賢門院堀河）などのように、恋の歌に詠まれることが多い。「鹿毛」を掛ける。

54

[七]足とき駒も[八]つらき別れ路　哉

別れを惜しむ心もない足の速い馬というのはつらいものだ。この別れの時には。

55

[九]激《はげ》しさも[一〇]影《かげ》は離《はな》れぬ心にて　池

（足の速い馬が）勢いよく疾走する中、あの人の面影が心から離れることがない。

例のように、「杉むら」は日中でも暗いものだが、その杉木立も朝霞がかかり、鐘も聞こえてきたため、旅人は急いで関路を越えるのである。「逢坂の関路をいかに急ぎてか越えにしのちは遠ざかるらむ」（続後拾遺集・恋四・読人不知）。

寄合—「杉むら」と「関」（璧）。

季—雑。題材—旅（関越えて・都人）。

関を越え、急いで出立する都人を詠んだ前句に対し、急ぐといっても、別れに際して、すばやく離れ去って行ってしまう足の速い馬というのはつらいものだ、と付く。急いでいる旅人であれば、速い馬は歓迎すべきことなのだが、ゆっくりと別れられないのをつらく思う心情である。「別れ路」のつらさを詠む歌例に「別れ路のつらきにだにもかへぬ身の命ぞいつの契りまつらむ」（慶運法印集）等がある。

寄合—「越ゆる関路」と「駒」（拾・竹）。

季—雑。題材—恋（つらし・別れ路）、旅（句意）。

足の速い馬に乗っての別れ路がつらいと詠む前句に、そんな中でも、別れた人の面影は心の中から離れることはないと付けた。「激しさ」は馬の形容であろうが、「別れ路」は「別れ路はいつも嘆きの絶えせぬにいとど悲しき秋の夕暮れ」（新古今集・離別・隆家）と詠まれるようにつらいものであるため、別れに際しての感情でもあろう。「影」には馬の毛色の「鹿毛」が掛けられ、勢いよく離れている「鹿毛」の馬も「面影」は離れないというのである。

季—雑。題材—恋（句意）。

一　風が途絶えるさま。この言い回しは和歌に見られず、「風の途絶えに近き笛の音／夢覚ますよそまですめる里神楽」（玉屑集・昌叱）等、連歌例に散見する。
二　夢の中で、人のもとへ通う道の意である「夢の浮橋」による表現。「うき臥し」は、夢が途絶えたのち、つらい気持ちで臥すさま。「月さへや見し世の友を偲ぶらむ／昔語りの夢の憂き臥し」（姉小路今神明百韻・宗砌／専順）等の連歌例がわずかにある。
三　「浮き」と「憂き」を掛ける。B本「うき橋」。
四　淡竹《はちく》。「呉竹は葉細く河竹は葉広し」（徒然草）。
五　竹が這い入る狭い小屋。「這入りの小屋。狭《せば》い庵」（日葡）。「植ゑぞせむさつ男さ乙女我が門の這入りの小屋に運ぶ早苗を」（月草）、「竹の這入りの小屋の狭《せば》しさ」（称名院追善千句第四百韻）。
六　底本「かり臥に」。諸本「うたた寝に」。56句に「臥」があるため、諸本の形を採用した。
七　月が「住む」と「澄

56　風[一]の途《と》絶えの夢[二]のうき[三]臥《ふ》し　養

（激しい）風も今は途絶えたが、同時に夢も途絶えてしまった。（恋人の面影の離れぬままに）つらい気持ちで床に臥せることだ。

57　呉《くれ》[四]竹の這《はい》[五]入りの小屋《こや》のうたた[六]寝《ね》に　伝

（風の途絶えとともに見ていた夢も消えてしまった。）呉竹の生えている狭い小屋で、うたた寝をしていたが。

58　月[七]ひとり澄《す》む夜半《よは》の哀れさ　理

月はそれのみで澄みわたり、その月を見る私もひとりで（狭い小屋に）住む、夜半の哀しさで

前句の「激しさ」を付句では風の激しさと取り、激しく吹いていた風の途絶えと共に夢も覚め、夢の面影だけが離れず残っているとした付け。「憂かりける人を初瀬の山颪よ激しかれとは祈らぬものを」（千載集・恋二・俊頼）が参考になる。眠りを妨げるはずの風は止んだが、見ていた夢も途絶えてしまい、恋人の面影だけは離れずにいて、つらい気持ちのまま臥していると詠む。一句の発想のもととなったのは、定家の「春の夜の夢の浮橋途絶えして峰に分かるる横雲の空」（新古今集・春上）である。
季—雑。題材—恋（夢のうき臥し）。

前句の「うき臥し」の状況を具体的に示した付け。風も夢も途絶え、つらい気持ちで臥せている眠りは、呉竹の生えている狭い小屋での「うたた寝」であるとした。また、前句の「臥し」に「節」を掛け、「竹」と寄り合う。「風」と「竹」「うたた寝」を結ぶ歌例に「窓近き竹の葉すさぶ風の音にいとど短きうたた寝の夢」（新古今集・夏・式子内親王）等がある。「一夜さへ夢やは見ゆる呉竹の臥し馴れぬ床に木枯の風」（常徳院詠）の歌例にも見られるように、竹の葉に吹く風は夢を覚ますものとなる。
寄合—「夢」と「うたた寝」（壁）。
季—雑。題材—居所（小屋）。

前句の「這入りの小屋」でうたた寝をしている人を、付句では、ひとり澄みきった月を眺めながら夜半にもの哀しさを感じる人、とした。前句「這入り」に「月」の影が入る、が意識されているか。「呉竹」と「月」「独り」を結んだ歌例に、「独りかも月は待ち出でて呉竹の長々し夜を秋風ぞ吹く」

む」を掛ける。人がひとりで住むと表現した歌例に、「ひとりすむ門田の庵の月影に我がいねがてを訪ふ人もなし」（続拾遺集・秋下・師継）等がある。

八　一般に「押し照る」は「難波」に掛かる枕詞。「鳰の湖」と結んだ例は見当たらない。ここでは一面に照りわたる、の意。「焼く塩の煙はあれど押し照るや難波に晴るる月の影かな」（新千載集・秋上・国量）。

九　琵琶湖の異称。類似した表現の歌に「しな照るや鳰の湖に漕ぐ舟のまほならねども会ひ見しものを」（源氏物語・早蕨）がある。

一〇　底本は58句と同じく「理」とする。諸本に従い「玖」に訂正。以下、64句まで作者が一つずつずれていることから、目移りが生じたと見て作者名を64句まで修正する。

一一　霧が山を他のものと隔てるさま。「霧」が隔てていると詠んだ歌例に、「今は身のよそに隔つる秋霧のたち野の駒は今日か引くらし」（新後拾遺集・雑上・花園院）がある。

ある。

59　押《お〔を〕》[八]し照《て》るや鳰《にほ》[九]の湖《水海》秋更けて・　玖[一〇]

（あわれを誘う夜半、）月だけが照りわたり、琵琶湖の秋はますます更けてゆくことだ。

60　霧《きり》こそ山をよそに[一一]隔つれ　蒼

（琵琶湖にかかる）霧が山を向こう側に隔てることだ。

（秋篠月清集）等がある。

季―秋（月）。

前句の澄んだ月が出ている場所を、付句では琵琶湖の異称である「鳰の湖」とした。また、前句の「あわれさ」を、ここでは秋の風情のあるさまとする。澄んだ月だけが昇る夜にしみじみとした風情を感じるが、それは琵琶湖を月光が広く照らしている晩秋の景である、と応じたもの。「月」と「鳰の湖」を結んだ歌例に「風わたる鳰の湖空はれて月影清し沖つ島山」（続千載集・秋下・冬平）、「唐崎や鳰の湖の水の面に照る月波を秋風の吹く」（後鳥羽院御集）等がある。

寄合―「月」と「鳰海」（竹）。

季―秋（秋）。題材―水辺（湖）。

秋の鳰の湖を詠む前句に、その湖の周囲の山々に霧が立ち、山を湖から遠くへ隔ててしまった、と付けた。付合において、前句の「押し照る」のは日の光であろう。湖面は日光に照らされているが、山は秋霧が立っていて、湖と山が隔たっているように見える、というのである。後代の歌例ではあるが、松永貞徳の「明けぬれば雨も晴れ、湖水の面風吹かず、四方の山の端朝霧に見えず、いづくまでも海上のやうに見え侍りければ／朝霧に山し見えねば久方の雲井に続く鳰の海かな」（逍遊集）が参考になる。霧の「鳰の湖」を詠んだ歌例に「さざ波や鳰の湖の明け方に霧がくれ行く奥の釣舟」（拾遺愚草）等がある。

季―秋（霧）。題材―山類（山）。

一 辺り一帯が暮れる。歌例に「暮れわたる遠山まゆのかた乱れのぼる霞やまづ隠すらむ」（正徹千首）がある。
二 夕暮れの鳥を詠む歌例に「夕暮れは梢の床やまがふらむこれかかれかと鳴く鳥かな」（赤染衛門集）が、連歌例に「鳥鳴く深山の雲に日は暮れて」（萱草）がある。
三 市へ続く道。歌例に「焼津へに我が行きしかば駿河なる阿倍の市路に会ひし子らはも」（万葉集・巻三・春日蔵首老）がある。
四 帰り道。「帰るさ」に同じ。歌例に「帰るさを急がぬほどの道ならばのどかに峰の花は見てまし」（千載集・春上・忠通）がある。
五 あちらこちら。「煙」と結んだ歌例に「うちなびき里こそ霞め遠近の朝けの煙春や立つらむ」（新千載集・春上・為藤）などがある。
六 霜がおりること。

61
[一]暮《く》れわたる空に遅《をく》れて啼く鳥[二]　巴

（霧が山を隔てている）すっかり暗くなった空に、まだ塒《ねぐら》に戻ることができず、帰り遅れて鳴く鳥よ。

62
[三]市路のか[四]へさ見《み》えぬ行く末　伝

（すっかり暗くなってしまい、）市からの帰り道が見えず、帰り行く先が分からないことだ。

63
[五]遠近の煙《けぶり》立ち添《そ》ふ[六]霜降りて　養

（市からの帰り道、行く先もよく見えない。）あちらこちらの家々から煙が立ってはいるが、冷

山が霧に隔てられると詠む前句に、すっかり日が暮れたはずなのに、巣に帰ることができず遅れて鳴く鳥のさまを付けた。霧が隔たって場所を見失い、塒《ねぐら》の山に帰れずにいるというのであろう。『枕草子』に「秋は夕暮れ。夕日の射して山の端いと近うなりたるに、鳥の寝床へ行くとて、三つ四つ、二つ三つなど飛び急ぐさへあはれなり」とあるように、鳥は夕方になると山にある塒に帰る。後代の歌例ではあるが「塒とふ深山鳥の遅れじと帰る夕の雲ぞ淋しき」（新明題集・基福）が参考になる。
季―雑。

辺りが暮れてしまったのに、帰り遅れてまだ空にいる鳥の声が聞こえると詠む前句に、すっかり暗くなったため鳥だけでなく人も市からの帰り道が見えず、行く先も分からないと付けた句。「鳥」と「市路」を結んで詠む連歌例に「鳥飛ぶ市路の村に日は落ちて／嵐に晴るる川面の山」（池田千句第一百韻・宗哲／宗坡）がある。
寄合―「鳥」と「市」（壁・拾・竹）、「鳥鳴く」と「市路」（随）。
季―雑。

市からの帰り道、行く先がよく分からないと詠む前句に、あちこちで煙が立ってはいるが、と付けた。「煙」は「霜の上の朝明の煙絶え絶えに寂しさ靡く遠近の宿」（拾遺愚草）の歌例のように、家々からの立ち上る煮炊きの煙であろうか。遠くに煙が立ってはいるものの、自分の帰り道は分からな

「秋されば雁の羽風に霜降りて寒き夜な夜な時雨さへ降る」（新古今集・秋下・人丸）。

七　まだ夜が明けきらない早朝の意。歌例に「朝まだき射すや日影の移るより霜に濡れ行く山の下草」（光経集）がある。

八　「しのぐ」は障害物を押さえる様子。ここでは高瀬舟が川波の中を進む様子のこと。歌例に「霧深き波路をしのぐ友舟も声をしるべの雲の初雁」（雲玉集・馴窓）等がある。

九　河川で使われた小舟。遊船の他に、渡し船や荷物の輸送のために用いられた。歌例に「高瀬舟はやこぎ出でよさはるとてさし帰りにし葦間分けたり」（和泉式部集）が、連歌例に「風は朝夕吹かぬ日ぞなき／高瀬舟瓜木の行き来いかなれや」（壁草）がある。

たい霜がおりてきて。

64　朝《あさ》七まだきより日や昇《のぼ》るらん　　池

（朝餉の煙が立ち昇ってきた。）まだ、夜が明けきらない早朝であるが、早くも日が昇って来ているのであろうか。

（三折裏）

65　川波《浪》八をしのぐは遅き高瀬舟九　　恵

（朝日が昇る頃、）川の波を押し分けて進むのは、（船足の）遅い高瀬舟であるよ。

いというのであろう。しかも、霜までおりてきた、と心許ない心情を詠む。

季―冬（霜）。

前句で詠まれた家々から立ち上る煙を、朝餉の煙と取りなし、早朝の景に転じる。辺りは霜がおりて寒いものの、日が昇りはじめたようで、家々の朝餉の煙も見えてきたというのである。霜に朝日が射し、朝明の煙が見える景を詠む歌に、「日影射す板屋の霜のむら消えに立てぬ朝明の煙をぞ見る」（草根集）がある。前句の「降り」に「昇る」と応じている。

季―雑。

朝日が昇る時分を詠む前句に、そのような早朝、川の波を押し分けて進む高瀬舟は、舟足の遅い舟ではあるが、それでも川波を押し分けて進んでいると付けた。朝、川を下って行く高瀬舟を詠む例に「曙や川瀬の波の高瀬舟下すか人の袖の秋霧」（新古今集・秋下・通光）がある。前句の「まだき」に対して「遅き」と応じている。川波のはげしさと、それを乗り切って進む高瀬舟という動きを捉えた句。

季―雑。題材―水辺（川波・高瀬舟）。

一　この世で歳月を送ること、日々の生業。「わざ」は行為、仕事の意。「世にふるわざ」の形での用例は、和歌・連歌ともに管見に入らない。「世にふるは苦しきものを槙の屋にやすくも過ぐる初時雨かな」（新古今集・冬・二条院讃岐）。

二　何が平穏でたやすいことがあろうか。類似の連歌例に、「治むる道よえやはやすかる」（伊勢千句第四百韻・宗長）がある。

三　みすぼらしいのは。山賤《やまがつ》を「あやし」と詠む歌例に、「時鳥初音を聞くや山賤のあやしき身にも取り所なる」（拾玉集）等がある。

四　山に住む人。ここでは山賤の意。樵、炭焼き等、山に住む身分の低い者。連歌例に「山人の住家を何に出でつらむ」（称名院追善千句第七百韻）。

五　あどけない。歌例は稀だが、「いはけなきほどより人の逢ひそめて」（称名院追善千句第一百韻）など連歌例は多い。

六　B本「あはぬ」。

66　世[一]にふるわざは何[二]かやすかる　玖

この世で歳月を送る、その日々の生業は、何が平穏でたやすいことがあろうか。

67　あ[三]やしきはただ山《ゞ仙》[四]人の住まひ《・ゐ》にて　養

（平穏でたやすいことがあろうか。）みすぼらしいのは、あのような暮らしをしている山賤の住まいであって。

68　い[五]はけなきにも飽《あ》[六]かぬ垣《かい[ひ]》[七]間《ま》見《み》　巴

（不可思議な山住みの人の家である。）その家の少女はあどけないが、それでも飽くことのなく垣間見をすることである。

川波を乗り越えて行く高瀬舟を詠んだ前句に、渡世の辛苦を思いやる句を付けた。船頭・漁民の労働になぞらえて現世のつらさを訴える歌例に、「川舟の上りわづらふ綱手縄苦しくてのみ世を渡るかな」（新古今集・雑下・頼輔）、「舟の内波の下にぞ老いにける海人のしわざもいとまなの世や」（同・良経）等がある。類句に「薄霧の絶え間に下す柴小舟／世渡るわざぞ誰も苦しき」（看聞日記紙背連歌・応永二十四年十一月二十三日唐何百韻・正永／椎野）。

季―雑。題材―述懐（世）。

渡世の辛苦を詠んだ前句から山賤を連想し、付句では、この世の生業はどれでもたやすいことなどないのに、どうして暮らしをたてているのか、と思うほどにみすぼらしい山賤の住まいであると詠んだ。「世」と「山人」を結んだ歌例に、「山人のおのが爪木を引きつれて世をふる里に帰る悲しさ」（兼澄集）、「世を渡る心の内ぞあはれなる雪踏み分けて出づる山人」（清輔集）等がある。

寄合―「世」と「住む」（壁）。

季―雑。題材―居所（住まひ）。

前句は、ただひたすらにみすぼらしい山賤の住まいを詠むが、付句では「山人」を山に住んでいる人と見て、その人を垣間見するさまを詠んだ。『源氏物語』（若紫）で某僧都の家に女の姿が見えるのを源氏一行が不審がる場面と見定め、若紫を垣間見する光源氏の様子を付けたもの。前句の「あやし」を、ここではなぜ山に住んでいるのか不思議である、の意に取りなしている。

七　物の隙間からのぞき見すること。頭注〈五〉と同様、和歌例はわずかな一方、「垣間見忍ぶ中川の宿」（熊野千句第十百韻・道賢）など連歌例は多数見える。

八　苦しいもの思い。述懐・恋どちらも使われる措辞。恋で用いた連歌例に「げに前の世の報いなるらん／嘆かじよただ我からの憂き思ひ」（菟玖波集・恋下・公雄）。

九　習い始めたのか、の意。「かくばかり思ふといふを頼まぬは誰につらさを習ひそめけむ」（続千載集・恋四・義行）。

一〇　時とともに衰えてしまったことだなあ。桜の花が散ることとついて詠む歌例に、「春霞棚引く山の桜花移ろはむとや色変はり行く」（古今集・春下・読人不知）等がある。

一一　桜の一枝。歌例に「闇ならば折りて帰らむ時の間に暮れぬ山路の花の一枝」（拾遺愚草員外）、連歌例に「思ふにはのちの憂き名もよしやただ／折るをば許せ花の一枝」（文和千句第二百韻・良基／周阿）。

69　[八]憂《う》き思ひ・誰にか[九]習《なら》ひそめ《初》つらん　理

（あどけない様子でありながら、飽くことのない垣間見をするが、）その苦しいもの思いは誰に習い始めたのだろうか。

70　[一〇]移《うつ》ろひにけり花の[一一]一枝《えだ》　蒼

（苦しいもの思いは誰に習い始めたのか。花のせいであろう。たしかに、）時とともに色褪せてしまったことだ、花の一枝は。

「あやし」が多義語であることについては、宗祇『長六文』に「あやしきといふ詞にも二種候ふ。いつとても恋しからずはあらねども秋の夕べはあやしかりけり、これは不審したる詞なり。名は人めきて、この類ひ多く候ふ。源氏の物語の詞に、かくあやしき垣根に咲き侍り、と御随身が申したるは、賤しき垣根といふ心なり」とある。

季―雑。題材―恋（垣間見）。

飽きることなく垣間見する状況を詠んだ前句に、その垣間見をする主体を、「いはけなき」男と取りなして、このような恋のつらさを誰に習い始めたのかと訝しむさまを付けた。幼い者の恋を詠む連歌例に「さても誰かは恋は教へし／はかなしやいはけなきどちのもの思ひ」（壁草）がある。

季―雑。題材―恋（思ひ）。

つらい思いを誰に習い始めたのか、と詠む前句に、そのつらさは花の色が移ろうことで知ったのであると付けた句。恋の句から春へと転じた。花によってもの思いを習うとする発想は、「人知れずもの思ふことは習ひにき花に別れぬ春しなければ」（詞花集・雑上・和泉式部）によるか。移ろう花に心の憂いをことよせる歌例に、「人ぞ憂き思ひ限なき花も今移ろひ侘ぶる春の暮れ方」（春夢草）、連歌例に「涙な添へそ齢もぞ憂き／花もただ身を恨むやと移ろひて」（下草）等がある。

季―春（花）。

71 瓶[一]にさす梅はかを《ほ》りも深[二]からで　巴

（花の色も褪せてしまったことだ。）花瓶に挿してある梅は、香りも深くなくて。

72 春[三]待ちえても埋[四]み火のもと　養

（花瓶に挿した梅は、春が浅いからだろうか、香りがまだ深くない。）せっかく春がやってきたのに、いまだ埋み火のそばから離れられないでいる。

73 語《かた》[五]るにやあつき[六]恵みは知《し》るるらん　池

（埋み火のもとで、）語っていると暖かくなり、身に受けた篤い恩恵が自然と理解されるだろう。

前句の色褪せてしまった「花の一枝」を梅に取りなし、瓶に挿した梅の花は香りも深くないことだと付けた。「久しかれあだに散るなと桜花瓶にさせれど移ろひにけり」（後撰集・春下・貫之）と詠まれるように長くあれと瓶に挿したものの、甲斐なく移ろい行く梅の花を詠む。「かをりも」の「も」には、梅花の姿だけでなく、それとともに賞美される香りまでもが衰え行くことが意味されている。「移ろふ花」に「梅」を取り合わせた付合に、「松の色移ろふ花にあらはれて／霜にやせたる梅のあはれさ」（飯盛千句第五百韻・紹巴／元理）等がある。
　寄合―「花」と「梅」（璧）。
　季―春（梅）。

瓶に挿した梅の香りは深くはないと詠む前句に、待ちかねた春がやってきても、まだ埋み火が必要な寒さで、そのそばから離れられないと応じた句。付合においては、梅の香りが浅いのは春が浅いからだというのである。「梅」と「埋み火」を取り合わせた歌例に「山里は垣根の梅の匂ひきてやがて春ある埋み火のもと」（正治初度百首・家隆）、連歌例に「哀れにも片枝咲く梅冬枯れに／埋み火近きかたや長閑けき」（出陣千句第二百韻）等がある。
　季―春（春待ちえて）。

まだ埋み火の必要な早春を詠む前句に、その火のもとで語り合ったからか、篤い恩恵を知ることができたとしたもの。春から雑の句に転じた。「篤き」に暖かいという意味の「熱き」が掛かり、前句の「火」と寄り合う。「霜雪の夜半とも知らず語るには寒さ覚えぬ埋み火のもと」（言綱詠草）等

一 花を生けるために使う器。瓶に花が挿されるのは、長寿の亀に託けてのこと。「桜花瓶に挿せども 亀と云ふ名に愛でて瓶にさしたれども早く散ると云ふ義なり」（藻塩草）とある。「瓶にさす水の氷にうち解けて心浅くも匂ふ梅かな」（松下集）。

二 「深し」は香り等が強く感じられること。「軒近き梅の匂ひも深き夜の闇もる月にかをる春風」（風雅集・雑上・久時）。

三 待ちに待った春が訪れること。「新玉の春待ち得たる空にさへ去年見し雪の消えぬ野辺かな」（亀山院御集）。

四 火桶・炭櫃等の灰に埋めてある炭火。暖をとるために用いる。冬季の語だが、「霞みあへずなほ降る雪に空とぢて春もの深き埋み火のもと」（風雅集・春上・定家）等、余寒を詠む際に配されることもある。

五 人と語ることによってか。和歌には見られない表現。連歌例に「語るにや心の果てもなかるら

ん／心積もれる老の古言」(壁草) 等がある。

六　篤実な恵み。「年暮るる法の袖にや包むらむかづくる綿のあつき恵みを」(草根集)。

七　代々伝えられてきた。「伝へもてこし今の一巻／うちとけて語るを聞けばなつかしみ」(石山千句第三百韻・玄哉／守仙)。

八　各家の伝統。遺風や家業等。「絶えせじものよ家々の風」(園塵第二)。

九　B本「玄哉」。

一〇　山から雨雲が去り晴れて行くさま。類似した景の歌例に「深山より時雨は晴るる村雲に日影なみよる庭の松風」(紫禁集) 等がある。

一一　底本、B本「山雲」。C本により改めた。

一二　今朝見える月。有明の月。「山本の霧一むらの木の間より落ちて影ある今朝の月かな」(雪玉集)、「入り方の空にや待ちし今朝の月／野辺の牡鹿も跡慕ふ山」(称名院追善千句第八百韻)。

一三　C本・D本「玄哉」。

74　七伝《つた》へもてこし八家々の風《かぜ》　九恵

代々伝えてきた各々の家の伝統である。(それを子孫へ語り伝えると、篤い恵みが自ずと分かるのだろう。)

75　一〇山よりも一一雨雲晴《は》るる一二今朝《けさ》の月　一三伝

(家々に吹く風で) 山からも雨雲が晴れて行き、その晴れ間から今朝の月が見えることだ。

のように、埋み火のもとで誰かと語らい、寒さを忘れさせてくれると詠む例がある。頭注(六)の正徹歌や「よよかけて奉る氷の例にもあつき恵みは春に見ゆらむ」(芳雲集) にあるように、仏法や春の恵みとも解しうるか。

寄合―「埋み火」と「語る夜の友」(拾・竹)。

季―雑。

前句の「あつき恵み」が知られるのは、代々伝えられてきた家の伝統があるからだとした付け。「語る」と「伝へもてこし」が対応する。付合では「あつき恵み」は朝廷あるいは主君からの恩恵といった意となり、家風を伝えて語る中で、その恩寵のありがたさを改めて知るというのであろう。

季―雑。

前句の「家々の風」を、付合では家屋に吹きつける風と取りなし、山の方はその風により雨雲も吹き払われ、朝方には月も見えていると応じた。「夕日寂しく通ふ秋風／薄霧の晴るる山より月見えて」(菟玖波集・秋下・道平)。「家の風」と「月」とを結んだ歌に「久方の月の桂も折るばかり家の風をも吹かせてしがな」(拾遺集・雑上・道真母) があり、これは、「月の桂を折る」つまり、官吏登用試験に合格する意を含んだ例。本付合では「家々の風」から、道真母歌を背景として、「月」を連想したのであろう。

季―秋 (月)。題材―山類 (山)。

一　重ね合っていた袖が離れたのち、残された者の袖の上に置く露。涙を暗示。一句では「白妙の袖の別れに露落ちて身に染む色の秋風ぞ吹く」(新古今集・恋五・定家)が本歌か。

二　どうしてよいか分からずに苦悩するさま。「いかにせむ数ならぬ身にしたがはで包む袖よりあまる涙を」(金葉集・恋上・読人不知)。

76　別《わか》れし袖の露いかがせん　　蒼

(雨雲はすっかり晴れて明け方の月が見える。)

そのような朝、)別れたのちに袖に露が置く。

どうしたらよいであろうか。

朝、山から雨雲が晴れて行くさまを詠む前句に、その景を眺めながら、別れたのちの袖に置いた露を嘆く女の心を付ける。付合では、「春の夜の夢の浮橋途絶えして峰に分かるる横雲の空」(新古今集・春上・定家)のように、山から離れ行く雨雲は別れの象徴ともなり、雨は晴れたのに対して自分の袖は涙の露に濡れ、その露には「今朝の月」が宿るという仕立である。「雨雲」と「袖」を結ぶ歌例に「雨雲の晴るるよもなく降るものは袖のみ濡るる涙なりけり」(後撰集・恋四・読人不知)がある。『文選』「高唐賦」(宋玉)の、楚の懐王が夢で巫山の神女と契り、女は辞去する際に「旦朝雲と為り、暮行雨と為る」と告げたという逸話が背景にあるか。

寄合―「月」と「露」(拾・竹)。
季―秋(露)。題材―恋(別る)。

三　忍ぶ草では染めまい。「じ」は打ち消し意志。「陸奥の忍ぶもぢずり誰故に乱れそめにし我ならなくに」(伊勢物語・一)を本歌として「乱れ」を省略する。「忍ぶ草とあらば　乱るる」(連珠合璧集)。

四　男女の約束、関係。「草」の縁語。「逢ひ見しは一夜の夢の草枕結ぶも仮の契りなりけり」(新後撰集・恋四・聖勝)。

77　忍ぶ草《ぐさ》染《そ》めじと結ぶ契りにて　　理

忍ぶ草で乱れ染めにしないように、心を乱すことはしないと約束した仲だったのに。

前句の別れの袖に露が置く場面を後朝のものと見定めて、忍ぶ草で染めない、すなわち心を乱さないことを誓った関係だったのに、と付ける。心を乱さない約束だったのに袖に置く涙の露をどうしようかというのである。「色見えぬこれや忍ぶの摺り衣思ひ乱るる袖の白露」(新後撰集・恋一・実氏)等の歌例がある。「露」と「忍ぶ(草)」を取り合わせた例は多いが、ここでは「荒れまさる軒の忍ぶを眺めつつしげくも露のかかる袖かな」(源氏物語・須磨)を念頭に置くか。

寄合―「露」と「結ぶ」(壁)。
季―秋(忍ぶ草)。題材―恋(忍ぶ・契)。

五　相手との関係が絶えて。「繰り返し思ふもはかな片糸のよるの契りは

78　絶《た》えて心の待《ま》つもはかなや　　仍

思い乱れることはしないとの約束した、と詠む前句に、そうであったのに関係が絶えた時、相手をつい待ってしまうという心の

絶えて久しき」（雪玉集）。

六　季は夏。歌例に「秋近み夏果て行けば時鳥鳴く声かたき心地こそすれ」（後撰集・夏・読人不知）等がある。

七　日光。古歌には「影」を「暑」いと詠む例は乏しく、連歌では「暮るれば明くる夏の夜の空／影暑き西日にしばし戸をさして」（萱草）等がある。

八　「暑き日」は「松陰の岩井の清水よそにては暑き日しもぞいと涼しき」（公義集）が比較的早い例で、室町期に増加する。連歌では「暑き日の衣の裾を吹く風に」（宝徳四年千句第二百韻・利在）等がある。

九　蟬。「空蟬の声聞くからにものぞ思ふ我もむなしき世にし住まへば」（後撰集・夏・読人不知）。連歌の例に「玉簾晴るる待つ間も夏の雨／鳴きくらすもや空蟬の声」（伊庭千句第五百韻・宗碩／宗長）。

（思い乱れるようなことはないと思っていた仲だったのに、）関係が絶えても、心の中であの人を待ってしまうのも、はかないことだ。

79　（名残表）[六]秋近くなりても[七]影《かげ》の[八]暑《あつ》き日に　巴

（飽きられて、訪れが絶えても、待ってしまう。）秋が近くなっても、日射しがまだ暑い日に。

80　さぞなと思ふ[九]空蟬《うつせみ》の声　恵

なるほどそうだ（まだ夏なのだ）なあと思う。蟬の声によって。

ありさまを嘆く句を付けた。前句の「結ぶ契り」に「絶え」が応じる。「とひ絶ゆるその面影をむば玉のよるよる夢に待つぞはかなき」（言国詠草）。

季―雑。題材―恋（待つ）。

訪れの絶えた恋人を待つとする前句に、秋が近くなっても日ざしの暑い日に、と具体的な待つ状況を付けた。前句の「待つ」に「松」が響き、「影」（陰）が応じる。付合では「秋」には「飽き」が掛かり、夏の暑く長い日に、飽きられ始めていることを感じながら、それでも待つ女のさまとなる。「いつまでのはかなき人の言の葉か心の秋の風を待つらむ」（後撰集・恋五・読人不知）。

季―夏（秋近し・暑き日）。

前句の晩夏の情景に、秋近くなっても鳴いている蟬の声で応じる。「さぞなと思ふ」は、なるほどまだ夏だと思う心情。「暑さ」と「蟬の声」を詠む古歌に「声聞けば暑さぞまさる蟬の羽の薄き衣は身に着たれども」（和泉式部集）、後代の歌例に「立ち寄れば暑き日影も蟬の羽の薄くもなるか木々の下風」（称名院集）があり、「暑さ」（厚さ）と蟬の羽の「薄さ」を対とする趣向が詠まれ、「暑き」と「空蟬」が寄り合う。ここでも暑い日なので、なるほど蟬は薄い羽で鳴く、とも解しうるか。『源氏物語』（帚木）の、空蟬が住む紀伊守邸を「中川のわたりなる家なむ、このごろ水堰入れて、涼しき蔭にはべる」を念頭に「影の暑き」から「空蟬」を連想したか。

寄合―「暑き日」と「蟬のしきりに鳴」（随）、「暑き日」と「蟬」（拾・竹）。

季―夏（空蟬）。

81
五月雨《さみだれ》[一]は木の間《ま》に滝の落ち合ひて[二]　池

五月雨が木の間に降り、そこを流れる滝と合わさって落ちて行く。（それでも、なるほど空蟬の鳴き声ははっきりと聞こえてきて。）

前句の「空蟬の声」に、付句では「五月雨」とそれに合わさる滝の音で応じる。「空蟬」の声と「五月雨」を詠む歌例に「五月雨の雲ゐる峰の木の間よりほのかにもらす蟬の初声」（隣女集）がある。五月雨の雨音は滝の音と混ざり合って混然としているが、蟬の音だけは「さぞな」と表現されるように、それでもなるほどはっきりと聞こえる、というのであろう。「石走る滝の淀みにうち添へて木ごとに蟬の声聞こゆなり」（散木奇歌集）が参考になる。

季―夏（五月雨）。題材―山類（滝）。

82
波《浪》[三]こゆるかの布留《ふる》[四]の高橋　理

（五月雨で）川も増水し、波が越えて行きそうな布留の高橋よ。

前句の「五月雨」によって川が増水し、高いはずの「布留の高橋」も波が越えてしまいそうだと付けた。また、「布留」に「五月雨」が「降る」を掛ける。「五月雨」の「布留の高橋」を詠む歌例は、頭注（四）の讃岐歌や、「日数経て浪や越すらむ五月雨は雲間も見えずふるの高橋」（続千載集・夏・宗秀）等多い。

寄合―「五月雨」と「橋を水の越ゆる」（随）、「五月雨」と「水越る川橋」（拾・竹）、「雨」と「ふる」（璧）。

季―雑。題材―水辺（浪・布留の高橋）。

83
年月[五]の恋《こ》ひ[六]わたるをば言《い》ひがたみ[七]　蒼

（波が橋を越えそうでいて越えないように、）長い間恋い慕い続けてきた気持ちを、相手に言い

前句の「波こゆる」を恋心の逡巡を乗り越える比喩、「布留」を「経る」と取り、長年恋い慕ってきた気持ちを、未だに言い出せないでいる、と付けた。「わたる（渡）」が「橋」と寄り合う。本付合と類似した語を用いた歌例に、「石上布留の高橋誰がために憂きを忘れて恋ひわたるらむ」（続千

一　陰暦五月頃の雨。この雨が木の間を流れる滝の水に合わさるとする。
二　雨水等が合流すること。「五月雨」と結んだ歌例に「五月雨の山の雫の落合ひに水上多き谷河の水」（法性寺為信集）等がある。B本「落そひて」。
三　波が越えて行きそうな。「橋」と結んだ歌例に「波こゆる五月の雨も八橋や蜘蛛手に見えてしぶく川風」（松下集）。
四　現在の奈良県天理市を流れる布留川にかかっていた橋。橋げたの高いことで知られていた。「石上布留の高橋高しとも見えずなり行く五月雨のころ」（三百六十番歌合・讃岐）。
五　これまで経てきた歳月。
六　恋い慕い続けること。
七　言うことが難しい、言いかねる、の意。恋の思いを言いかねることを詠む歌例に、「いかにせむかくとは人に言ひがたみ知らせねばまた知る道もなし」（玉葉集・恋一・

為子)。

八　意地を張るが、結局は負けてしまった恨み。「恨みてもなほ慕ふかな恋しさのつらさに負くるならひなければ」(新拾遺集・恋五・今出河院近衛)の歌例や、「問はずはいとど憂さや積もらむ／恨つる心比べに我負けて」(壁草)等の連歌例のように、恋の心比べに負けてしまうということ。

九　自分の側。「我が方にとはでは人はよも知らじ恨みてはまた恨むべきかは」(他阿上人集)。

一〇　そのことだけに。歌例に「ひたすらに恨みしもせじ先の世に逢ふまでこそは契らざりけめ」(千載集・恋二・家通)、「ひたすらに恨みてもまたいかならむつらき限りのなからましかば」(新千載集・恋五・為明)等がある。

一一　恋心を捨てない、という意。一般には、「述懐／世の中よ捨てぬ心の引く方に慰めきつる身の果ても憂し」(雪玉集)のように、世を捨てない心として詠む例が多い。

出せないままでいる。

84　[八]負《ま》けし恨《うら》みも多《おほ》き[九]我《わ》が方《かた》　恵

(長年の恋心を打ち明けられないのは、)意地の張り合いに負けた恨みが数多くある自分だからなのだ。

85　[一〇]ひたすらに[一一]捨てぬ心の中(うち)にして　玖

(恋に破れることが多い私だが、)心の中では恋する気持ちをひたすらに捨てないでいる。

載集・恋二・道玄)や「年月を布留の高橋かひなしや恋ひわたるとも人し知らずは」(十輪院御詠)等がある。

寄合―「橋」と「わたる」・「ふる」と「月日」(壁)。

季―雑。題材―恋(恋ひわたる)。

長年の恋心を告げることができないでいる、とする前句に、その理由は、自分にはこれまで恋の心比べ、つまり意地の張り合いに敗れ、その恨みが数多くあるからだ、と付けた。後代の歌例だが「互恨絶恋／我のみと我をことわる恨みにや人も負けじの心添ひけむ」(称名集)は、互いに意地を張っている恋心を詠む。本句では、結局は意地を張り通せず負けることの多い私であるが、その恨みも多いので、長年の思いを言い出せないというのである。

季―雑。題材―恋(恨み)。

恋のさや当てに負けた恨みを詠む前句に、それなのに、恋心を捨てられない心の内を詠む。「ひたすらに」は、頭注〈一〇〉の為明の歌や、「ひたすらに恨みしもせじ前の世に逢ふまでこそは契らざりけめ」(千載集・恋二・家通)では「恨み」の心として詠まれるが、ここでは恋に破れた恨みも多いがそれでも「捨てぬ」とした。「ひたすらに捨てぬ心の中」は打越の83句「年月の恋ひわたる」に意味が重なり、打越の禁に抵触する。

寄合―「恨み」と「心からに」(竹)。

季―雑。題材―恋(句意)。

一　つらい言葉。つれない言葉。また、それらを書いた文。「尽きもせず憂き言の葉の多かるを早く嵐の風も吹かなむ」（後撰集・雑三・読人不知）。

二　かき集める。「水茎はこれを限りとかきつめてせきあへぬものは涙なりけり」（千載集・恋四・頼政）。

三　このようにして。「かくてこそ見まくほしけれ万代をかけて匂へる藤波の花」（新古今集・春下・醍醐天皇）。

四　折にふれて懐かしむ。「折々に昔を偲ぶ涙こそ苔の袂に今も乾かね」（風雅集・雑下・遠衡）。

五　思い出のよすがとなるもの。「忘れぬや偲ぶやいかに逢はぬ間の形見と聞きし明け暗れの空」（千載集・恋四・忠良）。

六　蓬等の雑草が生い茂った荒れた所。歌例に「いかでかはたづね来つらむ蓬生の人も通はぬ我が宿の道」（拾遺集・雑賀・読人不知）。連歌例に「この夕べ憂きにもなさ

86
[一]憂《う》き言《こと》の葉《は》も[二]かきつめて置《を》く　養

（恋心を捨て切れず、）つらい言葉もかき集めて置いておく。

87
[三]かくてこそ[四]折々偲《しの》ぶ[五]形見《かたみ》なれ　哉

このように（かき集めて置いておくことが、）折にふれて懐かしむ思い出のよすがとなるのである。

88
訪《と》ひ来《き》て悔《くや》し[六]蓬生《よもぎふ》の秋　蒼

訪ねて来て残念な思いをしたことだ。そこは荒れ果てて蓬が茂った秋の宿である。

恋心を捨てることのできない人物のありようを詠む前句に、だからこそ、恋人に文などでつれない言葉を投げかけられても、それをかき集めて置いておく、と付けた。言の葉を「かきつめ」ることを詠む例には、頭注（二）の頼政歌や、「かきつめし言の葉のみぞ水茎の流れて止まる形見なりける」（続詞花集・哀傷・公通）等がある。「捨てぬ」に「かきつめて」が応じる。

季―雑。題材―恋（句意）。

言の葉をかき集めて置いておく、とする前句を受けて、それは別れたのちも恋人を懐かしむよすがとするためだ、と理由を付けた。『源氏物語』（幻）で、源氏は須磨にいた際にやりとりした手紙を、紫の上の亡きあとに焼かせてしまう、その場面の歌に「かきつめて見るもかひなし藻塩草同じ雲居の煙とをなれ」がある。本付合は、焼かずに「かきつめて置く」ことで形見となるとした。つらい言葉や体験がかえって形見となると詠む例には、「うれしくは忘るることもありなましつらきぞ長き形見なりける」（新古今集・恋五・深養父）等がある。

季―雑。題材―恋（偲ぶ・形見）。

恋人の形見を見て昔を懐かしむと詠む前句に対して、昔を思い出して恋人を訪ねるも、すでにその人はいなかったことを残念に思う様子を付けた。「蓬生の秋」からは、光源氏の離京後に蓬が生い茂って荒廃した末摘花の邸が連想される。前句に引き続き『源氏物語』に関する言葉を付けた句。「た

で訪はば訪へ／思ふにかはる蓬生の秋」（飯盛千句第三百韻・為清／元理）。また、『源氏物語』の末摘花の邸宅を暗示する。

七　聞いているとすぐに。聞くやいなや。「空蟬の声聞くからにものぞ思ふ我もむなしき世にし住まへば」（後撰集・夏・読人不知）。

八　人を待つという松虫。「人待つ」と「松虫」の掛詞。「秋の野に人まつ虫の声すなり我かと行きていざ訪《とぶら》はむ」（古今集・秋上・読人不知）。

九　いったいいつの間に。「昨日こそ早苗取りしかいつの間に稲葉そよぎて秋風の吹く」（古今集・秋上・読人不知）。

一〇　冬が近いことを思わせる空模様。「冬近き空」と詠む例はないが、「冬近き色を見せてや葦垣の吉野の花も雪と降るらむ」（隣女集）のような歌例、「松虫の音さへしづめる秋の暮れ／日なみ重ねて冬近き頃」（文安雪千句第七百韻・頼重／有春）のような連歌例がある。

89　[七]聞《き》くからに[八]人まつ虫の鳴き絶《た》えて　養

聞いている内に、人を待つという松虫は鳴くのをやめてしまって。

90　野は[九]いつの間《ま》に[一〇]冬近《ちか》き空　玖

（松虫の鳴き声もなくなり、）野では、いつの間にか冬が近いことを思わせる空になった。

づねても我こそ訪はめ道もなく深き蓬のもとの心を…雨そそきも、なほ秋の時雨めきてうちそそけば」（源氏物語・蓬生）。「偲ぶ」と「蓬生」を詠む例には、「かひもなし訪はで年経る蓬生の我のみ偲ぶもとの心は」（続拾遺集・恋五・実家）がある。ただし、83句から恋の句が続きここで六句目となることから、この句は秋の景の句として詠まれたか。

季―秋（秋）。題材―恋（訪ふ）。

荒れ果てた宿を訪ねたことを詠む前句を受けて、人を待つという松虫さえ、今は鳴くことをやめてしまった、と付けた。和歌では「契りけむほどや過ぎぬる秋の野に人まつ虫の声の絶えせぬ」（拾遺集・秋・読人不知）や「契り来し君こそとはずなりぬれど宿には絶えずまつ虫の声」（玉葉集・恋四・弁乳母）のように、人が来ないにもかかわらず訪れを待って鳴く虫として詠まれるが、ここでは虫さえ鳴くのをやめてしまったとする。『産衣』の「松虫」項には「また人を待虫、誰を待虫など句作りては恋になるなり」とあるが、この句も前句同様に、秋の風情を詠んだ句。

寄合―「蓬生」と「松虫」（随）。

季―秋（松虫）。

聞いている内に松虫が鳴きやんでしまったと詠む前句に、野原ではいつの間にか冬の気配を感じさせる空模様となった、と付けた句。虫の鳴き声が絶えて冬の到来に気づくことを詠む例には、「まことにや冬は来にけるむべしこそ枯野に虫の声絶えにけれ」（堀河百首・基俊）がある。

寄合―「虫」と「野」（拾・竹）。

季―秋（冬近き）。

一　風が吹いているにもかかわらず、の意。歌例「風ながら夜半もあけおく松の戸に濡るる時雨の苔の衣手」（草根集）。

二　月が照らす川に霧が立ち時雨が降っているようだ、の意。「月の川霧」の措辞は先行例が見出せない表現。「らし」は霧によって見えないが、その奥を想像する表現。霧を隔てて時雨となったさまを詠む歌例に「今朝の間の霧より奥や時雨つる晴れ行くあとの山ぞ色こき」（玉葉集・雑一・仲覚）がある。

三　谷の入り口。谷戸。わずかしか陽が当たらない場所として詠まれる。参考「見ればいまだ山の端高く残る日に谷の戸くらす村時雨かな」（雪玉集）。

四　大和国の歌枕。「小」は接頭語。初瀬山周辺の山々に囲まれた峡谷がある。「入るまでも末こそ見えねかくらくの初瀬の山の谷の下道」（新撰六帖・光俊）。

五　あらたかな霊験。「あきらけきあら人神の験あらば曇らぬ御代をさ

91　[一]風ながら月の[二]川霧《ぎり》時雨るらし　仍

風が吹いていながらも、月の下を流れる川は霧が立ちこめ時雨が降ってきているらしい。

92　[三]谷の戸暗《くら》き[四]小初瀬の山　巴

谷の入り口が暗い初瀬の山であるよ。

（名残裏）

93　[五]あきらけき験《しるし》[六]見するは仏にて　蒼

いつの間にか冬が近い空の気配になっていたと詠む前句に、風が吹き月は出ているものの、川には霧が立ちこめ時雨が降ってきているようだと付けた。川を遠方から眺めた景。前句の「野」に「川」が対応し、「いつの間に」か、霧が立ちこめ「時雨」となる晩秋の景によって「冬近き空」を具体化している。霧は『僻連抄』では初秋の七月のものとされ、時雨は晩秋の九月から初冬の十月のものとされる。「霧」と「時雨」を結んだ歌例に「時雨行く安達の原の薄霧にまだ染めはてぬ秋ぞ籠もれる」（新続古今集・秋下・定家）がある。本付合と類似した連歌例に「水落る音やや寒く秋更て／時雨や残る河霧の内」（玉屑集・昌叱）がある。

季―秋（月・川霧）。題材―水辺（川霧）。

前句の「川」を初瀬川と取りなして、初瀬山近くの暗い峡谷の入り口のさまを付けた。谷の入り口はもともと光がわずかにしか届かない場所だが、月夜でも川霧がかかり時雨が降って、いっそう暗い景となる。「初瀬」を導いたのは「こもりくの初瀬の山は色づきぬ時雨の雨は降りにけらしも」（万葉集・巻八・坂上郎女／続古今集・秋下）、「初瀬の弓月が下に我が隠せる妻あかねさし照れる月夜に人見てむかも」（万葉集・巻十一・人麻呂／続千載集・雑体にも）等からの連想か。

季―雑。題材―山類（谷・山）。

初瀬山の谷の戸の暗さを詠む前句から、初瀬にある長谷寺に着目し、霊験あらたかな仏を讃える心を付けた。『源氏物語』（玉鬘）

（谷の入口が暗い初瀬山で、）あらたかな霊験を見せるのは仏であって。

94
教《をし》七へのまま《ゝ》に法《（のり）》やたもたん八　玖

（顕かな霊験を見せるのは仏であり、だからこそ）教えのままに仏法を護持したいと思う。

95
立《た》九ておく《を》も恋《こ》一〇ふるも庭の花盛　池

衆生を救おうと願いを立てる者も、仏を慕う者も集う教えの庭は花盛りであることだ。

の「仏の御中には、初瀬なむ日本の中にはあらたなる験あらはしたまふと」を踏まえたか。前句の「暗き」に「あきらけき」が対となる。谷の入口は暗いが、奥の長谷寺は光明に満ちているというのであろう。「初瀬山灯すが上やいただきの仏の照らす光なるらむ」（草根集）。

寄合―「初瀬」と「仏」（竹）。

季―雑。題材―釈教（仏）。

仏の霊験のあらたかさを詠む前句に、それ故にその教え通りに、仏法は保たれるのだろうと付けた。一句としては主語は示されていないが、付合においては顕かな功徳を見た人が、の意であろう。「一乗の御法をたもつ人のみぞ三世の仏の師とはなりける」（新続古今集・釈教・日吉十禅師の夢告歌）。

寄合―「仏」と「御法」（璧）。

季―雑。題材―釈教（法）。

仏法が保持されることを詠む前句を受けて、その通りに衆生を救う願いを「立ておく」者も、仏を慕う者も「教へ」の「庭」に集まり、そこが花盛りであるとした付け。「法」と「花」は『法華経』に拠る縁語。「花盛」とは、仏法の教えの庭が栄えるさまを暗示する。「春ごとに嘆きしものを法の庭散るがうれしき花もありけり」（千載集・釈教・伊綱）、「はるかにも匂ひけるかな法の花のち五百年なほさかりなり」（続後拾遺集・釈教・俊成）。

寄合―「法」と「花」・「教へ」と「庭」（璧）。

季―春（花）。

ぞ守るらむ」（新拾遺集・神祇・実俊）。

六　B本「みゆる」。

七　仏の説いた教えの通りに。「説く法の教へのままにつとめてや楽しみ多き国にむまれむ」（建武三年住吉社法楽和歌）。「いにしへの跡とて残る野辺の庭／教へのままの道な忘れそ」（連歌五百句）。

八　正しい状態を維持する、の意。歌例「いかにして法をたもたむ世にふれば眠りも覚めぬ夢のかなしさ」（発心集）。

九　衆生を救おうという願いを立てる意か。和歌、連歌の例は見出しがたい。花を立てるの意とも考えられるか。

一〇　仏を慕う者も、の意か。「恋ふる」は、恋しがる意。「桜花ころ過ぎぬれど我が恋ふる心の内は止む時もなし」（続後拾遺集・春下・人麻呂）。

一　垣根のように取り囲む岩の意。「岩垣…か文字清む也。…垣の如く岩のそばだちたるを云ふ」（産衣）。「見し人もなき山里の岩垣に心長くも這へる葛かな」（源氏物語・総角）。「月宿る庭の岩垣水澄みて」（萱草）。

二　B本「高き」。

三　藤の花房が靡いて動くさまが、波の打ち寄せるように見えることをいう。「岩垣」と結ぶ歌例に「咲きにけり誰に見せまし奥山の岩垣沼の岸の藤波」（新和歌集・春・信生）等がある。『拾花集』には「藤」の項に「岩垣藤」とある。

四　流れて増す水の量。「谷の戸の岩垣清水いかばかりこの五月雨に流れ添ふらむ」（宝治百首・按察）。B本「みかき」。

五　雨が絶え間なく降るさま。「アメ sosogu（ソソグ）」（日葡辞書）。

六　田を鋤き返して。「新小田をあら鋤きかへしかへしても人の心を見てこそやまめ」（古今集・恋五・読人不知）。

七　「民の世」と詠む例は、和歌、連歌ともに見

96　[一]岩垣《かき》[二]つづ《ゞ》きかか《ゝ》る藤波《なみ》[三]　養

（花盛りの庭には）岩が垣根のように続き、そこには藤が波のように咲き掛かっている。

前句の「立ておく」ものを垣根のように立ち並んでいる岩とし、その岩に藤が咲き掛かるさまを付けた。前句の「花」は藤の花となる。また、前句の「恋ふる」を仮名遣いは相違するが「越ゆる」として、「波」と応じたか。「松は岸庭は水かと見ゆるかな藤波かくる宿の砌は」（拾玉集）や「人家の庭に藤盛にひらけたる所／春の日の光照ります庭の面に昔に帰る宿の藤波」（拾遺愚草）など、「庭」と「藤波」を結ぶ歌例は多い。

季―春（藤）。

97　流《なが》[四]れ添《そ》ふ水かさや春の雨[五]そそき《ゝ》　哉

（波のような藤が掛かる岩垣に、）水の流れが加わり、その水量は、春の雨が降りそそいで、さらに増すことだ。

岩垣に藤が波のように咲き掛かると詠む前句に、春雨が降り添うと付く。垣根のように取り巻く岩を越えて流れ出る水を「岩垣（清）水」ということから、「流れ添ふ水かさ」と付けた。また、前句の「藤波」を「波」と見て、春雨が降りそそぎ、水かさが増すようだとする。岩垣水の歌例には「五月雨に沼の岩垣水越えて真菰刈るべき方も知られず」（金葉集・夏・師頼）等があり、「水かさ」と「藤」を結ぶ歌例に「池水にまさる水かさはなけれども藤波越ゆる庭の松が枝」（尊円親王百首）等がある。

季―春（春）。題材―水辺（流れ添ふ）。

98　返《かへ》[六]して民《たみ》[七]の世は豊《ゆた》かなり《也》　理

（水かさを増す春の雨が降るようになると、）田を鋤き返して田植えの準備をする。民の世は豊

春の雨が降るさまを詠む前句に、その季節になると、田を鋤き返し、田植えの準備が始まり、民の世は豊かになると付けた。雨が降ることで豊かになると詠む歌例は「降る雨の折をたがへぬ御代なれば年も豊かに早苗とるなり」（延文百首・尊氏）や時代は下るが細川幽斎の「元日に雨降り侍りけ

かなのである。

99　[八]捧《さゝ》ぐるも許《ゆる》す御貢《(みつぎ)》の限りあれや・[九]　巴

捧げたとしても、その貢ぎ物を納めることは免除される。その免除に限りなどあろうか、限りなどない。（そのようなことが繰り返されて民の世は豊かなのである。）

100　[一〇]ことぶきのみの[一一]九重の内《うち》　伝

言祝ぎの言葉ばかりが満ちあふれる宮中である。

れば／豊年の始めを見せて降る雨に民の草葉や先恵むらむ」（衆妙集）等がある。

季―雑。

前句「返して」を繰り返し「許す」意と取り、民が貢ぎ物を献上しようとしても、「許す御貢」つまり、貢ぎ物の献上をしなくてもよいという善政が、繰り返されるとした。「貢ぎもの許されて国富めるを御覧じて」の詞書のある仁徳天皇歌「高き屋にのぼりて見れば煙たつ民の竈はにぎはひにけり」（新古今集・賀）によって付けた句。「竈にぎはふ民の楽しみ」（紫野千句第八百韻・成阿）等、この歌を本歌とした連歌例も多い。貢ぎものは「いやしきや民のいとなく道も狭に尽きせず運ぶ貢ぎものかな」（永久百首・大進）等と詠まれる。類似した連歌例に「いづくの里も豊かなる頃／すへらぎの許す貢ぎの年をへて」（看聞日記紙背・応永十五年七月二十三日何船百韻・覚賢／明堯）等がある。

季―雑。

前句の「許す御貢」に限りがないさまに対して、この善政を行っている御代を言祝ぐ様子を付けた。怨声などなく、治世を言祝ぐ声ばかりが満ちているというのである。『文明十五年千句』の付合「誓ひのみ深き糺の宮の内／雪も重なることぶきの数」（第九百韻・千代寿丸／平江）等のように、「ことぶき」「九重」は挙句にふさわしい言葉である。

季―雑。

当たらない。

八　貢ぎものを捧げたとしても、の意。貢ぎものを「捧げる」または「許す」と詠む歌例は見当たらないが、連歌には「衣織る糸も貢の捧げもの」（文和千句第二百韻・周阿）、「許す貢は里の富草／いやしきか竈賑はふ秋なれや」（看聞日記紙背・応永十九年一月十四日山何百韻・資興／明堯）等がある。「貢とあらば許す、捧ぐる」（連珠合璧集）。

九　「なれや」（B本）。

一〇　「ことぶき」は言祝ぎの言葉。後代の連歌例であるが、類似した挙句に「ことぶきのみを思ふのどけさ」（文禄二年四月九日千句第五百韻・休有）などがある。

一一　宮中。「都…九重の内」（竹馬集）のように都の中とも解せるが、「九重の内だに明かき月影に荒れたる宿を思ひこそやれ」（拾遺集・雑秋・為政）等、歌例の多くは宮中を詠む。

一 底本の句上と本文の実際の句数が相違するのは、玄哉七、伝恵八、紹恵七。
二 底本「五」、諸本により改めた。
三 B本「水」、C本「水無瀬宰相」。
四 底本「池・紹恵」ナシ。諸本により補う。

蒼[一] 十三　宗養 十三　紹巴 十二[二]
玖 十一　元理 十　心前 一
[三]水無瀬宰相 二　玄哉 八　伝恵 九
仍景 七　池[四] 九句　紹恵 五

Ⅴ、文禄三年三月四日「何衣百韻」

（初折表）

[一]文禄三年甲午三月四日
[二]太閤様高野山御参詣之時、於[三]青巌寺御興行連歌

何衣

1 [四]年を経《へ》ば[五]若木も花や[六]高野山（たかのやま）　松

歳月を経るならば、若木も名高い桜となる。この高野山に植えた若木も、三回忌の節目の年を経て立派な花となったことだ。

2 霞《かす》む[七]片方《かたへ》は広き[八]垣内　興山上人

あたり一面が霞んでいる、その一方は（太閤殿下によって造営された青巌寺の）広い境内である。

文禄三年三月、秀吉の母大政所の三回忌法要の折に高野山青巌寺で行われた『高野参詣百韻』である。発句作者は秀吉。母の供養のために植えた若木が、年を経て、今は立派な花を咲かせている、と詠んだ。『連珠合璧集』に「若木とあらば、花咲き染る」。頭注〈四〉に示したように、上五「年を経ば」に「年を経て」の異同があるが、いずれにしても「年」とは、具体的には母が没してから三回忌に至るまでの年月を表していよう。

季―春（花）。題材―山類（高野山）。
切字―「や」。賦物―「花」。

高野山の若木も、年を経て名高い桜となる、と詠む花の発句に、遠方の花を霞と見まがうという発想を介して付けた。桜の花の色とあいまって霞んで見える高野山の一方にあるのは、青巌寺の広い境内である、として高野の寺域の広大さを表現した。一句としては具体的な場所を限定しないが、発句との付合においては「広き垣内」は、青巌寺の境内。当該句作者であり、秀吉の命によって青巌寺の造営にあたった応其は、「山賤の園の雪間の垣内に心狭くや若菜摘むらむ」（新撰六帖・信実）を意識し、寺

一 一五九四年三月四日。

二 「太閤様」は豊臣秀吉。太閤様が高野山ご参詣の際に。

三 青巌寺で興行なさった連歌。「青巌寺」は、天正二十年（一五九二）に没した母大政所の追善のため、秀吉が木食応其に命じて造営。時に秀吉は多大な寄進をした。現金剛峯寺境内の東部に存し、明治に入って興山寺と金剛峯寺となる。

四 B・C本「年をへ（経）て」。

五 生えてからあまり年月の経っていない木。E本「若木を」。

六 歌枕。和歌では「たかのやま」と読むのが通例。弘法大師空海の逝去が三月二十一日であることから「三月」と寄合（連珠合璧集）。

七 「片方」は、あるものの全体のなかの一部分。一方、片方。「霞」と「片方」を結んだ歌例に、「峰の雪もまだふる年の空ながら片方霞める春の通路」（正治初度百首・式子内親王）。B・C本「かたへは（の）」、D・E本「かたへの」。

八 垣根の内側。「霞むめぐりは広き垣内」（嵯

3　[九]軒端には残[一〇]らぬ庭の雪見《み》えて　白

その軒端には、庭に残っていない雪が見えていて。

4　[一一]光《ひかり》射《さ》し添《そ》ふ竹の[一二]末々　鳥

竹の葉の端々にまでも、日の光が射して輝きが増していることだ。

5　[一三]白波の寄《よ》せ来る方や[一四]月ならん　常真

（竹の林の向こうには白波が見えるが、）その白波が寄せ来る方には、月が出ているのだろうか。
（光が射している。）

領を寄進した秀吉の心を「狭く」はなく、「広い」との心持ちも含意して詠んだか。
季―春（霞む）。題材―居所（垣内）。

前句に詠まれた霞の立ちこめる広い境内の一角に雪の残る「軒端」が見える、と焦点を絞って付けた。日の当たる庭では雪が消えているが、木々に覆われた建物の軒端には、ということであろう。「春の始の心ならば、残雪」（連珠合璧集）とあるように、残りの雪は春の景物。
季―春（残雪）。題材―居所（軒端・庭）。

雪の残る軒端の建物を詠む前句に、その建物の庭の様子を付けた。軒端には雪が残るが、庭の竹には今、日の光が降り注いでいる、というのである。「光射し添ふ」は、秀吉の威光を暗示しているか。
寄合―「軒」と「竹」（法）。
季―雑。

前句で詠む「竹の末々」の向こうに、白波が見え、その辺りも光が射しているとした付け。ただし、付句では、日光から月の光に転じた。「行く水も明け行く色ものどかにて／月と雪とにまがふ白波」（文安月千句第三百韻・軒／生阿）の連歌例のように、白波は月光と見紛うものとされるが、今の見える光は白波によるのではなく、月が照らしているからなのだろうか、とした。
寄合―「光」と「月」（壁）。
季―秋（月）。題材―水辺（白波）。

峨千句第二百韻）のように、連歌の用例が多い。
九　軒端は軒先。軒端に春の雪が残るさまを詠む歌例に、「稀にだに人も訪ひこぬ杉の庵の軒端に残る春の淡雪」（新続古今集・春上・後鳥羽院）。
一〇　庭には残っていない雪。
一一　「射し添ふ」は、光が射して輝きを増すこと。「花の色に光射し添ふ春の夜ぞ木の間の月は見るべかりける」（千載集・春上・上西門院兵衛）のように、「射し添ふ光」は月の光が常套であるが、ここでは日の光。
一二　「末々」は、先端、行く末等の意。「この君の御代かしこしと呉竹の末々までもいかに言はれん」（玉葉集・雑三・後嵯峨院）、「五月闇雲間に少し月出でて／山あらはるる竹の末々」（伊庭千句第十百韻・宗碩／実隆）。
一三　「月光」と「白波」を結んだ歌例に、「玉拾ふ由良の湊に照る月の光を添へて寄する白波」（続後撰集・秋中・重時）。
一四　月が出ているのであろうか。この言い回しの歌例は少ない。

6

一さらに夕は秋の涼しさ　　紹巴

（白波の寄せる方から月が昇ってきた）夕暮れ時には、さらに秋の涼しさが加わることだ。

月が出る頃になったかと推測する前句を受け、夕暮れには秋の涼しさがいっそう際立つ、と付けた。「秋の涼しさ」が感じられるのは前句「白波の寄せ来る方」、つまり水辺であるからでもあろう。川波に秋の涼しさを感じると詠む「川風の涼しくもあるかうち寄する波とともにや秋は立つらむ」（古今集・秋上・貫之）が参考になる。
　寄合―「月」と「夕」（拾）。
　季―秋（秋）。

7

二露をただ三一《（ひと）》村《むら》雨の名残にて　　徳川大納言四

露だけを（涼しさを増した）にわか雨の名残りとして。

前句のさらなる「秋の涼しさ」は、「一村雨」が降ったことによるものとして付けた。村雨によって涼しさが増す例に、「秋の風に一村雨の露みちて晴行く雲の末ぞ涼しき」（拾玉集）、「涼しくも一村雨の過る野に」（永原千句第五百韻・重泰）。「露」は、前句と付くと「夕露」と解せる。「夕露にうつろふ月をしばし見て／涼しさ残る村雨の跡」（熊野千句第九百韻・常安／心敬）。
　寄合―「夕」と「雨」（壁）、「秋の涼しき」と「村雨」（随）、「夕」と「露」（拾）。
　季―秋（露）。

8

五霧払《はら》ひ六つつ七帰るさの袖　　玄旨

（にわか雨の名残の露が置いた）袖で霧を払いながら帰って行く人がいることだ。

前句で詠まれたにわか雨の名残の「露」を袖に置く露とし、その袖で霧を払いながら帰途につく人を付けた。「村雨の露もまだ干ぬ槙の葉に霧立ちのぼる秋の夕暮れ」（新古今集・秋下・寂蓮）のように、「一村雨」が降ったあとには「霧」が立ち込めているのであろう。前句の「露」は「帰るさの袖」を濡らす涙とも取れる。「明け方の月を袂に宿しつつ帰さの袖は我ぞ露けき」

一　添加の「また」の意。「さらに　又と云心もあり」（藻塩草）。E本「更て…」、F本「更にゆふは」。
二　露のみをただ。「ただ一（つ）」を言い掛けるか。ここでの「露」は雨の雫。
三　ひとしきり激しく降るにわか雨。「一村雨に袖ぞ涼しき」（菟玖波集・夏・無生）。
四　B・C本「徳川大納言家康公」。
五　和歌、連歌ともに払う対象は露、雪、塵等で、霧とするのは珍しい。「霧払ふ比良の山風更くる夜にさざ波はれて出づる月影」（新拾遺集・雑上・尊氏）。あえて「霧」とした点が作者の工夫か。
六　底本「つる」。D・

E本により「つつ」と改めた。「つる」として解すならば「露を払った」の意。

七　帰る折。「帰るさまと云ふ心なり」（産衣）。袖は人の姿を比喩的に表現。「なほぞ濡れ添ふ帰るさの袖」（新撰菟玖波集・恋上）。

八　山に近い場所が寒いことは、「山近み珍しげなく降る雪の白くやならん年積もりなば」（後撰集・冬・読人不知）。

九　木の下を通っている道。「山人の木の下道は絶えぬらん軒端のまさぎ紅葉散るなり」（夫木抄・良経）。「下道」が寒いと詠む連歌に、「冬枯れ寒き山の下道」（十花千句第八百韻・宗長）。

一〇　D・E本「冴る」。

一一　ねぐらを定めない。適切な場所がなく、定めることができないということ。「寝に行く鳥や宿迷ふらん」（河越千句第一百韻・長敏）。

一二　静けさを乱すように響く鳥の声。「騒ぐなり峰の林の夕間暮れ月出だす鐘に鳥も嵐も」（草根集）。

（初折裏）

9　山[八]近き木[九]の下道は寒[一〇]き日に　　中山大納言

山に近い木陰の道が寒い日に。

10　宿《やど》[一一]り定《さだ》めず　騒《さわ[は]》[一二]ぐ鳥の音　　日野大納言

（木陰の道が寒い日に、）棲み家を見つけられずに、静けさを乱す鳥の鳴き声が響いている。

（建礼門院右京大夫集）。なお前句の「露」「名残」と当句の「帰るさの袖」等、恋に関わる言葉が用いられているが、ここでは恋の句とは限定できない。当該句は、当連歌会の三カ月後、『毛利千句』（第七百韻）で紹巴が流用している。

　寄合―「露」と「袖」（壁）、「露」と「払ふ」（闇）。

　季―秋（露）。

霧を払いながら帰る人を詠む前句を受け、その人が通る道の様子を付けた。「霧深き山の下道分け侘びて暮れぬに止まる秋の旅人」（新後撰集・羇旅・守禅）も、似た情景を詠む歌例として参考になる。前句では「霧」が詠まれ、まだ秋の季節であるが、山から近い「木の下道」はすでに寒いとして、冬の季感を付けている。

　寄合―「霧」と「山」（拾）。

　季―冬（寒き）。題材―山類（山）。

木の下道は寒いと詠む前句に、寒さを凌ぐためのねぐらを探すが、見つけられずに騒ぐ鳥の様子を付けた。「御狩場の寒き嵐のなら柴に鳥立ちさわぐ霰降るなり」（沙玉集）、「風寒みねぐらに騒ぐむら鳥」（河越千句第六百韻・中雅）。「下道」には鳥の声が響くと詠む連歌例に、「鳥の声する山の下道」（春夢草）。「宿り」とあるが、ここは人家ではないため居所と取らない。「鳥、露の舎りは勿論居所に非ずと云々」（産衣）。

　寄合―「山」と「鳥」（壁）。

　季―雑。

11
[一]繋《つな》ぎ置く・[二]川辺の舟や下すらん　　利家

（騒いでいる鳥の声がするが、）川辺に繋いで置いてあった舟を下しているのであろう。

前句で鳥たちが騒いでいるのは、川辺に繋ぎ置かれていた舟を下しているからであろう、として思い遣る心情を付けた。前句の「宿り定めず」は、船頭の身の上でもあろう。『奥の細道』にも「行きかふ年もまた旅人なり。舟の上に生涯を浮かべ」とある。「浜清き由良の湊で鳴く千鳥夜舟や上る立ち騒ぐなり」（正治初度百首・小侍従）も、鳥の声によって舟の漕ぎ出されたことを知るという趣向の歌。
季―雑。題材―旅（舟）、水辺（川辺・舟）。

12
[三]明け・わたりたる[四]水の水《みな》上　　氏郷[五]

夜がすっかり明けて、辺り一面が明るくなった川の上流である。（川辺に繋いであった舟も下流へ漕ぎ出したことだろう。）

前句を、夜が明けたので舟を下すだろうと推測するさまと取りなし、「水上」へと視点を移動させ、朝になり、辺り一帯が明るくなってきた景を付けた。視界も明るく開けている。前句の「川」「舟」に対して「わたり」と言葉の上で付く。「水上」に対して「舟下すらん」と付けた例は、「夕日に晴るる水の水上／柴舟や時雨に濡れて下すらん」（永禄六年七月二十三日何船百韻・阡阿／従三位）。
寄合―「川」と「水」（璧）、「舟」と「わたる」（闇）。
季―雑。題材―水辺（水）。

13
[六]一筋の橋かと雲の[七]引き・捨《す》てて　　昌叱

（明け離れて行く川上の辺り、）空には一筋の橋かと思うような雲が引き捨てられていて。

前句の夜が明けわたった川上の情景に対して、その辺りの空を見上げると一筋の橋のような雲が引き捨ててある、と付く。視点を空へと展開した。「一筋の橋」のような「雲」は、夜明け方にたなびく雲。「明けわたる外山の末の横雲に羽うち交はし帰る雁がね」（続後撰集・春中・道助）、「明けわ

一　舟を係留しておく。「繋ぎ置く湊入江の舟の内に月間待ち出でて歌ふ海士の子」（卑懐集）の歌例もあるが、連歌に散見される表現。「日暮るれば繋ぎ置きたる川舟に」（石山千句第九百韻・清誉）。

二　川舟を下し始めたことの推定。「山本の入江の舟や下すらむ月ぞ遥かにさし上りぬる」（壬二集）。

三　辺り一帯が明るくなっている。ここでは夜が明け離れて行くさま。「明けわたりたる川水の色」（竹林抄）。

四　川の上流。下流から上流の方を想像する際に用いる言い回し。「山川の水の水上訪ね来て星かとぞ見る白菊の花」（続千載集・秋下・俊成）。

五　D・E本「民部卿」。B・C本右上に「蒲生」。

六　一本の橋。「さざ波や打出の浜に月冴えて一筋曇る勢多の長橋」（為尹千首）。

七　雲が引っ張られるように残っていて。横雲の形容。「待つぞ憂き空行

く風の引き捨てし雲の糸筋絶えん契りを」（草根集）の例もあるが、連歌に多い表現。

八　見ている内に。「み吉野の吉野の山の春霞立つをみるみるなほぞ雪降る」（風雅集・春上・貫之）、「山かけてみるみる虹の消えけらし」（飯盛千句第九百韻・玄哉）。

九　虹が立つさまは、「かき曇り時雨るる雲の絶え絶えに虹立ちわたる遠の山本」（為家千首）。E本「虹のはるる」。

一〇　空の中ほど。

一一　雨はただただ、ひたすら。連歌的表現。「雨はただ気色ばかりの笠やどり」（羽柴千句第五百韻・正繁）。

一二　山頂から山頂へ。「今朝ははや秋より冬に移るとて峰より峰に降る時雨かな」（続門葉集・冬歌・定済）。B・C本「峰より」の「峰」の右傍に「山」。

一三　通り雨が過ぎて行って。「雨はただ気色ばかりに降り通り」（天正十九年正月三日百韻）。D本「降廻り」。

たる横川の雲のまた引きて」（行助・竹林抄）。「わたり」に「橋」、「水の水上」に「橋」と応じ、また「水」と「一筋」も寄り合う（「川面《つら》」に「橋の一筋」〈随葉集〉）。

寄合―「わたる」と「橋」（壁・闇）。

季―雑。題材―水辺（橋）。

14　見る見る[八]虹[九]の立《た》てる半天《なかぞら》[一〇]　全宗

見る間に、虹の橋がかかって行く中空であることだ。

前句の橋のような雲を詠む前句に、その辺りに、反り橋のような虹が立ったと付く。「横雲」の見立てであった「橋」から「虹」を想起し、三句続いた水辺から離れた。「橋」「雲」に「虹」「立てる」と応じ、その場所は「半天」であると見定めた。「虹」と「川上」が寄合（竹馬集）であることから、打越と関連していて、観音開きの感がある。

寄合―「橋」と「虹」（合）、「雲の梯」と「虹」・「雲の梯」と「立つ」（壁）。

季―雑。

15　雨はただ[一一]嶺より[一二]峰に降り通り[一三]・　飛鳥井雅枝

通り雨はただざっと峰から峰に降り過ぎて行き。

前句の虹が立ったのは、通り雨が山から山へと巡って過ぎ去ったからだ、として付けた。「半天（空）」に「峰」「雨」、「虹」に「雨」が寄り合う。また付合においては、「みるみる」は「降り通」る「雨」にも掛かる。頭注〈一二〉の定済歌のように、時雨等は山から山へと降り巡るものとして詠まれる。「降り通る霰や音に知らすらむ落葉が底の谷の下柴」（雪玉集）の歌例はあるが、「降り通」るという言い回しは、もっぱら連歌で用いられている。「降り通りたる村雨のあと」（毛利千句第四百韻・紹巴）。

寄合―「空」と「雨」・「空」と「峰」（竹）、「虹」と「村雨」（璧）。

季―雑。題材―山類（峰）。

一　日が暮れると。「山の端の暮るればやがて影見えて待たれぬほどに出づる月かな」（続千載集・秋上・実教）。

二　月の光がぼんやりとしているさま。春歌で霞とともに詠まれるほか、「秋の夜の空に出づてふ名のみして影ほのかなる夕月夜かな」（山家集）と詠まれる。

三　底本「由巴」。諸本により改めた。以下同。

四　「虫の音」と共に野辺を進む様子を詠んだ歌例に、「夕されば茅が茂みに鳴き交はす虫の音をさへ分けつつぞ行く」（千載集・秋上・盛方）。

五　野の末が遠いと詠む歌例は「大江山いく野の道の遠ければまだふみも見ず天橋立」（金葉集・雑上・小式部内侍）をはじめ多い。「大江山月もいく野の末遠み玉ゆら待たず明くる空かな」（建保名所百首・家隆）。

六　さまざまな草の色。「種々」を掛ける。ただし、「種々」を植物そのものとして詠む歌例は同時代以前にはほとんど見られない。連歌例に「朽ち果てけりな道の末々／

16　[一]暮るれば月の[二]ほのかなる影　由己[三]

（雨が通り過ぎて）日が暮れると月が出てぼんやりと光を放っていた。

17　[四]虫の音に分け行く[五]野辺《べ》の末遠み　右衛門督

（ほのかな月の光の下、）虫の音が聞こえてくる野辺を分け行くが、その野辺の果ては遠いことだ。

18　靡《なび》き合ひたる[六]草々の色　政宗

（分け行く野辺には）お互いに靡き合っているさまざまに彩られた草々があることだ。

雨が峰から峰へ通り過ぎる、とする前句に、日が暮れると、峰の上には月もかすかであるが見えるようになった、と付く。雨が降ったために月がぼんやりとしていると詠んだ歌例に、季節は違うが「雨をやむ雲の薄みに行く月の影ほのかなる夏の夜の空」（二言抄・後鳥羽院）がある。

季―秋（月）。

日が暮れてかすかな光を放つ月が昇ってきた、とする前句に、そのような暮れ時、野を分けて行く者の思いを付けた。「ほのかなる影」である月は頼りにならないため、「虫の音」を頼りにしながら、野を行くということ。虫の音を頼りに野辺を行くという同趣向の歌は「振り延へてたづぬる野辺の夕暮れは鈴虫の音ぞしるべなりける」（周防内侍集）等。「この阿部野の松原を、…折節、松虫の声おもしろく聞えしかば、一人の友人、彼の虫の音を慕へ行きしに」などという謡曲「松虫」の風情がある。

季―秋（虫）。題材―旅（分け行く野辺）。

虫の音に引かれつつ行く野辺を詠む前句に、その野辺の様子を付ける。ここでは草の色を視認できる昼間の野辺の景として転じた。「草々の色」は、草の花の色とも、様々な色の草の葉の色とも取れる。『拾花集』では「花野」の項に「色草とばかりも秋なり。総じて、草の色、秋なり。草々の色」とあっ

草々の靡き合ひたる月見えて」(元亀二年千句・第七百韻)。

七　「露より霜」に変化すると詠む歌例に「秋の夜の露より霜に移り来て尾花が袖に冴ゆる山風」(文保百首・行房) 等がある。B・C本「わかる」と右に傍記。E本「をき乱る」。

八　朝ほのぼのと明るくなる頃。草葉に霜の置く朝の情景を詠んだ歌に、「さゆる夜の庭の草葉の朝ぼらけ雪と見るまで置ける霜かな」(壬二集)。

九　底本「長後」。B〜F本により改めた。

一〇　「初瀬山松の扉の朝明けに袖吹きそむる秋の初風」(建保名所百首・忠定) のように、扉は「あく」とする例が多いが、時代が下ると「幾夏か閨の扉を開きつつ音する風ぞ待つにもの憂き」(時慶集) のように「ひらく」と詠む歌が散見される。「あく」扉に「風」が吹く歌例に「松の戸をおしあけがたの山風に雲もかからぬ月を見るかな」(新勅撰集・秋上・家隆)。

一一　F本「風ぞ」。

19

七置き変《か》はる露より霜の朝ぼらけ八　　長俊九

(靡き合っている草がさまざまに色づいたことだ。) 露から置きかわって霜の置く朝ぼらけである。

20

開《ひら》く扉《とぼそ》一〇に一一風の吹《ふ》き入る　　松

(露から霜へと置きかわった、この冬の初めの今朝、) 開く扉からは風が吹き入ってくる。

て、「草々の色」は草の花の色、と取っているようである。

寄合—「虫」と「草」(壁)、「虫」と「色草」・「野」と「草」(拾)、「野を分くる」と「草の靡く」(随)。

季—秋 (草々の色)。

様々な色合いの草が靡き合っているとする前句の「色」を、紅葉した草と取って、ますますその色が深まっていく霜の置く朝を詠んだ。『連珠合璧集』「霜」の項には「霜とあらば、色づく」、『連歌寄合』「霜」の項には「時雨より霜ののち、紅葉色濃きものなり」とある。晩秋から初冬に露が霜へと置きかわると詠んだ歌例に、「草の葉にすがりし露は今朝よりや朝置く霜に置き変はるらむ」(月詣集・忠快)。

寄合—「灯」と「法」(闇)、「草」と「露」(壁)。

季—冬 (霜)。

霜の置く朝を詠む前句に、その明け方に扉を開いたら、冷たい風が吹き込んできた、と付く。時間的には扉を開き、外を見たら露から霜にかわっていたことに気づいた、ということか。付合において、「風」は「露も皆霜に冴え行く荻の葉の風さへ冬に変はり果てぬる」(自葉集) のように初冬の風であるが、一句としては季は定められない。「白露を秋の形見と見るべきに明日は霜にや置き変はるらむ」(玄玉集・道因) も、露が霜に変わる時節を詠む歌例。

季—雑。題材—居所 (扉)。

21　灯火《灯》や細[一]しきながら絶えざらん　上人

(開いた扉から風が吹き入ってくるが、)灯火は細いながらも絶えることがないのだろうか。

扉を開いたらさっと風が吹き入ってきたと詠む前句に、その風が吹き入っても、室内の灯火は細いが消えることはないと付く。『随葉集』で「灯のかすか」の寄合に「仏の別」「待ち侘る」「古宮」「古寺」を掲出。一句としては、寺社とも、恋人を待つ閨とも、閑居とも、特に場所は限定されない。細い灯火がともり続けるさまを詠む句に「更けてぞ残る細き灯」(園塵)、「開く扉」と「灯」を結ぶ連歌に、「灯細き陰の山寺／松風に開くる扉月射して」(宗祇百句)がある。

　季―雑。

22　御法《みのり》[二]の声も澄《す》める五更《あかつき》[三]　白

仏法を説く声も、絶えず澄みわたって聞こえてくる暁である。

前句の「灯火」から、世を照らす仏法を象徴する法灯のイメージを汲み取り、灯火をともして夜通し勤行する澄んだ声が暁に響く、と付けた。「法〈句作〉御法、法の灯、説く法の声、暁起き」(竹馬集)。暁の「法」の「灯」を詠む歌例に、「掲げおく法の灯消えぬ間に暁近くなるが嬉しさ」(新千載集・釈教・寛尊)がある。

　寄合―「灯」と「御法の声」・「灯」と「暁」(竹)。

　季―雑。題材―釈教(御法)。

(二折表)

23　[四]ひとり《独》寝の枕侘《わび》[五]しく夢覚めて　鳥

(仏法を説く声が澄みわたる暁もあるというのに、)ひとり寝の枕は寂しくてつらく、眠れぬ夜を過ごして暁となり、夢から覚めて。

前句の「五更」(暁)を、ひとり寝で夜を過ごした明け方と取りなし、釈教を恋に転じた付け。御法の声が澄みわたる悟りきった暁もあるというのに、私はひとり寝を嘆き、せめて夢の中で恋人に逢いたいと思っても、その夢すら覚めて暁をむかえるような、わびしい恋に惑う状態にある、とした。「暁」の「ひとり寝」を詠む歌に、「ひとり寝のさならぬ床も袖濡れぬ別れ馴れたる暁

一　細いながらも。灯火が微かにともるさま。語形不審。B・C本「ほそしきなから」を「ほそきなからも」と訂正、D・E本「細きなからも」、F本「細きなからに」等、諸本異同あり。他本により「細きながらも」と校訂すべきか。「灯」が細いと詠む歌に「あだし身の影とぞむかふ静かなる心の窓に細き灯」(為広集)。

二　仏法を説く声。仏菩薩の声にも、僧侶が勤行する声にもいい、ここは後者。「澄む」と詠む歌例に「更くる夜の空に御法の声澄みて人なき窓を照らす月影」(尊円親王詠法華経百首)。

三　一夜を五分した時刻の称「五更」を「あかつき(暁)」に宛てる。『万葉集』以来見える表記で、『書言字考節用集』『和語韻略』に掲出。D・E本「鶏鳴」、F「あかつき」。ここでは、夜通し続いた「御法の声」が暁に響くさまを詠む。「夜もすがら絶えぬ御法の声の内にまたうち添ふる暁の鐘」(草根集)。

四　共寝の相手がおらずひとりで寝ること。「ひとり寝はいかにふす猪の床

なれば夢路もやすく通はざるらむ」（新千載集・恋二・尊氏）のように、つらいひとり寝では「夢」もさだかに結ばないと詠む。

五　枕が寂しくてつらい。「ひとり寝の枕侘びしき秋の風」（天正十八年十一月二十一日百韻）。

六　つい恨むことが多くなる。「恨み」に「裏見」を響かせ「衣手」と縁語。

七　「衣手」は袖。「中の衣」は、恋人との仲と、直衣《のうし》と単衣《ひとえ》の間に着る衣を掛ける（源氏物語・紅葉賀等）。「憂しやただ同じつらさの涙のみかかる隔ての中の衣手」（正応五年厳島社頭和歌・隆教）。

八　恋人に語りかける言葉を尽くした末。「言の葉」を「尽くす」という場合、男が女に向かって、言い訳や口説きの言葉を重ねるさまをいう例もあるが、女が不実な男に向かって恨み言を尽くす意で詠むことが多く、ここでも後者の意。「限り」は物事の限界、果て・最後。歌例に「恨むべき言の葉もなくなりにけりつらしといふも限りこそあれ」（続拾遺集・恋五・忠家）。

24　恨[六]みがちなる中[七]の衣手　　徳川大納言

つれない恋人をつい恨むことが多くなる、そんなつらい仲にあって（ひとり寝に）着る中の衣よ。

25　言[八]の葉《は》を尽くす・限《かぎ》りも涙落ち　　紹巴

（恋人を恨みがちな私の袖には、）あの人への言葉を尽くした末にも、涙が落ちてきて。

の空」（拾遺愚草）。

季—雑。題材—恋（ひとり寝）。

「ひとり寝」の寝覚めを詠む前句に、愛しいはずの恋人を恨みがちになる心情を付け、前句の「枕」を受け、自分の袖を枕にする意で「衣手」と応じて、恋の情趣を展開させた。「ひとり寝」の「衣手」を詠む歌に「冬来れば寂しかりけりひとり寝の我が衣手を誰に重ねむ」（堀河百首・師頼）、「ひとり寝」の「衣」と「恨み」を詠む歌に「ひとり寝の衣は薄き契りにて逢はぬ恨みの夜を重ねける」（新続古今集・恋二・成国）がある。

季—雑。題材—恋（恨み・中）。

前句の「衣手」に「涙」と応じ、「恨みがち」な思いを具体的に示す動作を「言の葉を尽くす」と表して、恨恋の情趣で続けた付合。相手を「恨む」ようなつらい恋の「中（仲）」において、「言の葉」を「尽くす」と詠む和歌に、「何とただ恨むるかひもなき中に言の葉をのみ尽くし来ぬらむ」（新拾遺集・恋五・寛尊）、連歌に「言の葉を人に尽くすは憂きものを／かからぬ仲の契りもぞある」（聖廟千句第二百韻）。「恨む」人の「袖」にこぼれる「涙」を「言の葉」とともに詠む歌例に、「言の葉に先立つ袖の涙にぞ堪へぬ恨みのほどは知るらむ」（新拾遺集・恋五・道嗣）がある。

寄合—「衣手（袖）」と「涙」（璧）。

季—雑。題材—恋（句意）。

一　どうにかして留める。「琴の音のなぞやかひなき七夕の飽かぬ別れを引き留めねば」（順集）。連歌例に「引き留めてもことや語らむ」（宗訊句集）。

二　近江国の歌枕。山城国との境の逢坂の関は、都から東へと旅立つ者との別れの場であった。「逢坂の関し正しきものならば飽かず別るる君を留めよ」（古今集・離別・万雄）。

三　馬を並べて。「並べて」は「並めて」に同じ。「石瀬野の秋萩しのぎ駒なめて小鷹狩をもせでや別れむ」（新拾遺集・離別・家持）。「門出ながらも旅心地せり／関までと送りもて行く駒並べて」（羽柴千句第一百韻・紹巴／道澄）。B・C本「駒並べ」右に「袖はへ」。

四　清水の周辺。歌例に「掬びこし清水がもとは秋ながら暮るるを夏と思ふころかな」（碧玉集）。

五　いつまでも飽きることなく涼しいさま。清水の涼しさを「飽かず」と

26　引[一]き留むるも立ち別《わか》れぬる　　常真

（言葉を尽くして）引き留めたけれども、別れ去ってしまったことだ。

27　逢《相》坂[二]や送《お[を]く》りもて来し駒[三]並《な》べて　　玄旨

逢坂まで見送りに来た者達が馬を並べて。（餞をしつつも引き留めたけれども、旅人は出発してしまった。）

28　清水[四]がもとは飽《あ》[五]かず涼しき　　中山大納言

（信濃国から送ってきた駒を並べている逢坂の関の）清水の辺りは飽きることなく涼しいこと

言葉を尽くした最後に涙が落ちたと詠む前句に、そのようにして引き留めたけれども、恋人は立ち去ってしまったと付けた。付合では去った人物は男で、後朝の別れの情趣となる。前句の「限りも」に対し、「留むるも」と、「も」の意を効かせている。『連歌付合の事』に「別恋には、留め得ぬ」とある。恋の前句に「立ち別れ」るさまを付けた連歌例に「今は待たじと思ふさへ憂し／もろともにこれや限りと立ち別れ」（表佐千句第一百韻・紹永／専順）。
寄合―「涙」と「別」（拾）。
季―雑。題材―恋（別）。

前句の「立ち別れ」を東国へ旅立つ人との別れと取りなして、逢坂の関で人々が馬を並べて見送るさまを付けて恋を離れた。『随葉集』に「別れには…旅の門出を慕ふ」とある。前句の「引き」に「駒」、「別れ」に「逢」が寄り合う。逢坂の関での別れを詠む歌例に、「これやこの行くも帰るも別れつつ知るも知らぬも逢坂の関」（後撰集・雑一・蟬丸）、連歌例に「盃も馬のはなむけ引きとどめ／慕ふかぎりや逢坂の山」（羽柴千句第三百韻・紹巴／兼如）。頭注〈三〉の家持歌も念頭に置くか。
季―雑。題材―旅（駒）、山類（逢坂）。

前句の「送りもて来し駒」を望月の駒に転じて、逢坂の関の清水の涼しさを付けた。「逢坂の関の清水に影見えて今や引くらむ望月の駒」（拾遺集・秋・貫之）を本歌として前句の「逢坂」「駒」に「清水」で応じる。望月の駒は、信濃国望月の牧から毎年八月に朝廷に献上されるもので、その駒

詠む古歌に、「掬ぶ手の石間をせばみ奥山の岩垣清水飽かずもあるかな」（古今六帖・人麻呂）、「飽かず涼しき」との言い回しの歌例に、「山水の岩切り通す走井やすぐ心の飽かず涼しき」（卑懐集）。

六　柳の枝が交差するさま。「枝交はす柳が下に跡絶えて緑にたどる春の通路」（続拾遺集・春上・実経）。「枝かはす柳を風の吹き分けて」（新撰菟玖波集・雑二・実隆）。

七　「添ひ」はD・E・F本「合」。

八　「桜」はD本「真葛」。

だ。

29　枝[六]交《か》はす柳の木末《こずゑ》茂り添ひ[七]・　日野大納言

（清水の辺りには、）枝を交わしている柳の梢がますます茂っていて。

30　桜[八]は風に散《ち》り果《は》つる陰　利家

（枝を交わす柳の梢が茂り添う）桜は、風で散り果て、（柳とともに）木陰を成すばかりである。

を逢坂の関まで迎えに行く駒迎えが行われた。秋の行事であるが、当該句は「涼しき」と夏の季の詞が用いられていて、式目上は夏。

寄合―「逢坂」と「清水」（法）。
季―夏（涼し）。

清水の辺りの涼しさを詠む前句に、柳がいっそう茂り添うさまを付けた。付合では、茂る柳の木陰の清水の風情となる。葉が茂り、木蔭はさらに涼しく感じられるというのであろう。「道の辺に清水流るる柳陰しばしとてこそ立ち止まりつれ」（新古今集・夏・西行）を念頭に置くか。「柳陰散らで秋立つ清水かな」（老葉）。

季―夏（茂る）。

柳が茂る前句に、桜が風に散ってしまった木陰を付けて晩春の風情とした。前句の「柳」に「陰」が寄り合う。付合では「枝交はす」のは風に靡く柳と桜となり、花の散り果てた桜の枝に、柳が茂り添う景となる。柳と桜は「見わたせば柳桜をこきまぜて都ぞ春の錦なりける」（古今集・春上・素性）等、古来好まれた取り合わせ。本付合に類似する景を詠む歌例として、『称名院集』に「桜花柳が枝に吹くとなき春風ながらなほぞ散り行く」、「風吹けば乱るる糸の青柳に枝交はす花ぞ静心なき」等が見える。

寄合―「柳」と「桜」（付）。
季―春（桜）。

31
[一]方々《かたぐ》に寝ぬる[二]胡蝶の飛び迷《まよ》ひ　氏郷

（桜は風ですべて散ってしまい、それまで）あちらこちらで寝ていた胡蝶がさまよいながら飛んでいる。

風によって桜が散り果ててしまった木陰を詠む前句に対して、胡蝶が迷い飛ぶはかない様子を付けた。『荘子』の胡蝶の夢の故事をもとにした付合。花園を飛ぶはずの胡蝶が、花が散ってしまったために飛び迷っている、とする。「蝶とあらば、花園」（連珠合璧集）。「百年は花に宿りて過ぐしてきこの世は蝶の夢にぞありける」（堀河百首・匡房）。

季―春（胡蝶）。

32
[三]霞める野辺《べ》も[四]露やこぼるる　昌叱

（胡蝶が飛び迷う、）霞んでいる野辺にも露がこぼれ散っているのか。

前句の「胡蝶」を受けて霞む野を詠み、胡蝶が飛び乱れて、草木の露がこぼれる、と付けた。蝶に野を付ける連歌例に「静かなる蝶の翅も方々に／野は緑にや続く草垣」（永禄石山千句第九百韻・滋成／仍景）。

寄合―「胡蝶」と「霞む外面」（拾）。

季―春（霞）。

33
[五]草むらの道分《わ》け[六]入りて[七]朝まだき　全宗

草むらの中の道を、分け入って行ったが、まだ夜が明けきらないことだ。

前句の「露」を朝露と取って、朝まだ明けきらない内に露の置く草むらに、人が分け入って行くさまを付けた。同じような状況を詠んだ歌例に「梓弓いる野の草の深ければ朝行く人の袖ぞ露けき」（風雅集・旅・顕季）。「露」と「朝まだき」を結ぶ連歌例に「露の映へなる朝顔の色／明けてだに光

一　方方に。あちらこちらに。歌例に「方々に鳴きて別れしむら鳥の古巣にだにも帰りやはする」（風雅集・雑下・成範）。底本「霞める」を消し「かたかたに」に修正。

二　蝶が「飛び迷ふ」とする歌例は見出せないが、似た例に「薄く濃く園の胡蝶はたはぶれて霞める空に飛びまがふかな」（正治初度百首・後鳥羽院）。「胡蝶数々飛び迷ふ空」（天正十一年七月大山祇法楽千句第二百韻・吉久）。「飛び迷ひ」はE本「飛びまがひ」。

三　霞んでいる野辺も。「野べも」のB・C本「も」に「に」と傍記。D本「野辺の」。

四　露がこぼれるのか。春に露がこぼれるとする歌例に「鶯の鳴きてこづたふ梅が枝にこぼるる露は涙なるらむ」（万代集・春上・俊恵）。

五　草むらの中を通る道。連歌的表現。句例に「草むらの道もや山に続くらむ」（飯盛千句第八百韻・紹巴）。

六　B・C本の傍記に「分て入」。D・E・F本

「分て入」。

七　まだ夜が明けきっていない時。

八　そのまま。連歌の句例に「露をさながら草刈りの袖」（永禄元年花千句第六百韻・宗養）。

九　片方を敷いてひとり寝をする袖。「梅の匂ひを片敷きの袖」（新撰菟玖波集・春上）、「野は若草を片敷きの袖」（永禄元年花千句第八百韻・素光）のように袖の他に敷くものを詠むこともある。ここでは「月」の光を片敷く。

一〇　帰りたいと思う都。帰るべき場所である都。「帰るべき」は帰って行く先をいうとともに、今そこに居ないことを示す。「都へは年とともにぞ帰るべきやがて春をも迎へがてらに」（後拾遺集・冬・為善）、「憂きはまた思ひ馴はぬ旅の空／いつ帰るべき都ともなし」（熱田神宮奉納永禄三年千句第三百韻・賢桃／全朔）。

34

月をさながら八片敷《かたし》き九の袖　雅枝

（草むらの道を分け入ってきたが、まだ夜は明けきっておらず、）月の光をそのまま袖の下に片敷くようにして寝ている。

35

一〇帰るべき都の秋を思《おも》ひやり　松

（月の光を片敷いて寝ていて、）きっと帰ろうと思う都の秋を思いやることだ。

は薄き朝まだき」（弘治三年正月八日千句第六百韻・玄哉／愚）。

寄合―「霞」と「朝」・「露」と「草」（壁）、「露」と「朝」（拾）、「野を分る」と「露のこぼるる」（随）。

季―雑。題材―旅（草…分け入りて）。

前句では「朝まだき」を草むらに分け入る時間帯としていたが、付句では分け入った末の旅寝での明け方に取りなした。片敷く月を詠む歌といえば「狭莚や待つ夜の秋の風ふけて月を片敷く宇治の橋姫」（新古今集・秋上・定家）が名高く、「更け行けば鹿に一夜の宿借りて月を片敷く小野の草伏し」（正治初度百首・守覚）のように草中での仮寝のさまを詠む歌もある。野で袖を片敷くという内容と、前後の句が羇旅だということから、当句も旅の句と取れる。

季―秋（月）。題材―旅（句意）。

前句の「月」から「都」「秋」を導き、旅寝の中で都を思いやるとした付合。月を見て都を思いやる歌例に、「都にも旅なる月の影をこそ同じ雲居の空に見るらめ」（山家集）、「草枕今宵は野辺の月を見む同じ都の秋の夜の空」（紫禁集）。『源氏物語』（須磨）の「月のいとはなやかに射し出でたるに、今宵は十五夜なりけりと思し出でて、殿上の御遊び恋しく、所々眺めたまふらむかしと、思ひやりたまふにつけても…見るほどぞしばし慰む廻り合はん月の都ははるかなれども」も念頭に置くか。

寄合―「月」と「都」（壁）、「旅寝の月」と「都を思ふ」（拾）。

季―秋（秋）。題材―旅（都）。

一　いよいよ、いっそう。「やや寒き小野の浅茅の秋風にいつより鹿の鳴きはじめけむ」（続古今集・秋下・資季）。Ｄ本は「ねや」。

二　山に吹く風、または山から吹く風の音。「かつ散るを面影ながら花の陰寝てか覚めてか山風の音」（亜槐集）。

三　まだらなさま。ここでは、雲が空の何カ所かにまとまって浮かんでいる様子。「むらむらに風雲はしる大空はのどけき月も早く見えけり」（為忠家後度百首・頼政）。

四　雲が空を流れるさま。「雲行けば並べる山の奥の峰月の隣に猿叫ぶ声」（草根集）。Ｂ・Ｃ本「峯」に「空」と傍記。Ｂ・Ｄ・Ｅ本「引く」。

五　夜が近づきつつある空の陽の残照。「山本はまづ暮れそめて峰高き梢に残る夕日影かな」（風雅集・雑中・栄子）、「残る夕日ぞ山に色濃き」（連歌五百句）。Ｄ・Ｅ本「夕日は」。

六　入り日が波に映って

36　[一]漸《（やや）》寒《さむ》くなる山風[二]の音　右衛門督

（都もすでに秋になったことであろうが、）この山では、いっそう寒く感じられる山風の音がする。

（三折裏）

37　[三]むらむら《く》に雲[四]行く・空は雨晴《は》れて　政宗

（山に吹く風で）あちらこちらに集まった雲が流れて行く空に、雨がやみ晴れ間が見えて。

38　[五]残る夕日ぞ浪[六]にただ《ゞ》よふ　上人

空に残った夕日が、波間に漂っている。

帰るべき故郷も秋になったであろうと推測する前句に、今いる山での様子を付けた。すでに季節は秋に移ろい、故郷を出立してから長い旅路を経たことを示している前句に対して、当該句では、山から吹く風の音がいっそう寒さを感じさせるという寂寥感を加え、三句続いた旅から離れた。風の音に寒さを感じる例に「風の音もいつしか寒き槙の戸に今朝より馴るる埋み火のもと」（千五百番歌合・良経）等。

季―秋（漸寒く）。

山風の音を詠む前句に、その風によって、空を覆う雲が流れて行き、晴れ間が見え始める様子を付けた。雲が切れて晴れ間が見えるさまを詠んだ歌例に、「五月雨の雲の晴れ間に月冴えて山時鳥空に鳴くなり」（千載集・夏・成保）、「風立ちてむらむらわたる雨雲の晴るる方より星出でにけり」（永福門院百番自歌合）等がある。前句の「音」に対して、視覚的な情景を付けた。

寄合―「山」と「雲」（壁）。

季―雑。

雲が切れて晴れ間が見えたとする前句に、空の雲間から夕日が見え、それが波を照らしていると付けた。視線が空から水辺へと移り、空に残っていた夕日が波立つ水面を照らしていたことに気づいた様を詠む。「波」の上の「夕日」は、「波の上に映る夕日の影はあれど遠つ小島は色暮れにけり」

いるさま。海に日が沈む様子を表現した歌例は多いが、夕日が波に漂うという表現は見出せない。「雪の上の朝日漂ふ汀かな」（大発句帳・周桂）、「潮に浮巣の月ぞ漂ふ」（文明十七年八月三十日百韻）。

七　あちらこちら。連歌的表現。「ここかしこ休らふ舟に小夜更けて」（園塵）、「ここかしこ漕ぎ行く舟の浦遠み」（天正四年万句）。

八　歌枕。奈古、名児なども表記。「なご」は波のなごやかな様子を指す。「奈呉の海」の具体的な所在地としては、越中・摂津・丹後等、諸々の解釈がある（八雲御抄）。

九　眺めただけではすまない、見捨てることができない。「かくばかりさやけき月をいたづらに眺め捨ててはいなむものかは」（正治後度百首・範光）。

一〇　摂津国の歌枕。松の名所。現在の大阪市住吉区近辺。「住吉」という地名に「住み良し」を掛ける。

39　七ここ《ゝ》かしこ小舟の通《かよ》ふ八奈呉《古》の海　由己

（夕日が射し、）あちらこちらに小舟が往来する奈呉の海である。

40　九眺《なが》めは捨てじ一〇住《墨》吉《よし》の浦　鳥

この眺めを捨てたくない。ここは眺めがよいだけでなく、住みよい住吉の浦である。

（玉葉集・雑二・為兼）等と詠まれている。前句の「むらむら」は、浪に映る夕日の色がまだらに見えるさまを表す意となる。「木の葉かは夕日の光むらむらに色濃き雲も山は染めけり」（柏玉集）。

寄合―「雲」と「浪」（璧）、「雲」と「残る」（闇）。

季―雑。題材―水辺（浪）。

前句は夕日が漂う海を詠むが、付句ではその海を奈呉の海と定め、そこを小舟が通うとした。「奈呉の海の霞の間より眺むれば入日を洗ふ沖つ白波」（新古今集・春上・実定）による付合。奈呉の海に小舟が往来する様子を詠んだ歌例は、「あゆの風いたく吹くらし奈呉の海人の釣する小舟漕ぎ隠る見ゆ」（万葉集・巻十七・家持）に始まる。前句の「浪にただよふ」に対して、「ここかしこ」の「小舟」を付けた。

寄合―「浪」と「海」（拾）。

季―雑。題材―水辺（小舟・奈呉の海）。

前句の「奈呉の海」を摂津の「奈呉の海」と取り、同じ摂津の名所である「住吉の浦」を付けた。前句の地名に対してさらに地名で応じた付け。小舟の行き交う海は捨てることのできない風光明媚な所であり、また、住むのに適した住吉の浦であるというのである。住吉社が航海の安全を守るものであるところから、前句の「小舟」の船頭の立場になって詠んだもの。

寄合―「海」と「浦」（拾）。

季―雑。題材―水辺（住吉の浦）。

一　松が群生する野原や海岸。歌例に「小夜更けて霰松原住吉の浦吹く風に千鳥鳴くなり」（建保名所百首・知家）等。
二　どこかへ行く途中、もの陰に立ち寄ること。「風高き松の木陰に立ち寄れば雲も涼しき蜩の声」（風雅集・夏・光明天皇）。
三　袖がたくさん並んで。多くの人がいるさま。和歌の先例は管見に入らないが、連歌例に「折はへ誰も返す荒小田／袖多み布留の山陰集ひきて」（石山千句第二百韻・清誓／元理）。
四　B本「袖」、右に「道」と傍記。
五　とどまって休むこと。「旅人の休らふ陰となりにけり尾上の松の二村の山」（他阿上人集）。「大江山陰行く道の休らひにしばし馴れぬる空蟬の声」（建保名所百首・兵衛内侍）。
六　夏の夜は短く、明けやすいのが本意。
七　見ている間にも。「残りけり有明の月の見るが内に光は空の色に消えても」（雪玉集）。
八　D・E本「より」。

41　[一]松原の[二]陰に立ち寄る[三]袖多み　白

（見飽きることのない住吉の浦を眺めようと、）松原の陰に立ち寄り、袖を連ねる人々が多いことだ。

42　雪になりたる[四]道の[五]休《やす》らひ　紹巴

（松原の陰に袖を連ねているのは、）雪になった道中でのひと休みである。

43　[六]夏の夜は[七]見《み》るが[八]内《うち》にも[九]月更けて　昌叱

（休んでいると、）夏の夜は、見ている間に（雪が降ってきたように、）月の光が白くなり、深

前句を、名所住吉の浦を目の前にした感慨に取りなし、眺めを楽しもうと岸辺の松原で足を止める人々の姿を付ける。住吉は松原の続く景勝地として古来から知られており、前句の「住吉」から付句の「松原」が連想された。「松陰に宮造りせる住吉の久しき代をば君ぞ見るべき」（堀河百首・国信）を念頭に置くと、「松原の陰」は秀吉の庇護を、「立ち寄る袖」は臣下を暗示して、秀吉の治世を賛美する意図が読み取れるか。本句によって、38〜40句まで三句続いた水辺から離れている。
　寄合―「住吉」と「松」（付・法）、「住吉」と「松原」（随）。
　季―雑。

人々が松の陰に立ち寄る理由を、雪が降り始めたためだとし、天候の回復を待って木陰で休息する旅人を詠んだ。「陰に立ち寄る」に「休らひ」と応じている。紹巴らしい分かりやすい付け。「駒止めて袖うち払ふ陰もなし佐野のわたりの雪の夕暮れ」（新古今集・冬・定家）の「駒止めて袖うち払ふ陰」を実景化したような内容といえる。松は常緑樹で、冬も葉を落とさず雪を防ぐ。「分けし野に見しやあらぬと松原の陰行く道は降る雪もなし」（雪玉集）。
　季―冬（雪）。題材―旅（道）。

前句の「雪」を白く冴え冴えとした月光の見立てとすることで、冬から夏に転じる。「夏の夜の庭に降り敷く白雪は月の入るこそ消ゆるなりけれ」（金葉集・夏・顕仲）のような発想にもとづく付合。旅人が雪がやむのを待っている前句を、旅人が休んでいる間に夜が更け、夏の月の光が深まって

まってきて。

44　待たれ・にけりな山[一〇]時鳥《ほとゝぎす》　日野

心待ちにすることであるよ。時鳥の声を。

45　訪《と》[一一]ふもなき草[一二]の庵の暮れ[一三]・寂し　雅枝

訪れる者もない草庵でむかえる夕暮れは、もの寂しいことだ。

行くさまに取りなした。月光の見立てによって冬から夏に転じる連歌例に、「霜ぞ真砂の色に降り敷く／夏の夜も寒きばかりに月更けて」（宝徳四年千句第八百韻・利在／梁心）がある。
　寄合―「雪」と「月」（璧）、「雪」と「見る」（闇）。
　季―夏（夏の夜）。

夏の短夜、月がみるみる内に、夜更けの風情を強めて行った、と詠む前句に、時鳥の声を心待ちにしている様子を付けた。「夏の夜」が明ける頃に時鳥が鳴くことは、「夏の夜の臥すかとすれば時鳥鳴く一声に明くる東雲」（古今集・夏・貫之）等、古来から多く詠まれる。本付合では、夏の夜に月を見つつ深更まで過ごしたのは、時鳥の声を心待ちにするからであるとした。
　季―夏（山時鳥）。題材―山類（山時鳥）。

時鳥の鳴く声を心待ちにする心を詠む前句に、人里離れた草庵の寂しい夕暮時の風情を付けた。「昔思ふ草の庵の夜の雨に涙な添へそ山時鳥」（新古今集・夏・俊成）を本歌としての付合。付合の趣向は、「足引の山時鳥来鳴くなり待ちつる宿の夕暮れの空」（秋篠月清集）によく似ている。
　寄合―「時鳥」と「訪ふ」（闇）、「時鳥」と「草の庵」（竹）。
　季―雑。題材―居所（草の庵）。

九　月が移ろいつつ光が深まるとともに、夜が更けて。「八瀬わたるみなとの風に月更けて潮干る方に千鳥鳴くなり」（山家集）、連歌例に「秋をはや知る虫の忍び音／立ち涼む泉に庭の月更けて」（老葉）。

一〇　山に棲む時鳥。『産衣』に「山時鳥、山鴉、いずれも山類なり」とある。時鳥は、夏になると初音が待たれる鳥。

一一　訪れる者もない。「訪ふもなき」の形では、和歌の先例は見つからず、連歌例も稀。「蜩の鳴く山里の夕暮れは風よりほかに訪ふ人もなし」（古今集・秋上・読人不知）等をふまえた圧縮表現か。

一二　草葺きの簡素な住まい。隠遁者の生活を想起させる。

一三　夕暮れは寂しいことだ。「暮れ寂し」は和歌に先例のない措辞。「夕暮れ」「寂し」の圧縮表現と考えられる。「深山の雲にあらましの声／陰遠き松の尾上の暮れ寂し」（伊香保三吟・宗碩／宗坡）。

46　心《こゝろ》[一]に捨て[二]ぬ身を[三]いかにせん　　玄旨

心の奥底では世を捨てきることのできないこの身を、どうしたらよいだろうか。

人の訪れのない草庵での寂しさを詠んだ前句に、心の底では誰かの訪れを待つ気持ちを捨てきれず、「訪ふもなき」「寂し」と感じてしまい、どうしたらよいかと我が身を嘆くさまを付けた。「ひとかたに思ひ取りにし心にはなほ背かるる身をいかにせむ」（新古今集・雑下・慈円）などの和歌も参考になろう。

季―雑。題材―述懐（捨てぬ身）。

47　あだ《化》[四]なりと思ふこそな[五]ほ《猶》[六]形見なれ　　常真

恋人のことを不誠実であると思うその自分の心こそ、相手を懐かしむ形見となっていることだ。

前句の心の底から捨てきれない思いを、恋人に対する気持ちであると取りなして、相手を不誠実だと思うその気持ちこそが、恋人を偲ぶことに他ならないと付け、恋の句へと転じた。「あだなりと何恨みけむ山桜花ぞ見し世の形見なりける」（新勅撰集・雑一・如願）のように、自分にとって憂き物事であってもなお「形見」として偲ぶ、と詠む場合も多い。

季―雑。題材―恋（思ふ・形見）。

48　書[七]・き送《をく》りたる玉章《たまづさ》[八]の跡　　松

恋人が書き送ってきた手紙の筆蹟がここにある。（それを見ていると、不誠実だと相手のことを思う気持ちこそが形見であると思われてくる。）

恋人から送られた文の筆蹟を見ていると、相手のことをいい加減であると思うけれど、そう思う自分の心こそが、恋人を偲ばせる形見となっているのだ、とした付合。「玉章」は前句との付合においては恋文。「つれもなくなりぬる人の玉章を憂き思い出の形見ともせじ」（千載集・恋三・長能）のように、文は相手を懐かしむ縁となるもの。その送り主を「あだなり」と感じつつも文

一　心の底では捨てきれない俗世の身。「逃れても身の憂きことを嘆くこそ心に捨てぬこの世なりけれ」（続後拾遺集・雑下・円伊）。「捨身」は俗世の身を捨て出家することだが、「捨てぬ身」と詠む歌例は少ない。E本「心にすへぬ」。

二　B・C本「を」の横に「は」。F本「身は」。

三　D・E本「いかゝせん」。

四　いい加減なさま、一時的ではかないさま、等の意があるが、前句との付合では、恋人の浮気で不誠実なさまをいう。

五　D・E本「只」。F本「只頼なれ」。

六　失った人や事物を偲ぶ縁となるもの。「見し夢の別れに当たる月日こそ憂しとてもなほ形見なりけれ」（続後撰集・雑下・繁茂）。

七　書き送ってきた手紙。『連珠合璧集』に「恋の心、玉章」。D本「かり送りたる」。

八　手紙の筆跡。「玉章の跡を形見に残しても人の心に負けむものかは」（百詠和歌）の例もあるが、和歌・連歌ともにあまり見られない表現。D・

E本は句末が「ほど」。

九　散りかかる一方で、まだ咲いている花。「かつ」は、二つの動作が同時に存在していることを表す。ここでは、日の当たる梢の方では花が散り始めているが、木陰ではまだ花が咲いている状態をいう。「かつ咲ける花を知れとや春風は梅が香ながらさえかへるらむ」(雪玉集)。

一〇　さぞかし。「な」は詠嘆を表す助詞。「さぞなの」という言い回しはもっぱら連歌で用いられる。

一一　連歌では「春の花」は正花であり、桜の花。

一二　霞が覆い被さるようにたちこめる。「遥かにも霞をしのぐ山越えて」(長享元年九月二十五日山何百韻)。

一三　「谷間」は、山と山がせまってくぼんだ所。「光なき谷には春もよそなれば咲きてとく散るもの思ひもなし」(古今集・雑下・深養父)のように、谷は春という季節も訪れない場所として詠まれることが多いが、ここでは春の霞に深く覆われた谷を詠む。

49　かつ九咲ける・木陰さぞな一〇の春の花一一　右衛門督

梢の方では桜が散りかかっているが、木陰ではこれから咲き始めるとのこと、それはさぞかし美しい春の花であろう。

50　深き霞《かすみ》一二をしのぐ谷間《あひ》一三　全宗

深く霞の立ち籠めた谷間であることだ。(そこには霞に勝るほど美しい春の花が咲いていることだろう。)

は捨てられず、今ではそう思う自分の心こそが、恋の形見となっているのである。

季―雑。題材―恋(玉章)。

前句の「玉章」を、花が咲いたことを知らせる文に取りなして、その手紙の内容を思って付けた。木陰ではまだ花が咲いていると言ってきたが、それはさぞかし美しいであろう、というのである。花を賞美する気持ちを、「春の花」という表現に込めた。花の咲いたことを告げる歌例は、「待つ人に告げややらまし我が宿の花は今日こそ盛りなりけれ」(続後撰集・春中・公任)。「知らずともさぞな白河遠き世の名に流れける花の下陰」(雪玉集)は、まだ見ぬ花の下陰を思いやる歌例である。

季―春(春の花)。

前句の花を谷の桜であると見て、深い霞の立ち籠める谷間には、霞よりも美しい桜が咲いているのだろうと思いやるさまを付けた。「しのぐ」に覆い被さる、勝るの意を込める。「霞立つ山のあなたの桜花思ひやりてや春を暮らさむ」(拾遺集・雑春・浄蔵)のように、花を隠す霞は花の色を思わせる。霞の奥の花を訪ねる例は、「たづねてぞ花と知りぬる初瀬山霞の奥に見ゆる白雲」(続千載集・春上・良経)。頭注〈一三〉の深養父歌のごとく、谷は花も咲かない場所として詠まれることが多いが、「谷間の木陰の宿の桜花しばしは風も誘はざりけり」(伏見院御集)等、谷の桜を詠む例もある。

寄合―「花」と「霞」(拾)。

季―春(霞)。題材―山類(谷間)。

一　鶯は、春の到来を象徴し、春告鳥とも呼ばれる。体の色から「黄鳥」とも表記される。「明くる」は、「あらたまの年の明くるを待ちけらし今日谷の戸を出づる鶯」（正治初度百首・定家）のように年明けや、夜明けのこと。ここでは後者。

二　B・C本「し」の横に「ん」。D～F本「らん」。「らし」は上代では確度の高い推定を表すが、後に「らむ」と混用されれた。「らし　らむの代はりなり」（匠材集）。

三　静かで穏やかなさま。春のうららかな気候の形容として用いられる。「春風はのどけかるべし八重よりも重ねてにほへ山吹の花」（拾遺集・雑春・輔昭）。

四　B・C本「な」と傍記。

五　夜に吹く風。「さ」は歌語を作る接頭辞。「さ夜　さの字に心なし　たゞ夜なり」（至宝抄）。

六　木の繊維で織られた布「白栲」から、「衣」に掛かる枕詞。ここでは、月光の白色の連想も含まれる。「白妙の衣重ぬる

（三折表）

51　黄鳥《うぐひす》[一]の声や明くるを待ちぬらし[二]　徳川

（深い霞の立ち籠めた谷間では、）鶯は声を立てて鳴くのを、夜明けまで待っているのだろうか。

52　まだ長閑《のどか》[三]にもあらぬ[四]小《さ》[五]夜風　由己

（鶯は夜が明けるのを待って鳴くのだろうか、）まだ春らしい穏やかさがない夜風が吹くことよ。

53　白妙《しろたへ》[六]の衣を月に重《かさ》[七]ね着て　紹巴

（まだ長閑でもない夜風が吹くので、）白い衣を

前句の、霞が立ち籠める「谷間」に対して、夜明けを待つ鶯を付けた。「鶯の谷より出づる声なくは春来ることを誰か知らまし」（古今集・春上・千里）のように、鶯は谷に住み、春になると谷から出てくると考えられていた。一方、「明けてだに霞み夜深き谷の戸をなほ出でがての鶯の声」（雪玉集）のように、「谷」は日光が届きがたく、夜明けが遅い場所。谷間であり、さらに深い霞が立ち籠めているために、夜明けを覚えず、鶯は依然鳴かないでいるという趣向である。参考「鶯のねぐらも去らず鳴く声に／明け果てけりな霞む谷の戸」（享徳千句第九百韻・賢盛／量阿）。
寄合―「谷」と「鶯」（壁）。
季―春（鶯）。

明け方を待つ鶯を詠む前句に、夜風が吹くさまを付けた。春になれば鶯が鳴き、風も長閑になるはずだが、夜間ゆえに鶯は鳴かず、まだ春らしからぬ夜風が吹くというのである。鶯が鳴く長閑な春のさまを詠んだ歌例に、「鶯のまた鳴く花の匂ひかなのどけき春のしるしなるらし」（万代集・春下・俊房）、「鶯も鶏も鳴くこの朝／長閑なる日ぞすでに出でぬる」（文和千句第四百韻・暁阿／長綱）がある。
寄合―「声」と「風」（壁）、「谷の戸出る鶯」と「長閑」（拾・竹）。
季―春（長閑）。

前句の「小夜風」を秋の夜風に詠みかえ、春になるのはまだ遠く、風は長閑でないとし、月光のもと、白い衣を重ね着するのだ、とした付け。「夏過ぎて今日や幾日になりぬらむ衣手涼し夜半の秋風」（新勅撰集・

月影の冴ゆるま袖にかかる白露」（山家集）。

七　月光の下で衣を重ね着すること。頭注〈六〉の西行歌のように、白い月の光を白妙の衣に見立てた趣向。

八　手折って花や枝を髪あるいは冠に挿すこと。「万代《よろづよ》の霜にも枯れぬ白菊をうしろやすくも挿頭しつるかな」（後撰集・慶賀・伊衡）。

九　「立ち舞ふ」は、舞を舞うこと。「立ち舞ふ春の酔のさかづき」（飯盛千句第一百韻・宗養）。F本「立まよふ」。

一〇　秋の情趣のこと。「大方の秋の情の荻の葉にいかにせよとて風靡くらむ」（正治初度百首・後鳥羽院）。

一一　酒に酔った時の快い気分。「長き日の暮るるも知らぬ酔ひ心地」（玄旨公御連歌・長俊）。B・C本「こころ」に作り、「ろ」の横に「ち」。F本「心」。

月光の下で重ね着して。

54

八折《を[お]》りてぞ挿頭《かざ》す菊の一本《もと》　雅枝

（衣を月光のもとで重ね着する一方で、）手折って挿頭す、一本の菊であるよ。

55

九立ち舞ふや**一〇**秋の情《なさ》けの酔《(ゑ)》ひ**一一**心地《ち》　鳥

（重陽の節句では、手折った一本の菊を挿頭し、）立ち舞うことよ。秋の情趣が身に沁む、菊酒に酔ったよい気分になって。

秋上・教実）と詠まれるように、夜風は秋になると一入冷ややかに感じられるものである。「一重だに暑かりつるを夏衣重ね着るまで秋風ぞ吹く」（相模集）の歌も参考になろう。「長閑」に「月」を付けて秋へ転じた例に「長閑にも嵐いさりの海士小舟／更け行く波に月ぞほのめく」（基佐句集）がある。

季―秋（月）。

前句の「白妙」や「月」から、同じ白色の「菊」を付けた。「移ろふもなほ白妙の色なれや籬の菊を照らす月影」（草庵集）等と詠まれ、月光と菊花は「白」を介した見立ての関係にある。古くは、凡河内躬恒の「月影に色分きがたき白菊は折りても折らぬ心地こそすれ」（躬恒集）がある。また「重ね着」に対して「挿頭す」と応じている。

寄合―「白妙の袖」と「菊」（壁）。

季―秋（菊）。

前句で菊を挿頭すさまを重陽の節句のことと取り、その宴で舞を舞う人の様子を付けた。重陽宴では魔除けのために茱萸《しゅゆ》を挿頭したが、「君が経む代を長月の挿頭とて今日折り得たる白菊の花」（六百番歌合・隆信）と詠まれるように、菊をも挿頭していた。『随葉集』には「舞人」と「菊を挿頭す」を寄合として掲出。また重陽宴では、杯に菊を浮かべた菊花酒を飲むのが恒例であったことから、「菊」に「酔ひ」が付く（『拾花集』にも「菊には、酌酒」）。付合では、重陽宴で杯を交わし、酒に酔った気分になる風情を「秋の情け」とするのである。

季―秋（秋）。

一 人との交際。付き合い。「昔の友に似たる交はり」（玉屑集・昌叱）など連歌的表現。前句との付合においては、「騒がしく先追ふ道の神祭／暮るれば見えぬ人の交はり」（永禄元年花千句第六百韻）のように、多くの人が入り混じっているさまをいうか。

二 一緒に行くこと。連れ立つこと。「旅行友／旅立てばあらぬ人にも伴ひて語り慰む道の行末」（言国詠草）は当該句同様、旅の途次に人を伴う歌例。「汐干行く人を小舟に伴ひて」（園塵）。

三 舟に乗って行く路。舟路を急ぐさまを詠む歌例に、「妹だにも待つとし聞かばこゆるぎの急ぐ舟路も嬉しからまし」（六百番歌合・家房）。

四 夜がすっかり明けること。「宿近き夜半の塒の木の間より明け離れぬる鶯の声」（宝治百首・隆祐）。「影深き舟より奥も明け離れ」（玄旨公御連歌・天正十三年五月二十七日何船百韻・玄以）。D・E本「ぬる」が「たる」。

56 親《した》しく見《み》ゆる[一]人の交《まじ》はり　氏郷

親しげに見える（連れ舞を舞う）人々の交わりであることだ。

57 [二]伴ひて[三]舟路を急《いそ》ぐ旅なれや　松

（親しげに見える人たちは）連れ立って舟路を急ぐ旅をしているのであろうか。

58 [四]明け離《はな》れぬる[五]淀の川浪　昌叱

夜がすっかり明け、淀川には浪が立っている。

前句の舞を、二人以上が一緒に舞う連れ舞と見なして、その息の合った様子から、舞人たちが親しげに見えるさまを付けた。秋に舞を舞うことから『源氏物語』（紅葉賀）で光源氏と頭中将が紅葉の美しい神無月に青海波を舞う場面を念頭に置くか。「歌ふも舞ふも酒の交はり」（汚塵集）のように、酒に酔って舞う人々の付き合いを「親しく見ゆる」として付けたものとも考えられる。

季―雑。

前句の親しげな人々を、同じ舟に乗り合わせた人々として、彼らは連れ立って先を急ぐ船旅の人たちなのだろうか、と推測するさまを付けて旅の句に転じた。「親しく見ゆる」に「伴ひて」と応じる。仲間を伴って船旅をする様子は、『伊勢物語』（九）「京にはあらじ、東の方に住むべき国求めにとて行きけり。もとより友とする人、ひとり二人して行きけり。…渡守、『はや船に乗れ、日も暮れぬ』といふに」を意識したものか。

季―雑。題材―旅（舟路・旅）、水辺（舟路）。

先を急いでいるのは、夜はもうすっかり明けてしまったからだ、として付けた。「舟路」を、船が行き来する「淀の川」であると見て、朝から先を急ぐ舟旅のさまを詠んだ付合。淀川の舟を詠む例には、「山城の美豆野の里に妹を置きて幾たび淀の舟よばふらむ」（千載集・恋四・頼政）がある。また、前句の「伴ひて」と「離れ」は対語。

寄合―「舟」と「川」（璧）、「旅」と「淀川」（拾）。

季―雑。題材―水辺（川浪）。

59　[六]男山仰《あふ》げば[七]峰の雲[八]消《き》えて　玄旨

男山を見上げると、峰にかかっていた雲は消えて。

60　[九]苔に落葉の風の激《はげ》しさ　白

（峰の雲を吹き払い、）苔の上に落葉を散らす、風の激しさよ。

夜明けの淀川に浪が立っている情景を詠む前句に、男山を仰ぎ見るさまを付けた。「淀川」から「男山」を連想した付け。「男山おろす嵐も吹き払へ人の心の淀の川霧」（為家五社百首）。前句の「明け離れ」に対して「雲消えて」と付けることで、夜明けの男山にかかっていた雲が消えて行くまで仰ぎ見ていた、という時間の経過が感じられる。峰にかかる雲が明け離れて行く歌例に、「山高み明け離れ行く横雲の絶え間に見ゆる峰の白雪」（新勅撰集・冬・実朝）があるが、実朝歌が下敷きとする「春の夜の夢の浮橋とだえして峰に分かるる横雲の空」（新古今集・春上・定家）も念頭に置いているか。「男山」が武家の信仰を集めた八幡宮であることを考慮すれば、作者幽斎は、男山を仰ぎ見ると雲が消えていると詠むことで、本百韻の主催者秀吉が治める世を寿ぐ心持ちを暗に込めたとも解せるか。

寄合―「浪」と「雲」（壁）。

季―雑。題材―山類（男山・峰）。

峰の雲が消えたことを詠む前句に、それは落葉を吹き散らすほどの風の激しさのせいである、としてその原因を付けた。「訪れし木の葉残らぬ冬枯れに枝吹きしをる風の激しさ」（新撰六帖・為家）。また、「松も生ひまたも苔むす石清水行末遠く仕へまつらむ」（続古今集・神祇・貫之）によって、前句の「男山」にある石清水八幡宮からの連想で「苔」を付けたか。

寄合―「雲」と「風」（拾）。

季―冬（落葉）。

五　淀川。琵琶湖を水源として大阪湾に注ぐ。歌枕。「さす棹も及ばずなれば行く水にまかせて下す淀の川舟」（玉葉集・雑二・冬隆）。

六　京都府南部の山。歌枕。淀川の左岸に位置する。山頂に石清水八幡宮があり、武家にも深く信仰されてきた。「なほ照らせ世々に変はらず男山仰ぐ峰よりいづる月影」（続後撰集・神祇・通光）のように、男山を仰ぐことを詠む和歌は多い。

七　D・E本「峰に」。

八　「久方の空行く風に雲消えて月影寒し宮川の秋」（後鳥羽院御集）のように、風や嵐に吹き流されて雲が消えたことを詠む例が多い。

九　苔の上に落葉が散り積もっていること。類似した情景を詠む歌に「苔の上に落葉うち払ふ夕涼み霜のちなる松風や吹く」（雪玉集）。D・E本「梅に」。

61　花[一]の枝も春待つ木の芽《め》[二]霜深み　　中山

花が咲く枝においても、春を待っている木の芽にはまだ霜が深く置いていて。

木の葉を吹き散らす冬の激しい風を詠んだ前句の情景を展開させ、春の到来を予感させる「花の枝」の「木の芽」にはまだ冬の「霜」が置いている、と付けた。「落葉」と「霜」が寄り合う（『拾花集』では「木葉」と「霜」を寄合とする）。助詞「も」を用いて、なかなか去らぬ冬を強調しながらも、季節の移行を暗示している。「今ははや木の芽も春の花の枝に面影見する今朝の白雪」（新和歌集・長時）のように、冬の景物の中にほの見えた花などによって春の到来を知る、とする歌は多い。

季―冬（春待つ・霜）。

62　[三]音信《おとづれ》[四]をしも厭《いと》ふ[五]隠《かく》れ家　　日野

（そこにあるのは）人の訪れや便りさえも嫌う隠れ家である。

花が咲くはずの枝もまだ春を待つ木の芽の状態で、そこに霜が深く置いていると詠む前句に対し、「待つ」に「音信」を付けて、人の訪れさえも厭う隠棲のさまとした。春を予感させる冬季の句から雑の句に転じた付け。当該句に類似した歌例に「問はるるを厭ふうき身の隠れ家にうたて名だたる宿の松風」（師兼千首）。「み吉野の山の白雪踏み分けて入りにし人の訪れもせぬ」（古今集・冬・壬生忠岑）は、冬には人の訪れもない山家の侘びしさを詠む発想を拠り所としているが、本付合では人の音信をも嫌うほどに、俗塵との交わりを断つ隠遁の住まいを趣向した。

季―雑。題材―述懐（隠れ家）。

63　[六]あらはなる[七]柴の戸ざしに月漏《も》りて　　上人

あらわになっているその柴づくりのとざしから、月の明かりが漏れてきて。

人の訪れを嫌って隠れ家に住むことを詠む前句に、その隠れ家の具体的な様子に焦点を絞って付けた。前句の「隠れ家」に対して「柴の戸ざし」（『連珠合璧集』に「隠れ家とあらば、柴の庵」が寄り合い、「音信」に対して家の「戸ざし」が付く。「隠れ家」に対して「あらはなる」と反対の語を付け、

一　花が咲く枝。特に春の風物として花の咲いた様子が詠まれる。「春来れば野辺にまづ咲く花の枝をしるべに来ゐる鶯の声」（拾遺愚草）。当該句は冬季ゆえ、正花にはならない。

二　霜が多く降りているさま。「霜深き夜半にや空も冴えぬらむ影まで氷る山の端の月」（宝治百首・為氏）のごとく、冬の寒さを強調する景。

三　人などの来訪、またその便り。

四　「しも」は強調。D・E本「音信せしと」。

五　世俗から隔たった住まい。隠遁者、出家の身が住むような山家のこと。「憂き世をば捨てし身なれど隠れ家とげに定むべき山陰ぞなき」（新葉集・雑下・惟材）。

六　すき間があり、中の様子がはっきりと見えるさま。「月見よと馴れる宿かな草の戸の露敷く床は内もあらはに」（雪玉集）。D本「あはらなる」。

七　柴で編んだ戸。粗末な家を表す。柴は粗く組まれるため、「仮寝する床の柴垣暇を粗み内もあらはに冴ゆる山風」（建仁元年十二月石清水本社

歌合・宮内卿）のように内側が「あらは」になる。「戸ざし」は、門や戸をとざすことをいう語で、転じて、戸。

八　「枕」と結ばれる「うき」には、「憂き」と涙で枕が浮く意を掛ける。

九　現在の蟋蟀《こおろぎ》。「十月蟋蟀我が牀下に入る」（詩経・豳風）により、床近くで鳴き、秋に悲しみをかき立てるものとして詠まれる。

一〇　寝具用の敷物で、その幅が狭いもの。「狭筵に衣片敷き今宵もや我を待つらむ宇治の橋姫」（古今集・恋四・読人不知）のごとく、ひとり寝を想起するものとして詠まれる。

一一　筵の「あたり」を愁いの場とした歌例に「狭筵やあたり寂しき寝覚めして夢の別れも露けかりけり」（新続古今集・恋三・良平）。底本は「露やあたりの」。諸本「あたりの露や」。底本も細字で「露や」、右傍に「下」、「あたりの」右傍に「上」とあることにより、改めた。

一二　「露」は落涙をも匂わせる。「しげく」は数量が多いさま。

64　[八]うきは枕に鳴《な》く[九]きりぎりす　　右衛門督

憂鬱に感じさせるのは、枕元に鳴くきりぎりすの声である。

（三折裏）

65　[一〇]狭筵《さむしろ》の[一一]あたりの[一二]露やしげからん　　由己

狭筵のまわりの露は、しとどに置いていることだろう。

隠れ家ではあるが、あらわになっている柴の戸からは月光が漏れてくる、と仕立てた付合。「秋の夜の月漏り明かす柴の戸をこととふものは峰の松風」（千五百番歌合・丹後）、「この峰も世の憂きことのたづね来ば柴の戸さして雲に入りなむ」（草根集）のように、隠れ家であっても何かしらの訪れがある、と詠む歌例も多い。

季―秋（月）。題材―居所（柴の戸ざし）。

柴の戸に射し込む月の明かりを目で追う、孤独な隠遁生活を詠む前句に、枕下の虫の音に耳を澄ませる虚しいひとり寝の様子を付けた。きりぎりすの鳴く音を憂きものと詠む歌例は、「きりぎりす床の恨みを重ねてや波の枕にうき音鳴くらむ」（政範集）。「荒れまさる軒の板間も月漏りて夜床に寒し虫の声々」（師兼千首）のように、月光の漏れ来る寝床で虫の音を聞きつけた、とした付合。

季―秋（きりぎりす）。

きりぎりすの鳴き声を憂きものとして聞いている前句を受けて、寝床の周りには露もしとどに置いているだろう、と付けた。「きりぎりす鳴くや霜夜の狭莚に衣片敷きひとりかも寝む」（新古今集・秋下・良経）による付け。「枕」に「狭筵」を寄り合わせ、「鳴く」に「泣く」を含意させて「露」が付く。「秋もはや更け行く床のきりぎりす世を狭筵の露に鳴くなり」（雅世集）も本付合に酷似する。

寄合―「枕」と「莚」・「枕」と「露」（付）、「きりぎりす」と「露」・「きりぎりす」と「狭莚」（拾）。

季―秋（露）。

一　人と別れる時の袖。ここでは後朝の別れ。別れのつらさから涙に濡れる袖を詠む恋歌に「暁の涙ばかりを形見にして別るる袖に慕ふ月影」（続後撰集・恋三・土御門院）。
二　夫婦となる約束を交わすこと、一夜を共にすること。「はかなくぞのちの世までと契りけるまだきにだにも変はる心を」（千載集・恋五・広言）。
三　「ゆくへ」の訓は『天正十八年本節用集』他に見える。
四　D・E本は「は」を欠く。
五　「おぼつかなし」の語幹。物事がはっきりとせず、それゆえに気がかりで不安なこと。「君やあらぬ我が身やあらぬおぼつかな契りしことの皆変はりぬる」（治承三十六人歌合・俊恵）。
六　心の程度、有様。「思ひやる心のほどは果てもなし風のいたらぬ隈は多かり」（忠岑集）。
七　D・E本「は」。
八　幼く、あどけないこと。年少ゆえの頼りなさ、幼稚さといった意味合い

66　別《わか》[一]るゝ《ゝ》袖は涙《なみだ》なりけり　　松

恋人との別れのつらさに、袖は涙で濡れていることだ。

狭筵に露がしとどに置いている前句の情景を、後朝の別れの場面に取りなし、恋人との別れで涙に濡れる袖を付けた。「露」から「涙」を連想し、狭莚だけでなく、袖も涙で濡れているとして、恋に転じた付合。「狭筵」と「涙」に濡れる「袖」を詠み合わせた歌例に、「恋ひ侘ぶる袖の涙をそのままに干さで片敷く夜半の狭莚」（新拾遺集・恋二・頼隆）がある。
　寄合―「露」と「涙」・「露」と「袖」（連）。
　季―雑。題材―恋（別る…涙）。

67　契り[二]ても向後《(ゆくへ)》[三]知《し》らぬは[四]おぼ[五]つかな　　利家

契りを交わしたとはいえ、この先どうなるか分からないのは、気がかりで不安なことだ。

別れのつらさに涙で袖を濡らすという前句に、たとい契ったとしてもこれからどうなるのか分からない以上、覚束ない心持ちであるという心情を付けた。そこには睦言の中での約束を信じて良いかという不安、あるいは、自他ともに明日はどうなるか分からないという無常観などが読み取れる。「もの思はぬ人だにあすを知らぬ世にのちとはいかで契り置くらむ」（新続古今集・恋二・覚誉）、「おぼつかな今宵は誰と契りてか明けなむ暮れを待てといふらむ」（玉葉集・恋二・成範）等、恋の契りの不確かさを嘆くのは常套。
　季―雑。題材―恋（契り）。

68　心《こゝろ》[六]のほど《程》程[七]も[八]いはけなきどち[九]　　紹巴

（契りを交わしたのは）心もいまだ幼く、頼りない者同士である。

契りのおぼつかなさを詠んだ前句に対して、その理由を、幼い頃に二人が交わした約束ゆえのこととして付けた。こうした幼い者同士の恋を題材とする物語としては『伊勢物語』（二三）の「筒井筒」が有名で、それを踏まえる。表現の類似する歌例に「行末を言へばえにとやいはけなき心一つは我

を含む。『源氏物語』（若紫）には「いはけなき鶴の一声聞きしより葦間になづむ舟ぞえならぬ」のように、姫君（幼少期の紫の上）のあどけなさが「いはけなき」と語られる。

九　同士、仲間。D本は「時」とする。

一〇　字を書くことを習うこと。古歌等を書き遊《すさ》ぶこともいう。「手習に読歌」（拾花集）。「いつとなく硯に向かふ手習よ人に言ふべき思ひならねば」（風雅集・恋一・徽安門院）。

一一　何ということもない。幼稚でたどたどしいさま。

一二　賢し。判断力があり、賢明であるさま。「しるべなき闇にたどれる心々を見給ひて、賢し愚かなりとしろしけむ」（古今集・仮名序）のように、「さかし」は「をろか」の対義語。

一三　見分ける。判別する。理解する。区別・「外山なる松の緑に柞《ははそ》原見え分くほどに色づきにけり」（寂蓮法師集）。

69

手[一〇]習には[一一]かなき歌を詠《読》み・かはし　　昌叱

（幼いものたちは）手習いに、何ということもない和歌を詠み交わして。

70

さ[一二]かしお《を》ろかも見[一三]えや分《わ》くべき　　玄旨

（詠み交わす歌から）その賢愚をも、見分けることができるのであろうか。

に許すも」（雪玉集）。恋の気配を漂わせている句だが、次句と付くと恋を離れる。

季―雑。

幼い二人を詠む前句に、手習いでたどたどしい歌を互いに詠み交わすさまを付ける。『拾花集』に「いはけなき仲には、はかなき言の葉」とあるように、「いはけなきどち」ゆえに、幼稚でたどたどしい歌を詠むのである。「筒井筒」の物語では、幼なじみの男女が年頃になるまで互いに相手を思い続け、歌を詠み交わして結ばれたとある。「手習」の歌例は多くないが、頭注〈八〉の『源氏物語』（若紫）には、源氏詠「いはけなき鶴の一声」の筆跡のみごとさに感服した女房が、これを姫君の手習の手本にしたいと言う場面があり、そののち姫君を自邸に迎え取った源氏は、姫君に「手習、絵等」を教えて歌を詠み交わす。言葉の上では『源氏物語』を意識した付合といえよう。

季―雑。

手習いに歌を詠み交わすという前句に、書き手の賢愚も、その歌から分かってしまうのだろうか、と付けた。前掲の『源氏物語』（若紫）では、幼い姫君が歌を書きつけた筆跡を見た源氏が、生い先の賢明さを感じ取ったとある。ただし、当該一句としては『源氏物語』の面影から離れ、世人の賢愚の別をさとる、といった意の雑の句となる。連歌の付句例に「手習の初めのほどは愚かにて」（行助句集）、「文の学びの賢し愚かさ」（玄旨公御連歌・文閑）。

季―雑。

71 新《(にひ)》参《まゐ[い]》り[一]出[二]・でてつかふる日ごろ《比》へて　日野

新参の人だが、お仕えして日数を経ている。(そのため、賢いのか愚かなのかも、きっと分かってしまうだろう。)

賢いのか愚かなのかも、自ずから見分けられるのだろうか、と詠む前句に、新参の出仕者であっても、勤めて日数を経ればその才覚の賢愚が知られる、とした付け。「賢き」と「出でてつかふる」を結んだ連歌例に、「草の庵は人も残らず／賢きは出でて仕ふる君が代に」(葉守千句第二百韻・宗長／恵俊)がある。「今参り二十日」といって、新参者は最初は勤勉でも、二十日過ぎたあたりから怠けだす、ということわざもある(毛吹草他)。

季―雑。

72 恵《めぐ》[三]みある世を身に頼[四]みつゝ　常真

(日数を経た新参者は)恵みのある世であることを、この身にあてにしながら過ごすことだ。

前句の「新参り」を、付句では、君主の恵みのある世であることを、頼みにして出仕を続けている官人とみて詠んだ。類似した連歌例に、「つとめては心一つを頼めただ／恵みあるべき上宮仕へ」(天正十七年一月四日白何百韻)がある。ただし、「恵み」を主からの寵愛と取り、新しく来た女が、「世(男女の仲)」を頼みにして出仕を続けている、と読むこともできるか。「さりともと思ふ心にながらへてあらば逢ふ世と身に頼みつつ」(万代集・順徳院)のように、「身に頼みつつ」との言い回しを恋歌で用いた歌例もある。

寄合―「出」と「世」(璧)。

季―雑。

73 閑[五]・かなる奥《おく》[六]山住《(ずみ)》もいかならん　雅枝

静かな奥山住の身でも、どうだろう。(君の恵みある治世をあてにできるのか。)

前句は「恵みある世」であることをあてにしている人のさまを詠むが、その「恵みある世」ならば静かな奥山住であっても恩恵にあずかることができるだろう、と付けた。慈円の「我が頼む日吉の影は奥山の柴の戸までもささざらめやは」(千載集・神祇)が参考になる。これは、日吉社を頼み、そ

一 新しく出仕する人。今参りとも。和歌では「ある人のもとに新参りの女の侍りけるが、月日久しく経て」(後撰集・春上・読人不知)など、詞書での用例が散見される。「前に出でぬぞ新参りなる／あり経ばと思ふに身をや頼むらむ」(新撰菟玖波集・雑四・実隆)等、連歌で多く用いられる語。

二 出仕。「山深く誰が住む庵も荒れぬらし出でて仕ふる御代のしるしに」(文法百首・為定)。

三 神仏や君主からの恵みのある世。「年に会ひて恵みある世の春はまづ民の草葉の色に出でつつ」(碧玉集)、「嘆かじよただ我からは恨みても／仕へて君が恵みある世は」(菟玖波集・賀・為藤)。

四 頼りにしながら。D・E・F本「頼むのみ」。B・C本「みつつ」に傍書「むのみ」。

五 F本「まれに成る」。

六 奥山に住むさま。和歌の例は少なく、「声なるる奥山住もいかるがや富の小河の御代をしぞ思ふ」(春夢草)等、肖柏の歌例が見られる。「秋

寂し奥山住みぞいかならん」(明応七年正月二十七日山何百韻)等、連歌に好まれた表現。D・E本「奥山住の」。

七 雄の鹿。小牡鹿とも。秋の景物で、妻を恋慕い鳴くと詠まれた。「世の中よ道こそなけれ思ひ入る山の奥にも鹿ぞ鳴くなる」(千載集・雑中・俊成)。

八 毎晩。夜ごと。「夜な夜な」と「月」を詠む歌例に「風寒み木の葉晴れ行く夜な夜なに残る隈なき庭の月影」(新古今集・冬・式子内親王)、旅寝と結んだ歌例に「夜な夜なの旅寝の床に風冴えて初雪降れる小夜の中山」(千載集・羇旅・実行)がある。

九 「草枕」は旅寝。「寝られぬ」と詠む歌例に「草枕寝られぬままの有明に月を友とぞ急ぎ立ちぬる」(新続古今集・羇旅・国平)。

74

聞《き》けば牡《男》鹿七の声ぞ悲《かな》しき　　政宗

(静かな奥山に住むのはどのようなものだろう。)耳を傾けると牡鹿の声がもの悲しく聞こえてくる。

75

夜八な夜《く》なの月に寝《ね》九られぬ草枕　　白

(悲しげな牡鹿の声が聞こえてくる)旅の途次、夜ごと月を眺めているとさまざまなもの思いにとらわれ、ますます眠れない。そんな旅寝であることだ。

の威光は奥山の戸までも射し込み照らして下さることだ、というもの。本付合は、奥山住の私も、こういうすばらしい世であればその「恵み」をあてにしてよいのではないか、という意。

寄合―「世」と「住」(璧・闇)。
季―雑。題材―山類(奥山)。

静かな奥山に住む、世を捨てた人も、どうだろう、と詠む前句に、私と同じように鹿の声を聞けば悲しい気持ちになるのではないか、と応じた句。「奥山に紅葉踏み分け鳴く鹿の声聞く時ぞ秋は悲しき」(古今集・秋上・読人不知)を本歌にした付け。もの悲しい牡鹿の声を聞くと、俗世の自分もあわれを感じるのだが、というのである。頭注〈七〉の歌例の他でも、人気のない奥山や山里は「山里は秋こそことに侘びしけれ鹿の鳴く音に目を覚ましつつ」(古今集・秋上・忠岑)のように、鹿の鳴く声でますます秋の寂しさが募ると、和歌では繰り返し詠まれている。

寄合―「奥山」と「鹿」(竹)。
季―秋(牡鹿)。

前句の牡鹿の声を聞いている人を、旅寝をする者とした付け。「鹿」と「夜な夜な」「月」を結んだ歌例に、「妻恋ふる我が身一つの秋とてや夜な夜な月に鹿の鳴くらむ」(新続古今集・秋下・式乾門院御匣)がある。旅寝はつらいものであるうえ、道中に夜ごとの月を見て、さまざまなもの思いが重なり眠れない。そこに、牡鹿のもの悲しい鳴き声が聞こえてきて、寝られぬ情をさらに募らせるのである。

季―秋(月)。題材―旅(草枕)。

一　秋風が一面に吹きわたる。「夕暮れは秋風わたる浅茅生の小野の篠原露こぼるらし」（嘉元百首・俊定）。

二　武蔵国の歌枕。広くは関東平野全体を、狭くは多摩川から入間川に挟まれた部分を指す。「今宵また故郷人もいかが見る月影寂びし武蔵野の原」（建保元年七月内裏歌合・永光）。B・C本は「武蔵野の末」に「原」（C本は「原歟」）と傍記。

三　草木の先の方が枯れること。「末葉」と詠み合わせた歌例に「長月の末葉の野辺のうら枯れて草野原より変はる色かな」（秋篠月清集）。

四　菅・薄等の、粗末な屋根を葺くイネ科植物の総称。萱は乱れやすいことから「乱れ」の縁語となる。「風わたる同じ沢辺に白菅の真野の萱原乱れ合ひつつ」（明日香井集）。「末葉」は草木の先端の葉。「うらば」と読むか。

五　霜の解けた雫。和歌には見られず、連歌で用いられる語。「霜のしづくも光さやけし」（飯盛

76　[一]秋風わたる[二]武蔵野の原　　中山

（毎夜、月の下で旅寝をしている、）秋風が吹きわたる武蔵野の原である。

77　[三]うら枯れの[四]萱が末葉の乱《みだ》れ合ひ　　全宗

（武蔵野の原では秋風で、）うら枯れの萱の葉先が乱れあっていて。

78　[五]霜のしづくの[六]音かすかなり　　徳川

（萱の末葉に置く）霜が解けて雫となって滴り

前句の「草枕」の場所を「武蔵野の原」として、そこに秋風が吹きわたる様子を付けた。ただでさえ旅寝は眠れないものだが、秋風が吹くことで、いっそう眠れなくなると詠む。「草枕さらでも旅は寝られぬに初秋風ぞ驚かすなる」（郁芳門院安芸集）。武蔵野での草枕を詠んだ歌に「草枕行末遠き武蔵野に同じ仮寝の幾夜経ぬらむ」（飛月集・祐躬）、連歌例に「武蔵野やしのぎし草に枕して／夕べ夕べに寒き秋風」（元亀二年千句第二百韻）。

　季―秋（秋風）。

晩秋の武蔵野の原に吹きわたる風を詠む前句に、その風によって、萱が乱れ合うという情景を詠んだ。『連珠合璧集』に「秋の末の心」に「うら枯れ」とあり、前句の「秋風」は本句と付いて晩秋と季が定まる。『東路のつと』には、「武蔵野の東野中のほどなるべし。霜枯れの景気ばかりなり」として「冬枯れや萱が下葉の秋の風」の句が見える。「末葉」をうらばと読むとすれば、「うら」で韻を踏み、リズム感のある一句になるか。類似した情景の連歌例に「山の端遠く秋風ぞ吹く／武蔵野や萱が乱れに道絶えて」（行助句集）。参考「うら枯るる浅茅が原の刈萱の乱れてものを思ふころかな」（新古今集・秋上・是則）。

　寄合―「秋風」と「萱」（拾）、「武蔵野」と「萱」（随・竹）。

　季―秋（うら枯れ・萱）。

前句のうら枯れた萱を冬枯れの景とし、萱の葉に置く霜が解け、その雫がかすかな音をたてて滴り落ちる様子を付けた。「霜の雫の絶え絶えの音／夜を寒み寝られぬ岩に枕して」（玉屑集・昌琢）のように、「霜の

落ちる、その音がかすかに聞こえてくることよ。

（名折表）
79　真柴[七]焚《た》く煙や軒に立ちぬらん　松

（霜が解けて雫が滴る朝、）柴の枝を燃やす煙が、家の軒から立ち上っているのだろうか。

80　山[八]のあなたの家居[九]しるし[一〇]も　白

山の向こう側に家があるとはっきりと分かることだ。

雫」の音を夜の時分に聞くとした連歌がある。うら枯れの末葉の霜を詠む歌例に「うら枯れし浅茅は朽ちぬ一年の末葉の霜も冬の夜な夜な」（正治初度百首・定家）。落葉に霜の雫の落ちるさまを詠む連歌例に、「朝霜の雫に重き落ち葉かな」（紹巴発句帳）。

寄合―「草のうら枯れ」と「霜」（璧）。

季―冬（霜）。

前句で霜が解けたのは朝になったからだと解し、それならば人家から炊事の煙が上る頃だろうと、朝の人里の様子を想像して付けた句。前句はまだ暗い時分であったが、夜が明け始めたことを人家の煙で表現する。「山里の柴折り折りに立つ煙人まれなりと空に知るかな」（千載集・雑中・肥後）のように、人家が見えなくても、立ち上る煙によって里があると気づく趣向の歌があるが、当該句も同様。「日影射す霜のしづくや曇るらむ／ひまひま寒き軒の侘びしさ」（伊予千句第三百韻・宗牧／能祐）は似た連歌例。

季―雑。題材―居所（軒）。

前句で詠まれている人家の煙によって、山の向こう側にも家があると分かる、という句。前句ではその存在を推定するだけであった煙が、当該句でははっきりと確認できるというのであろう。「谷陰の柴の煙に知られけり思ひもかけぬ家居ありとは」（正治初度百首・守覚法親王）のように、煙によって山や谷の人家に気が付くという歌例がある。『拾花集』にも「煙には、小家」とある。

寄合―「軒」と「家」（付）。

季―雑。題材―山類（山）、居所（家居）。

千句第九百韻・宗養）のように、日光が射して解けた霜から滴る雫を詠む例もある。B・C本は「露イ」と傍記。

六　音がやっと聞き分けられる程度であるさま。「初瀬山紅葉のそこに聞こゆなり入相の鐘のかすかなる音」（正治二年九月院当座歌合・通親）。

七　柴の美称。柴は、山野に生えている小さな雑木のことで、薪に用いられる。「真柴たく麓の煙立ち添ひてなほ世を籠むる峰の朝霧」（頓阿勝負付歌合）。

八　山の向こう。「遅く出づる月にもあるかな足引の山のあなたも惜しむべらなり」（古今集・雑上・読人不知）のように、山に隔てられた向こう側の様子を想像する歌は多い。

九　家のこと。「煙立ち雉子しば鳴く山里のたづぬる妹が家居なりせば」（公任集）。

一〇　「しるし」は、対象物がはっきりと明確になるさま。「も」は詠嘆を表す助詞。

一　自分より先に。歌例は乏しく「とりわきて我が身に露や置きつらむ花より先にまづぞ移ろふ」（後拾遺集・雑五・高遠）、連歌例に「先にまづ行く舟の綱道」（文安雪千句追加・能阿）。類似の措辞の歌に「恋路にはまづ先にたつ我が涙思ひかへらむしるべともなれ」（新勅撰集・恋二・伊経）。

二　俗世を捨てた人。「山深く軒ば並べて住む人は世を出でし道もさぞ契りけむ」（卑懐集）。F本「世出し」。

三　年齢を重ねた先の行末。「埋火もかすかになれば夢覚めて／齢ののちぞとにかくに憂し」（飯盛千句第七百韻・長慶／宗養）。

四　つらく憂鬱な気持ちが増幅する。「人心憂さこそまされ春立てば止まらず消ゆる雪隠れなむ」（後撰集・春上・読人不知）。

五　ひたすら相手に心を寄せてきた。

六　甲斐なく。「世を厭ふはしと思ひし通路にあやなく人を恋ひわたるかな」（千載集・恋一・仁

81　先にまづ世を出《（い）》・でし人はうらやまし　玄旨

（山の向こうに家が見える。）私より先に俗世を捨てた人がうらやましい。

前句の「山のあなた」を山の向こう側の意から、山の遥かかなた、すなわち俗世から隔絶された場所の意に取りなして、いち早く世を捨てた人をうらやむ心情を付けた。『竹馬集』には、「世」と「山里に住む」を寄合として掲出。一句としては、『拾玉集』の「露の身も置き所なき世の中に先立つ人ぞうらやまれける」を本歌とするか。なお、前句の「山」を受けて「うらやまし」が導かれている。「かくばかり経がたく見ゆる世の中にうらやましくも澄める月かな」（拾遺集・雑上・高光）。

季―雑。題材―述懐（世を出でし）。

82　齢《よはひ》ののち《後》の憂《う》さぞ増《（まさ）》れる　由己

（俗世を捨てた人がうらやましい。）歳を重ねてから、いっそうつらい気持ちが増して行くことだ。

前句の、先に世を捨てた人がうらやましいと思うその気持ちは、年齢を重ねるほど憂さとなって積もって行くと付けた。「世に経れば憂さこそまされみ吉野の岩の陰道踏みならしてむ」（古今集・雑下・読人不知）、「憂さは日ごとにまさる世の中／いつ行きて岩踏み馴れむ吉野山」（新撰菟玖波集・雑二・能阿）などのように、いつまでも世の中を捨てられない状況に、つらい気持ちがつのると詠む。なお、「齢」は「述懐に非らず。句に依つて述懐とも成る也」（産衣）とあるが、句意から述懐に定めた。

寄合―「世」と「憂さつらさ」（闇）。

季―雑。題材―述懐（齢・憂さ）。

83　懸け・きつる思ひあやなく絶え・果《は》てて《ゝ》　中山

（長い年月、）ひたすら相手に心を寄せていた恋情は、甲斐のないままますっかり途絶えてしまっ

前句を「齢」を重ねた人物が、つらい恋心を長く持ち続けていたと取って、付句では、慕い続けた相手との関係が、その甲斐もないまま途絶えてしまったと詠む。「懸けきつる」は、和歌・連歌共に求め難い表現だが、『春夢草』に「弱る心の末いかにせん／懸けきつる和歌の浦わの老の浪」とあり、

昭)。
七　D本「中大」、E本「中大」。
八　男女の縁を結ぶ神。天地万物を創造した高御産巣日神《たかむすびのかみ》も意識するか。歌例は少ない。「代々かけて絶えず朽ちせぬ契りとや松を結ぶの神の下縄」(草根集)。
九　B・C本「神は」の「は」の右傍に「も」。D・F本「神も」。F本「いつかわ」。
一〇　どこにいるのか。「祈りこし契りはいづら神垣のゆふつけ鳥のよその暁」(新葉集・恋二・師継)。
一一　差し出がましい言動。「さかしらに夏は人まね笹の葉のさやぐ霜夜を我がひとり寝る」(古今集・雑体・読人不知)。「わりなきはただ親のさかしら」(玉屑集)。
一二　親の気持ち。「人の親の心は闇にあらねども子を思ふ道にまよひぬるかな」(後撰集・雑一・兼輔)。D・E本「おや(親)の心の」。

て。

84
契り結《むす》ぶ[八]の神[九]はいづら[一〇]は　昌叱

男女の縁を結んでくれるという神はどこにいるというのか。

85
さかしら[一一]の親[一二]の心《こゝろ》はいかなれや　政宗

(男女の縁を結ぶ神はどこにいるのかと、)差し出がましいことを言う親の気持ちというのは、どのようなものなのだろうか。

その注に「前句恋なるべし、歌道に心を懸けこしも、老の心弱り行き、つゐに道にも達せぬことをいかにせんと也」としており、述懐と恋の句の連関は、本付合と類似する。
季―雑。題材―恋(思ひ)。

前句で恋が絶えたことを受けて、恋を叶えてくれる神はどこにいるのか、と付けた。「思ふにもかたかりぬべき縁あれど契り結ぶの神ならば神」(雪玉集)のように、叶わないかもしれないと分かっていながらも、やはり契りの成就を神に頼ってしまう心情を詠む。「絶え果て」た関係に対して、その相手は「いづらは」と付けた連歌例に「立ち別れ出にしままに絶え果てて／命かけつる友はいづらは」(伊勢千句第七百韻・宗長／宗碩)。
季―雑。題材―恋(契り)、神祇(神)。

前句の「契り結ぶの神」を受けて、男女の仲に関して、先走って差し出がましい言動をする親の姿を対比的に付けた。『拾花集』には、「契り」に「親割くる仲」を、「子を思ふ」に「結ぶ契り」を寄合語として掲出。「さかしらの親」の措辞は、『伊勢物語』(四〇)の「昔、若き男、けしうはあらぬ女を思ひけり。さかしらする親ありて、「思ひもぞつく」とて、この女をほかへ追ひやらむとす」を意識するか。この逸話は次句との寄合の本説となる。一句としては、男女の仲に余計な口出しをする親をよく思わない、一般的な気持ちを詠んだもの。
季―雑。題材―恋(さかしらの親の心)。

一　自分の思い通りに。「心さへ我がままならず過ぐしきぬ」（永禄二年五月二十日山何百韻）。C本「そのまゝに」の「その」を見せ消ち、右傍に「我」。
二　我が身が苦しい。「我が身には苦しきことも知りぬればもの思ふ人のあはれなるかな」（玉葉集・恋三・花山院）。
三　水に浮いて流れる木。『連歌新式』「可分別物」に掲げ「已上非植物」とある。ここでは菅原道真が配流の身を喩えて詠んだと伝える「流木と立つ白波と焼く塩といづれかからきわたつみの底」（新古今集・雑下）に拠る。
四　「波」に行方も「無み」を掛ける。
五　「杣山」は材木にする樹木の茂る山で、「杣山川」は杣山の間を流れ、伐採した木材を流して運ぶ川をいう。「五月雨」と結ぶ歌例に「五月雨に杣山川やまさるらむ沈みもはてぬ瀬瀬の埋木」（洞院摂政家百首・知家）等があり、降雨により増

86
一我・がままにせぬ我《わ》二が身苦《くる》しき　鳥

（差し出たことをする親の心はどのようなものなのだろうか、）自分の思い通りにできない我が身が苦しいことだ。

前句の「さかしらの親の心」をうけて、『伊勢物語』（四〇）を踏まえ、思い通りにならない恋に苦しむ身のさまを付けた。同段は、「若き男」が「けしうはあらぬ女」に思いを寄せていたところ、「さかしらする親」が女をよそへ追いやったため、男が絶え入るばかりに苦しんだ物語である（85句参照）。前句との付合では恋となる。ただし当該句一句が表す、我が身が思い通りにならない苦しみは、恋のみに限定されないことから、次句が付いて恋から離れる。
季―雑。

87
三流木《ながれぎ》の行方《ゆくへ〔ゑ〕》も四波に浮《う》き沈み　紹巴

（思い通りにならない我が身のように、）流木は行方も定まらないで、波に浮いたり沈んだりして漂っている。

自分の思い通りにできない苦しい我が身とは、流木のように行方もなく波に浮き沈むようなものだと、前句を譬喩で取りなした付け。「難波潟しほひしほみち流木の浮きては沈む身こそつらけれ」（新撰六帖・知家）は、世の中での浮沈（栄え衰えること）にあえぐ不遇の「身」のつらさを、水に「浮」いては「沈む」「流木」に喩えた類想の歌例。本句は、頭注〈三〉に掲げた伝道真詠に拠るとともに、右の知家詠をも踏まえたものか。
季―雑。題材―水辺（波）。

88
五杣山《そまやま》川も五月雨のころ　比　日野

杣山の間を流れる川も水勢を増す五月雨の頃に。

前句の「流木」を、「杣山川」に流して運ぶ材木に詠みかえた付け。「時しありと杣山川の五月雨にいつの朽木の流れ出づらむ」（雪玉集）は、流れる「木」と「杣山川」「五月雨」を取り合わせた参考例。本付合は、五月雨の頃の杣山川で、材木が波に浮きつ沈みつ揺動しながら流れる情景を詠んだ。「浮き沈み」と「杣山川」を詠む歌に、「いかだおろす杣山川に浮き沈み君に逢ふ

水し水勢も速くなったさまが詠まれる。

六　あちこちの里。『連珠合璧集』「重詞」に「村々」の寄合に掲出。

七　横に近接するもの、特に隣家。『和漢朗詠集』題に「隣家」があり、歌にも詠まれる。「里」での「隣」を詠む歌に「里人の軒を並べて住む宿はいづくまでこそ隣なりけれ」（新撰六帖・家良）。F本「情」の右傍に「隣歟」。

八　関係が深くない。心理的に疎遠である、または物理的に隔てるものがある。「ひと坂ものぼりくだるは苦しくて／近き隣もうとき山里」（下草、出典は脚注掲出の延徳二年正月十一日百韻）。

九　作者表記、D本「民」、E本「民部卿」。

一〇　竹が群生する林。竹林の「奥」を詠む歌に「山深き竹の林の奥の庵住みてもみばや世は捨てずとも」（拾塵集）。

一一　奥深くへ続く道。「奥深き道一むらのふる柳あはれ昔も遠く霞める」（雪玉集）。

89　[六]里々の[七]隣や[八]うとく成ぬらん　　[九]氏郷

（五月雨の頃、川の近くの）里々では隣家も遠く感じられるようになるのだろうか。

90　[一〇]竹の林《はやし》の[一一]奥深き道《みち》　　利家

（隣の家も疎遠に感じられるのは、）竹林の奥深くへ続く道を分け入った所に住んでいるからである。

べき暮れを待つかな」（基俊集）がある。

寄合―「波」と「川」・「流れ」と「川」（壁）。

季―夏（五月雨）。題材―山類（杣山川）、水辺（杣山川）。

前句の「杣山川」に、川の近くの「里々」を付け、「五月雨」の頃は雨に降りこめられて人の往来もなく、近隣も遠く感じられるとした。「五月雨」「うとし」を詠む和歌に「晴れ間なく降り籠められて友も皆うとき心の五月雨の宿」（草根集）。「隣にだにもうとき山里／雲はただ軒端を埋づむ五月雨に」（延徳二年正月十一日何人百韻・宗祇／兼載）は、本付合の趣向に類似する。「五月雨の頃は明暮れ月日の影をも見ず、道行人の通ひもなく、水たんたんとして野山も海にみなし候ふやうに仕ること、本意なり」（至宝抄）とある五月雨の本意にも則した発想である。

季―雑。題材―居所（里・隣）。

前句にいう「隣」が「うとく」感じられるのは、隣家との間を隔てる竹林が生い茂り、奥深くまで道を分けてようやく辿り着くような所に住んでいるからだ、と付けた。「里」の住まいの「隣」の「竹」を詠む歌例に、「山里は隣の竹の末のみぞ雪の朝にしをれきにける」（正治初度百首・寂蓮）、連歌例に「里に離るる庵のあはれさ／かすかなる竹ひとむらを隣にて」（葉守千句第一百韻・宗般／恵俊）。「隣もうとき山里の道」（宗牧追善千句何路）も本付合と似た状況を詠む。

季―雑。

一　出るのが待たれる月。想い人を待つ意もあるか。

二　砧は衣を打って柔らかくするための木と台。月と砧の音は、共に秋夜の景物として「月前擣衣」の題等で詠まれる。

三　月に何かの音が添う、と詠む歌例には「秋の月に添ひ行く鐘の音もなほ澄みまさる峰の古寺」（邦高親王集）等がある。

四　作者名を、D・E本はそれぞれ「山」「奥山」とし、92～94句まで「由己・紹巴・鳥」とする。

五　夜が深まっても。「も」には、夜が更けてもなお月を待ち、砧を打つ、という意を込める。F本は「宵ふけても」とし、右に「は歟」と傍書。

六　少しの間のことだと。「西へ行く道知る人は急ぐとも知らぬ我らはしばしとぞ思ふ」（明恵上人集）。B・C本は「しばしとて」、「とて」の右に「ただ」。D～F本は「とぞ」を「只」。

七　冷気・寒気等が強く身に感じられること。また、しみじみと痛切に感

91　待ち出づる月に砧の音添《そ》ひて　　右衛門督

月の出を待っていると、（竹林の奥深くへ続く道の先から）その思いを募らせるように砧の音が聞こえてくる。

92　宵更けつつ《ゝ》も秋風ぞ吹《ふ》く　　上人

（月の出を待っている内に）夜は更けて行き、（砧の音を運ぶ）秋風が吹いてきたことだ。

（名折裏）

93　しばしとぞ身にしむこそは寝《ね》覚なれ　　由己

しばらくのことだ、とは思うものの、いろいろ身に沁む思いにとらわれる（秋風の吹く夜更けの）寝覚であることだ。

「竹の林」の「奥」を思いやる前句に、月の出を待っていると、その奥から砧の音が聞こえてくると付けた。「添ひて」は月を待つ心に寄り添うように、ということであろう。竹が生い茂る里における夜の砧を詠んだ歌例に「篠竹の深山の里の秋風に寝ぬ夜重ねて擣《う》つ衣かな」（南朝五百番歌合・長親）がある。「風寒き裾野の里の夕暮れに月待つ人や衣擣つらむ」（新後撰集・秋下・為道）等のように、砧を打ちながら、月の出を待ちつつ、恋人を待っている人物の風情があるか。

季―秋（月・砧）。

前句の「待ち出づる月」に対して「宵更けつつ」と時間の経過を付け、「砧の音」にそれを運ぶ「秋風」を付けた。夜更けて打つ砧は、「み吉野の山の秋風さ夜更けて古里寒く衣打つなり」（新古今集・秋下・雅経）、風が砧の音を伝えることは、「夜々は砧の音を誘ひきて風ぞ枕に衣打ちける」（続千載集・雑体・為世）と詠まれてきた。付合としては、月の下で、砧と秋風の音も「添ひて」聞こえてくるさまとなるか。

季―秋（秋風）。

「秋風」の吹く夜更けを詠む前句に、寝覚めた人物の心情を付けた。この寝覚のつらさはしばらくのことだ、とは思うものの、寒さも侘びしさも身に応えるというのである。「宵」に「寝覚」、「秋風」に「身にしむ」と応じる（『随葉集』に「身に沁むには、風の吹く」）。秋風に起こされ、時間の経過を知り、その後、秋風がしばらく耳につくというのであろう。「寝覚」は「老の寝覚」であることが一般で、ここもそのように取れ、述懐の趣がある。「何となくも

94

今朝までもなほ《猶》九残る枕《まくら》香　紹巴

（寝覚めて気づき、身にしみ入ることだ。）今朝までもなお、残っている枕香に。

95

一〇面影《俤》はさらに忘《わす》れぬ一一乱《みだ》れ髪　昌叱

面影はいっそう忘れることができず、寝乱れた髪のままで、心も乱していることだ。

のぞ悲しき秋風の身にしむ夜半の旅の寝覚は」（千載集・雑下・仁上）、も、秋風が身にしみる寝覚を詠んだ歌例である。連歌例に「出でぬべき世を秋風に寝覚めして」（玉屑集・宗養）。

季―秋（身にしむ）。

寝覚のつらさを詠む前句に、朝まで残っていた恋人の枕香に気づいたことを詠む。前句の老の寝覚を恋人と別れたあとの寝覚と取りなし、付合において「しばしとぞ」は、恋人と離れている期間についての感慨となる。「寝覚」に「枕」、「身にしむ」に「(枕)香」（『拾花集』には「身に沁む」に「衣の移り香」）と応じ、相手の残していった「枕香」に、しばらくとは思うものの、別れのつらさがますます「身にしむ」とした付合。夜から朝へと時間を転換し、聴覚・皮膚感覚で感ずる寝覚を描いた世界から、嗅覚によって恋人の名残が思い起こされるつらさを詠む世界へと転じた。「しみ深く人のとめてし枕香の焦がるる胸におき明かしつつ」（正徹千首）は、本付合と表現・状況も類似する歌例。

季―雑。題材―恋（枕香）。

前句の「残る枕香」に対して、さらに忘れられないのはその恋人の「面影」であるとして、寝乱れた長い髪のまま、その髪のように心も乱していることを付けた。「枕香」に「乱れ髪」が付く。頭注（一一）の和泉式部歌とそれを本歌とした「かきやりしその黒髪の筋ごとに打ち臥すほどは面影ぞ立つ」（新古今集・恋五・定家）を意識した付合。

季―雑。題材―恋（面影・乱れ髪）。

じること。B・C本「身にしむ秋は」、F「身に入秋は」。

八　眠りの途中で目を覚ますこと。和歌では、肌寒さを感じたり、老いや恋のもの思いゆえの寝覚などが詠まれる。

九　後朝の別れののち、恋人の香りが枕に残っている様子。「枕香」は、枕に染み移った香。また、枕から移った香をもいう。「露かかる言の葉草も身にぞしむ新枕香の木枯の風」（草根集）。「しばしがほどは残る枕香」（玉屑集・玄旨）等、連歌に多く見られる語。

一〇　ここでは恋人の面影。「忘れめや別れの袖に乱れつる寝くたれ髪の今朝の面影」（師兼千首）は、同様に乱れ髪の面影を忘れない、と詠む歌例。

一一　乱れた髪。女性の朝の寝乱れ髪は、恋歌によく詠まれる。「黒髪の乱れも知らずうち臥せばまづかきやりし人ぞ恋しき」（後拾遺集・恋三・和泉式部）。

一　男女の仲を取り持つこと。「心して伝へそめよと仲立ちにまづ一筆の文をこそやれ」（言綱卿詠草）。「しも」は強調。
二　頼んでおいた結果。「頼みおく」の歌例に、「頼みおくほども心の迷ふかなかならず霧の隔てならねど」（木幡の時雨）。D本「うらみ」、E本「恨」、F本「なのみ」の「な」に「た歟」と傍記。
三　手の届かない人。「及びなき」は身分のためであることが多い。古歌に見えず、連歌例に「及びなき人を恋ふるは咎なれや／あはれに消ゆる柏木の露」（相良為続連歌草子）がある。
四　思いをかけるようになる。「音に聞く人に心をつくばねの見ねど恋ひしき君にもあるかな」（拾遺集・恋一・読人不知）、「よそに見し人に思ひを付けそめて心からこそ下に焦がるれ」（続古今集・恋一・読人不知）。
五　車。「小《を》」は接頭語。
六　「引き過ぐるほどまでもなほ小車の我が夕暮れと頼みこしかな」（雪玉集）。D・E本「のこる」。
七　「玉鉾の」は道に掛
96
[一]仲《中》立ちをしも[二]頼みお《を》く末　　松

（会った時の面影が忘れられず、髪を乱し苦しんでいることだ。）間を取り持ってくれるように頼んでおいたのだが、それが叶えられた挙げ句の果てに。

会った時の面影が忘れられず、髪を乱し苦しんでいると詠む前句に、そのように苦しむのは、その人との取り持ちを頼んで、それが叶えられた結果だと付く。付合において、前句の「さらに」は垣間見等などで見知った人の面影が、仲立によって逢瀬が成就したものの、以前よりも「さらに」心から離れなくなったという意を示す。「会はむとのみを頼む仲立ち／まさしきも今は甲斐無き恨みにて」（老耳）は、「仲立ち」を頼むことを詠む連歌例。
季―雑。題材―恋（仲立ち・頼みおく）。

97
[三]及びなき人に[四]心を付けそめて　　全宗

（仲を取り持ってくれるように頼んでおいた、その結果はどうなるのだろう。）手の届かない人に思いをかけるようになって。

男女の仲を取り持ってくれるように頼んでおいた結果である、と詠む前句を、その結果はどうなるかとこれからの予測の意と解して付く。前句の状況の前提を詠む句で、手の届かない人に思いをかけるようになって、仲立ちを頼んだがその結果は、という付合である。恋の句であるが、前句作者が豊臣秀吉（松）であることを鑑みると、「及びなき人」は秀吉を含意し、前句の「頼みおく」は秀吉との取り持ちを頼んだとも取れるか。
季―雑。題材―恋（心を付けそめて）。

98
[五]小車[六]過《す》ぐる[七]玉鉾《ぼこ》の道　　[八]雅枝

（思いをかけるようになった男の）小車は私の家の前の道を通り過ぎて行くことだ。

手の届かない人に思いをかけるようになったと詠む前句の主体を女性として、思いをかけた男の車が道を通り過ぎて行く、と付けた。「待つかたの車の音は我が門を過ぎぬまでこそ嬉しかりけれ」（林葉集）と詠まれるように、前句との関連においては、訪れを待っている女性の家の前を、男の車

かる枕詞。道のこと。「Tamaboco」（日葡辞書）。「玉鉾の道は常にも惑はなむ人をとふとも我かと思はむ」（古今集・恋四・因香）。

八　F本「織枝」。

九　はなやかな風情、色合い。「今の世の中、色につき、人の心、花になりけるより」（古今集・仮名序）。

一〇　D本「今只九重の」、E本「なくたゝ九重の」、F本「只八重九重の」。

一一　花の幾重にも重なったさまをいう。また、皇居の意を込める。八重桜の八重を増した表現。「君が住む九重ねの花さかり嵐の風も聞かぬ春かな」（新続古今集・雑上・秀長）。

一二　人々の袖が連なっているさま。「花の香を連なる袖に吹きしめてさとれと風の散らすなりけり」（山家集）。

一三　袖の多く連なっている様子。「咲き満てる庭の桜も匂ひ添ふ花の都の袖の数々」（今川氏真詠草）。「数」は、B・C本では「いろ」とし、B本は「かす」、C本は「数」と傍記。

99　色[九]もただ[一〇]九《ここの》重《かさ》ね[一一]の花盛り　　白

（小車の通り過ぎて行く道の）風情というものも、まさしく皇居のように、花びらが八重に一重を加えた九重に重なる桜の花盛りの風情である。

100　春に連《つら》[一二]なる袖[一三]の数々　　玄旨

春という季節に、（それにふさわしい九重の襲の色を見せる）袖があまた連なっていることだ。

が音を立てて通り過ぎて行く、という状況を詠んだものである。ただし、一句としては単なる都の情景を詠んだものと取れる。

季―雑。

前句で詠まれた小車の通る道を桜の咲く道として、その花盛りのさまを付けた。付合においては、前句の「小車」は花見客を乗せる車、「過ぐる」はその車が多く通る様子となる。「も」は前句で詠む多くの小車が通る賑わいに加えて、花の咲く風情も、ということであろう。「古の奈良の都の八重桜今日九重に匂ひぬるかな」（詞花集・春・伊勢大輔）が意識され、「九重ね」に皇居の意が掛けられ、皇室を寿ぐ思いが籠められる。また、本百韻の秀吉の発句「年をへば若木も花や高野山」と呼応する。後代、定型となる花の座に位置する句。

季―春（花盛り）。

前句は皇居の栄えを意識しながら、九重に咲く桜の花の盛りを詠む。その句の「色」「重ね」を受けて、その色とりどりに連なるさまを付けた。衣の襲のさまも含意するか。「九重」に咲く「花」を宮廷人が見るという歌例に、「八重一重九重ねに咲く花を百のつかさの飽かずこそ見れ」（言国詠草）がある。また、九重に「袖」を「連ぬる」と詠む歌例に、「九重や玉敷く庭に紫の袖を連ぬる千代の初春」（風雅集・春上・俊成）がある。ここでは、春の高野山に公武の貴顕を集めての秀吉のはなやかな催しを寿ぐ意図があろう。

季―春（春）。

一　C本「豊大閤」と傍記。
二　C本「前田中納言」と傍記。
三　C本「清巌寺／興木食」と傍記。
四　C本「蒲生」と傍記。
五　C本「近衛左大臣信尹公」と傍記。実際は、信尹とは考えられず、聖護院道澄であろう。
六　C本「里村／法橋」と傍記。
七　C本「親王家」と傍記。
八　C本「典薬頭侍従」と傍記。
九　C本「織田内大臣入道」と傍記。
一〇　C本「飛鳥井大納言」と傍記。
一一　C本「里村／法眼」と傍記。
一二　C本「天満」と傍記。
一三　C本「従一位家康卿」と傍記。
一四　C本「増田長盛」と傍記するが、実際は高倉永孝と推定。
一五　C本「細川／法眼／印」と傍記。
一六　C本「伊達中納言」と傍記。
一七　C本「慶親卿」と傍記。
一八　底本「長後」。C・

松[一]　八句
利[二]家朝臣　四
興[三]山上人　五
氏[四]郷朝臣　四
白[五]　七句
昌[六]叱法橋　七
鳥[七]　五句
全[八]宗法印　五
常[九]真　四句
雅[一〇]枝朝臣　六
紹[一一]巴法眼七
由[一二]己法眼　六
徳[一三]川大納言四
右[一四]衛督　五
玄[一五]旨法印七
政[一六]宗朝臣　四
中[一七]山大納言五
長[一八]俊　一
日[一九]野大納言六

E・F本により改めた。C本「橋木大外記」と傍記。
一九　C本「輝資卿」と傍記。

おわりに

山本　啓介

本書は連歌注釈書刊行会の研究成果を形にしたものである。本研究会はかつて『新撰菟玖波集全釈』（三弥井書店、一九九九～二〇〇九年）を著した「連歌の会」の一員であった廣木一人、松本麻子、岡﨑真紀子、山本啓介、永田英理らが語らって始まった。連歌の魅力はさまざまであろうが、最も重要な要素の一つは付合にある。その点では、連歌の到達点とされる宗祇の時代に、付合の精髄を抄出した『新撰菟玖波集』の注釈は当時最優先で行うべき研究であった。しかし、その撰出の母体であり、作品が生み出された連歌本来の場であった百韻などのいわゆる長連歌をいかに読み解くのかという大きな課題も改めて残った。既に豊富な注釈の蓄積を持つ和歌に比べると、連歌の注釈方法は未だ定まっているとは言い難い。百韻連歌の注釈は、その膨大な残存作品の中から、ごく僅かではあるがこれまでにも行われてはきた。しかし、それらの大半は簡潔な注が付されただけのものであり、極めて希に付合の解説や現代語訳を付した詳細なものがあっても、それらは百韻としての流れが見渡しがたいものとなっていた。百韻連歌の場においては、連衆は当然ながら式目や行様あるいはその他様々な要素を意識しながら句作を行っていたはずであり、その全体の流れも踏まえながら読み解く必要がある。

以上の問題を念頭に置きつつ、本研究会は二〇一七年八月に第一回目を開催して以来、連歌史の展開の上で重要と思われる各時期における五種の百韻連歌を対象とし、およそ隔月で注釈の検討会を継続してきた。それにあたっては連歌の展開（行様）がある程度は一目で見られるように、見開きに五句を収めるレイアウトを採用した。

本書はその当初にはもう少し早い完成を目指していたが、二〇二〇年前半に新型コロナウイルス感染症拡大に伴う、いわゆる「自粛期間」（我々が自粛すべき悪事を特に働いたわけではないことを一応断っておく）の影響で、研究会も延期せざるを得ない時期があった。しかし、同年七月からはオンライン形式で会を再開し、二〇二一年五月を以て挙句までの注釈を終え、その後もオンライン会議やメールでの検討を重ねた。委細は省略するが、本文の点検、和歌・連歌の引用点検、式目・寄合・用語などの確認、各種索引の作成等は、研究会メンバーの総出で行った。会の発足から六年かかって、ようやく刊行の運びとなった。その間には会員の増減も少なからずあり、当初は大学院生であった者が研究職を得たり、新たな加入もあった。世上はいわゆるコロナ禍とされる、一年中冬籠もりのような状況であったが、慶事も少なくはなかった。

会席の、当座の文芸としておよそ半日で行われた百韻連歌の作品を、リアルタイムとは言え遠隔地の者も交えたオンラインで何年もかけて討議を重ね、解釈を進めてきたことになる。そもそも連歌の句は場に出されてしまえば、たちまち付句作者によっていかようにも解釈し、時には読み換えることもできる「前句」となる。そうした句の数々を正確に解釈することが、果たしてどこまで可能なのか。本書は現時点での最善を試みたものではあるが、結局のところこれからの研究の「前句」に過ぎないのかもしれない。

本研究会は本書所収の五種類の百韻連歌の注釈を終え、現在はまた新たな百韻連歌の読解と注釈を進めている。本書が『百韻連歌撰注釈　第一巻』としたのは、「第二巻」を予定しているからである。

最後に、研究会の発足当初から綿抜豊昭氏より様々な御助言を賜った。また、果たしてどれほどの読者がいるのかも解らない上に、これまでにないレイアウトの書籍化という面倒な本書の出版をお引き受けくださった新典社のみなさま、とりわけ編集部の田代幸子様と原田雅子様にはたいへんな御力を賜った。特に記して御礼を申し上げたい。

索　　引

句頭索引………267（２）
作者名索引……259（10）

凡　例

《句頭索引》

1、この索引は本書所収のⅠからⅤの各作品の各句（長句・短句）の句頭による索引である。Ⅰ～Ⅴで各百韻の番号を、百韻内での句番号を示した。

2、表記は歴史的仮名遣いによる平仮名表記とし、五十音順に配列した。

《作者名索引》

1、この索引は本書所収のⅠからⅤの各作品中の作者についての索引である。

2、配列は、頭漢字を音読し、現代語表記の五十音による。

3、作者名は原則として本文記載の名による。ただし、本文が官職名等による表記の場合、一字名や通り名の場合、二巡目以降で省略名となっている場合は、適宜参照項目を立てた。

4、３の場合には作者名の欄には同百韻中での別記載の名を（　）に入れて示した。また適宜参考のために［　］に入れて姓名を示した。

句 頭 索 引

あ 行

あきかせや Ⅳ-37
あきかせわたる Ⅴ-76
あきききぬと Ⅲ-97
あきちかく Ⅳ-79
あきのうれへを Ⅰ-14
あきふくかせに Ⅲ-40
あきらけき Ⅳ-93
あけはなれぬる Ⅴ-58
あけわたりたる Ⅴ-12
あさちふの Ⅱ-73
あさなあさな Ⅳ-31
あさまたきより Ⅳ-64
あしときこまも Ⅳ-54
あたなりと Ⅴ-47
あたにみる Ⅱ-37
あちさけの Ⅱ-89
あとまてうきよ Ⅲ-62
あはれといふに Ⅲ-74
あふさかや Ⅴ-27
あふちさく Ⅱ-1
あめはたた Ⅴ-15
あめよりのちの Ⅰ-46
あめをきく Ⅰ-7
あやしきは Ⅳ-67
あらしふく Ⅲ-49
あらはなる Ⅴ-63
ありあけに Ⅰ-55
ありあけの Ⅱ-55
いかにして Ⅲ-13
いくちたひみむ Ⅳ-2
いたつらに Ⅲ-27
いちちのかへさ Ⅳ-62
いつくより Ⅲ-79
いつまても Ⅰ-11
いはかきつつき Ⅳ-96
いはけなきにも Ⅳ-68
いはすともよし Ⅱ-40
いはほもうこく Ⅳ-38
いまはかりたの Ⅱ-24
いまはみの Ⅱ-9
いまみるも Ⅰ-69
いまよりや Ⅲ-85
いりひかたわく Ⅳ-8
いろこきいねの Ⅱ-74
いろもたた Ⅴ-99
うかるへき Ⅲ-29
うかるへしとは Ⅰ-86
うきおもひ Ⅳ-69
うきことの Ⅱ-39
うきことのはも Ⅳ-86
うきことを Ⅰ-71
うきなから Ⅰ-37
うきはまくらに Ⅴ-64
うきよをやまや Ⅱ-10
うくつらき Ⅲ-55
うくひすの Ⅴ-51
うちとけぬまま Ⅰ-82
うつしううる Ⅲ-57
うつつのゆめを Ⅲ-22
うつろひにけり Ⅳ-70

うとくなる Ⅰ-31
うへはゆきふむ Ⅱ-32
うめかえは Ⅰ-77
うらかれの Ⅴ-77
うらふくかせは Ⅰ-44
うらみかちなる Ⅴ-24
うらやむのみは Ⅲ-76
えかたきしつや Ⅲ-92
えたかはす Ⅴ-29
えたたれたるは Ⅱ-92
おきかはる Ⅴ-19
おきふすくさの Ⅰ-4
おくはもるかに Ⅳ-10
おくりむかへて Ⅰ-34
おしてるや Ⅳ-59
おとつれをしも Ⅴ-62
おとはかり Ⅱ-31
おのつから Ⅰ-15
おほろなる Ⅰ-79
おもかけは Ⅴ-95
おもひいる Ⅲ-63
おもひこそやれ Ⅰ-58
おもひての Ⅰ-35
おもひはちちの Ⅲ-18
おもひわひ Ⅲ-83
おもふほと Ⅰ-27
おもふをあとの Ⅳ-30
おもへとも Ⅲ-93
およひなき Ⅴ-97

か 行

かかるいほりは Ⅰ-6
かきおくりたる Ⅴ-48
かきやるに Ⅳ-29
かくてこそ Ⅳ-87
かくれかは Ⅳ-39
かけきつる Ⅴ-83
かけたかき Ⅳ-3
かけつくる Ⅱ-33
かさねても Ⅳ-21
かしこきは Ⅱ-87
かすかなる Ⅳ-11
かすしらぬ Ⅲ-19
かすならぬにも Ⅰ-72
かすみくれては Ⅱ-14
かすみにかよふ Ⅰ-78
かすみのはてを Ⅲ-88
かすみはかりに Ⅰ-60
かすみをも Ⅰ-25
かすむかたへは Ⅴ-2
かすめるのへも Ⅴ-32
かせさむし Ⅱ-79
かせなから Ⅳ-91
かせのとたえの Ⅳ-56
かせのにほひの Ⅳ-24
かせはまた Ⅰ-97
かせやめにたつ Ⅳ-16
かたかたに Ⅴ-31
かたふくも Ⅳ-41
かたるにや Ⅳ-73
かつさける Ⅴ-49
かねとほき Ⅱ-17
かねのねも Ⅰ-17
かはなみを Ⅳ-65
かはるこころよ Ⅰ-10
かはるともまた Ⅰ-84
かふりひたひの Ⅱ-88
かへさわするる Ⅰ-88

かへしてたみの　Ⅳ-98
かへらぬゆめそ　Ⅱ-20
かへりつる　Ⅲ-45
かへるへき　Ⅴ-35
かみのいかきや　Ⅰ-90
かみのよを　Ⅱ-57
かめにさす　Ⅳ-71
かりかねや　Ⅳ-49
かりねよいかか　Ⅲ-6
かりふしと　Ⅰ-81
かりほとひすて　Ⅲ-42
かりほにちかき　Ⅰ-28
きえぬへき　Ⅲ-41
きえやらぬ　Ⅲ-51
きくおとつれは　Ⅰ-66
きくからに　Ⅳ-89
きけはきぬたの　Ⅱ-44
きけはをしかの　Ⅴ-74
きたやまや　Ⅱ-85
きつつとへとは　Ⅱ-42
きぬたのうへに　Ⅳ-48
きりこそやまを　Ⅳ-60
きりはらひつつ　Ⅴ-8
きりよりいてて　Ⅰ-2
くさのいほりの　Ⅰ-38
くさのはなつむ　Ⅲ-32
くさむらの　Ⅴ-33
くたすいかたも　Ⅱ-62
くちてとしふる　Ⅳ-40
くもけふり　Ⅰ-45
くもこそはやし　Ⅱ-2
くもふかく　Ⅰ-89
くもをませたる　Ⅰ-30
くりかへし　Ⅲ-23
くるるゆふひは　Ⅰ-18
くるれはつきの　Ⅴ-16
くれことに　Ⅱ-29
くれそむる　Ⅳ-25
くれたけの　Ⅳ-57
くれわたる　Ⅳ-61
けさまてもなほ　Ⅴ-94
こかけゆく　Ⅱ-51
こけにおちはの　Ⅴ-60
こけのそこなる　Ⅲ-64
ここかしこ　Ⅴ-39
ここもまた　Ⅰ-21
こころとめしと　Ⅰ-40
こころにすてぬ　Ⅴ-46
こころのほかに　Ⅲ-38
こころのほとも　Ⅴ-68
こころはなほも　Ⅰ-74
こそにかはらて　Ⅰ-68
ことかたに　Ⅰ-49
ことのはを　Ⅴ-25
ことふきのみの　Ⅳ-100
このうちに　Ⅳ-15
このしたいはの　Ⅱ-96
このしたみちの　Ⅲ-8
このちきりにて　Ⅰ-50
このゆふへ　Ⅱ-23
これそこの　Ⅱ-75
これにつけても　Ⅰ-70
ころともみえぬ　Ⅳ-50
ころもへすなと　Ⅲ-48
ころもゆきふる　Ⅱ-80
こゑおもしろし　Ⅱ-58

さ　行

さえさえし　Ⅲ-77
さかしおろかも　Ⅴ-70
さかしらの　Ⅴ-85
さきにまつ　Ⅴ-81
さきぬるか　Ⅱ-35
さくらはかせに　Ⅴ-30
ささくるも　Ⅳ-99
さすしほや　Ⅰ-99
さそなとおもふ　Ⅳ-80
さたかにもみす　Ⅰ-80
さとさとの　Ⅴ-89
さとならて　Ⅰ-5
さとふりぬ　Ⅱ-19
さみたれは　Ⅳ-81
さむきほとは　Ⅰ-65
さむきをふゆと　Ⅰ-48
さむしろの　Ⅴ-65
さやかなる　Ⅲ-59
さらにゆふへは　Ⅴ-6
さをふねの　Ⅱ-63
しくれややかて　Ⅰ-92
したしくみゆる　Ⅴ-56
しつまれる　Ⅲ-81
しのふくさ　Ⅳ-77
しはしとそ　Ⅴ-93
しほかまの　Ⅲ-89
しほさしのほる　Ⅱ-82
しみつかもとは　Ⅴ-28
しめるけふりや　Ⅳ-26
しもこほる　Ⅲ-69
しものしつくの　Ⅴ-78
しもよりのちは　Ⅰ-8
しもをまくらに　Ⅳ-12
しらせては　Ⅰ-83
しらつゆや　Ⅰ-3
しらなみの　Ⅴ-5
しろたへの　Ⅴ-53
すきかとみれは　Ⅱ-84
すきむらかすむ　Ⅳ-52
すつるみの　Ⅱ-53
すみそめの　Ⅰ-75
すみてやみまし　Ⅲ-30
せきこえて　Ⅳ-53
そことなく　Ⅲ-5
そなたはいかに　Ⅳ-22
そふとても　Ⅰ-53
そまやまかわも　Ⅴ-88
それとはかりに　Ⅳ-4

た　行

たえてこころの　Ⅳ-78
たえぬへく　Ⅲ-73
たけのさらさら　Ⅳ-20
たけのはやしの　Ⅴ-90
たちそめて　Ⅳ-33
たちまふや　Ⅴ-55
たちよるやとは　Ⅰ-20
たつらすさまし　Ⅲ-98
たてをくも　Ⅳ-95
たにのとくらき　Ⅳ-92
たひそうき　Ⅱ-71
たひたちて　Ⅳ-5
たひになく　Ⅱ-5
たひまても　Ⅱ-47
たまくらに　Ⅲ-7
たまさかの　Ⅲ-37
たまつさは　Ⅰ-51
たまつさや　Ⅱ-99

たもとのほかも Ⅲ-84
たれかふけゆく Ⅲ-82
たれゆゑそ Ⅰ-13
ちかひのふねを Ⅰ-42
ちきりあまたに Ⅳ-44
ちきりても Ⅴ-67
ちきりむすふの Ⅴ-84
ちりはてて Ⅰ-59
ちるいろは Ⅳ-51
つきこそまとの Ⅲ-96
つきにきく Ⅱ-15
つきはあき Ⅰ-1
つきひとりすむ Ⅳ-58
つきまたいてぬ Ⅱ-8
つきをさなから Ⅴ-34
つたへもてこし Ⅳ-74
つなきおく Ⅴ-11
つまきとる Ⅳ-9
つゆさへに Ⅰ-39
つゆしもの Ⅲ-99
つゆもしくれも Ⅲ-58
つゆをたた Ⅴ-7
つゆをたれたる Ⅱ-98
つれなきゆくゑ Ⅲ-36
つれなくて Ⅰ-9
てならひに Ⅴ-69
ときのまにこそ Ⅱ-12
としつきの Ⅳ-83
としをへは Ⅴ-1
とはれぬさきに Ⅰ-32
とひきてくやし Ⅳ-88
とひこしはなに Ⅲ-86
とふもなき Ⅴ-45
ともしひや Ⅴ-21
ともなひて Ⅴ-57
ともをさへ Ⅲ-39

な 行

なかきよの Ⅳ-47
なかたちをしも Ⅴ-96
なかはたけても Ⅲ-52
なかめはすてし Ⅴ-40
なからへて Ⅲ-87
なかれきの Ⅴ-87
なかれそふ Ⅳ-97
なかれよる Ⅲ-65
なくさめかねつ Ⅳ-14
なくとりや Ⅰ-61
なくやききすの Ⅱ-54
なけくそなこり Ⅲ-72
なさけをのこす Ⅰ-22
なつののかのけ Ⅱ-76
なつのよの Ⅱ-3
なつのよは Ⅴ-43
なとおちやまぬ Ⅲ-28
ななますやしろ Ⅱ-86
ななめにかへる Ⅱ-68
なにことも Ⅰ-41
なひきあひたる Ⅴ-18
なみあらす Ⅱ-83
なみこゆるかの Ⅳ-82
なみたのそては Ⅱ-46
なみにしつみて Ⅰ-100
なみよるうらの Ⅱ-70
なれてみし Ⅰ-93
にこれるよには Ⅱ-90
にはさむくなる Ⅰ-96
にひまゐり Ⅴ-71

にほはすも Ⅲ-47
ぬしやたれ Ⅱ-41
ねくらもしらぬ Ⅲ-80
ねさめはかりの Ⅲ-94
ねところしるき Ⅳ-32
のかれこし Ⅰ-73
のきはには Ⅴ-3
のこりなく Ⅳ-1
のこるさくらの Ⅲ-2
のこるゆふひそ Ⅴ-38
のこるよの Ⅲ-17
のちのよも Ⅲ-35
のとかなる Ⅴ-73
のはいつのまに Ⅳ-90
のはしもかれの Ⅱ-18
のはつゆみたれ Ⅲ-16

は 行

はきかえの Ⅱ-7
はけしさも Ⅳ-55
はこふやあまの Ⅱ-94
はたやきのこす Ⅱ-34
はつあきは Ⅰ-67
はなのえも Ⅴ-61
はなはなと Ⅱ-13
はふつたの Ⅰ-91
はるくれわたる Ⅲ-66
はるすきぬ Ⅲ-1
はるにつらなる Ⅴ-100
はるのあらしを Ⅰ-24
はるのこころは Ⅱ-66
はるのひの Ⅱ-93
はるのよの Ⅳ-19
はるはさて Ⅰ-33
はるまちえても Ⅳ-72
はるをおくれる Ⅲ-50
はるをまつのそ Ⅲ-100
はるをゆめとや Ⅱ-36
はれやらて Ⅰ-57
ひかけしくれて Ⅳ-42
ひかけをも Ⅱ-81
ひかりさしそふ Ⅴ-4
ひかりもとほし Ⅲ-68
ひきととむるも Ⅴ-26
ひくことの Ⅱ-67
ひくれは Ⅲ-33
ひたすらに Ⅳ-85
ひとけをも Ⅳ-27
ひとこそわれに Ⅰ-12
ひとすちの Ⅴ-13
ひとにしられむ Ⅲ-46
ひとののらねと Ⅰ-98
ひとひにはると Ⅲ-78
ひとむらの Ⅲ-9
ひともまた Ⅲ-61
ひともゆきちる Ⅲ-14
ひとりこえゆく Ⅲ-20
ひとりねすこき Ⅰ-36
ひとりねの Ⅴ-23
ひとりふけゆく Ⅰ-16
ひのいりし Ⅱ-69
ひはほのくもる Ⅲ-10
ひひきまて Ⅲ-11
ひらくとほそに Ⅴ-20
ひるなくいぬの Ⅳ-28
ひろふへき Ⅲ-53
ふえたけの Ⅱ-59
ふかきかすみを Ⅴ-50

ふきもわかれぬ　Ⅲ-12
ふしやらて　Ⅲ-43
ふちころも　Ⅱ-65
ふねみえぬ　Ⅲ-67
ふねよせかぬる　Ⅱ-48
ふりにたる　Ⅳ-45
ふりわけて　Ⅰ-19
ふるきのきはの　Ⅲ-24
ふるきみやこを　Ⅲ-56
ふるゆきに　Ⅲ-91
ほとけかくれし　Ⅱ-56

ま　行

まきのいたやは　Ⅱ-26
まけしうらみも　Ⅳ-84
まことなき　Ⅲ-75
ましはたく　Ⅴ-79
またこのはるも　Ⅰ-76
またせても　Ⅲ-25
またのとかにも　Ⅴ-52
またれにけりな　Ⅴ-44
まちいつる　Ⅴ-91
まちかぬる　Ⅱ-95
まちわふる　Ⅳ-23
まつなから　Ⅰ-63
まつにもなかぬ　Ⅰ-54
まつはらの　Ⅴ-41
まつふくかせの　Ⅱ-28
まつゆふくれそ　Ⅱ-50
みちしはに　Ⅲ-15
みつあをき　Ⅱ-91
みつさむき　Ⅱ-61
みなれぬかたの　Ⅱ-64
みのあれはとて　Ⅲ-54
みのけをなみに　Ⅱ-30
みのりのこゑも　Ⅴ-22
みやきのの　Ⅳ-35
みるままに　Ⅰ-87
みるままに　Ⅱ-43
みるみるにしの　Ⅴ-14
みるもかりねの　Ⅱ-78
みをこそしらめ　Ⅲ-26
みをなくさめむ　Ⅲ-34
むかしはかかる　Ⅳ-46
むかひていはむ　Ⅰ-52
むしのねに　Ⅴ-17
むしのねも　Ⅰ-95
むらさめの　Ⅳ-7
むらむらに　Ⅴ-37
めくみあるよを　Ⅴ-72
もみちみぬ　Ⅱ-27
ももとせまての　Ⅱ-38
もるをたの　Ⅰ-29

や　行

やかてはや　Ⅰ-47
やつれもゆくか　Ⅳ-34
やとなきあまり　Ⅱ-72
やとりさためす　Ⅴ-10
やとりをのへに　Ⅲ-70
やとりをも　Ⅳ-43
やまかけの　Ⅱ-25
やまさとは　Ⅱ-45
やまちかき　Ⅴ-9
やまにある　Ⅱ-97
やまにむかへは　Ⅱ-52
やまのあなたの　Ⅴ-80
やまのとほきは　Ⅱ-4

やままつの Ⅳ-17
やまもとの Ⅱ-77
やまよりも Ⅳ-75
ややさむくなる Ⅴ-36
ややはたさむき Ⅳ-6
やよひのやまの Ⅰ-62
ゆきになりたる Ⅴ-42
ゆきにもまつや Ⅱ-60
ゆきのたかきに Ⅰ-64
ゆきめくる Ⅲ-3
ゆくふねとめよ Ⅲ-90
ゆくみつの Ⅱ-21
ゆふかけふかき Ⅳ-36
ゆふつゆしろし Ⅲ-4
ゆふやみふかく Ⅰ-56
ゆめにのこりて Ⅰ-94
ゆめのつけをも Ⅱ-100
ゆめまても Ⅱ-11
ゆめをさまして Ⅰ-26
よしやけに Ⅰ-85
よしやふけ Ⅲ-21
よなかきそらの Ⅲ-60
よなよなの Ⅴ-75
よにふるわさは Ⅳ-66
よはひののちの Ⅴ-82
よひふけつつも Ⅴ-92
よふくるかねの Ⅲ-44
よふねいつくの Ⅱ-16
よもきふの Ⅲ-71
よもすから Ⅲ-95

わ 行

わかままにせぬ Ⅴ-86
わかるるそては Ⅴ-66
わかれしそての Ⅳ-76
わかれのかすや Ⅱ-22
わけあかぬ Ⅲ-31
わたるへき Ⅰ-43
わりなくも Ⅳ-13
をきあるやとや Ⅱ-6
をくるますくる Ⅴ-98
をくるまの Ⅱ-49
をしへのままに Ⅳ-94
をちこちの Ⅳ-63
をとこやま Ⅴ-59
をのへにのこる Ⅳ-18
をりてそかさす Ⅴ-54
をりてみる Ⅰ-23

作者名索引

あ 行

伊達政宗（政宗） Ⅴ-18,37,74,85
一ヽ Ⅰ-1,5,10,16,20,23,28,30,32,35,40,42,51,60,64,67,70,72,83,93,98
印ヽ Ⅰ-2,6,12,15,19,29,31,33,39,43,48,50,53,57,61,69,73,77,94
益→宗益
円恵（恵） Ⅱ-11,24,32,52

か 行

雅枝→飛鳥井雅枝（雅庸）
眼阿 Ⅲ-100
祇→宗祇
玖→九条稙通
救済（侍） Ⅱ-1,16,23,27,33,41,45,57,65,68,71,76,80,86,89,93,98
九条稙通（玖）
Ⅳ-2,13,24,31,38,47,59,66,85,90,94
恵Ⅱ→円恵
恵Ⅳ→紹恵
恵俊（俊）
Ⅲ-7,16,25,30,39,46,55,61,70,84,97
兼載（載） Ⅲ-2,9,19,24,32,35,41,49,57,64,67,74,82,92,95
玄哉（哉） Ⅳ-9,22,32,49,54,87,97
玄旨［細川幽斎］
Ⅴ-8,27,46,59,70,81,100
玄清（清） Ⅲ-6,11,21,29,40,50,53,59,72,79,85,90,99
元理（理）
Ⅳ-7,20,26,37,46,58,69,77,82,98
高→重貞
興山上人→木食応其
高倉永孝（右衛門督） Ⅴ-17,36,49,64,91
今出川晴季（鳥） Ⅴ-4,23,40,55,86

さ 行

哉→玄哉
載→兼載
宰相・宰→水無瀬親氏
三条西公条（蒼） Ⅳ-1,14,23,34,39,48,53,60,70,76,83,88,93
枝 Ⅱ-31,47
市 Ⅱ-61
侍→救済
次→盛次
氏郷→蒲生氏郷
周→周阿
十ヽ Ⅰ-3,9,34,38,46,55,85,89,91,95
周阿（周） Ⅱ-2,17,25,29,38,49,54,59,67,73,79,84,91,96,99
重貞（高） Ⅱ-4,21,39,55,63,82,94
俊→恵俊
純→純阿
純阿（純） Ⅱ-12,19,64
松Ⅱ→青松丸
松Ⅴ→豊臣秀吉
仍→仍景
紹恵（恵） Ⅳ-11,25,50,65,74,80,84
仍景（仍） Ⅳ-10,21,33,44,51,78,91
聖護院道澄（白）

Ⅴ-3, 22, 41, 60, 75, 80, 99
昌叱［里村昌叱］
Ⅴ-13, 32, 43, 58, 69, 84, 95
常真［織田信雄］ Ⅴ-5, 26, 47, 72
上人→木食応其
紹巴（巴）［里村紹巴］ Ⅳ-8, 19, 30, 36, 41, 52, 61, 68, 71, 79, 92, 99, Ⅴ-6, 25, 42, 53, 68, 87, 94
肖柏（柏） Ⅲ-3, 12, 17, 23, 28, 34, 42, 47, 52, 62, 71, 78, 83, 86, 98
真 Ⅰ-14, 17, 22, 26, 78, 82
心前 Ⅳ-12
真伯（泊） Ⅱ-14, 50, 70
水無瀬親氏（宰相・宰） Ⅳ-4, 15
清→玄清
成→成阿
成阿（成）
Ⅱ-3, 26, 36, 48, 56, 77, 81, 87, 97
盛次（次） Ⅲ-4, 13, 45, 54, 77, 91
青松丸（松） Ⅱ-7, 43, 69
政宗→伊達政宗
盛理 Ⅱ-15
禅→禅厳
全Ⅰ Ⅰ-21, 25, 27, 45, 49, 58, 80
全Ⅱ→全誉
禅厳（禅） Ⅱ-10, 46, 58
全宗［施薬院全宗］ Ⅴ-14, 33, 50, 77, 97
前田利家（利家） Ⅴ-11, 30, 67, 90
全誉（全）
Ⅱ-6, 18, 28, 44, 51, 62, 72, 83, 90, 95
蒼→三条西公条
宗 Ⅰ-88, 90
相→相阿
相阿（相）
Ⅱ-13, 20, 30, 35, 40, 60, 66, 75, 85, 88, 92
宗益（益） Ⅲ-8, 18, 36, 51, 68, 75, 89, 94
宗祇（祇） Ⅲ-1, 10, 15, 22, 27, 33, 38, 43, 56, 60, 65, 69, 76, 81, 88, 93
宗長（長） Ⅲ-5, 14, 20, 26, 31, 37, 44, 48, 58, 63, 66, 73, 80, 87, 96
宗養（養） Ⅳ-6, 17, 28, 35, 42, 45, 56, 63, 67, 72, 86, 89, 96

た　行

池→貞敦親王
中山大納言（中山）→中山慶親
中山慶親（中山大納言・中山）
Ⅴ-9, 28, 61, 76, 83
長→宗長
鳥→今出川晴季
長俊［山中長俊］ Ⅴ-19
継 Ⅱ-37
定→定阿
定阿（定） Ⅱ-9, 100
貞敦親王（池）
Ⅳ-3, 16, 29, 40, 55, 64, 73, 81, 95
伝→伝恵
伝恵（伝） Ⅳ-5, 18, 27, 43, 57, 62, 75, 100
道 Ⅰ-37, 75
道明（明） Ⅱ-5, 22, 34, 42, 52, 74, 78
徳川家康（徳川大納言・徳川）
Ⅴ-7, 24, 51, 78
徳川大納言・徳川→徳川家康

な　行

日野大納言・日野→日野輝資
日野輝資（日野大納言・日野）
Ⅴ-10, 29, 44, 62, 71, 88

如　Ⅰ-7,11,24,41,52,54,56,62,79,84,87,96,99

は　行

巴→紹巴
柏→肖柏
泊→真泊
白→聖護院道澄
飛鳥井雅枝（雅枝）［飛鳥井雅庸］　Ⅴ-15,34,45,54,73,98
豊臣秀吉（松）　Ⅴ-1,20,35,48,57,66,79,96
木食応其（興山上人・上人）　Ⅴ-2,21,38,63,92
蒲生氏郷（氏郷）　Ⅴ-12,31,56,89
本丶（本）　Ⅰ-4,47,59,63,66,71,74,81,86,92,97,100

ま　行

明→道明

や　行

右衛門督→高倉永孝
由己［大村由己］　Ⅴ-16,39,52,65,82,93
有長　Ⅱ-8
養→宗養

ら　行

理Ⅰ→理丶
理Ⅳ→元理
理丶（理）　Ⅰ-8,13,18,36,44,65,68,76
利家→前田利家

浅井　美峰	（あさい　みほ）	大阪大学
生田　慶穂	（いくた　よしほ）	山形大学
石井　悠加	（いしい　ゆか）	四国大学
遠藤優海帆	（えんどう　ゆみほ）	奈良女子大学（院）
嘉村　雅江	（かむら　まさえ）	青山学院大学博士課程満期退学
川﨑　美穏	（かわさき　みおん）	愛知教育大学
雲岡　　梓	（くもおか　あずさ）	京都産業大学
新藤　宣和	（しんどう　のぶかず）	東京大学（院）
髙岡　祐太	（たかおか　ゆうた）	京都大学（院）
髙橋優美穂	（たかはし　ゆみほ）	日本大学（非常勤）
寺尾　麻里	（てらお　まり）	青山学院大学博士課程修了
ノット・ジェフリー	（Knott Jeffrey）	国文学研究資料館
ボニー・マックルーア	（Bonnie McClure）	カリフォルニア大学バークレー校（院）
吉田　健一	（よしだ　けんいち）	いわき明星大学博士課程満期退学 塔短歌会会員

■ 執筆者紹介 ■

岡﨑　真紀子（おかざき　まきこ）
2002年3月，成城大学大学院文学研究科博士課程後期単位取得退学。博士（文学）。国文学研究資料館教授。『やまとことば表現論―源俊頼へ』（2008年，笠間書院），『発心和歌集　極楽願往生和歌 新注』（2017年，青簡舎），「『散木奇歌集』における歌題の生成」（『国語国文』90巻9号，2021年9月，京都大学文学部国語学国文学研究室）。

永田　英理（ながた　えり）
2007年3月，早稲田大学大学院教育学研究科教科教育学専攻博士後期課程修了。博士（学術）。学習院大学・駒澤大学・白百合女子大学・成蹊大学・武蔵野大学（非常勤講師）。『蕉風俳論の付合文芸史的研究』（2007年，ぺりかん社），『元禄名家句集略注　椎本才麿篇』（共著，2021年，新典社），「捨女の「梅がえは」恋歌仙　注解（一）（二）」（『近世文芸　研究と評論』第101・102号，2021年11月・2022年6月，近世文芸研究と評論の会）。

廣木　一人（ひろき　かずひと）
1978年3月，青山学院大学文学部日本語日本文学専攻博士課程満期退学。文学修士。青山学院大学名誉教授。『連歌史試論』（2004年，新典社），『室町の権力と連歌師宗祇　出生から種玉庵結庵まで』（2015年，三弥井書店），『連歌という文芸とその周辺―連歌・俳諧・和歌論―』（2018年，新典社）。

松本　麻子（まつもと　あさこ）
2002年3月，青山学院大学大学院文学研究科日本文学・日本語専攻博士後期課程単位取得満期退学。博士（文学）。聖徳大学教授。『連歌文芸の展開』（2011年，風間書房），『連歌大観』第1巻～第4巻（共編，2016年・2017年・2023年，古典ライブラリー），「読まれる連歌と詠む連歌―紹巴の百韻から考える―」（『中世文学』第68号，2023年6月，中世文学会）。

山本　啓介（やまもと　けいすけ）
2008年3月，青山学院大学大学院文学研究科日本文学・日本語専攻博士課程修了。博士（文学）。青山学院大学教授。『詠歌としての和歌　和歌会作法・字余り歌―付〈翻刻〉和歌会作法書―』（2009年，新典社），『歌枕の聖地　和歌の浦と玉津島』（2018年，平凡社），『続古今和歌集』（共著，2019年，明治書院，和歌文学大系38）。

百韻連歌撰注釈　第一巻

2023年7月31日　初刷発行

編　者　連歌注釈書刊行会
発行者　岡元学実

発行所　株式会社　新典社

〒111－0041　東京都台東区元浅草2-10-11吉延ビル4F
ＴＥＬ　03－5246－4244　ＦＡＸ　03－5246－4245

印刷所 惠友印刷(株)　製本所 牧製本印刷(株)

ISBN978-4-7879-0653-3 C1095
https://shintensha.co.jp/
E-Mail:info@shintensha.co.jp